隔岸观我

GE AN
GUAN WO

宋昭 著

江苏凤凰文艺出版社
JIANGSU PHOENIX LITERATURE AND
ART PUBLISHING

图书在版编目（CIP）数据

隔岸观我 / 宋昭著. -- 南京 : 江苏凤凰文艺出版社，2022.8
ISBN 978-7-5594-6925-0

Ⅰ. ①隔… Ⅱ. ①宋… Ⅲ. ①长篇小说－中国－当代
Ⅳ. ① I247.5

中国版本图书馆 CIP 数据核字 (2022) 第 108196 号

隔岸观我

宋昭　著

责任编辑　周颖若
特约编辑　廖晓霞
责任印制　刘　巍
出版发行　江苏凤凰文艺出版社
　　　　　南京市中央路 165 号，邮编：210009
网　　址　http://www.jswenyi.com
印　　刷　杭州日报报业集团盛元印务有限公司
开　　本　880 毫米 ×1230 毫米 1/32
印　　张　11
字　　数　337 千字
版　　次　2022 年 8 月第 1 版
印　　次　2022 年 8 月第 1 次印刷
书　　号　ISBN 978-7-5594-6925-0
定　　价　45.00 元

目录

Contents

·第一章　如梦初醒

“那就祝你万事胜意，平安喜乐。”

“那你呢？”

“活着就好。”

“老大，你怎么还带了个女人回来？不过这女人长得真漂亮……”

“收拾东西，要快点。”

“出事了？”

“滚，别给我磨蹭，不要命了？”

“好好好，我这就去。”

姜玫醒过来恍惚听见一段对话，却来不及多想什么。现在的她动一下就浑身酸疼，绳子勒得她透不过气。

荒凉的戈壁滩，沙粒横飞，烈日灼心。

裸露的皮肤被沙粒硌得疼，炙热的太阳晒得她头晕眼花。

嘴唇起了好几层干皮，耳边不停地回荡着那刺破人心魄的声音，还有人群爆发出的巨大的充满恐慌意味的尖叫。

已经记不清是第几天，姜玫的求生欲越来越薄弱，脑子里全是那一幕幕可怕的场景。

这一场恶性事件，蓄谋已久，发生得猝不及防。一片慌乱的人群中，她目睹一个八岁的男孩满身是血地倒下，被吓到动弹不得的她下意识对上他睁着的干净清澈的大眼睛。

他几分钟前还是个鲜活的人，被恶魔生生扼住了喉咙。

而后再无声息。

而她，估计也难逃厄运。

姜玫快撑不住了。

“还活着？”

不知过了多久，姜玫撞进硬邦邦的胸膛里。

头顶上空一个冷静低沉的嗓音响起，声调半拖着，慵懒散漫，腔调十足。

紧接着，她被人解了绳子腾空抱了起来，一时间鼻息里满是汗水蒸发的气息，姜玫躺在那个温暖安全的怀抱，尽力地睁开眼。

阳光下的那张脸模糊不清，姜玫费了劲儿也只看到那人脖子处有一道咬痕。

咬痕有点深，看着有些骇人，姜玫下意识伸手抓住那人的手臂，掌心传来灼热的温度。

昏迷的那一刻，姜玫松了一口气。

她被救了。

她没有死在那群犯罪分子手里，没有客死他乡，也没有横尸荒野。

……

姜玫自噩梦中惊醒，浑身湿透。

她睁开眼打量了一圈周围。

她还躺在床上。

哦，她又做了那个梦。

姜玫已经习惯了。

姜玫一脸平静地擦了擦额头上的汗渍，掀开被子，从床上坐了起来。大概是做了噩梦的缘故，她那张精致清冷的面孔上还残留着一层薄汗，额角的发丝也打湿了。

房间不大，没什么多余的东西，像是刚被打劫过。

姜玫轻车熟路地走到狭小的卫生间，打开水龙头，捧了两捧水全数扑在脸上。

在冷水的刺激下，姜玫清醒了不少，她现在在软红十丈的北城，没在那个差点让她丧命的玉城。

门铃响了。

姜玫随手扯了两张纸巾擦了擦脸上的水渍，踩着拖鞋，转身走出卫生间。

门一开就露出了一个女人的脸，女人着黑色职业装，气势很足，她的手里提着两大袋东西。

姜玫不动声色地看着对方：“罗姐。”

罗娴站在门口打量了几眼姜玫，见姜玫满脸惨白、面容憔悴，眼里闪过一丝担心。

罗娴将手里的东西放在门口的柜子上，自来熟地打开鞋柜取出一双拖鞋换了鞋，毫不意外地问："你又做噩梦了？"

"嗯。"

罗娴叹了口气："我当初就不该劝你出去散心。谁知道当时出了那样的事。"

"跟你没关系。"

"我今天来是有个角色想让你去试试。剧本我一会儿给你，你好好准备。这个角色你要是拿到了，绝对能让你翻身。"

姜玫二十岁出道，出道即巅峰。

一部《天赋》，让她斩获了含金量非常高的最佳新人奖，一时间，各种合作纷至沓来，她走到哪里，都是恭维和赞美。

一年后，姜玫跌落谷底。

那些口口声声说着喜欢她的粉丝也跟着网上讨伐她的人改变了态度。

一时间，许多跟她没关系的事情，脏的坏的，全都往她身上推。

可以说不过一夜之间，她就从星途璀璨的当家花旦变成了人人喊打喊杀的女艺人。

人生无常，大起大落，然后就是"落落落"。

"你的合同马上到期了，到时候，我争取让公司跟你解约。王立明最近忙着转移资产，应该没空管你，你要是能在新老板到来前跟公司解约那就最好不过了。"

姜玫点了点头，接过罗娴手里的剧本，随便翻了两页。

"这里面的角色跟我挺像的。"

"是挺像的，都有股劲儿，所以我才想到了你。"

姜玫不置可否地点了点头，将剧本随手扔在了一旁，懒洋洋地招呼："酒还是白开水？"

"我一会儿还要开车，不喝酒。"

"嗯。"

姜玫用手指随意提了一下滑落下来的吊带，转身走进厨房。

再从厨房出来的时候，姜玫一手拎着果酒，一手端着白开水。

见罗娴站在那面挂满了金牌的墙前发呆，姜玫挑了挑眉："水。"

"你不要命了，你又去参加那什么破摩托车比赛了？你想死在里面？"

姜玫面不改色地将玻璃杯搁在了桌上，双手撑在吧台上，叼着杯子，喝了两口。

几口果酒下肚，姜玫垂眸："来钱快。我缺钱。"

"你缺钱不知道找我借？那个比赛再正规，危险性也高，你这是在玩命。"

姜玫又灌了口酒，摇头拒绝："你刚买了房，估计也没剩多少钱。对了，我还欠公司多少？"

"还有两百万。"

"啧，不多了。"

"你身上有多少？"

"还款后还剩两万。"

罗娴强迫自己冷静下来："我先把房子抵押了，把钱凑起来，帮你把欠公司的钱还完，不然你的合约只要在爱华一天，你就一天没有翻身之日。

"虽然王立明快倒了，可难保新老板不会继续压榨你。你这次一定要把那个角色给我拿下，否则老天也救不了你。

"晚上有个应酬，你记得打扮得漂亮点，到时候可能让你敬酒，吃点东西，机灵点，别像上次……"

罗娴说到这里，突然停了下来。

她复杂地扫了一眼喝着酒的姜玫，提醒道："这次来的人里可能有我们公司的新老板，你收着点脾气。被占点小便宜先忍着，别像当初那样，再把自己的路给断了。"

姜玫吞了一口酒，在罗娴的提醒下点了点头。

她也没资格去拒绝。

她本就生活在深渊，又怕什么豺狼虎豹？

虚张声势的骄傲下，不过是腐朽不堪的内里罢了。

佛还说凡所有相，皆是虚妄呢。

灯红酒绿的185酒馆，随处都是醉生梦死的人，到处都上演着一幕又一幕荒诞剧目。

"闻哥，你这是在荒凉地待久了，不知道我们这儿的规矩了？您看这迟到了是不是得表示表示？"

周肆弯着腰提起一整瓶威士忌，慢慢推到主座上不动声色的男人面前。

男人眉眼清朗，眼睑半耷拉着，脸上挂着敷衍的神色。此刻他正垂着眼皮，有一搭没一搭地玩着手里的打火机，他明明只穿了件军绿色T恤衫，配了条迷彩裤，气场却格外强大。

短袖下露出他线条流畅且结实的手臂，麦色的皮肤使他显得格外健康。

那张英气逼人的脸上没有半分松动，即便是在这声色犬马、纸醉金迷的地方，他也没多动容几分。

从他进入这间包间开始，里面的人都开始围着他转，包括周肆。

坐在周肆旁边的女人小声嘟囔了一句："周哥，这位小爷是谁啊？"

"这位？"

周肆直起身，理了理衣服，饶有兴趣地瞧向没反应的沈行。

"这位可是你惹不起的人。别说你，就是你周哥我也惹不起。你要没事，就多看看新闻，保准能瞧见他们家的人。他们家祖上可了不得的，你这样的，人家可瞧不上。

"知道什么叫虎父无犬子吗？这位在我们这一众小辈里可是出了名的优秀。啧，我现在都记着我们家老太太是如何评价这位非池中之物的。早知道我出来就是凑个数的，我还不如让我妈摔死我得了。"

周肆旁边的女人眼里瞬间燃起了浓浓的兴趣，脸上堆满笑容，主动站起来，倒了杯酒，凑到沈行面前，嗲声嗲气地开口："爷，您喝酒吗？"

女人身上刺鼻的劣质香水味惹得沈行蹙了蹙眉，眼见着女人就要凑上来，沈行起身反手将人推到了周肆的怀里。

听到女人的嗔怪声，沈行阴沉着脸说了声："我出去一下。"

说完，他也不管周肆如何反应，直接抄起桌上的打火机走出了包间。

姜玫没想到对方这么难缠。

罗娴在旁边一直替她周旋，也抵不过几个人连着灌她。

这些人都是老滑头，姜玫没讨到一点便宜。

刚开始他们还客客气气地喝红酒，慢慢地，桌上的酒度数越发地高了起来。

其间那个肥头大耳、满脸油腻的啤酒肚男人，意图对她对手动脚，都被她躲了。

随着时间流逝，姜玫的脸色越来越难看，要不是罗娴接连用眼神警告她，她早就不忍了。

好不容易找了个借口出了包间，姜玫感觉自己快撑不住了，头也不回地往洗手间赶，脑袋昏昏沉沉的，也没顾着看路，一口气冲进厕所，趴在马桶上呕吐了半天才好受了点。

等呕吐完，姜玫狼狈地爬起来，趴在洗手台前打开水龙头，不停地捧起水扑在脸上。

不知道过了多久，姜玫终于抬起头看向镜子里的自己。

她那精致的面孔上有些狼狈，妆容花了一大半，水滴不停地滑落，掉到凹进去的锁骨里。

姜玫穿了条香槟色的吊带裙，经过刚刚那一番动作，右边的吊带滑到了肩膀下，隐约透着春光。

她脖子上的那条项链随着弯身的动作也跟着晃动，吊坠是一颗子弹弹壳，子弹壳还泛着浅金色光泽。

“走错了。”

听到背后传来一个低沉清冷的声音，姜玫下意识地转过头。

沈行慵懒地靠在墙上，手里握着打火机，这会儿正目不转睛地盯着姜玫。他的目光直接，丝毫不掩饰打量的意思。

姜玫脊背一僵，反手撑在盥洗台的边沿，不让自己往地上栽。

“我走错了？”

“男厕。”

沈行不紧不慢地抬眼，雾气在他周围缭绕，姜玫看不太清楚他的脸。

可是她记得他的声音，不光记得，她这辈子都不会忘。

姜玫拨动了两下自己的头发，垂眸轻笑：“沈行，好久不见。”

沈行捏着打火机的手指一顿：“他们认识吗？”

“见过？”

“哦，没见过。”姜玫见沈行没有印象，提起包准备离开。

她还得继续跟那群傻子周旋。

“嗯？”

姜玫下意识地停下脚步，转过头，仔细地打量了两眼沈行。

沈行依旧懒散地倚在墙边，半垂着头，有一搭没一搭地玩着手里的打火机。

迷彩服穿在他的身上，显得他干净利落，她见过不少男人，唯独这一个让她难以形容。

如果非要形容，那就只有一个词合适——离经叛道。

狼其性也，野、残、贪、暴，他在任何地方都游刃有余。

沈行这样的人，到哪儿都是金贵的，让人高攀不起。

姜玫笑靥如花，红唇微扯：“梦里见过算不算？算的话，应该是见过的。”

沈行动作一顿，薄唇掀起轻嘲：“梦里？”

沈行重新扫向姜玫。

这会儿的女人，跟没骨头似的倚靠着墙壁，面上的妆容精致，最引人注目的桃花眼里浮着不见底的笑意，眼尾微翘，眼皮半抬起。她似醉非醉地望过来。

也许是喝了酒的缘故，她脸上还透着粉嫩。

总之，她是个妖精，还是个麻烦。

一般人招惹不起她。

姜玫这会儿倒是不急了，也没管自己在哪里，从包里取出一支口红，若无其事地对着镜子补妆。

她站在洗手池前，弯着腰，漫不经心地涂抹着口红，丝毫不把沈行放在眼里。

她的身段极好，在这朦胧的灯光下，一举一动都动人心魄。

沈行只打量了几眼便挪开了视线，抬起眼皮道："你是谁？"

姜玫捏住口红，缓缓抬眸，目光落在沈行身上。

沈行眼皮微垂，薄唇微抿，神色冷淡。

突然，刺耳的铃声响起，沈行掏出手机瞥了两眼，按了挂断，丢掉手里的打火机大步流星地离开男厕所。

他路过姜玫的时候，一个眼神都没给。

姜玫的目光落在那道挺拔笔直的背影上，嘴里不自觉地发出一声轻笑。

显然姜玫刚刚说的话这位压根儿没放心上，也没有认出她。

或许，他是把她当成了众多想接近他的女人中的一个吧。

俗不可耐，又理所当然。

姜玫再次进包间看见的，便是刚才居高临下围着她的几个老滑头正满脸谄媚地围着一个年轻男人的一幕。年轻男人穿着一身剪裁得体的深灰色西装，双腿随意地搭在茶几上，脸上有些不耐烦，眉眼里满是疏离，丝毫没把这些老滑头放在眼里。

这一幕并不奇怪，反而是社会里鲜活的现实表现，他们面目狰狞地挤出笑脸，像个傻子一样赔笑，不过是敬畏对方的实力。

为利则往嘛。

"你来得正好。喏，中间那位就是公司的新老板，也是盛娱的老板周肆。这可是在北城里也响当当的人物，大家伙都称他一声'周哥'。北城可是以周、沈、许为首，他们那些人，一般人压根儿凑不上去。这几家，又唯沈家马首是瞻。只是那位沈少最为神秘，只听说沈家有位继承人，连名字都没传出来。你运气好，要是讨好了新老板，你在公司的日子也好过点。"

姜玫刚进包间，就被罗娴拉着"科普"。

罗娴说完，就将她往里推。

姜玫挤到了周肆面前。

周肆在姜玫进包间的那一刻就注意到了她，如今瞧见她凑在他面前，又仔仔细细地扫视了她几眼。

紧接着，周肆褐色的瞳孔缩了缩，神色有些复杂。

“周老板，姜玫敬您一杯。”

姜玫自然地坐在周肆身边，毫不扭捏地拿起桌上的那瓶红酒，径自倒了两杯酒，一杯递给周肆，一杯准备自己喝。

“我不太会说话，就祝周老板生意兴隆，财源广进。”

周肆愣了一下，下意识地接过姜玫手里的酒杯，见姜玫已经一口干了，周肆皱了皱眉，也跟着喝了一整杯。

旁边的人全都惊住了。

尤其是那几个老滑头，对视后，都从对方眼里看到了错愕。

他们几个刚刚说尽了好话，也没见周肆给个眼神，抑或是喝半口酒。

如今姜玫两句话就让周肆跟着喝了一杯酒，莫不是……

姜玫确实漂亮……

前不久想对姜玫动手动脚的男人冷汗直冒，万一姜玫在周肆面前说出什么话来，自己可就惨了。

“你跟周肆认识？”

晚上凉风习习，姜玫坐在后座，懒散地靠在车窗上，冷风灌进车窗，吹得她头发遮了一脸。

姜玫随便将头发拨到肩膀后面。

听到罗娴的话，姜玫缓缓睁开眼。

“见过几次。”

“他就是你背后的那个大人物？”罗娴忍不住皱眉。

当初，姜玫墙倒众人推，关于她的言论甚嚣尘上，甚至她还在网络上被攻击了五个月。之前跟她签了商业合同的公司纷纷跟她解约，不仅如此，她还得赔付一大笔的违约金。

更严重的是，她的住址电话也被泄露了，为此她还进了两次警察局。

到了第六个月，网上那些关于她的各种负面消息才逐渐消失。

没人再提她，也没人敢再找她拍戏。

然而，过了没多久，坊间就捕风捉影地传播姜玫背后有大人物撑腰的小道消息，说得有鼻子有眼睛。姜玫也开始陆续接到了一些不甚起眼的角色，勉强维持住了生活。因此，这些小道消息传得越发多了。

只是，罗娴亲眼瞧见姜玫那几个月的惨状，自然是不信。

可刚刚周肆的举动让罗娴不禁心生疑窦。

姜玫对她有知遇之恩，当年姜玫大火，却选了她当经纪人，她因此也跟着吃了不少红利。

姜玫出事后，她倒是没受影响，继续带其他人，如今带的是新晋影帝齐衡。

罗娴想到这儿，眼神复杂地望着不言语的姜玫："给你撑腰的那个人要是他，这两年怎么……"

"不是他。"姜玫酒意上了头，趁着还有意识便否认道。

"真有人给你撑腰？"罗娴诧异，"这些人是你招惹不起的，我劝你别跟他们走太近，否则遭罪的是你自己。"

姜玫胃里翻江倒海，闭着眼睛没有回答她。

周肆回到包间时，沈行一个人坐在暗红的沙发上喝酒，包厢里只有电子屏幕闪烁的光，忽明忽暗，衬得他整个人十分阴沉。

周肆见状，不禁有些胆怯："哥，您可别这样，我心脏受不了。这是在外边，你别吓我。"

"好好说话。"沈行漫不经心地睨了睨装腔作势的周肆，出言提醒。

"好好好，我刚刚去隔壁包间转了一圈，陪人喝了一杯。你回来怎么也不跟我提一嘴？"

周肆说完，抬腿走到沈行对面坐了下来，自顾自地倒了杯威士忌，刚抿了一口，就听沈行语气平淡地开口道："我跟她见过了。"

扑哧，一口酒从周肆嘴里喷了出来。

周肆被沈行这突如其来的话吓得不轻，刚想说什么，沈行又说了句话。

"这女人整容了。"

"……"

"变漂亮了。"

周肆咳嗽两声，想起刚刚的事，心虚地提了一句："你说的那位刚刚还跟我喝酒来着。不过人家没整容，只是长得越来越漂亮了。不过当初……"

"回了。"没等周肆说完，沈行起身拍了拍衣裳，大步往包间外走。

"哥，你能不能听我说完？你在部队里待了这么些年，这脾气怎么还没改好？"周肆骂骂咧咧地跟了上去，"沈叔这两年快退休了，你是不是也得回来了？"

沈行脊背挺正，坐在车里，面色平静地抬了抬眼皮："快了。"

"盛娱刚并了爱华，股份分红还是按照往常那样打你账上？忘了说，那位的合同快到期了。我是把她签下来，还是？"

沈行脸上的表情松动了两分。

偏头睨了眼满脸好奇的周肆，沈行蹙眉：“看她自己。你问我做什么？”

“啧，你们好歹有过那么一段，至于这么冷漠吗？当初你从部队回来，不也专门替她摆平了那件事？她不知情，我可是看得门儿清。哥，你这辈子不栽她身上，我跟你姓。

“也不知道这人究竟有什么魅力，不仅读个专科学校没毕业，父亲还因为赌博入了狱，要不是跟夏竹做了朋友，谁认识她？偏偏这位还不消停。

“我们这些人谁不知道你找女朋友就两个标准——不是演艺圈的人和家庭背景单纯。可这两样，这位可都占了。

“上回在玉城，你只身犯险，一方面是职责所在，另一方面不也是为了那位？我看着你满身是血地躺在医院里，吓得我差点就同沈叔说了实话。虽然最后你是升职了，可也要了你半条命。

“你这次回来又想做什么？可别忘了，我们这些人在外人看来是风风光光的，可我们的婚姻向来不是自己能做主的。”

沈行弹了弹手上的灰，垂眸觑了眼周肆，脑子里掠过一道倔强的身影，过了一会儿，他冷冷地嗤了一声。

“就你话多。回沈宅。”

“那我到底签她，还是不签她？”

周肆见沈行已经合上眼皮，一副不想说话的样子，忍不住在内心暗骂了一句。

就给个准话能多麻烦？

宿醉后的姜玫昏头涨脑。

脑子里的记忆七零八碎，她只能隐约记得被罗娴推着给周肆敬酒，至于其他的，她全忘了。

好像还有一个迷彩影子。

她记不清了。

下午要试镜，姜玫洗漱后，便拿起罗娴送来的剧本看了起来。

剧名《捧杀》，扉页上写着——她本可以步步为营，却被捧杀得无路可退，最后不幸死在了那场虚荣里。

《捧杀》的女主角安意是个刚入演艺圈的新人，拍了一部文艺片大火，火后资源不断，媒体大肆宣扬，她本人也沉醉在那场虚荣里，只是内心越来越空虚。

她在成名前，曾与某富家公子秘密谈了几年恋爱。两人感情很深，可富家公子迟迟不肯娶她。她后来才明白，这是因为对方并没有把她放在心上。心头郁结难解，最终安意选择了在某天夜里，从高楼一跃而下。

她只留了一句话："唯愿做个平凡人。"

自古以来的故事里，戏子恋上豪门子弟，就不曾有完美的结局。

她以为自己可以跨越鸿沟，殊不知，跨过去的那边是另一个火坑。

不过，她只是个旁观者，饰演安意，而不是安意。

就算她跟安意有相似之处，也不会有相同的结局。

姜玫花了两个小时看完了剧本。

她之前说错了。

她跟安意一点都不像。

安意懦弱，她并不。

她没有安意那么单纯，也没有安意那么顺风顺水。

她是一夜出名没错，但那是她蛰伏多年的结果，并不是一飞冲天。

姜玫背靠在破旧的沙发上，不停地回忆那一张张恶臭的嘴脸，那些冰冷的话语，还有那无数个彻夜未眠的日子。

那些人拼命往她身上泼脏水，以为凭这些就可以打倒她。可惜，他们越放肆，她就越肆意妄为。

活着，才是她对抗世界的证明，她本就该如玫瑰一样热烈地活着。

即便是朵野玫瑰，她也要骄傲地绽放。

视频电话的铃声撕破沉寂，姜玫缓缓地回过神，看了一眼来电人，姜玫按了接听键。

"我才听说这次你要去试镜的女主角已经定下了，安排我们去试镜无非是走个过场。算了，这角色没拿到也没关系。我会再留意的，一有合适的角色就给你争取。"

虽然是在宽慰姜玫，但说着说着，罗娴又有些不甘心。

这可是这些年她们遇到的最好的机会了。

"不过，这一次说不定我们还有机会。这个剧本的导演是江逢，他向来只看演技。只要你的演技能说服他，他自会去跟投资人争取。这样，阿玫，你试戏时选一个冲击力大的片段，让江逢觉得女主角非你不可。"

姜玫开了免提将手机搁在一边，偏头看向手机屏幕里的人："定了谁？"

罗娴的嘴巴抿成一条直线，半晌才说："你认识，许薇，她父亲是这次的投资人之一。不过，这剧是盛娱出的，周总才是最后的决策人。"

许薇吗？

她不仅认识，还印象深刻得很。

当初姜玫风头无两时，恨她恨得不行的那些人，其中一个就是许薇。

她出事后，她签的不少商务合同解约后都被许薇签走了。那时，压倒她的最后一根稻草也是许薇。

许薇手里的那段视频压得姜玫差点被踩到了地底。

姜玫想到这里，闭了闭眼，语调平缓地开口："那这角色，我非尽力争取不可了。"

罗娴也料到姜玫会如此，她也想姜玫能争取到这个角色。

于是，她换了个话题："周总亲自到人事部拿了你的签约合同，不出意外盛娱应该会跟你续约。我觉得周总是想重新启用你，你确定你跟他没关系？"

姜玫靠在沙发上仰着头慢吞吞地反问："你觉得我跟他能有什么关系？"

电话那端的人呼吸停了两秒，最后沉默地结束了这通不算融洽的电话。

"我热烈且孤独地爱着这个世界，也希望这个冰冷残酷的世界可以抽空爱我。"

空荡荡的试镜室，姜玫穿着一条素白的长裙，赤着脚蹲坐在角落里，望着身前摆放着的全身镜里的自己。

墙面上的时钟嘀嗒嘀嗒响，窗外的风透过缝隙呼呼地灌了进来。

姜玫睁开眼，深黑色的眼眸露出嘲讽之色，紧接着变为麻木，到最后，又转为绝望的笑。

看着镜子中缩在角落如过街老鼠的人，姜玫将手指蜷缩在腿边，眼神一时恍惚。

突然，姜玫猛地扯掉了头发上的黑色皮筋，头发披散下来挡住了她的半张脸，镜子里的人一脸平静。

"宋越，我，安意，那个一炮而红的安意。我以为我可以挤进你的生活，可以守住我的荣华富贵，可以得到你的爱，可是，到现在我才知道……你们这些天之骄子从来没有把我当回事。

"我是活生生的人，不是玩具，不是战利品。

"没错。我恨，我恨这场虚荣的富贵，我恨每一个使劲儿把我推上这高高位置的人，让我像个傻子一样，战战兢兢地站在上面，看着你们一个个虚伪地笑、表演。毁掉我的不是你，是这场无休止的捧杀。既然回不了头，那我结束这一切好了。

"结束了，是不是就不难受了？"

姜玫的语气一直很平淡，像是在陈述故事，可细听下去，她的每一个字都在表达情感。

除了刚开始扯下了皮筋，她没再做任何其他的动作。

只有平静，无尽的平静。

可是，她的平静里藏着绝望，带着对宋越刻骨的恨。

尤其是姜玫念完台词的那一刻，嘴角扬起的那丝恰到好处的冷笑，完完全全将安意演活了。

她太厉害了。

姜玫表情恢复正常，拍了拍身上的灰，慢慢站了起来，看着对面还没回过神的几个人提醒道。

“我演完了。”

“你对安意这个角色是怎么理解的？”

江逢最先回过神，咳嗽两声，握着笔头，抬眼看向明显已经出戏的姜玫。

姜玫若有所思地抬眼看向江逢，江逢戴着眼镜，顶着一头乱发，穿着一身极不合身的衣服，似乎要将自己藏在里面，可那灼热的眼神又让姜玫觉得这个导演是个热情的人。

江逢是这两年才崭露头角的导演，这个导演特立独行得很，喜欢挑战高难度，对演员极为苛刻，可大家都想参演他导演的戏。

一来他的名字基本上是票房保证；二来演过他的戏的演员现在都出名了；三来他挑演员，只看演员合不合适，并不在意演员的绯闻和负面传言。

这也是罗娴建议姜玫在试戏时，用演技去说服江逢的原因之一。

姜玫收回目光，垂眸答：“懦弱又清醒。”

江逢意外地重复了一遍：“懦弱又清醒？”

“知道自己被捧杀，却懦弱地承受这一切。看清了宋越这个贵公子对她并无真心，不甘屈辱选择结束这一切，也算清醒吧。不过，这样的爱情还真是……”

“什么？”江逢扶了扶鼻梁骨上的眼镜，追问。

姜玫表情淡淡地笑了笑：“真是可笑又可悲。”

可这个世界上还挺多这样的傻子。

北城机场，穿着一身黑色衬衣裙、戴着一顶黑色棒球帽的姜玫站在人群里，默默地注视着国内到达出口。

直到看到那道熟悉的身影出现，姜玫才退出人群。

夏竹一眼就看到了人群里的姜玫。

即便几年没见，她还是一眼就认出来了。

姜玫的气质太引人注目了，明媚却冷淡，在人群里很扎眼。

黑色衬衣裙将姜玫衬得格外冷清，一米七二的身高，更令她在人群中如鹤立鸡群。

曾有媒体评价她："姜玫单靠这张脸，也能闯出自己的一片天。"

当然，前提是没出事。

"阿玫，你好酷啊！我在国外羡慕死你了，还有你上次摩托车比赛，视频里的你可真的是太飒爽了……有时间我也要试试看！"

姜玫不动声色地接过夏竹手里的行李箱，睨了一眼抱着她胳膊不放的人。

出了机场姜玫准备打车，刚掏出手机就被夏竹拦住了："有人来接，我下飞机就接到了电话。"

"谁？"

"沈妍，我从小一起长大的姐妹。我上回不是跟你提过吗？"

夏竹是北城人，家世显赫，从小来往的朋友自然也都是与她家家世相当的。

姜玫见识过他们那群人吃人不吐骨头的样子。跟这群人往来，没点本事根本往来不下去。

还好她跟这群人切割得早，不至于沦为他们饭桌上的笑谈。

"阿玫，你刚试了《捧杀》的戏？"

姜玫疑惑："嗯？"

"剧本是我写的。你试的是安意？"

"嗯。"

"太好了！我写'安意'的时候，想的就是你！你要是演女主角绝对能火，这个角色太适合你了！忘了跟你说，这剧要去玉城拍，你行不行？"

姜玫神色淡然，表面上不显分毫，心里却一阵波涛汹涌。

玉城。

她的噩梦源头？

荒凉的戈壁滩，残暴的犯罪分子，满身是血的男孩，还有那堵坚硬的胸膛……

鲜活的画面在姜玫的脑子里一遍又一遍地回放，她的身体逐渐僵硬，呼吸也开始急促起来。

"怎么是沈二哥？他不是在大西北吗？"

姜玫的思绪突然被夏竹打断。

回过神的姜玫脸色煞白，攥紧已满是汗的手心。

"上车。"一个低沉的、夹着两分清冷的声音从背后传了过来。

姜玫猛地回头。

黑色的车上，驾驶座上缓缓探出半个身子，男人单手搭在车窗上，上半身穿了件军绿色的短袖，肌肉线条明显。

利落的寸头，身材健硕硬朗。

姜玫的视线多停留了一会儿，逐渐看清那张硬气俊朗的脸。

那人五官深邃，眉骨略高，下颌骨分明。

在姜玫打量他时，对方的目光也敏锐地扫了过来，眼神锋利，掠过她身上像是掠过蝼蚁般。

沈行？

“沈二哥，怎么是你？妍妍呢？”

“在周肆那儿。”沈行轻描淡写地回了句。

他字正腔圆，正宗的北城腔调，姿态漫不经心。

“哦，行，那今儿麻烦沈二哥了。阿玫，你先上车，我把行李放后备厢。”

夏竹刚说完，男人就打开车门大步走到姜玫身边，自然而然地接过姜玫手里的行李箱，然后将之放进了后备厢。

沈行路过靠近的那一刻，姜玫清清楚楚地看到了他脖子上的咬痕。

那是一枚很深的牙齿印。

上车后，姜玫一言不发地靠在后座上闭着眼睛假装睡觉，倒是夏竹一直在跟沈行聊天。

“沈二哥，你不是在西北吗，怎么突然回来了？”

“有点事。”

“听妍妍说沈二哥又升职了，恭喜沈二哥。”

“嗯。”

聊了没几句，夏竹就意识到沈行不是适合聊天的人，再加上本身就有几分惧怕沈行，便沉默了。

车厢里安静下来，姜玫本以为没自己的事，没想到夏竹突然拉着她给沈行介绍：“沈二哥，这位是我姐妹姜玫，是个演员，就那个演《天赋》女主角的。长得漂亮吧？阿玫，这是沈行哥，我姐妹的亲哥。”

也不等二人有什么反应，夏竹自顾自地往下说。

“我们院同辈的，没几个不怕他，沈二哥对我而言就是神一样的存在。沈二哥……太优秀了。沈二哥从小就优秀，沈叔对他的期望也高，打小就管教得很严，二哥什么都要学，什么都一下子就能学会！听我爸说，二哥可能……”

夏竹说到最后声音越来越小，意识到自己说了不该说的，赶紧闭了嘴。

姜玫面不改色地打量了一眼沈行。

沈行坐在前排，神色不明地开着车，似乎并不在意夏竹的话。

也不奇怪。

他要真像其他人那样热络，就不是他了。

再说，属于《天赋》的时代早过去了，就算回到姜玫最出名的那个时候，沈行也不见得会多看一眼。

再说，她在大众的认知里可是个有“故事”的女艺人。

就算没有“故事”，沈行这样的金贵少爷也不见得会瞧得起她。

姜玫现在都记得这男人翻脸不认账的事。

“我不会负责的。

“我醉了，记不清了。

“这件事，我不想让第三个人知道。”

逼仄的旅馆里，沈行神色复杂地打量着姜玫，一句一句地说。

姜玫冷嗤一声。

察觉到驾驶座上男人的目光毫无征兆地扫了过来，姜玫嘴角的嘲讽僵在了脸上。很快，姜玫疏离地扯了扯嘴角：“沈少这样众星捧月的人物，应该不需要我这样的人认识。”

“阿玫，我怎么觉得你火药味这么重，你跟沈二哥有仇？不对啊，你俩都没见过。”夏竹扯了扯姜玫的衣袖，示意她说话可得注意点。

姜玫无辜地眨了眨眼：“没呢，我这不是在说我身份普通，不配跟沈少认识吗？”

沈行眉眼一跳，面无波澜地睨了几眼表情自若的姜玫。

姜玫上车时就取了棒球帽。

姜玫眉眼鼻子都长开了，越发精致了。此刻，她嘴角扯着一丝假笑，配上这几年的沉淀，气质矛盾又夺目。

跟十几岁的姜玫比，现在的姜玫，一个眼神就足以让人沉迷其中。

野性难驯。

沈行对上姜玫那满是挑衅的眼神，脑海中浮现出了这四个字。

可他这人就是倔，偏喜欢驯服不听话的。

两天后，《捧杀》官方微博发布参演的演员名单，姜玫排在第一位，饰演女主角安意。

影帝齐衡排在第二，饰演男主角宋越。

许薇在第三，饰演女配角。

官方微博的这条消息发了不到一个小时就冲上了热搜榜第一。

姜玫再次出现在公众面前，还是以《捧杀》女主角的身份强势而归。

在如今互联网有记忆的时代，人们很轻易地就找到了那些已经被掩盖下去的信息。

她之前的那些新闻也全都被翻了出来。

毫无疑问，姜玫再次成为众矢之的。

骂声此起彼伏，微博被迫“瘫痪”了两个小时。

明明个个在网上发表那些言论时，是恨不得她立刻消失，而对于那些真的消失的人，他们却还能假惺惺地说“雪崩的时候，没有一片雪花是无辜的”。

从前是，现在是。

狭窄的阳台上，姜玫拎着瓶酒，懒散地靠在栏杆上，面无表情地看着对面的高楼大厦。

对面一片灯火通明，姜玫依旧与这个城市格格不入。

几口酒下肚，姜玫只觉得脑子一阵发晕。平日也不至于这么容易醉，今晚倒是出乎意料了。

电话铃声持续不停地响。

姜玫瞥了一眼来电人，看到那串熟悉的号码，不自觉地笑出声。

呵，手机号码还没换呢。

白皙的手指拿起手机，按了接听键。

“姜玫？”

姜玫没出声。

“哑了？”

“没。”

“你的东西掉我车里了。”

姜玫“哦”了一声：“我不要了。”

“倒是高傲，要不您自个儿回忆回忆之前在我面前多卑微？”

姜玫失笑：“那都是多少年前的事了，您还记着呢，真爱我呢？”

那头的人沉默了两秒，挂了电话。

过了几分钟，姜玫猛然想起她掉的东西是什么，立马清醒过来，跳过那几百通未接来电，翻到最新来电，拨了回去。

电话持续响了半分钟才被人接通。

“有事？”沈行漫不经心地靠在暗红色沙发上，懒洋洋地问。

他现在人在185酒馆，这里是他们这群人常聚的地。此刻包厢里人多，背景声嘈杂，姜玫没听清他说什么，却不用猜都知道他那边什么状况。

“我的东西呢？”她直接问。

“什么东西？”

“吊坠。”

“哦，不记得了。”

沈行瞥了一眼时间，跷起二郎腿，不慌不忙地弹了弹沾在他身上的烟灰。

他那黑色眼眸深邃如大海，那里头夹着轻蔑。

紧接着，他挂断了电话。

姜玫看着已经结束的通话，整个人都暴躁起来：“沈行，你有病。”

两分钟后，姜玫的手机里进了一条短信。

沈行：想要吊坠来185，包厢号1111。

姜玫忍着一腔怒火，回复：滚。

沈行：那算了，吊坠我就扔了。

姜玫深呼吸几次，才回复：沈行，你还是不是男人？

沈行阴森地盯着姜玫发过来的短信，嘴角扯出冷笑。

沈行：这个事情，难道你不清楚？

姜玫收到沈行发过来的短信，还没来得及回复，罗娴的来电就占据了整个手机屏幕。

姜玫弯着腰，抵在阳台的栏杆上。起风了，她身上的雾蓝色睡袍被风掀起，垂到腰间的长发更是扬了她一脸。

她接了罗娴的电话。

电话里的人情绪起伏大，呼吸声很重，足足沉默了两分钟才出声：“许薇刚才发微博了。”

“嗯？”

“《捧杀》官方微博发布消息还不到一个小时，许薇就发了微博，意在含沙射影。她那些粉丝，跟疯了似的。好在你几年前就退出微博了，不然这会你的微博底下应该全是她粉丝的评论了。如今，连江逢微博底下的评论，都不能看了。”

罗娴顿了一下。

“安意这角色她可是势在必得，却被你横空夺了。而且她才拿了最佳女主角，风头正盛，却在你这遭遇了滑铁卢。”

姜玫按了免提，将手机放在一旁。白如象牙的手指头缓缓拿起薄荷含片，从里面抖出一颗放在嘴里，霎时，她感觉到一阵清凉。

姜玫手撑着栏杆，嚼碎含片，面无表情地看着这漆黑的夜。

沉默良久，姜玫轻笑道：“她要是没动静，你不就更着急？”

“这部剧大众期待值一直很高，为了拿下安意这个角色，许薇的团队不知道为许薇造了多少势。甚至，大家提到安意，就会提到许薇。你争取到了她要演的角色，她肯定不会善罢甘休我早有准备。只是，我没想到，她会撕破脸皮……”

罗娴说到这里，叹了口气。

她现在也焦头烂额，她想过许薇不会善罢甘休，却没想到如今舆论会失控。

“罗姐，当初那视频都删干净了吧？”

罗娴一僵，握着话筒的手指都泛白了。

当初要不是那段视频，姜玫不会那么狼狈。

为了那段视频，姜玫吃尽了苦头，之前还差点因此丢了命，现在她依然因为这个，不得不默默承受泼在自己身上的脏水。

一想到这儿，罗娴的呼吸声又重了几分，她咬牙：“当初我亲眼看见删干净的。”

姜玫低低地“嗯”了一声：“罗姐，谢谢你。”

“我是想说，你最近几天别出门，给我老老实实在家里待着。我现在去开个会，记住，别给我惹事。”

姜玫挂了电话。

电话挂断后，屏幕上弹出了之前她跟沈行的对话框。

姜玫的目光停留在那条没有发出去的短信上：哦，不清楚。

185 酒馆里，随着舞台中央的乐队敲响第一个音符，众人欢呼地高举双手，很快沉醉其中，随之舞动身体。

这偌大的俗世，好像谁也避不开庸人自扰。

谁知道今晚肆意烂醉的人，明日有多冠冕堂皇呢？

面具戴久了，人们蓦然回首，才发现面具已与肉身粘在一起取不下来了。

沈行早些年也是随大流的一个人，这会儿除了眉眼间有两分不耐烦，没一点意动。

周肆不知何时丢下一众讨好的人绕到了沈行的身边。

“我这有个好消息，还有个坏消息。你想先听哪个？”

沈行一个眼神都没给周肆。

“听不听？”

“没兴趣。”

周肆气得不行，随便端起一杯冰水灌了下去，冷静了点才说：“真不听？那算了，反正你跟姜玫也不熟，她怎么样好像也跟你没什么关系。我这个老板底下手下那么多艺人，也不缺她一个。”

“好消息。”

周肆一时间脸上异彩纷呈。

他赌他今晚要是不提姜玫的名字，沈行怕是一个字都懒得说。

周肆想到这儿，眼含怨念地看了一眼沈行。

“好消息是我续签了姜玫的合同，她还拿到了《捧杀》女主角。坏消息是这女人现在正挂在网络上被人群起而攻之。我就瞧了几分钟，那些人的词还真多花样，我都忍不了……”

“手机。”

“什么？”

“给我看看。”

周肆立马反应过来，立马掏出手机翻到关于姜玫话题的页面，递给沈行前还留意了一眼，那些人依旧吵得激烈。

沈行接过手机，入目的就是那句“姜玫还活着吗？自己经营的‘人设’崩塌了，还逼得小演员跳楼，她怎么能再出来？”

“姜玫不配演安意！”

“这年代什么样的人都配演戏了。”

…………

沈行薄唇紧抿，翻看了几页就将手机扔在了周肆身上。

“你公司养的都是闲人？”

“她的名字刚上热搜，我就让人处理了，你又不是不知道当初姜玫那事影响有多大，现在这种情况不可避免。如今能逆转姜玫口碑的，也只有姜玫自己。不过……有件事我得跟你交代。《捧杀》这部戏的拍摄地点是在玉城，不出意外，她下周就得进组。”

沈行面无表情地握着打火机，时不时地拨动一下，打火机发出咔嚓一声。

眼看着周肆额头上的冷汗冒了出来，沈行才漫不经心地扯了扯嘴角，波澜不惊地嗤笑：“故意添堵？”

周肆一听，更慌了。

“我哪儿敢给哥添堵？这不是我写的剧本，也不是我能决定去哪里拍摄。我是老板没错，可这剧是底下的人筹备的。不过，我审核了，剧本确实不错，姜玫能出演女主角，也是她自己用演技说服了导演。她要演，我总不能拦着。

“再说，玉城不是有哥您在吗，到时候您多照顾着她不就行了？要不哥您给她当保镖，我给您开工资？”

“滚。”

如今人人都戴着虚伪的面具，唯有沈行连装都懒得装。

周肆顺势就滚了，惹不起他。

周肆接完电话回来，吊儿郎当地踢了脚沈行的小腿。

他凑过去跟沈行聊八卦：“许老大来了，还带了个小姑娘。啧啧啧，夏竹要知道了肯定要撒泼，得亏她今晚上没在，不然刚回来就瞧见这一幕不得气死？”

正说着门口就多了两道身影，男人穿着白西装、戴了副金丝边眼镜，看着斯文极了。小姑娘穿着一小白裙，稚气未脱，一看就是未毕业的大学生。

两人倒是登对得紧。

周肆发完短信，抬眼调侃：“哟，妹妹挺漂亮。”

许默旁边的小姑娘从踏进包间开始就很拘谨，盯着地面不敢乱瞧，一脸生涩，显然是第一回来这种地方。

周肆的玩笑话吓得小姑娘都不敢动弹。

许默皱了皱眉，睨了一眼看热闹不嫌事大的周肆，领着小姑娘到空着的沙发旁坐了下来。

刚坐下来，他就说了句：“这是我新带的学生周雯，就是带她来见见世面。”

“姓周？原来妹妹还是我本家的，妹妹学习这么厉害，在P大念书呢？”

周雯满脸通红地点了点头。

周肆身子突然往后仰，双手枕在脑后，说：“夏竹回来了。”

许默听了之后，抬手推了推鼻梁上的金丝边眼镜，脸上多了分诧异，语气却淡了两分：“她没给我打电话。”

周肆一下子来了兴致，接腔道：“许老大竟然不知道？不应该啊。这谁不知道夏竹当年对你，那可是其心可昭日月，你……”

“打算回来待多久？”许默没理会周肆，而是问角落里一直没出声的沈行。

“三五天。”

沈行慵懒的嗓音自昏暗的角落里传出来，他动了动，修长的身躯便暴露在灯光下。

周雯小心翼翼地觑了一眼沈行，一眼瞄到了对方英气逼人的面孔，她下意识地停住了目光。

包间里灯光昏暗，沈行之前坐在角落里，周雯完全没有注意到他，现在一看，就发现这人虽然穿得随意，举止投足却很引人注目。

他往外移了移，那张脸在光线下逐渐清楚。

利落的寸头，五官深邃，双眼皮微敛折了一道不明显的褶子。

黑色短袖配上军绿色的工装裤，简练又帅气，露在外头的手臂，肌肉线条明显。他像一匹在草原奔腾的野狼，狠且凶。

怎么会有这么好看的人?

周雯的目光时不时地落在沈行身上，注意到了的周肆突然笑道：“周妹妹，这位你就别想了，他跟你可不合适。”

周雯的脸骤然变得煞白，眼眶通红，声如蚊蚋地说了声“没有”。

许默睨了一眼看热闹不嫌事大的周肆，随便找了个借口将周雯送了出去。

“小薇知道你回来肯定又要疯了。”包间里这一角又是一阵沉默，许默出声打破尴尬。

许薇是许默的妹妹，许家和沈家可是世交，家里人知道许薇喜欢沈行，都心照不宣地支持。后来，两家长辈在饭桌上还口头说了要结亲的事。

只不过沈行一直没有表态。

他没拒绝也没答应。

沈行皱眉，想的却是刚刚看到的网友评论。

——姜玫不配演安意，安意这个角色属于我们家薇薇。

——安意是许薇的，姜玫滚出娱乐圈。

——许薇发微博不就是表明自己的角色被姜玫抢了吗?

沈行平淡地抬了抬眸，“许薇什么时候去演戏了?”

“她前两年吵着闹着非要去做演员，为了这事，我爸被她气得差点不行，最后拗不过只能答应了。听说前不久还拿了个什么奖，我爸见她开心也就由她去了。”

“她不适合。”沈行评论。

“那谁合适?”

沈行的脑子里不由得冒出女人的身影。

姜玫。

挺合适。

而另一边，得到消息的夏竹敲响了姜玫的家门。

姜玫正在读剧本。

一开门，她就瞧见夏竹一副被欺负了的模样，眼眶红红的。

今天的她穿着一条白色蕾丝裙，一头黑色的长直发规规矩矩地落在肩头，脸上带着笑，但这笑的弧度，感觉像是精心计算出来的。

夏竹长着一张典型的东方女性面孔，看着就很温柔，她日常表现出来的性格也是柔柔弱弱的。

要不是姜玫亲眼瞧见了夏竹是如何回击试图欺负她的一名壮汉的，她也会继续认为夏竹个性软弱，容易受委屈。

用夏竹的话来说就是——“我就是朵纯洁的小白莲花。”

小白莲花这会儿倒不像装的，是真伤心。

姜玫倒了一杯白开水搁在夏竹面前，见她泪眼婆娑的可怜样，了然地问：“许默又招惹你了？”

夏竹一脸震惊：“你怎么知道？”

“你哪次不是因为他搁我这儿哭？”

姜玫重新拿起剧本继续背台词。

夏竹端起水喝了两口，语气愤愤不平：“许默不是人！我刚回来就听说了，他带一小姑娘去185酒馆见世面了。见什么世面啊？那女孩还穿了一条小白裙，一副楚楚可怜的样子。哪个男人不喜欢这样的？许默肯定喜欢。”

姜玫从剧本中抽离出来，不动声色地扫了眼夏竹身上的带蕾丝花边的白色裙子。

敢情这一身是装可怜用的？

“你搁我这儿装可怜没用。”

夏竹眨了眨眼，解释道：“我这不是在你这儿先排练排练吗，一会儿到许默面前，我好哭得更自然点。”

姜玫被夏竹的话噎住，见夏竹一副理所当然的样子，姜玫默默说了句：“祝你好运。”

“阿玫……你能不能陪我一起去？”

“没空。”

“别呀，阿玫玫，你就陪我嘛，没有你，我能怎么办呀？你就忍心看我一个弱女子被他们欺负吗？阿玫玫我这么柔弱，这么……”

在夏竹孜孜不倦的恳求下，姜玫最终还是答应了。

夏竹见姜玫同意，立马收了可怜的样子，近乎咬牙切齿地道：“看姐姐我今天晚上怎么大发雌威！”

姜玫回以微笑。

去的路上车况复杂，没一会儿就被堵住。姜玫坐在副驾驶座上懒散地抬了抬眼皮，看着驾驶座上急躁的夏竹，不由得问：“你跟许默两年前不就决裂了吗？”

“我追了他那么久，拒绝我也就算了。我没回来，没听说有什么小姑娘，我一回来，他就带小姑娘出来了。我不要面子的？”

姜玫：“……”

到了185酒馆，姜玫站在包厢门口，看到上面的号码，愣了一下。

1111号？

还没等姜玫反应过来，夏竹就暴力地踹开了门。

姜玫站在夏竹旁边，清楚地看到了很快跑来的185酒馆的店长额头上冒出了冷汗，显然被夏竹吓得不轻。

倒是夏竹无事人一样耸了耸肩：“这门不太结实。”

门一开，里面突然安静了一下，正在搓麻将的几个人全都看向了门口。

“不好，夏竹真来了。”

周肆今晚输得惨，看见门口的夏竹装作惊讶地丢下手里的麻将。

坐在他对面的许默也看向了门口，看到那道娇小的身影，金丝边眼镜下的眸中掠过一丝诧异。

“姜玫也来了。”周肆看戏似的凑在沈行的耳边提醒道。

沈行下意识地抬了抬眼。

他一眼就看到了夏竹旁边的女人，随之入目的就是那醒目的红色碎花衬衫，她应该是嫌热，黑色热裤配了双裸色的凉拖鞋，看着随意又慵懒。

她巴掌大的脸上，一点表情都没有。

见女人跟夏竹说了几句就离开了，沈行丢掉手里的麻将，拉开椅子出了包间。

昏暗的楼梯间，姜玫倚靠在墙角，慵懒地抬眸看向跟过来的沈行。

这男人比之前更有味道了。

都说寸头是检验帅哥的一个标准，不得不说，沈行这浑蛋剪寸头是真的帅。况且，他的身材也不错，宽肩窄臀，肌肉线条明显。姜玫觉得，沈行比现在流行的清秀型帅哥强多了。

不自觉地，姜玫脑子里浮现起了过去的一幕。

对方硬朗的胸膛以及那个清冷中透着两分不耐烦的声音。

那时的他问：“还活着？”

嗯，活着呢。

恍惚间，姜玫抬头就对上了沈行坚毅的下巴，她下意识地伸手握住了沈行的手腕。

微弱的光横在两人中间。

沈行没动，只抬了抬眼，看着姜玫那张精致得没有一点缺陷的脸，漫不经心地问道："整容了？"

姜玫瞥了一眼沈行，没回应。

沈行倒是没逼迫她回答，他往后一退，姜玫松开了他。沈行便站在了另一头。这幅情景挺有意思的，空荡荡的楼梯间，两人各自站在一侧，脸上都挂着疏离的神色，一副"谁也不认识谁"的表情。

外面的喧嚣衬得此处寂静无比。

等了会儿，耐性宣告告罄，姜玫嘴角扯了扯，却问了一句："你瞧着整得怎么样？"

"漂亮。"沈行对女人，向来不吝啬夸赞。

姜玫突然骂了一句脏话。

沈行刚刚脸上还挂着笑，这会儿消失得一干二净，漆黑的眼眸里酝酿出危险的信号，下一秒，沈行将对面的女人粗鲁地扯到怀里，一个转身，将人困住。

他弯着腰面无表情地盯着眼前的人。

压迫感扑面而来，姜玫却跟个没事人似的，一脸的无所谓，装都懒得装。

只是，这人的力气不是一般大，姜玫只觉得自己像是被对方钳住了。

"姜玫，收回刚刚的话。"

姜玫对上沈行阴沉下来的脸，勾了勾嘴角，笑得放肆："不收会怎样？"

沈行目光沉沉地看着她笑："你试试？"

"哦。那随便。"

对上姜玫挑衅的目光，沈行胸腔里涌出一种不舒服的感觉。

姜玫太会激起沈自己的怒气了，从前是，现在还是。

沈行将人往自己怀里扯了一下，将她整个人悬空抱起，俯身贴在她的耳边，哑着嗓子说："不许去玉城。"

说话间，他的呼吸喷洒在了姜玫的脖子上、耳朵上。

姜玫怕痒，下意识地动了两下。她刚想说话，就被人堵住了嘴。她下意识开始挣扎，但她如何能撼动这个人？

沈行动作强势，她越挣扎，他越凶猛。

直到姜玫一巴掌甩在了他脸上，他才停了下来。

沈行恢复理智，松开姜玫，伸手替她整理衣服。等理得差不多了，沈行才摸了摸自己的右脸，神色复杂："你倒是下得了手。"

姜玫扯了扯嘴角，没什么情绪地开口："吊坠给我。"

"那吊坠是我给你的。"

"那我不要了。"

沈行忍不住头疼。

他伸手将人拉了回来，垂眸耐着性子打量了一圈满脸写着"给我滚远点"的姜玫，从裤兜里取出吊坠塞在了姜玫手里。

吊坠还带着余温，姜玫捏紧吊坠，转身离开楼梯间。

姜玫背影单薄却挺拔骄傲，像极了开屏的小孔雀。

沈行站在背后目不转睛地盯着姜玫，直到姜玫的背影快消失了，沈行才再次提醒道："姜玫，不许去玉城。"

姜玫停下脚步，十分淡定地偏过头，笑骂："关你什么事？"

沈行："……"

姜玫快步出了185酒馆，就给夏竹打了电话。

夏竹正忙，没有接通电话，直接挂了。

姜玫也没打第二次，只发了条短信说自己先回去了。

一夜之间，网络上关于姜玫的那些话题全都消失不见，仿佛从来没有出现过。

并且，有不少网友开始努力夸赞她的脸和演技。

这是盛娱的公关起作用了。

姜玫明白得很，这样的处理方式，只能让评论看起来好看一些，实际上如何，她心里有数。她唯一能做的，就是好好地将《捧杀》的女主角安意演好，演活，演到深入人心。

在进组前，姜玫亲自去了趟公司去签续约合同。

只是，她一进公司，就被叫去了顶层。

她需要去周肆周总的办公室续签合同。姜玫坐在周肆的办公室里，接过周肆递来的合同后，先粗略地看了一遍。

看完最后一页合同，姜玫脸上的犹豫之色越来越浓。

"这合同？"

见她有些迟疑，周肆沉吟片刻，道："有什么不满的？有的话都可以提出来，我尽可能顺着你的要求改。"

姜玫摇头，望向周肆："您是老板，我就是一打工的。合同这块，自然是听您的。我只是有些好奇，我一个十八线都谈不上的女演员，配得上这份合同吗？"

周肆有些怵姜玫，她身上的很多东西都跟沈行像，尤其是这会儿，抬起眼皮看人的架势，跟沈行像极了。

他是盛娱的老板没错，可是盛娱不只有他一个老板。

说回摆在姜玫面前的这份合同，以现在姜玫对公司的贡献，肯定是高攀了。可是盛娱的大老板都点头了，他还能说不?

周肆想到这儿，面不改色地理了理身上的衣服，丝毫不掩饰他作为商人看重的就是利益这一点："你当初能一夜成名，现在自然也能。我看中的就是你身上的这份潜力，这份合同跟你当初签的那份差不多。我话就摆在这儿，只要你能给公司挣钱，公司自然不会亏待你。"

"您倒是看得起我。"说完，姜玫还是当着周肆的面签下了自己的大名。

合同签完，周肆瞥了一眼姜玫那不羁的字迹，有了开玩笑的兴趣道："你这字写得倒是不错。可看不出，你是从专科院校毕业的。"

姜玫面不改色地盖上钢笔盖，笑着回答："老板说笑了，我学历可没那么高，我可是都没拿到毕业证呢。"

周肆一僵，随后朝姜玫摆了摆手，示意她可以出去了。

北城的夏天总是这么干热，出了公司大门，热气扑面而来，整个人像是站在蒸笼里。

姜玫受不住热，没一会儿鼻尖就沁出了汗，身上也黏糊糊的。

难受。

身上的衣服还很吸热，姜玫感觉自己裹了层毛毯似的，热到半个字都不想多说。

好不容易打到了出租车，车一停下，姜玫就迫不及待地钻了进去，直到感受到车里凉爽的空气，才感觉稍微好受点。

不过也没好到哪儿去。

司机是正宗的北城人，一上车就跟姜玫唠嗑，说话时一口标准流利的北城腔。

"哎哟，瞧姑娘额头上的汗，今儿天可真热，这温度都快上 40 ℃了。早前一天，还不到 35 ℃呢。"

姜玫淡淡地"嗯"了一声。

"姑娘您打到我的车还真是有缘，今儿可是我最后一单了。我媳妇儿今儿过生日，我得赶回去陪她吃饭。都说这女人要的是安全感，说句实在的，给再多的安全感，都不如把什么房产证、工资卡交给老婆。这外面的女人再漂亮啊，都不如家里那位……"

后排坐着的姜玫偏过脑袋，脸上没什么表情地望着窗外。至于前排司机说的话，她也只是随意地听了几句。

她更多的是觉得好笑。

要是男人都这么想，她母亲也不至于落得那么个下场。

什么情比金坚，口头上说得爽快，到执行了，不见人了。

她至今记得，母亲去世前，最爱蹲在她身边跟她说："玫玫，不要把自己押在男人手里，靠不住，留不住，也得不到。"

爱情没见着，白骨倒是有一堆。

姜玫想到此处，心间多少有些烦，强制压下心里的不舒服，从口袋掏出手机看了几眼。

司机见姜玫不愿搭话，也识趣地闭了嘴。

这侃大山啊，还是得找个心情好的，会跟他搭戏的。

到了小区门口，姜玫付了车费，推开车门下了车。

姜玫租住的地方是在老城区，小区历时已久，陈设都老旧了，这里面住的要么是一些老租户，要么是留下来的老人。

这里位置比较偏僻，这会儿一路上都没什么人。

她就看中这一点，没人认识她，也就没人来打扰。

进了院子，院子中间种了棵大枣树，枣树上已经挂满了枣，看样子没几天就要开始红了。

姜玫摘过垂下来的枝头上的几颗枣，还挺甜。

一路上了楼回到自己的公寓，门一关，姜玫换了拖鞋，随手将肩上挎的包扔在桌上，整个人直接仰躺在了沙发上。

"回来了？"

背后突然响起脚步声，姜玫下意识地转过身。

夏竹穿着一条小白裙，端着一杯白水，晃悠悠地走过来，顺势将手里的水递给姜玫。

姜玫接过水喝了几口，问道："你怎么来了？"

夏竹凑近后伸手偷偷戳了戳姜玫的肩膀，笑着答道："当然是想你啊。是不是很感动？"

姜玫嫌弃地推开夏竹的脸，毫不犹豫地揭穿夏竹的小心思，问："又是为了许默？"

夏竹被揭穿也没觉得尴尬，反而大大方方地点头。她往姜玫旁边一坐，嘴角扯出一抹淡笑："我那天跟许默谈崩了。"

姜玫握着玻璃杯的手一顿。

她知道夏竹喜欢许默，还喜欢了不止一两年。

两人青梅竹马，都是大院里的天之骄子，再加上两家是世交，长辈因乐见其成，还曾极力撮合两人。

夏竹虽然嘴上嫌弃，但心里认定了许默。

他们这种家庭，利益牵扯之下，所有的人婚姻都不由自主。夏竹清楚得很。能喜欢上许默，得到家里人的支持，夏竹自认已经比其他人幸运许多。

她以为，许默与她有默契，不想他压根儿不这么想。

上大学没多久，许默就谈了个女朋友。

夏竹见了那女孩一面，那完全是跟自己不一样的人。许默想做什么？他是想反抗长辈，还是想羞辱她？夏竹认为是后一种可能，她一时气不过，便去找了那个女孩。那个女孩如夏竹所愿跟许默分了手，但许默也正式宣告跟夏竹决裂。

后来，许默入职了 P 大，夏竹被家人强制送出国，两人从此井水不犯河水。

姜玫知道这些事，还是夏竹二十岁生日那年喝多了自个儿说出来的。

夏竹这次回来，还以为这事已经过去了，没想到在许默那儿压根儿没有过去。

姜玫听完，也只是喝了口水。

感情这事向来说不清道不明，姜玫一个外人也没资格评价什么。

“阿玫，他到现在都觉得是我娇纵任性，是我逼走了那个女人。当初我明明说得很清楚，她要走，我给她两百万；她留下，我也会跟她公平竞争。不过，那女人还真没让我失望，许默在她那儿就只值两百万。”

夏竹越说，就越气。

“就算我没给她两百万，就凭她，她能嫁进许家吗？外人只知道是我夏竹心狠手辣，拆散了一对有情人，不知道我也只是被推出来示范的。许默那么聪明，怎么可能不懂？他不过是被爱情蒙蔽了双眼，自以为能逃脱宿命罢了。可是，我们出生在这样的家庭，享尽了家世带来的好处，不可能一点都不回报吧？这道理我都懂，他难道不懂？”

夏竹白净的脸上浮出淡淡的嘲讽。

“阿玫，我们并非像表面那样风光，多的是身不由己。”

她这话，一半是嘲笑自己，一半是嘲笑许默。

姜玫伸手搂住夏竹的肩膀，象征性地安抚了一下：“你跟许默不太合适。”

“哪儿不合适了？”夏竹咬着唇，回抱住姜玫，小声问。

他们明明是青梅竹马，门当户对，还势均力敌。

夏竹长得温婉，在外人面前也一直是一副柔柔弱弱的、什么都不懂的样子。

可不只是她自己清楚，她到底是什么样的性格。

姜玫抬手替夏竹拨开落到她脸上的头发，语气淡淡地说：“许默要是喜欢你，也不会忍心让你在外面漂泊几年。更重要的是，没有哪个男人愿意被一个女人耍得团团转。”

夏竹脸上的表情突然僵住，手指不着痕迹地捏紧。

两分钟后，夏竹突兀地笑了出来，语气平和地道：“阿玫，我没想过他会恨我，但事实是如此。”

说完，她深深吸了一口气，像是释然了：“下周我跟你一起去玉城，我冷静冷静。”

听到“玉城”两个字，姜玫的呼吸停滞了一两秒。

她并不想去玉城。

到现在，她耳边还回荡着沈行那天晚上说的话：“姜玫，不许去玉城。”

“阿玫？”

姜玫回过神。

只见夏竹弯腰拿起姜玫包里露出来的合同，翻开看了两页，夏竹看到合同的乙方处姜玫已经签下了自己的名字，道：“你跟周肆哥签约了？”

“嗯。”

“看这条件还不错。不过这违约金有点高啊，三倍违约金。你的经纪人还是罗娴？”

姜玫应了声“是”。

“说起来，当时周肆哥创业，他家里人很是反对，尤其是周叔，他直接就断了周肆哥的经济来源。后来，周肆哥跑到青市找还在念书的沈二哥，也不知道他怎么说动了沈二哥，最终，沈二哥居然跟周肆哥一起创立了盛娱。不过，周肆哥也没让沈二哥失望，将公司发展到了如今的地步。说来，沈二哥在盛娱怎么说都有一半股份。”

听罢，姜玫神色不明。

又是沈行。

只是，沈行拥有盛娱的股份这件事，她是不知道的。

要是知道了，她不可能签那份合同。

夏竹没察觉出姜玫的情绪变化，反而打趣了一句：“周肆哥喜欢你这样的，漂亮，脾气还倔。你跟周肆哥有没有可能？”

姜玫摇了摇头：“周肆跟我没关系。”

夏竹也就随便说说，闻言就换了话题：“哎，你拍《天赋》那会儿，不是有个男朋友吗？那人是谁啊，我当初怎么问你都不说，要不是我偶然听到你打电话，你怕是还会继续瞒着我。现在想想，电话里的那声音挺熟的，是我认识的人？”

姜玫愣住了。

男朋友？

要不是夏竹提起，她都忘了。

“都过了这么多年，你倒记得清楚。我俩早分了。”

“真的是我认识的人？”夏竹的眼睛一下子亮了，连忙凑到姜玫耳边，好奇地小声问。

姜玫下意识地避开，敷衍道：“不是。”

“《天赋》的导演是在青市挖掘到你的，你那男朋友是不是青市的？”

姜玫低着头看合同，假装没听见。夏竹本来就不是特别想知道，见姜玫这么一个姿态，也就没再问下去。

这天半夜，姜玫再次被噩梦惊醒，她浑身是汗地醒过来。

卧室一片漆黑，安静得可怕。

姜玫坐起来揉了一下头发，凭着记忆找到了开关打开了灯。

灯一开，房间骤然亮了起来。

姜玫看着熟悉的环境，松了一口气。

她拿起手机看了一眼时间，已是凌晨三点。

姜玫睡意全无，无所事事地摁亮手机，发现里面躺着一条未读消息。那一串陌生的号码，发给她两个字：电话。

姜玫嗤笑一声，下一秒点开了通话记录，手指停留在那个陌生号码上，犹豫一会儿，最终还是拨了出去。

音乐持续了四五秒电话就被人接通了，那端传来夹杂着睡意的沙哑嗓音：“姜玫？”

“嗯。”

听着那头传来的窸窸窣窣的声音，沈行掀开被子站了起来。

沈行大手握着手机缓缓走到落地窗前，视线落在对面的巨大显示屏上。

“睡不着？”

姜玫的呼吸滞了两秒。

“说话。”

沈行没听到回复，再次说了一遍。

“沈行，你还记得当初在青市我跟你说过什么吗？”

说过什么？

那满身是刺的人站得笔直，仰着脖子，满脸挑衅地对他说：“从今以后，我姜玫跟您沈少爷形同陌路，您做您的天之骄子，我做我的戏子、演员。我出了什么事不用您负责，您也别和我再纠缠不清。”

沈行蹙眉。

他当然不会忘，但此刻姜玫提起，是什么意思?

姜玫并没有打算放过沈行。

她做了噩梦现在还没缓过来，梦到的不是别人，就是沈行。

她梦到了当年。

当年在A大门口，沈行因为她，释放了心中的恶兽。她第一次知道，沈行清冷的表面下，藏着如此凶狠的一面。

这令姜玫忍不住感到恐惧。

那时候，姜玫以为沈行真的如别人说的那样爱她，才会如此。后来她才发现他只不过是占有欲强，不愿别人碰他的东西，更见不得别人觊觎他的人。

最好，连一根头发丝都不要被别人看到。

更有甚者，连她的未来，他都要插手。

那时，导演找到她去出演一个角色，还不等她回答，沈行就直接替她拒绝了。

面对她的质问，站在她面前的沈行双手插兜，一脸平静地向她陈述：“姜玫，我沈行有原则。做我的女朋友，一不能从事演员行业，二最好家庭能够单纯。”

后来，她才想明白。

沈行的这番话，无非是在提醒她要听他的话，不要做那些让他不高兴的事。

可惜，这两个条件，她都做不到。

人和人，是完全不同的，对于命运的无常，人生际遇的参差，姜玫早就领教过了。

沈行这样的人，跟她在一起不合适。

她跟沈行注定有缘无分。

此时此刻，姜玫蹲坐在床头，偏过脑袋静静地看向窗外，窗外一片漆黑，没有一丝光。

她真想知道拥有幸福的人是什么样的，会笑，还是会流泪，抑或是会开心地说个不停?

临近凌晨三点十五分，姜玫隔着电话问沈行：“沈行，你后悔过吗?”

电话那端传来短暂的一阵沉默，紧接着，通话结束了。

这偌大却孤独的世界，让人阵痛，让人麻木，让人赤身裸体，让人无处安放自己。

《捧杀》官方微博出通告后的第三天，“姜玫”这个名字再次上了热搜。

热搜话题前三——“姜玫滚出娱乐圈”“姜玫，许薇”“姜玫，安意”。

一大片恶意朝姜玫铺天盖地地砸了过来，夜里姜玫坐在漆黑冰冷的客厅一遍又一遍地点亮屏幕。

屏幕上充斥着各种触目惊心的字眼。

凌晨六点，黑夜被黎明撕开一道口子，光从口子倾泻进来。

姜玫一夜未眠，忍着疲倦抬眼望着窗外渐明的天色。

天亮了。

手机黑了。

姜玫揉了揉红肿的眼睛，迟缓地站了起来，丢下手机转身走向卧室。

她得睡一会儿。

睡醒后才有精力处理那些事。

绕是周肆这般人物也没料到事情竟会如此发展，这无疑是明晃晃地打了他一巴掌。

盛娱公司总裁办公室，周肆气急败坏地将手机丢在一侧，掀开椅子站了起来，指着助理的脑袋骂：“公关部的那些人都是些废物？我让你给我钉着舆论风向、钉着许薇那边，你就是这么钉着的？”

谢远站得笔直，面带恭敬，一脸愧疚：“我也没想到那边这次……这么不按常理出牌。您上回做了公关处理之后，就听说许总生气得很，扬言要撤资。这回，公关部也是想让周总您把把关，万一许总真的要撤资……要不您先冷静冷静，姜小姐的事您先放一放？”

周肆斜了谢远一眼，冷笑：“照您这意思我还得感谢您提醒了？”

谢远惶恐地摇头。

周肆头疼得厉害，烦躁地摆了摆手：“必须给我处理好。”

“许总那边？”

“去帮我约他，时间就订在中午，我亲自去。”

谢远诧异地抬头，欲言又止：“为了姜小姐？”

“小远，注意分寸。”周肆眯眼瞧着眼前的谢远，说道。

谢远的父亲是老太太的远房侄子，当初老太太安排谢远父亲到周家工作，谢远从小跟在周肆身边，现在也是周肆的助理。

私底下两人是兄弟，可在公事上，他可由不得他置喙。

谢远闻言恭敬地弯了弯腰，嘴上却不忘提醒："老太太早前交代过，我得看着您点。还说了，让您别伤了妍小姐的心。"

老太太是周肆的祖母，也是周家说一不二的当家人，周肆父亲平日里都得恭恭敬敬地站着听老太太的教训。

谢远说的妍小姐，姓沈。

老太太和沈太太交情深，一早就给家里两个小辈安排了这桩婚事。

谢远冒着得罪周肆的风险也要提醒周肆，也是职责所在。虽然谢远现如今是周肆的助理，可他还有一重身份，是周老太太明摆着放过来的眼线。

周肆烦躁地揉了揉眉心，又吩咐了一句："周末行程取消，订一艘游轮，到时我带妍妍出海散散心。中午饭局不变。"

待谢远离开，周肆一个人坐在办公室，犹豫几秒还是拨了一个电话号码。电话接通，周肆率先开口："闻哥，姜玫的事我尽力了啊。兄弟我到现在都怀疑您回北城这一趟，不是来探望老爷子的，而是来替那位收拾烂摊子的。"

电话那头的人并不出声。

"我都想给您颁发一个最佳前男友的奖状了，您说您，这背后做了善事也不给人知道。哎，听妍妍说您今天要跟许家人吃饭？这敢情好啊，您往那饭桌上一坐，脸一摆，不正好替姜玫出口恶气……"

话还没说完电话里就传来嘟嘟声，周肆望着被挂断的电话真想骂人。

姜玫睡了不到两个小时，被江逢的一通电话吵醒。

江逢简洁地说明来意："聊剧本，下午一点半，秦记 103 包间。"说完不等姜玫回答他就挂断了电话。

姜玫看了一眼通话记录。

刚好十五秒。

下午一点二十分，姜玫走进秦记 103 包间。

江逢已经在了。

他坐在镂花雕刻的窗户边的实木椅上，依旧穿着一身不合身的黑色宽松 T 恤衫和一条藏青色五分裤，脚上是一双老式凉鞋，头发凌乱不堪，鼻子上架着的眼镜左边镜片裂了一条缝。

姜玫只打量了两眼就收回了目光，进包间后顺手把门带上了。

江逢听到动静转过头来，缓缓审视姜玫，半分钟后，出声道："你没戏了。"

姜玫脚步停滞了半秒，坦然道："我猜到了。"

直到姜玫拉开江逢对面的椅子坐了下来，江逢才继续说："我看过你出演的

《天赋》，演得确实不错，不过没报道说得那么夸张。你只是找到了适合的角色，并不代表你会演戏。或者说，你的表演一文不值。”

姜玫神色如常地坐定。

空荡荡的包间里，两人无声地坐着对峙。其间谁也没看谁，连该有的客气都没有，可见两人都不想敷衍对方。

中途，江逢的手机响了两次，两次都被他挂掉了。第三次铃声响起时，江逢脸上的表情才丰富了一点。

他接了电话。

包间里很安静，可以轻易听到手机听筒里传来一个年轻且欢快的声音。

“江逢，你又去哪儿了？家里停水了。还有，你能不能跟我的表演老师打个招呼，帮我问问我暑假能进组拍戏吗？回家记得给我带杯珍珠奶茶，我要冰的。”

“停水了找阿姨，暑假不可以拍戏。江予，你生理期不能喝冰的。”

“你还没回答我你去哪儿了。”

江逢眼中闪过一丝宠溺，才从容地解释道：“跟人吃饭。”

“谁？”

“你不认识。”

“说了我不就认识了吗！江逢！你是不是又不想理我了！不想理我……”

“姜玫。”

“啊！她啊！我要签名！照片！照片！”女声一下子变得激动。

江逢揉了揉眉心，没理会电话那端的小姑娘直接结束了通话。

坐在江逢对面的姜玫一字不漏地将对话听进了耳朵，她好像看见了江逢的另一面。

这一面，跟传闻中不近女色、特立独行的他不太一样。

当然作为一个待在这一行已久的演员，姜玫只会假作自己什么都没听到。

这时，她听到江逢略带窘迫地问：“能不能麻烦你给我签个名拍个照？”

那冷淡没表情的脸上罕见地多了一丝尴尬。

毕竟，他可能也没想到前几分钟他才毫不留情地批评姜玫的演技，转眼就要求人。

姜玫不禁莞尔：“不嫌弃的话，可以。”

“她很喜欢你。经常在我耳边提你，如果不是她，我不会替你争取这次机会。”江逢说着，将左手边的一份纸质合同推到了姜玫面前。

姜玫垂眸看向合同。

这是一份个人担保书。

江逢将他的所有身家都压在了这份担保书上，担保书内容大意是“启用姜玫为女主角以及《捧杀》后续拍摄播出若出了问题都由江逢一人承担”。

签字页上的“江逢”两个字肆意飞扬，真是字如其人。

姜玫恍惚片刻，竭力压制住心底的震撼，拿起江逢递过来的明信片翻过来写上了自己的名字，明信片正面印的是她的照片。

准确地说，是二十岁的她的照片，那时的她刚拿了最佳新人奖，眉眼里满是桀骜不驯。

实际上，现在的她，又何尝不是满眼桀骜？

姜玫签完名后，将明信片连同担保书一起交给了江逢，东西递到江逢手里的那一刻，姜玫身体有意往下低了几分。

江逢问：“你当演员是为了什么？”

姜玫这个女人，桀骜难驯，一身傲骨，这样的女人根本不适合这个资本横行的圈子。

“真话假话？”

“你随意。”

“为了活着。”姜玫说这话时，黑白分明的眼睛里装满了平静，可浑身上下充斥着被世俗污染的气息。

江逢摇了摇头。

他后悔问这个问题，有些答案还不如不知道。

出了包间，江逢转身下楼往奶茶店走去，姜玫则去了洗手间。

洗手间里干净安静，水龙头哗啦地冲着水。

“小薇，你一会儿进去跟沈行好好说，别跟他闹，你的脾气也该收敛收敛了。”

“妈，沈行哥这次怎么突然回来了？”

镜子里出现两道身影，有两人慢慢靠近了，她们停在一侧，打开了姜玫旁边的水龙头。

姜玫面不改色地退开半步，将口罩戴上，还将帽子往下压了压，在许薇的目光落在她身上前离开了。

离开前她还听到半句话：“这次最好趁他回来先把婚约订下了。”

出了洗手间，姜玫迫不及待地往楼梯间走。

楼梯的灯没亮，楼道里很暗。

姜玫走得急，下楼踩空了一步整个人朝前摔了下去，膝盖直接磕在了楼梯的边沿，她下意识往后一退，摔了个屁股墩。

疼痛从膝盖蔓延到了四肢，姜玫咬紧唇瓣，单手撑在栏杆上迟缓地站了起来。

额头的冷汗不断冒了出来。

太痛了。

姜玫弓着身子从包里掏出手机打开手电筒。

膝盖上已经磨破了皮，渗着血珠。

“姜玫。”

背后响起细碎的脚步声，姜玫握紧栏杆，面上恢复正常。

沈行本来是打算出来透透气，刚打开楼梯间的门，就见到了角落里的身影。

沈行一眼就看到了地上的血迹，不由得开口喊了一句。

姜玫在沈行走近前挺直腰杆，关掉了手电筒。

楼道里再次昏暗下来。

“闻儿，你在这儿站着干吗？”

“透透气。”

沈行瞥了一眼窝在暗处的人，往回走了两步拦住徐敏的视线。

“透什么气？你爸前两年查出肺出了问题，现在还将养着呢。你别跟他学，这身体健康比什么都好。”

沈行无奈地笑了一声，最后一边往外走，一边笑着说：“就不是您想的那样，我真的来透气的，现在陪您回去，您不念叨了吧？”

“你这孩子就知道跟我贫。别一直站在外面，让你许叔他们看笑话不好。你爸今儿高兴，估摸着要在饭桌上提几句你的婚事。闻儿，你今天可别跟他闹脾气。”

“行，都听您的还不成吗？”

“我刚听你喊了一声，你叫的是……”

“您可别乱猜了，我就出来透个气哪儿来的人让我喊？您不是忙着催我呢，快进去吧。”

说话的人越走越远，声音也越来越小，姜玫逐渐什么都听不到了。

她一直忍着痛靠在墙壁上躲在阴影里，这会儿走出黑暗，低头看了看膝盖，又默默抬眼望了望刚刚沈行站的位置。

那里已是空荡荡的了。

膝盖上的伤口好像没那么疼了。

姜玫垂眸，在原地站着，一动不动。

叮的一声，手机振动。

姜玫面无表情地从包里取出手机。

沈行：等我。

姜玫盯着这条消息发了很久的愣。

十分钟后，沈行的身影出现在楼梯口。余光注意到了有人来，姜玫依旧维持着原来的姿势。

沈行阔步走到姜玫跟前，垂眸瞥向姜玫的膝盖。

她的膝盖红肿着，血迹斑斑。

沈行皱眉，扯了扯脖子上令他不适的领带，蹲下身认真地察看了一番姜玫的伤，伤口有些骇人。

“能走？”

姜玫抬了抬眼皮，波澜不惊地点头。

昏暗的楼梯间，两个人面对面站着，各自的脸上都挂着看不清道不明的情绪。

沈行瞧着姜玫嘴硬的样子，冷嗤一声：“挺能装。”说完，他一把搂住姜玫的腰将人横抱起来。

他没带她走电梯，而是走楼梯。

姜玫若无其事地靠在沈行坚硬的胸膛上，手轻搭在他的胳膊上。

“你要结婚了？”姜玫歪头轻声问道。

沈行蹙眉：“订婚。”

“哦。恭喜。”

沈行脸上的不悦渐渐扩散，薄唇抿出讥讽的弧度：“恭喜？我需要你来说这句话？”

姜玫表情淡淡地摇头，不知不觉间收回了搭在沈行胳膊上的手：“不需要。”

楼梯间里没什么人，沈行轻松地抱着姜玫走下楼，走到了地下车库，他才将姜玫放下来。

沈行给周肆发完短信后，跟姜玫简单交代道：“我只能出来几分钟，一会儿周肆来接你，你跟他去医院。”

刚说完，不远处的车就按了一声喇叭，里面的人摇下车窗伸出半个身子喊：“磨蹭什么呢，真当我是司机了？”

沈行睨了两眼周肆，不客气地吩咐道：“送她去医院。”

“得，真把我当司机使唤了。”

沈行不动声色地皱眉。

离开前，姜玫趴在车窗上回头默默望着站在原地的沈行，两人的视线在空中交会。隔着一段距离，姜玫也不知道是不是自己的错觉——沈行对她有几分真心？

他今日穿得正式，剪裁得体的高定西装将他勾勒得多了几分金贵，跟当初在青市的样子也没相差多少。

那时候的沈行不过二十来岁，为人处世十分任性。现在的他，依旧如此。

直到现在，姜玫都记得自己第一次遇见沈行的场景，那是她前二十五年里最狼狈的一个晚上。

她的父亲姜志国，虽然在她十六岁才入狱，可他欠下的一大笔债务，让她十三岁就不得不找好心人帮忙，靠着帮忙洗盘子才挣到学费念书。她十六岁后，更是不得不开始替姜志国还债。

好不容易熬了几年，在某个夜里，她被一群社会青年拦住了。他们名义上是来讨债的，实际上是想占她便宜。她逃了几次，这次她没逃脱，被他们堵在了无人路过的巷子里。

如果不是沈行，她可能会毁在那个晚上。

沈行是怎么出现的？

坐在周肆车里的姜玫闭上眼睛，仔细回想那一晚发生的事。

那是个漆黑无光的夜晚，她穿着破旧的棉服被人堵在巷子里，完全反抗不了那些人。他们伸手扒她的衣服，她害怕极了。身上只剩下最后一件衣服的时候，骑着摩托车的沈行突然冲进了巷子。

于她而言，从天而降的沈行仿若天神。他脱掉了他的皮衣外套，随手扔在她脑袋上。一片黑暗里，她只听得一些闷声呼喊，等安静下来，她将头上的皮衣外套扯开，就见巷子里只剩下她跟沈行两个人。

寸头、黑色短袖、深色牛仔裤、黑皮靴、脸上挂着戏谑的笑，下巴处隐约可见瘀青，脖子上挂着的铜色的子弹吊坠微微反着光，整个人十分帅气。

他那漆黑的瞳仁里装着淡漠，眉目间满是不耐烦。他看她时脸上并没有其他的表情，自顾自地扶起倒在地上的摩托车，随后长腿一跨，骑了上去。

坐上车后，沈行双腿蹬在地上，偏头冷漠地问：“去哪儿？”

说完，他又评论了一句：“丑。”

后来姜玫才知道，沈行说她丑，是因为他的朋友一直在他耳边夸她漂亮。

沈行这样叛逆的人自然不会听。

很长的一段时间里，这人都觉得她丑。

其他人将她夸得天花乱坠，他也只神色不明地坐在她旁边，嘴角掀起淡淡嘲笑，漫不经心地回一句：“哪儿漂亮？这么丑。”

那一晚，姜玫安静地上了摩托车，坐在他的背后，手不自觉地搂住了他的腰。

搂上去时，她清楚地感觉到了他那一瞬间的停顿。

沈行的后背很宽阔，很温暖。

那是姜玫那些年唯一值得珍惜的记忆。

其余的回忆全都被时间清洗得差不多了，唯独那个晚上那个人那句“丑”让她这么多年都不曾忘。

这句话和这个人已经在她记忆里生了根，发了芽。

车里空调开得足，冷飕飕的。一路上，周肆说个不停。

“这大热天的，我都吓出一身冷汗，我还以为出了什么大事。你没事跑秦记干吗？要是被媒体知道了又得编出什么来。我现在还真有点后悔跟你续签合同了，还真是个麻烦精。”

姜玫置若罔闻，偏着脑袋，出神地望着窗外不停变换的风景。

窗外树影斑驳，阳光刺眼，行人匆匆。

周肆透过后视镜打量了姜玫一圈，见她情绪不怎么高，忍不住叹气。

叹完了，周肆劝道：“你见了沈哥，也知道他今儿是在跟许家吃饭了。既然知道，你也就应该明白你跟沈哥没未来。他替你做的事够多了，你也别太贪心。”

见姜玫不为所动的样子，周肆又说：“他跟你可不是一个世界的人，你要真有良心就别再祸害他了。现在他可是有很多人钉着，就想抓到他的把柄。至于你，就是他人生里最大的不确定。您要真想跟他划清界限，可别在他面前晃了。”

姜玫收回视线，面不改色地回道：“周老板，我跟您的关系好像还没熟到可以坐下来谈论我的私事的地步。”

那张白皙的脸上挂着若有若无的笑，好似在笑周肆多此一举。

“行，你姜玫有骨气，自然不会继续跟我们这些人有丁点瓜葛。当初可是你跟沈哥提的分手，如今摆出这副样子是要恶心谁呢？”

周肆话说得很直白，压根儿没给姜玫留情面。

姜玫知道周肆是在替沈行抱不平，所以没回应。

后面的路程，两个人都没再说话，周肆将人送到医院门口，便驱车离开了。

姜玫处理完伤口，已经是一个小时后了。

中途，罗娴给姜玫发了日程安排——下周三剧组出发去玉城，至少要在玉城待两个月。

姜玫这回心里没一点波澜。

有些事躲不掉，有些人该遇到还是会遇到，该重逢还是会重逢。

究竟是孽缘还是善缘，还得看老天的安排。

人生在世，豪赌一场也未尝不可。反正，是输是赢，也没有什么关系。毕竟，要是什么都能以输赢定，也不至于事事都这么狼狈了。

姜玫曾经想过，她跟沈行到底谁才是赢的人，但是直到现在，她都没有答案。

夏竹铁了心要去玉城。夏竹的父母从小就宠着她，她要什么都答应。这一次他们也没拗过她，同意了让她去玉城。

夏竹决定在临走前大张旗鼓地举办一个告别派对。

姜玫拒绝了两次，第三次夏竹鬼哭狼嚎地嚷嚷着不让她拒绝。姜玫没办法了，只能答应。

这次聚会，夏竹弄得很隆重，活像是久别不重逢。她还邀请了不少人，预想到时候场面一定热闹得很。夏竹很满意，美其名曰："离别之际，来日不可追，趁当下尽情享受。"

聚会地点在夏竹在西郊的一处私人别墅里。

姜玫很排斥这种聚会，她跟参与聚会的这些人格格不入，有着云泥之别。

但是夏竹需要她，她就去。

夏竹在十九岁的时候认识了姜玫，一个是初生牛犊不怕虎的编剧，一个是初来乍到的新人演员。

夏竹跟姜玫完全是两个样子。

夏竹热烈又灿烂，姜玫孤独且落魄。

两人在剧组磨合了几个月，谁也没想到，居然成了挚友。

姜玫出事那段时间，夏竹自己也出了意外。她家里人强行将她送出国，离开前，姜玫没来得及看她一眼，有了联系后，夏竹每天一个电话。

夏竹仗义，只要一想到在姜玫受苦受难的岁月里，她一点忙都帮不上，她就难受、愧疚，就忍不住流泪。

姜玫宽慰了夏竹几次，也没让夏竹心情好些。回了国，夏竹总是照顾姜玫，做什么都问她，这次聚会也如此。

别墅是独栋的，坐落在麓山公园附近，里面娱乐设施完备，站在二楼的露台上刚好可以看到外面的枫叶林。

这会儿枫叶绿油油的一片，风一吹，掀起一片绿浪。

夏竹忙着招呼朋友，姜玫没去凑热闹，一个人躲在露台小酌，桌上摆着的，是老北城的特色酒菊花白。

西晋《风土记》载："汉俗九月饮菊花酒，以袚除不祥。"

菊花白酒至今有一千多年的历史了，听说以前可是专供宫廷的酒，如今价格倒很是亲民。

姜玫抿了几口，唇齿留香，还不怎么醉人。

小酌到一半，夏竹突然出现："阿玫，我带你见几个人。"

夏竹今日穿着一袭酒红色的抹胸礼服，天鹅颈上配饰闪耀，整个人明艳飞扬，夺人眼球。

姜玫眨了眨眼，随手放下酒杯，夸了一句："你今天好看。"

任谁都禁不住夸，果然，夏竹凑过来，笑得一脸灿烂："嗯，漂亮到你都嫉妒了？"

姜玫身上残留着菊花白的醇香，夏竹不由凑得更近了。

姜玫也没躲开，只是问道："见什么人？"

"有两个制片人和导演，还有周肆哥和沈二哥他们。对了，还有我的姐妹沈妍，她是沈二哥的亲妹妹，性子跟你还有几分像，都挺野。我跟你说，她前段时间一个人去了A城，那里每天都出大新闻，她倒是一点也不怕。还去玩了深潜，拍到了鲸鱼……"

姜玫静静地听着，没搭话。

"你跟她要碰面了，她肯定会喜欢你，你俩都是一类人……"

姜玫出声打断夏竹："夏竹，我跟你，跟沈妍，跟你们任何一个人都不是一路人。我们是朋友，但我们仍然不一样，一开始就不一样。"

夏竹望着姜玫那张干净得没有一丝瑕疵的脸，一时沉默了。

她和姜玫之间确实存在鸿沟，而这条鸿沟不是她无视就不存在了。

她们是好朋友，但她不应该勉强姜玫进入她的朋友圈。就如姜玫说的，不是一路人，她们成了朋友，一起度过了一段快乐的时光，难道还不够吗？

这世上多的是无可奈何，多的是苟且偷安。

能偷得一时，便是一时了。

但夏竹不想自己的朋友一个人在角落里，看着其他人快快乐乐的。

姜玫不想参与其中，可至少不应这么孤独。

被拉出了角落的姜玫只看了人群中的沈妍一眼就明白了，沈妍跟她这辈子都不可能成为一类人。

一个是人间富贵花，一个是受苦受难后长成的野玫瑰，前者拥有数不尽的底气，后者有的只是破釜沉舟后的满目疮痍。

那满是自信的女孩昂首站在沈行身边，只这一幕就已经令人心生嫉妒了。

齐耳的碎短发底下是一张无可挑剔的脸，她打扮得精致，眉眼间跟沈行有几分相似。两人站在一起，一眼就能让人分辨出两人的关系。

姜玫收回打量的目光，隔着人海，隔着千万重差距，与人群里的沈行遥遥相望。

四目相对的瞬间，姜玫下意识地抖了一下。沈行站在大厅最不显眼的位置，可此刻最不显眼的位置因他成了最抢眼的 C 位（核心位置）。

他这样的人，生来就是站在 C 位的。

大多数人都是衣衬人，他不同，他是人衬衣。

深黑色休闲装、黑眸里看不分明的笑配上那张冷峻的脸，只需简单几笔就能勾勒出一个鲜活的沈行。

尽管姜玫站在二楼，站在所谓的高处，可与沈行对视的那一刻，姜玫再一次体会到了什么叫“天冠地屦”。

俗世里的人，都在叫嚣人人平等，都在企求公平公正，可俗世里的大多数人也都清楚，完全的平等和绝对的公平公正，只存在于理想国内。

有人居高楼，有人处深渊；有人鲜衣怒马，有人衣不蔽体；有人理想满肚，有人满腹牢骚。处处都是对比，处处皆是人世间。

姜玫恍惚的工夫，夏竹已拉着她下了楼。

一路上，夏竹都在小心翼翼地打量姜玫的脸色。

见她脸色还好，夏竹试探地扯了扯她的衣袖，小声说道：“我没想到沈二哥也来了，本来我还找人安排了一场摩托车比赛。放心，比赛的手续齐全，裁判公平公正，除这次比赛不公开之外，跟其他正规的比赛，没有什么不一样。而且，我给第一名设置了奖励。”

夏竹越说越小声。

“我都算好了，这次比赛不公开，能参加的人水平也就那样，你去参加，顺理成章拿到第一名。没想到沈二哥来了，也不知道这比赛还能不能顺利举办。沈二哥这人稳重理智，动不动不准我们这不准我们那的，说我们是瞎胡闹。”

姜玫忽略她话里不中听的部分，假装不经意地问出自己关心的问题：“奖金很丰厚？”

夏竹轻轻点了点头：“奖金不算多，但还有别的奖励。”

姜玫了然。

她偏头看着认真替她着想的夏竹，伸手拍了拍夏竹的手背，拒绝了：“这场比赛我不参加。”

“阿玫……”

“夏竹，我真的把你当朋友。”

这已经是今天姜玫第二次说这样的话了，夏竹顿时哑了火。

我真的把你当朋友，意味着我不会占你的便宜；而你是我朋友，但不意味着你的朋友也是我的朋友。这种比赛，她不参加最好。

“夏竹，你这派对开得不错，不愧是从国外回来的，跟我们这些在国内待的土鳖就是不一样。瞧你这儿的气氛，还真跟别的地儿不同。”

周肆不知何时站在了沈妍身边，吊儿郎当地跟夏竹搭话。至于夏竹旁边的姜玫，已经被他忽略得彻底。

“听说你还安排了赛车？我还只看过没玩过，不知道我今儿能不能上场？这输赢不要紧，开心最重要。妍妍回来了，我总要特别欢迎一下的。”

夏竹为难地看了一眼姜玫。

姜玫不在意地回了夏竹一个眼神，接到姜玫的信号后，夏竹才放心带着周肆往另一边走去。

参与聚会的人们，都是几个人凑在一堆格外和谐；反而姜玫孤身一人，待在这场聚会里显得突兀。

夏竹邀请的人，姜玫认识的没几个，再说了就算她认识对方，对方也不见得认识她。

她也不想跟这些人有什么交集。

夏竹离开了，她便又回到了角落里。

国内摩托车比赛的奖金大多是现金和奖牌，姜玫也曾参加过不少。

夏竹这次安排的比赛，也有专门的公司对接。很快，一群人就转移到了附近的比赛场地。姜玫自然也去了，找了看台上不起眼的位置坐下了。

周肆和好几个公子哥都心血来潮地要参加比赛。

周肆瞧不起自己，姜玫一开始就清楚。这一次要参加比赛，周肆问了所有人要不要参加，唯独没搭理姜玫。

姜玫也没觉得有什么，事不关己高高挂起。

“你长得挺好看。”

身后突然传来一个不咸不淡的声音，姜玫下意识地回过头。

说话的人是沈妍，沈行的亲妹妹，他手机屏保上的人。

沈妍已经换上了专业的赛车服，单手抱着一个红白相间的头盔，手腕上戴着红色护腕，整个人又美又飒爽，看起来不羁又飞扬。

姜玫坐的位置偏，沈妍过来也没人注意。

“听夏夏说你也会赛车？”

沈妍走近，随手将头盔放在旁边的空位上，动作懒散地坐了下来。

“不怎么会。”姜玫语气疏离地回道，她的视线落在不远处的沈行身上。沈行也已经换好赛车服，黑色机车服修身又帅气。

沈行轮廓分明的脸上挂着两分自负，似乎这场比赛的冠军已经被他预定了。

几年前的沈行也是如此，激烈的比赛开始前，她坐在他后面，听他吊儿郎当地问：“今儿我赢了，你能给我什么奖励？”

姜玫还没来得及回应，就听他接了句：“赢了做我女朋友？”

“比不比？”

沈妍冷淡的声音将姜玫从回忆中唤醒，姜玫定了定，重新看向赛场。

沈行已经不在原位了。

“不了。”姜玫想了想，摇头拒绝。

沈妍无所谓地点了点头，也没再多问，抱起头盔站起身离开。走了两步，沈妍转过头重新看向姜玫。

不远处的姜玫眉眼漂亮，一身傲骨。

“姜玫是吧？我挺喜欢跟漂亮的人交往的，有时间我们可以一起比比看。”

偌大的看台上，两个人一时四目相对。姜玫从这个娇生惯养却又懂得分寸的沈大小姐眼里，确实看到了一些欣赏的光芒。

那一刻，姜玫不禁失笑。

几年前的沈行也说过同样的话。

可仔细探究这欣赏的背后，不过是因为她漂亮。她姜玫在他们这些人眼里，大概也只有这张脸值得一看了。

姜玫慢悠悠地站了起来，向前走了两步，趴在看台的栏杆上缓缓开口：“沈小姐，我跟你不是一个世界的人。”

沈妍一愣，她抱着手里的头盔敷衍地挑眉：“哦，是吗？我看你刚刚看我哥的眼神可不是这样的。”

姜玫心跳猛地停了一下，手指不自觉地握紧，她转过头面向沈妍，嘴角扯出一抹若有若无的笑：“沈小姐说的是哪位？”

沈妍没猜到姜玫会这么反问，一时间难以判断姜玫话里的真假。

“妍妍，比赛开始了。”看台下，有人在喊沈妍。

沈妍没再说话，朝那人走去。

看台上只剩下姜玫一个人。

绿旗摇动的那一刻，七八辆摩托赛车宛如一道道彩虹迅速起飞，只短短几分钟那穿黑色赛车服的身影便遥遥领先。

“姜玫，赢了做我女朋友？”

“输了呢？”

“姜玫，我不会输。”

姜玫出神的工夫，终点站的黑白方格旗已经晃动，而那道耀眼的身影动作干脆地脱掉头盔，露出那张神采飞扬的脸。

尖叫声此起彼伏，他身边人来人往。

姜玫站在不显眼的地方，冷静自持地转身离开。

他赢了。

这地方偏僻，姜玫打开手机软件打车，等待了很久都没人接单，她也没好意思去找夏竹让夏竹送，于是一个人沿着公路下山。

下午六点，昏黄的夕阳挂在西山，正缓缓下落。

姜玫路过了别墅区附近的枫叶林，树叶被风掀起掠过一阵凉意。

手机铃声响起，姜玫停下来拿出手机。视线落在那个熟悉的号码上，姜玫犹豫两秒，按了挂断键。

半个小时后，沈行在半山腰处找到了形单影只的姜玫。

坐在车上，望着渐行渐近的背影，沈行心中一股悲痛感油然而生。

不知何时起，娇如玫瑰的姜玫已经被压得不成样了。

沈行踩下刹车，将车停在姜玫旁边，缓缓摇下车窗，情绪复杂地扫了几眼因动静而回眸的姜玫，沈行滚了滚喉结：“上车。”

姜玫波澜不惊地望着换了常服的沈行，与他对峙了几秒。这会儿路上没车，姜玫绕过车头，打开了副驾驶的门。

车里寂静无声，姜玫坐了一会儿问：“可以放首歌吗？”

沈行闻言，不慌不忙地打开车载音响。

姜玫从包里掏出薄荷含片，倒了几颗，一口塞进嘴里。

“吃这么多，也不怕冲。”沈行望着神色不明的姜玫，毫不客气地评论。

姜玫手撑在车窗上，闭着眼睛嚼了两口，一副事不关己的模样，回道：“前两年压力大，习惯了。”

“压力大？”

姜玫慢慢睁开眼，歪着脑袋轻轻点头：“网暴、违约金……哪一样不让人头疼？你当初说得倒是没错，我这样的人进娱乐圈只会被现实教会如何做人。”

“后悔了？”沈行面无表情地握着方向盘，语带讽刺地问。

不想，姜玫反倒笑靥如花：“没啊。我怎么能让你沈大少看笑话呢？沈行，你不会真以为我没了你就不能过了吧？”

沈行被姜玫的笑刺到，觉得她哪哪儿都不顺眼。

从前是，现在还是。

这女人欠收拾，沈行想。

“姜玫，你最好没了我也能过。”

沈行的话刚出来，姜玫便被口水呛到了，一时咳得停不下来，甚至咳得眼泪都流出来了。

姜玫急忙抬手抹掉眼泪，笑着答：“这世界没了你还不能转了？”

沈行看了一眼此刻眼眶发红的姜玫，面色平静地抽出两张纸巾放在姜玫手边。

佛说：放过他人为慈，放过自己为悲。

她谁也不想放过，可是到头来，她放不过的只有自己。

堵车是北城的特色，姜玫这个外来人早就习惯了，反而是土生土长的沈行脸上挂着不耐烦。

反正也只能等着，姜玫便从包里掏出剧本来看。沈行听到窸窸窣窣的声音，偏过头，不着痕迹地扫了两眼。

姜玫今天穿着烟熏紫的长袖衬衫，袖口挽了几分露出一小截手臂，清冷又利落。

她的脖子上还戴着那条挂着子弹吊坠的项链。

沈行的目光在吊坠上面多停了两秒，最后移开视线，看向姜玫手里的剧本。

掠过上面的几行字，沈行漫不经心地从口袋里掏出两个核桃，骨节分明的手指轻轻摩挲着上面的纹路。

“你就这么想出名？”沈行轻描淡写地问。

姜玫默不作声地捏住剧本，抬起下巴看向旁边的沈行。沈行意味不明的眼神对上姜玫的目光，姜玫一眼就看到了，他眼里噙着的轻视。

“我是挺想出名的。万一我哪天运气好，就赚了个盆满钵满呢？”

“那祝您星途坦荡。”沈行不紧不慢地道。

两人所处的位置不同，沈行多少明白，他站在他的角度去指责她这事不厚道，可他更明白他若是不从她身上找点碴儿，他俩早就形同陌路了。

沈行想到这里，莫名烦躁。

沈行刚想呛她两句，一通电话及时打断了他，他强行压制住心底翻滚的情绪，先拿起手机瞥了一眼来电人。

随后，沈行眯了眯眼，手指滑过屏幕接通了电话。

两秒后，电话那头的人优雅从容地问："闻儿，怎么还没回来，不是跟你说了今儿在家吃晚饭？小薇都催了你四五次了也不见你回来。是不是又在外面胡闹了？"

也不待沈行回答，她继续道："我可跟你说，你现在都是要订婚的人了，婚约定下来了，就得收收心，我们沈家可没有出过不负责任的人。"

她话里有话："有了家庭，人也应该学着稳重些。我听说，你这会儿跟周肆在一块儿？你可不能学他，他这人可没什么分寸。我听说他因为公司里的一个没什么价值的女员工得罪了你许叔叔。要我说，这孩子就是不省心，我真是不放心把妍妍交给他。这孩子小时候就喜欢拉着院里的人瞎胡搞，这长大了更是……"

姜玫本来在细细揣摩宋越跟安意相识的这一场戏，听到电话铃声响起，下意识地停下来。车厢里很安静，手机链接了蓝牙，姜玫坐在旁边，自然一字不漏地听到了。

沈行眉目清朗，嘴里发出一声轻笑："徐教授，您又从哪儿听来这些乱七八糟的事？周肆的公司做什么的你又不是不清楚，至于那女员工……"

沈行说到这里停顿两秒，偏头睨了一眼低着脑袋不作声的姜玫，接着道："那女员工的事您就别管了，他既然开了公司，自然要为自己的公司考虑。您要不放心他，还能找出第二个人来降住您闺女？"

徐敏被沈行呛得哑口无言，叹了口气转移话题："行了行了，我说不过你。你爸今晚在家，你可得早点回来。"

"得，您就顾着念叨我了。这大北城的交通堵成啥样您还不知道呢？我这不是正往家赶着吗？"

沈行说的是正宗的北城话，北城话抑扬顿挫的腔调从沈行嘴里说出来，一字一句都让人听着不怎么舒服。

姜玫索性合上了剧本，闭上眼睛假寐。

至于接下来他们那些对话，她也都左耳进右耳出了。

沈行结束了通话，正好路也通畅了些。他下意识地瞧旁边的姜玫，见她闭着眼睛，脸上的笑不由得收敛了几分。

姜玫最后是真的睡着了，一直到车停在了自己住的楼下许久，才醒过来。

她迷迷糊糊地睁眼，下意识地看了看旁边的位置。

车里空荡荡的。

失重感突如其来。

姜玫全身酸软，脖子处更是疼得不能动弹。

缓了差不多两分钟，姜玫才推开车门。

刚下车，姜玫就看到了蹲在路边花坛上玩手机的沈行。背光，姜玫看不清他脸上的表情，只瞧见他指间手机屏幕的微光。

姜玫看了半天，提着包，缓缓走到沈行面前，目光复杂地看着沈行的寸头，语气平静地道："今天谢谢你，只是，以后我们最好不要再见面了。"

沈行嗤笑一声，跳下花坛，站在姜玫对面。

沈行身形高大，这一下，他的影子完完全全笼罩住了姜玫。过了一会儿，沈行伸手将姜玫扯了过来，强迫姜玫抬起脸，他弯腰凑近，薄唇轻轻碰了两下姜玫的下巴："又开始过河拆桥了？好得很啊。姜玫，是不是我太纵着你了？"

姜玫忍着逃跑的冲动，强迫自己站在原地，甚至扯出了一丝笑，觑着沈行越发黑沉的脸，不怕死地说："怎的，你的意思是想继续跟我纠缠下去？你打算娶我啊？"

话一出口，姜玫就后悔了，可说出口的话如泼出去的水，没有收回的余地。她只能假装淡定，假装什么事也没发生。

刚刚的沈行还有些气急模样，这会儿却扯出一个讽刺的笑，手上的力度小了下来，最后他完全松开了手。

"姜玫，你以后别出现在我面前。"

"好的，如你所言。你沈行出现的地方，我姜玫绝不踏进半步。"

"呵。"

这场对峙，终究以难堪告终。

越野车早不见了踪影，姜玫还毫无知觉地站在原地，盯着那越野车离开的方向。

人生八苦：生，老，病，死，爱别离，怨憎会，求不得，放不下。

这清平世界，受苦受难的人少不了，诸事顺心的人也难得。

早上六点半，姜玫被罗娴的电话吵醒。

"许薇辞演了。这个消息已经传遍了，现在热度还在飙升。"

罗娴语气冷静，着意提醒。

"听说她已经接了另外一个S级项目，准备进组了。阿玫，《捧杀》选角的这件事就算是过去了。你也算了吧。先前是我考虑不周，咱们以后躲着点她。"

姜玫眨了眨眼，眼前一瞬间出现了许许多多的画面。

她被无数人用不堪入目的词语咒骂……

姜玫睁着眼睛盯着头顶的天花板，突然难以控制地发抖。

她忍不住蜷缩了一下身体，手机没拿稳，啪的一声掉在了地上，摔得四分五裂。

早上七点半，姜玫收拾好了行李订了一张独自去塔市的火车票。

她总得做点什么，不然，她会疯。

出发前，姜玫用自己最后一万块钱中的三千多块钱买了一部新手机，重新挑了一个手机靓号，注册了新微信。做完这些后，她给夏竹和罗娴发了条短信，交代了一下自己的去向。

之后姜玫取了一千块现金，去往北城西站。

北城到塔市只有早上十点北城西到塔市北这一趟车，车次 Z69，直达。

姜玫赶到北城西站时，刚好 Z69 在检票中。人头攒动里，姜玫戴着口罩，默不作声地随着人流往前行。

火车站里，旅客大多行色匆匆，只是这么多人聚集在这里，总归是热闹的，可这热闹不属于姜玫。

她孤身一人往人海里走，又独自一人离开人海。

姜玫买的是硬座，上了火车后，她拿着车票很快找到了自己的座位号。将行李箱放在行李架后，姜玫便坐了下来。

她选的是靠窗位置。

十点整，Z69 火车开始缓慢移动。

十点零八分，姜玫的新手机响了起来。

姜玫看着这串手机号码，拿出耳机戴上才按了接听键。电话刚接通，姜玫就听见那头的人问："阿玫，你走了？"

窗外树影人影不停倒退，很快被抛到了姜玫身后。

姜玫不咸不淡地"嗯"了一声："玉城等你。"

"怎么突然换手机号了？连微信都换了？"

"手机摔了，顺便换了个新号码。"

坐在沈妍对面的夏竹理解地点了点头，她本来想喊姜玫跟她们一起喝咖啡的，打开手机才发现姜玫发来的短信，电话打过去才知道，姜玫已经出发了。

"剧组不是后天才动身吗，你怎么提前去了？"

"临时有事。"

姜玫的话总能恰到好处地堵住夏竹的问题，夏竹也意识到姜玫是在回避她，倒也没多问，只简单地说了几句就挂了电话。

见夏竹挂断了电话，一直没出声的沈妍突然开口："你跟姜玫很熟？"

"除你以外，最好的朋友。"

沈妍若有所思地放下手里的咖啡，抬手轻轻碰了一下耳边的短发，继续问：

“她去哪儿了？”

“塔市吧。不过……阿玫好像不太喜欢塔市。”北城没有直达玉城的火车，要去玉城就得先到塔市。

“哦，塔市啊，属新省。新省挺好，我哥今天也回去了。”

夏竹猛地坐直身子，一脸蒙：“沈二哥就回去了？”

“你之前不是想让我跟她认识？要不，你现在把她电话给我？”沈妍掏出手机将之推到夏竹面前，示意她存电话。

夏竹没多想，直接给了姜玫的新手机号码。

姜玫挂断电话后没把耳机取下来，而是打开手机自带的音乐软件，随便点了一首歌播放。

挺巧，音乐声响起，姜玫就听出来了，是谢安琪的《喜帖街》。

好景不会每日常在，天梯不可只往上爬。

姜玫只能勉强听懂这两句。

她平时不听粤语歌，知道这首歌，是因为某次她跟着沈行一起去KTV，他在一众好友的起哄声里，随便挑了一首歌，那时他选的就是这首《喜帖街》。

沈行的粤语并不标准，可他一个人坐在点歌台旁边，头顶着一束光，自信又洒脱的样子，实在是耀眼夺目得很。

人海浮沉，时光流转，在姜玫这里，大千世界里唯他一人，始终耀眼。

中途他还唱走调了，可他那自信的神情配上他那副低沉性感的嗓音，硬生生让人相信他唱的是对的。

唱完后，沈行没搭理他人的殷勤，自顾自地走到她身边，弯腰凑她身边吊儿郎当地打趣：“怎么，我唱得太好听，让你入神了？”

他啧了一声。

“别这么迷恋我，我爱的就是你不爱我的样子。乖，别学其他女孩。”

沈行说这话时似笑非笑地看着她，姜玫分不清是真还是假。

不过，后来姜玫明白了。

沈行瞧不起主动的女孩。

·第二章　旧城往事

从北城西到塔市北，需要将近三十个小时。

火车上什么人都有，没多久，鼻腔里充斥着难闻的味道，姜玫便戴上了口罩、眼罩，合上眼睛准备补觉。

睡到一半，姜玫被刺耳的争吵声吵醒。

她睁开眼，一时之间还有些恍惚，扫视一圈周围的环境，才想起来自己是在火车上。

没等姜玫回过神来，走道旁边吵闹的女人不依不饶的声音吸引了姜玫的注意力。

女人胖得很，胳膊上大腿上全是肉，横在过道将路拦得死死的。

周边的人也都因着这一番动静一一瞧了过来，女人越发得意地仗着自己的体形，蛮横地将一个小姑娘拦住了。

“你碰坏了我衣服，给我赔！我这裙子可是花了上万块钱的。

“我当初买的时候一万八，大北城买的！你必须得照价赔我，还要赔我精神损失费，一共两万！你现在是给我转微信，还是现金？你今天要是不赔，我是不会善罢甘休的。”

“阿姨，不是我……”

小姑娘估计头一回见这场面，满脸无措，被吓得眼眶通红，女人说一句，她的肩膀就跟着抖一下，嘴里一个劲儿地说着“对不起”。

“怎么，仗着年纪小不懂事就可以为所欲为了？哪有弄坏人东西不赔的道理！”

“阿姨，您这裙子真不是我弄坏的，刚刚是你先撞上我的，他们都看到了的，阿姨要是不信，可以问问他们。”小姑娘据理力争，“再说了，你这裙子我在商场看到过……原价也才八百多，哪儿要一万八啊？”

小姑娘不过是个大学生，女人一张嘴就是要她赔两万，她哪里来的钱赔？

再说，这女人的衣服也不是她弄坏的。

小姑娘说完，咬着嘴唇祈求地看了看周围的人，试图让这些旁观者说几句公道话。

可谁愿意惹这一身麻烦？

谁不知道这个女人就是在故意讹人？

能少一事就少一事，别给自己添麻烦才是正确的选择。

于是，小姑娘看过去的那一刻，周围的那些人全都避开她的视线，摆明了是不打算帮她做证。

女人见没人敢帮小姑娘，越发嚣张：“小姑娘可别睁眼说瞎话，明明是你撞了我怎么就是我撞你了？我这裙子说一万八就是一万八，你怎么还狡辩上了？你要是不想赔我，那我今天还真不走了。我就赖着你，看你能把我怎么办！”

说完，她直接坐在地上撒泼。

小姑娘不由得跟着哭出了声。

姜玫被吵得没了睡意，取出手机看了一眼时间。

17：45。

这时，火车里响起了广播声。

“到站前通告：各位旅客朋友，绥市车站快要到了，下车的旅客朋友，请您带好自己的物品到车厢两端等候下车，绥市站就要到了。”

17：55 才到达绥市，晚点了十五分钟。

正值傍晚时分，太阳还没下山，姜玫坐在车厢里，静静地望着火车外背着大包小包行色匆匆的旅客。

他们步伐忙乱，每个人脸上多多少少带着点疲倦。

生存好像对于每个普通人而言都挺难的。

车外是冷暖自知，车内是世态炎凉，都逃不过一个名叫“现实”的词。

每个人每天都在为生活奔波，端看姿态是一副信心满满，其实内里还是麻木不堪罢了。

人这一生要遭多少罪、受多少苦，才能过完？

耳边争吵声不休，姜玫一时有些恍惚，连记忆也跟着混乱起来。

青市是二线城市，可那里有全国最好的军校 A 大。

常有人说：“考得上 P 大也不见得考得进 A 大。”

沈行是 A 大的，还是 A 大的风云人物，学校里有许多姑娘大胆地向他表达爱意，甚至不惜为了见他一面花费巨资。

可沈行这样的人，怎么可能会轻易动凡心？

姜玫的学校就在 A 大旁边，大人们经常将两所学校放在一起对比，教育小孩子："要是不好好学习，你就只能上隔壁的专科学院；要是你听话认真学习，就有机会进 A 大了。"

姜玫没住学校的宿舍，因为她需要在学校附近的街上的一家酒馆做兼职。

这家酒馆主打音乐和美食，是青市较为知名的一所"网红"酒馆。漂亮的姜玫，因在酒馆里敲架子鼓、弹吉他唱歌，吸引了不少粉丝。

挺多人专门为她走进这家酒馆的。

老板为了能留住她，在给她的底薪的基础上多加了五百块钱奖金。

圣诞节那天，酒馆举办了一个小型的活动。这晚，姜玫依旧抱着吉他坐在台上唱歌。

离她很近的位置是一个半弧形的卡座，不小的卡座里，坐了一堆年轻人，男生女生加起来怕是得有二十来个人，姜玫只看一眼就知道他们是 A 大的学生。

不知道是谁起哄点了一首张天王的《慢慢》——那时候，大街小巷都是张天王的歌，谁都会唱几句。

姜玫唱完了《慢慢》，紧接着的歌单，就都是张天王的歌了。于是，那天姜玫唱了一晚上张天王的歌。唱张天王的歌很需要技巧，一晚上下来，姜玫嗓子都哑了，以至后面提到张天王，她都感觉喉咙发痒，干痛。

歌单上的歌唱完了，时间也到了后半夜，也到了姜玫下班的点了，她提着破旧的吉他找老板结完账，一个人出了酒馆。

街道上空荡荡的，凉风唰唰地吹过来，打在脸上刮得皮肤发疼。

那群学生也踉踉跄跄地从酒馆走了出来，有几个人先离开了，还有几个人互相搀扶着等在路边，姜玫猜测他们是在等人来接。

等了没多久，一辆颜色高调的车从姜玫面前一晃而过，停在了那几个学生面前。

姜玫下意识地看了过去。

车门打开，里面的人缓缓钻了出来，那是个二十出头的年轻男人，寸头，着深黑色的运动装，身形修长。

他站的位置背对着姜玫，姜玫只能瞧见他那坚硬的后脑勺，看不见他的脸。

几秒后，一道透着两分讥讽的声音从那背影处响起："你倒是挺有兴致，背着我出来玩，还有胆让我来接，当我是您几个的专车司机呢？"

“行哥，真不是不叫你，我昨儿不在群里发了邀请吗？你没回应啊。”其中一个人拍了拍自己的脸，踉跄地走近男人，手舞足蹈地解释。

“你还怪上我了？”男人吊儿郎当地往后一退，抵上车门，话里带着调侃之意。说话时，男人的脸往姜玫这边偏了偏。

姜玫透过昏黄的路灯看清了那张脸。

那是张十分好看的脸，眉眼清朗，轮廓分明，鼻梁骨又高又挺。

他脊背半弓，长腿一弯一曲，姿势痞里痞气的。

“哪儿敢啊？您不是忙着嘛，我们可不敢打扰你……”旁边的人嘴巴都快说干了，也不见他脸上有半分笑。

那人只是看戏似的站在一旁，似笑非笑地看着急得快要跳脚的众人。

等瞧得差不多了，男人才收了笑，语调懒散地道：“小的们，上车。”

下一刻，那群人纷纷动了起来，开车门的开车门，扶人的扶人，唯独他一人事不关己地站一旁瞧着。

等人都上去了，他才不慌不忙地打开驾驶座的车门，迈开长腿跨了进去。

紧接着，车子扬长而去，地上只留下一地尾气。

良久，姜玫收回视线裹紧身上的棉服，夹着冷风一个人形影相吊地离开原地。

回忆过后，只剩下惆怅，她的心脏仿佛被掏空了一样难受。

姜玫深吸了几口气，试图让自己好受点。

“你没事吧？”旁边的人突然出声打断姜玫的思绪。

姜玫下意识地转过头，猝不及防地撞进一双透着温柔的眼睛。这人的瞳孔是深褐色的，睫毛很长，双眼皮，眼尾处有一道小沟，眼角有颗黑色的泪痣。

男人再次开口问道：“要不要喝口水？”

姜玫缄默地看着说话的人。

金丝边眼镜和藏青色短袖，这一身打扮与这人温润如玉的气质相得益彰。

姜玫旁边的位置之前没人，可见这人是刚刚上来的，他的腿边还放着两个黑色大包，估摸着是还没来得及放到行李架上，领口那圈衣料被汗水浸得有些深。

可这样狼狈的人竟然还能这般从容地坐在她身边，给她递纸巾，关心她。

姜玫表面上不显分毫，心底的情绪却是翻涌了好久。

过了一会儿，姜玫疏离地摇头，只不轻不重地说了声“谢谢”。

有些人，有些事，她不想再经历第二次。

萍水相逢的人只适合陌路分别。

更何况，这个人，她可不想招惹。

毕竟，这人是夏竹提起过多次的人，许默。

许默也没在意姜玫的疏远，笑着收回手，语调平和地搭腔："没想到在这儿遇上姜小姐，我们挺有缘的。"

"我也没想到许教授这样的人会挤火车。"

姜玫确实吃惊，关于许默，她听夏竹提了不下百次，每一次都让姜玫对这人多了解一分。

不过，夏竹说的那些故事中可没有提到许默会坐绿皮火车。

在夏竹的口中，这人可是"洁癖成疾，绝对不可能跟人走太近，也不会跟人用同一样东西。从小到大，绝无例外"。

"出个差，顺便送个学生回去。她负担不起机票钱，我正好也想体验一下坐绿皮火车是什么滋味。"

许默从包里抽出一盒湿巾，慢条斯理地取出一张，然后一点一点地擦拭着手臂，边擦边跟姜玫闲聊。

姜玫配合地笑了笑："许教授为人师表，值得人尊敬。"

许默动作一顿，用白皙细长的手指扯开粘在一起的湿巾，慢慢将湿巾折叠成原来的样子，折叠好了才丢在桌上的垃圾盘里。

湿巾孤零零地躺在里面，不像垃圾，倒跟展览品似的。

姜玫多看了垃圾盘里的湿巾两眼，看完后，不着痕迹地瞥了一眼身侧的许默。

不得不说，许默是真的讲究，坐下来后，他便在调整姿势，整理身上的狼狈。一切都弄得差不多了，许默才双腿交叠，脊背挺直地坐好，从电脑包里取出电脑准备办公。

旁边坐了这么一尊大神，再加上陷入回忆后情绪起伏，整个人还没缓过来，姜玫这会儿也没心思再睡觉。

火车匀速行驶，越往西走，窗外风景的变化就越明显。

从成片的阔叶林到荒原，只用了短短几个小时，天色就越来越暗沉。

姜玫偏过脑袋，静静地望着窗外起伏的山脉，看着偶尔一闪而过的绿色，脑子里突然冒出一些奇怪的想法。

就这样吧。

就这样不要停。

就这样什么都不想。

就这样什么都不要。

"教授……能不能请你帮个忙？"

姜玫的思绪被打断。

只见穿着一身淡紫色碎花裙的小姑娘俯身凑在了许默身边，那张还透着稚嫩的脸上满是小心翼翼，眼里却藏着浓浓的崇拜。

姜玫只瞧了一眼，就明白这女生的心思。

这个人，姜玫见过。

夏竹那时非要她陪着去185酒馆找许默麻烦，就因为一张照片，那张照片里坐在许默身边的就是这姑娘。

所以，许默是为了送周雯？

姜玫抬了抬眼皮，有意打量这个站在许默旁边小声说话的姑娘。

“教授，刚刚那个女人都找那女孩讹了三千块了，还不肯罢休，还想继续讹钱，我一时冲动就上去说了几句，这会儿那人更嚣张了，现在工作人员来了都没用。教授能不能帮忙想想办法啊？我刚问了才知道，那女孩也是P大的，我们P大的学生总不能这么被人欺负吧？”

周雯愤愤不平地说着，说到激动处，脸都涨红了。

按她说的，她是去帮了忙，但没用，所以才来找许默的。

十八九岁的年纪，好像都这么天真，觉得凭借自己的满腔热血，就能够让这个世界马上变得更加美好。

他们整天不信命不信邪，只相信自己的双手可以改变现状。

也不知到最后，会不会只是一场笑话。

姜玫听了几句就没再听，掏出手机继续播放音乐，还加大音量将外面的声音都屏蔽了。

耳机戴上前，姜玫听到许默语气淡淡地说了一句：“交给警察。能力有限的时候，管好自己就是对社会做贡献了。”

姜玫握着手机的手顿了一秒，微微地扯了扯嘴角。

这才是成年人处理事情的方式。

理智又冷漠。

周雯睁着眼睛，似乎愣住了。此刻，她的内心受到猛烈的冲击，她有些不太敢相信，说出这话的是眼前的人，是她一直崇拜的对象。

在她眼里，许默是无所不能的，绝不会像现在这样一脸冷漠地跟她说“交给警察”。

周雯受伤地眨了眨眼：“教授说的是真的吗？”

“制造麻烦的人从来不觉得自己是麻烦。周同学，你现在就是在制造麻烦。”

突然，夏竹打来了电话。

耳机打了死结，姜玫试图解开后再接电话，不想动作幅度有点大，手机一下子摔了下去。

姜玫弯腰去捡手机，另一只手比她先拿到手机。

许默拿起手机递给姜玫。手机持续不断地振动响铃，许默的目光被吸引过去，看了一眼她的手机屏幕。看到夏竹两个字时，许默不着痕迹地眯了眯眼。

“有事？”姜玫接过手机，扯掉耳机线顺手将手机放在耳边，才漫不经心地问。

夏竹那边半天没动静，直到姜玫问第二次，她才神神秘秘地说：“阿玫，你猜我现在在哪儿？”

姜玫挑眉，手指有一下没一下地戳了矿泉水瓶上的盖子几下后，才不温不火地道：“别跟我说你现在到塔市机场了。”

“你怎么知道？我确实到塔市机场了，你早上走得太急我没法立刻跟上，幸好赶上了晚上九点多的这趟飞机。可别提了，我来得匆忙什么都没带，等会儿出了机场，我就得先去买点东西。”

夏竹有一肚子的话要说。

“这里都什么天气啊，热得我都要自闭了。我一下飞机就先在外面转了一圈，这么一小会儿，我都感觉被热得头晕眼花，这地面上都在冒热气，估摸着放个鸡蛋都能蒸熟，我感觉手上的皮肤都快被烤化了……”

夏竹拉着行李箱走在去打车的通道上，边走边跟姜玫吐槽。

姜玫本来只是随口一问，没想到夏竹真的到了塔市。

论疯狂，她永远比不过夏竹他们那群人。

他们有时间有金钱，随随便便就能做到普通人花了几个月、几年甚至一辈子都做不到的事情。

姜玫沉默的空隙，夏竹一直没停。

“我跟你说，这边空气可真不好，天也不见蓝，还比不上北城呢。对了对了，这儿可偏僻了，听说这里隔着十几千米才有一处人家。刚才我旁边坐的是一小姑娘，不得不说，这里的小姑娘长得是真好看。那五官真立体，唯一不足的是那姑娘说的她们本地的方言，我一句都听不懂。”

夏竹说起来就没完了，夹着一股北城话调调，大大咧咧的。

“知道‘yahshi mu si z’啥意思吗？这句就是你好的意思。可难学了，那姑娘教了我四五次，我才勉强会一点。”

她这话听着像是抱怨，可细听下去分明是觉得新奇，夹着浓厚的兴趣。

“这边治安是真严，到处都是警察。”

听得出来，她对我国最西北的这座城市很好奇。

姜玫听她说就足够了。

夏竹坐上了出租车，才跟姜玫道了别。

看姜玫挂了电话，一直没出声的许默问了一句：“夏竹去了塔市？”

姜玫将手机屏幕摁灭，若有所思地“嗯”了一声。

得到答案后，许默面色平静地收回注意力，继续看手里的文件。只不过，他的眸色深沉了许多。

而周雯则在姜玫接电话的时候就离开了。

车厢外，天已经全黑，车厢里的人大多在闭着眼睛睡觉。

姜玫坐得有点久了，此刻双腿传来麻意，她下意识地站起身想要缓缓。许默见状往旁边侧了侧身，姜玫绕过许默时，不小心碰到了许默的大腿。

许默当即皱了眉头，当着姜玫的面抽出湿巾擦了两下。

姜玫沉默两秒，装作没看见，转身往洗手间走。

一直坐在位子上没什么感觉，可走在过道里还是感觉火车行驶得不太平稳，脚步踩在车厢的地面上有点轻飘飘的，姜玫下意识地往前倾好保持平衡。

走到车厢最末尾处时，不知道是谁突然横出一条腿，姜玫没注意脚下，被绊了一下，为了避免面朝地摔倒，姜玫下意识地往旁边偏了一下。

不想这一偏，姜玫直接跌进了一个滚烫的怀抱中。她猝不及防，下意识地抬头，入目的是凸出的喉结，从下颌到脖子处绷出了一条漂亮的弧线。

“还想抱多久？”

男人的嗓音充满磁性，说话时薄唇一张一合，深黑的眼眸里带着淡淡的嘲笑之意。

姜玫在沈行的注视下，泰然自若地站了起来，离开前，她多看了两眼刚伸出脚的大汉。

大汉丝毫不觉得自己做错了，腿依旧伸长，挡着过道。姜玫扯了扯嘴唇什么也没说，继续往洗手间走。

火车里的洗手间空间狭窄，一个人站在里面勉强可以转身。姜玫没想到她刚进去，背后就跟了一个人。

那人还趁着她处于错愕中，直接将门给关上了。

这下，洗手间里更拥挤了，拥挤到姜玫转身都困难。

姜玫气血涌上头，直接骂了出来：“沈行，你有病？”

沈行这会儿也不好受，这里空间太小，他的脚都放不下，只能单手撑着门，半弓着身子，往姜玫那边挤。

两人的气息缠绕在一起，姜玫几乎整个人都窝进了沈行怀里。

所以，之前两人在北城放的那些狠话，这会儿都成了笑话？

姜玫没想过会这么快再见到他，甚至她还是以投怀送抱的姿态跟这人重逢的。

“不是说不见我了？您这不会是在欲擒故纵吧？”

沈行嘲讽的话从头顶砸了下来，砸得姜玫脸发疼。

她也想不通。

为什么她几年前拼了命地想要留的人，到了不想见的时候，倒总是可以这般“巧遇”了。

“咱们都这么有缘了，不如咱再试试？”沈行问。

姜玫猛地抬头。

她骤然撞进沈行漆黑幽深的眼眸，对方眼里噙着波涛翻滚的情绪，宛如山洪暴发，汹涌且势猛。

姜玫一时耳鸣，都有些看不太清眼前的人了，脑子里只不停地回放那句“不如咱再试试”。

几年前，沈行也说过同样的话。那时他吊儿郎当地蹲在路边，似笑非笑地盯着她问：“不如咱们试试？不合适了，咱们好聚好散。”

她当时怎么回答的？

“沈行，你别想祸害我。”

姜玫想到这里，轻笑一声，一下子头不晕了眼不花了。她不慌不忙地抬起头，望着沈行，下一秒，她伸手搂住沈行的脖子，将人往下拉，直到他的视线跟她的在一个水平线上了，她才讥讽地说：“沈行，你别想祸害我。”

湿热的气息扑面而来，沈行嗤笑一声，浑然不在意她的话，长臂一伸，轻而易举地将人搂进了怀里。

下一秒，沈行俯身。两人唇瓣相贴的那一刻，沈行眸色一暗，姜玫没闭眼，直直地盯着他。谁也没有让谁，狭小的空间里只剩下粗重的喘息声。

姜玫完全迷失在了这激烈的热吻里，她下意识地伸手钩住沈行的脖子。

“这里面的人是谁啊，都进去这么久了还没出来。就算是上大号也该完事了吧？”

外面的人估摸着是等久了，正暴躁地骂着。

姜玫瞪了两眼罪魁祸首。

罪魁祸首因着刚刚占了便宜，此时正满面春风，压根儿不在意姜玫的眼神。

他甚至不要脸地呛了一句外面的人："您管得着吗？我便秘，就是蹲得久。"

门外的人被气得不行，连踹了两脚门，直骂："祝你一辈子便秘！"

紧接着，一阵脚步声响起，到最后没了动静。

姜玫整理好了衣服、头发，沈行丝毫不管满身狼狈，反而慵懒地靠在门上，掏出一个铁盒子，慢悠悠地拨弄着。

连着拨动几下，沈行意味深长地看向姜玫的嘴唇："嘴唇破了。"

姜玫才懒得理她，确认自己没问题了，就要拉门出去。

沈行这回没阻拦，任由姜玫离开。

等姜玫离开，沈行重新锁住门，拧开水龙头洗手。

洗完，沈行靠在门上，面色深沉地盯了一会儿那脏兮兮的水龙头。已经关好的水龙头还在时不时地滴水，一滴一滴滚落进那巴掌大的洗手池里。

老祖宗说得倒是挺对的，该来的总会来。

姜玫重新回到座位的时候，许默已经收起了笔记本电脑，正拿着手机摆弄着。

为了避免刚刚的事再次发生，许默这次站了起来，给姜玫让位。

直到坐了回去，姜玫才疲倦地说了句"谢谢"。

"坐这么长时间是有点累。要不你睡会儿？"

"嗯？"

许默站起来，在姜玫疑惑的目光注视下，他指了指自己的位置，轻描淡写地接了一句："你把腿伸这儿睡会儿，我在车厢里逛逛。"

也不等姜玫回应，许默随手拿起水杯往车厢的另一头走，姜玫见状抬了抬眼皮，提醒一句："接水的地方在那边。"

许默脚步一顿，脸上出现短暂的呆滞，随后若无其事地转了个方向。

凌晨四点多，火车到达青山。

青山站外，几盏路灯的灯光在夜色下显得很是微弱，姜玫很勉强才看见那一面写着"青山"的提示牌。

这会儿，车厢里的人大多睡着了，睡得七倒八歪的，有的人甚至躺在了过道上。

姜玫旁边的许默也合上了眼皮，也不知睡着没有。

唯独姜玫还突兀地醒着，坐得端正。

很快，火车又启动了。窗外漆黑一片，姜玫无事可做，只能戴着耳机静静地望着车窗。

车窗里倒映着那些抱着背包、歪着脑袋酣睡的人影。

姜玫也不清楚自己是什么时候睡着的，等她醒来的时候，天已经亮了。中午十二点，火车到达了哈市，她正式踏进了新省这片广阔的土地。

窗外阳光刺眼，姜玫嫌晒，便将窗帘拉下来遮了一半，透过缝隙看到的外面世界是大片的戈壁滩。

一眼望去看不到尽头，远处偶尔可以瞥见雪山的影子。

近处是铁路碾过的土地，路道旁边偶尔有一两个废弃的工厂，破旧的油桶孤零零地倒在路边，任过路的行人观看。

姜玫只有一个感受。

渺小。

人在这偌大的世界里不过浮萍，转眼便是一生，不过须臾，回头看尽是荒芜。

越是靠近目的地，姜玫心情越是复杂。这一路还算顺利，可接下来等待她的究竟是什么，她也不清楚。

“喝点水。”

突然，眼前横空出现一条结实的手臂，姜玫顺着看了过去。

不知何时，旁边坐着的人换成了沈行。

姜玫恍惚地眨了眨眼。

沈行已经自然而然地拧开了递给姜玫的矿泉水瓶盖。

姜玫确实口渴，也没忸怩，接过矿泉水瓶就仰头灌了两大口水。她心情难以言喻，喝完水拧紧瓶盖，偏过头扫了两眼沈行。

“我跟他换了。”沈行跟着喝了两口水，同姜玫解释，“到塔市还有两三个小时，你要么再睡会儿，要么跟我谈谈。”

“我睡觉。”

沈行突然来了脾气，嘁了一声，阴阳怪气地说了句：“得，您睡。”

姜玫没理会抽风的沈行，直接闭上眼睛，继续睡觉。

她本来存着不想理会沈行特意硌硬他的心思，没想到真的睡着了。

醒过来她才发现，自己竟然躺在了沈行的怀里，而且她一睁眼就看到了沈行脖子上的痕迹。

她咬的。

那时沈行年少轻狂，跟朋友们疯起来没个没完。姜玫懒得看这群人发疯，默默地生气走了。

追出来的沈行倒是耐着性子抱着她哄，哄到最后还说她下怎么样就怎么样。姜玫当时气不过，就给他留了这一道疤。

沈行也没吭声，等她气消了，才调笑地说：“属狗的？”

脸上突然罩上一只手，姜玫眨了眨眼，目光呆滞地对上沈行戏谑的目光。

“醒了？醒了就想想我刚刚说的事。”

姜玫渐渐恢复理智。

她倒是没从沈行怀里出来，只默不作声地闭了闭眼睛。

火车依旧不停息地往前行驶。

也许是快要到终点站了，车厢里的人格外活跃，列车员也推着小推车，进行最后一次叫卖。

这漫长的二十九个小时里，姜玫除了喝了点水，没吃任何东西。

列车员路过时，姜玫叫住了列车员，找他买了一包新省的特产蓝莓李果。

姜玫刚撕开包装，手里的东西就被沈行拿走了。

沈行漫不经心地瞥了一眼包装，语调懒散地评论：“也就你蠢，在火车上买这玩意。新省哪里有这个？也就骗骗你这傻子。”

“你不说话，没人把你当哑巴。”

姜玫拿过袋子，掏出一颗蓝莓李果塞进了嘴里。

一股酸甜味溢满了口腔，还挺好吃的。

就算不是新省的特产，好吃就行了。

姜玫想。

沈行趁着姜玫没注意，伸手从袋子里抓了两颗蓝莓李果出来，扔进了嘴里。

沈行嚼了两下，吐出果核，眉头一皱，再次评价：“难吃。”

姜玫懒得搭理沈行。

这人嘴有多毒，不用她来说。

要不是他这人不好惹，他都不知道会因为这张嘴被打多少回。

“你要想说我嘴贱，你就直接跟我说，这心里憋着骂唱，是整哪一出？”沈行冷冷地说。

沈行说话就这样，老爱挖苦人，明明别人没那意思，可经他一解读，就全变了味了。

不过，这人对外人倒是绅士，表情冷漠，只是让不熟的人觉得他不好接触。

对待熟人，可没见过他那张嘴饶过了谁。

姜玫早就领教过这人的“毒舌”，遇到沈行之前，她不相信会有男人的嘴比女人还毒，遇到沈行后，坊间什么夸张的传言，她都不觉得是空穴来风。

“哟，这肚子里弯弯绕绕啥呢，真当我瞎，看不明白你这心里憋着坏呢？”

沈行见姜玫依旧不吭声，扫了两眼她面无表情的脸，一掀唇就又是一句讥讽的话。

“沈行，你有完没完？”姜玫的语调里明显夹了两分不耐烦。

沈行张了张嘴，倒是没再说什么，也知道什么叫见好就收。

他哄过这姑娘，难哄。

如今要跟她重新在一起，他总该主动一点。

该哄就哄，该让就让。

“马上到塔市了，东西别丢了。”

“……”

“姜玫，你能给我点好脸色不？”

姜玫闻言，忍不住翻白眼一样瞥了一眼沈行。这会儿的沈行，跟在青市的他差不多，像是在追她，什么手段都能用，身段也低得很。

只是，他嘴上说得比什么都好听，可一旦牵扯到核心利益，他铁定跑得比谁都快。

姜玫现在可还没忘掉当年的难堪。

那会儿，姜玫跟沈行在一起，沈行的母亲在他生日的前一天来了个突然袭击，那时她正在他屋里睡着，这人可是直接将她连着铺盖一起卷着，然后塞进了衣柜里。

她倒是醒了，但动弹不得。

等他记起她，打开柜门，都过去了许久。

那时候的她多爱沈行，为了他，被这么对待，她也甘愿。为了他，她做什么都行。

他喜欢喝城东的豆汁，说那边的豆汁正宗，有老北城的味儿，她就一大早爬起来，从城西赶到城东给他排队买。

沈行这人娇贵，吃不了辣，她一个无辣不欢的人跟他在一起时吃火锅从来不点辣锅，到了后来，甚至都不再当着他的面吃火锅。

明明是他先招惹的她，可到头来，倒是她一股脑地先栽了进去。

她那时候傻啊，傻到旁人都劝她：“姜玫你完了，你再这么下去，就要因为沈行而毁了，你可醒醒吧。”

她何尝不想给自己留退路？可她一想放弃，这人就又突然对她好了，还会给她准备一两个小惊喜。于是，她又陷了进去。

细想下来，她和他在一起，从他那儿得到的，也只有现在脖子上戴的那条子弹项链还有点纪念意义。

这个坠子，是用沈行第一次射击留下来的弹壳做的。那一枪十环，他拿了射击第一名。

沈行把那弹壳收好，做成了一条项链，在她十九岁生日那天送给她。

那是她成年后第一次有人给她过生日，沈行也是除母亲以外，第一个勉强记得她生日的人。

她替这人做了那么多事，可最终，她只记得他敷衍自己的那些事。

做的人或许都没想起来，她倒好，他对自己敷衍的这点好都记得。

十八九岁的年纪，听了别人说的一两句甜言蜜语、被带着出去吃了两顿好吃的，人就跟着跑了。

她怪不了别人，只能怪自己。

沈行这人一向理智、冷淡，对待他俩的关系，他一直保留着界限。

毕竟他们是两个不同世界的人，姜玫清楚沈行这辈子都不可能娶她，沈行也一早说了他俩哪天要是走不下去了，就各走各的。

谁也不欠谁。

谁也不纠缠。

沈家的门槛，说高也不高，说低也不低，可大家都清楚要想进去，那绝对不是一般人能办到的。就算费了功夫挤进去了，也不见得能落着好。落不着好，还想退出来，那根本不可能。

姜玫一时间思绪复杂。

跟沈行比，她也不见得有多高尚，不敢放开去爱，也没本事直接了断地结束，只能耗着，耗到拖不下去了才处理。

“各位旅客你们好，前方到站——终点站塔市北站，请旅客们提前收拾好自己的行李包裹，做好下车准备……”

火车渐渐减速，姜玫在广播声中回过神来。

车厢里的旅客疲倦的脸上都多了几分兴奋，火车还没完全停下来，不少人就已经站起来不停地找自己的行李。

一时间车厢内一团乱，许多人毫无秩序地挤在门口等着下车。

各种声音混合在一起，嘈杂不已。

姜玫岿然不动地坐在位置上翻手机。

来自夏竹的消息闪烁个不停。

夏竹：到了没？

夏竹：我去接你？！

夏竹：我就在外面。你到了给我打个电话。

夏竹：吃不吃马奶提？这儿的马奶提贼甜，我还带了很多葡萄。

夏竹：我昨儿出去逛了逛，我跟你说，我这会儿已经不想回北城了。这水果也太甜了。就是这儿太干了，比北城还干，我昨天还流鼻血了……

姜玫哭笑不得，最后给她回了个“好”。

15：21分，火车抵达了塔市北站。

随着火车停靠时发出的咔嚓声，姜玫的心脏也跟着缩了两下。

沈行站了起来，抬手轻而易举地取下行李架上属于姜玫的黑色行李箱，大手直接拎着行李箱，往车厢结尾处走。

下车时，他两只手上各提着一个大号箱子。

姜玫准备拿自己的箱子，手还没碰到箱子就被沈行避开，他说了一句：“人多，跟着我，别丢了。”

他的语气理所当然，好像认定了姜玫会听。

姜玫停在原地，默默地抬了抬眼皮看了会儿那道宽阔的背影，最后还是选择跟在他身后。

车站里人群拥挤，姜玫刚开始还能跟沈行保持距离，到最后，两人已经是手臂挨着手臂地往前走了。

一下火车她就感受到了扑面而来的热流，没走几步身上就冒汗了。

空气太热，姜玫呼吸有些困难，鼻子很干，还没出站她就感觉鼻子里有什么东西流了出来。

姜玫下意识地抬手碰了碰，手指瞬间沾满血。

出站口检查严格，出入必须检查身份证，姜玫取身份证时，鼻血还在流。

“流鼻血了？”

沈行转头便看见姜玫狼狈地一手捂住鼻子，一手在包里翻着。两秒后沈行皱眉丢下手里的行李，大手将姜玫拉在一旁。

他皱着眉头从包里掏出一瓶矿泉水递给姜玫：“喝点水。”

姜玫也知道自己这是没适应气候，也没跟沈行呛声，拿过矿泉水就喝起来。喝了一半，她才放下矿泉水瓶。

沈行接过她没喝完的水，拿着不知道从哪里掏出的一块手帕打湿，做完这些又将矿泉水瓶塞给姜玫。

姜玫下意识地低头，刚低头就被沈行扶住了脖子，紧接着沈行抬高她的下巴，拿起手帕仔细地擦拭着她脸上的血迹。

他的动作看似简单粗暴，可落在她脸上的力度是轻的。

那一刻，他的眼里满是她的倒影，神情专注到姜玫自己都产生了一股“他很在意她”的错觉。

她的鼻腔里满是他的气息，像他一样强势且毫无征兆地闯入她的领域，步步紧逼，让她无处可逃。

姜玫极力控制自己的情绪，闭了闭眼睛，冷静两秒，扭开脸，道：“沈行，你越线了。”

沈行面不改色地瞅了一眼姜玫，将沾着姜玫鼻血的手帕收进了裤兜，弯腰从包里取出自己的身份证，再次一手拎起一个行李箱。

等做完这一切，他才出声提醒：“身份证取出来，出站了。”

检查证件车票的人是两个本地男人，他们穿着黑色制服，腰间别着安保警棍，身材高大威猛，皮肤有点黑，五官立体，长得很有味道。

姜玫将身份证递过去的那一刻其中一个男人拍了拍她的肩膀，说了句什么。

姜玫没听懂。

倒是一旁的沈行停下来，扫了两眼对方。

男人无辜地笑了笑，比照了一下身份证确认没问题了才还给姜玫。姜玫离开前那个检查员还笑着说了句普通话：“你长得真漂亮。”

姜玫愣了愣，礼貌地回了句“谢谢”。

出了站，阳光刺眼，不过两分钟，姜玫的皮肤就红了。

背后的站牌是用汉语和当地语言一起写成的，到了这里，本地人也多了起来，擦肩而过时，姜玫听着他们说着她听不懂的话，不小心与对方对上视线，对方的脸上挂着微笑明显在表示欢迎。

这座城市里的大部分人是热情的、友善的。

与她第一次来玉城时，完全不一样。

那时，她全程跟着剧组，并未多了解这座城市。后来经历了那件事，导致她只要想到玉城，就做噩梦。为此，她大为赞同网上看到的关于这座城市的负面评论。

可事实并非如此，姜玫想。

人总是对不了解的人和事存在偏见，很多东西，只有自己经历了才有资格去评论。

“阿玫！”

姜玫听到声音，刚转身，一个黑影就撞进了她的怀里。

怀里的人将她搂得紧紧的，生怕她没了似的。

姜玫忍着痛，低头瞧了一眼怀里的人。

认出来人是夏竹时，姜玫嘴角不自觉地抽了抽。

这姑娘把自己从头到脚罩得严严实实的，脸上戴着面纱墨镜，头顶还顶了一顶罩住她大半张脸、只让她露出个下巴的遮阳帽。

她身上穿着浅青色丝制的长裤长袖，手上的透明包里装着矿泉水、小风扇、防晒喷雾、防晒霜、湿巾、保湿面膜……

嗯，她的防晒工作做得不错。

“这就是你说的什么都没带？”姜玫挑眉轻问。

两人抱了一会儿就又出了一身汗，身上黏糊糊的。

“去哪儿？”沈行放好行李，跟司机交涉好，大步走过来问姜玫。

“玉城。”

夏竹听到沈行的声音，下意识地抖了一下肩膀，一脸蒙地转头看向逼近她的人：“啊，沈……沈……沈二哥？他怎么跟你在一起？”

这比看个恐怖电影还刺激好吗？

八竿子都打不着的两个人同时出现在她面前，而且这两个人看起来可不是才认识的。

按照她写剧本的思路走，面前这两人绝对有故事。

别跟她说，《捧杀》就是他俩的……电影版？

夏竹心思转得飞快，很快就冷静下来，决定装作什么都没看见没听见，朝沈行尴尬地笑了笑，规规矩矩地喊了一声：“沈二哥……”

姜玫可不管这两人之间的暗潮涌动，她收到了罗娴的信息，便行至一侧先回复她。

沈行轻描淡写地“嗯”了一声，视线粗略地扫过夏竹，见她一副浑身不自在的样子。沈行抬了抬眼皮，面不改色地道：“许默，后面。”

“什么？”

见夏竹真的不明白，沈行蹙眉，道：“许默，售票厅。”说着，他还指了指售票厅的方向。

夏竹不由得就顺着沈行指的方向看了过去。

戴着金丝边眼镜的许默，正从售票厅门口不慌不忙地走出来。那人身形高挑，一派儒雅温和，走两步还停顿几秒。

夏竹舔了舔嘴唇，眼神复杂地望着对面的许默：“许……”

最后一个字还没喊出来，就见许默身边猛地多出一个女孩。

女孩跑到许默身边时，身上的碎花裙扬起一道小弧度。不知道女孩说了什么，许默突然偏过头看着女孩。

两人的姿势像极了热恋中的情侣，暧昧且浪漫。

夏竹鼻子一酸，眼眶一涨，眼泪如断了线的珍珠似的滚了出来。

她的心脏像是被什么东西压住，呼吸也跟着不畅了。

许默这人，挺坏。

他终究是把温柔给了别人，把所有难堪都留给了她。

夏竹的声音不算小，就算没喊全名字，对面的许默也听到了。

周雯说话声音太小，他听不太清，见小姑娘急得快哭了，许默才偏头看她。

“教授，我来……裙子脏了，你能不能帮我挡挡？或者借我一件衣服，可以吗？”

见周雯眼里满是祈求，许默犹豫一下，将手上挂着的黑色薄外套递给了她。

等他回头，入目的便是夏竹那双泛着泪花的眼。

站在沈行身边的夏竹显得格外娇小，她手里握着一顶大大的遮阳帽，阳光下，那张干净清纯的脸蛋上没有任何表情。

她站在那里，宛如雕像，不声不响。

两人视线触及的那一刻，许默心脏猛地一缩，他甚至听到了自己清晰的心跳声。

怦怦怦。

心脏不停地跳动。

夏竹喜欢他，他一直知道，甚至觉得好笑，这姑娘从小见一样喜欢一样，可喜欢的东西到手了，也不珍惜，没几天就丢了。

她说喜欢他，他也只当她是开玩笑。

只是，他也没想到她当初竟是那般决绝，一个解释的机会也没给他。

可刚刚那一眼，许默竟然慌了。

他没见她这么哭过。

“教授……你要过去打招呼吗？”

周雯将许默的衣服系在腰间，遮住了裙子的脏污之处，见许默一言不发地望着不远处，周雯也跟着看了过去。

她一眼就认出了沈行，当初在北城的酒馆，他坐在最角落里，昏暗的灯光打在他脸上，勾勒出他流畅的面部轮廓，他只坐在那里，什么都不做，旁人的目光就不由自主地被他吸引。

就像现在，他漫不经心地站在人群中，她第一眼看到的就是他。沈行手上拿着一瓶矿泉水，有一下没一下地抛着，他的视线落在了一侧的女人身上。

顺着他的目光，周雯只能看到一个很漂亮的背影。

而他的另一边站着一个装扮很怪的女人，女人漂亮又清纯，一头乌黑顺直的长发规矩地落在肩头。

女人穿着没露标签的衣服，手腕上戴的黑色镶钻腕表，一看就知道价值不菲。

周雯一下就明白了。

他们几个人才是一个世界的人。

姜玫回完罗娴的信息才发现气氛不对，见夏竹眼眶通红，咬着唇瓣盯着一个方向看，姜玫不由得也瞧了瞧。

哦。

是许默啊。

那就不奇怪了。

姜玫退了两步，旁边的沈行伸手拉了她一把，将人拉到了阴凉处。

“他俩的事，你少掺和。”沈行提醒道，脸上都是敷衍的神色，显然没准备管这事。

夏竹听到沈行的话转过头，幽怨地瞪了一眼沈行，刚想说话就被沈行拦住。

沈行抬了抬眼皮扫了扫站在太阳底下烤着的许默，张嘴：“这事可别怪二哥不管你，你跟他的事，外人掺和进来只会让事情越来越乱。上回的事还没让你长记性？他就是一只狐狸，你跟他争，就你这脑子能赢了才怪。”

“沈二哥，你就不能安慰安慰我吗？”

沈行见不得女孩子哭，这会儿见夏竹眼泪吧嗒吧嗒往下掉，他只觉得头疼。

他摆了摆手，阴阳怪气地喊了声许默：“你站那儿是打算让我去请人拿八抬大轿把你抬过来？”

许默默不作声地看了一眼沈行，抬腿走了过去。

许默刚走近，还没来得及看夏竹，就听见沈行敷衍地问：“打算去哪儿？”

“玉城。”

“得，又撞一块儿了。”

许默眯了眯眼，视线落在没吭声的夏竹身上。

夏竹挂在脸上的眼泪还没擦完，眼眶和脸都红红的。许默沉默两秒，主动跟夏竹搭话：“你怎么跑新省来了？”

“你管得挺宽。有这工夫，还不如管管你背后那个小姑娘，人快哭了，可别又说是我欺负人。”夏竹说完，转身一言不发地往外走，边走边看了一眼一旁站着的姜玫。

姜玫点了点头，跟上了夏竹。

“姜玫，等我。”

两人走了几步，沈行在背后出声，姜玫的脊背一僵。

沈行神色平淡地揣好矿泉水瓶，眼皮半抬，抬腿朝姜玫走去。

他每走一步，姜玫的呼吸就重一分。

脚步声停，沈行的身躯站在她旁边帮她挡住了大半的阳光：“宁愿站在原地等也不回头看看？”

姜玫不作声。

暴烈的阳光下，沈行半眯着眼，一字一句地说：“不回头好，我们朝前走。”

司机是个本地的大叔，穿着民族服饰，说话幽默风趣，人也长得和蔼可亲。

一路上全靠他调节气氛。

车子是七座的，夏竹坐在副驾驶座，沈行同姜玫坐在最后排，许默和周雯两人坐在中排。

下午六点半，太阳依旧悬挂着，辽阔无边的戈壁滩里铺着一条蜿蜒的柏油路，汽车一闪而过，不带走一粒尘土，一路往西看不见一辆同行的汽车。

孤独却自由。

他们一往无前地奔向远方。

一路上可见度不算高，几百米外沙尘席卷，他们像是被困在一座孤岛里。车开了一段路后，前方横空出现一条铁路，货运火车缓缓驶过。

姜玫坐在车里，一言不发地盯着那辆货运火车。火车头上方冒着蒸汽，在这场盛景里，它的出现似是给这一片戈壁点缀上了无尽的浪漫。

不知何时，汽车撞进一片火红的云雾。

摇摇欲坠的落日在此刻竭尽全力地散发最后的光芒。

在伟大的自然面前，人生而渺小脆弱。

有什么是重要的？又有什么是可以抛弃的？

姜玫神色恍惚地摇下车窗，单手撑着窗沿，任由热风吹乱头发，任由热气钻进车厢挤压车里的冷气。

沈行一睁眼，视线就锁定在姜玫薄弱的背影上。

夕阳昏黄的光晕打在她身上，令姜玫柔和了不少。只是，明明她就在他伸手可及的地方，他却觉得她离他越来越远，远到他无处可寻。

心脏陡然紧缩，沈行下意识地喊了一声：“姜玫。”

突兀的声音在寂静的车厢响起，其他几人下意识地回头，对上沈行的眼神又识趣地转过头，装作没听见，自动将后排的两人隔离出自己的世界。

车里的人都不傻，就算他俩一字不提，可两人之间的氛围明显不对。

唯独周雯出声问了句：“前面是不是火焰山？”

夏竹本来睡着了，刚刚被沈行吵醒，这会儿听到周雯吭声，便转头似笑非笑地看了一眼满脸好奇的周雯，状似无意地问：“妹妹平时去北城上学坐的火车还是飞机？”

“我家里条件不好，一般都是坐火车。”周雯抠着手指，小声回复。

“这样啊。那妹妹挺可爱，不知道的还以为妹妹是外地人，平时都没走过这条路呢。”

周雯的脸骤然变得煞白，眼里满是慌乱，她下意识地看向一旁没说话的许默。

许默抬眼瞥了一眼夏竹，唇瓣动了两下，最终还是合上，一言不发。

车厢里再次安静下来。

“往那条路走经过火焰山，我们走的这条路通往玉城。”

沈行挪动屁股，往姜玫那边靠了靠，等差不多了才抬手替姜玫指路。

沈行冷峻的脸上浮出若有若无的笑，垂下眼睑，语调平和地道：“我仅代表我个人欢迎你来到新省，来到这块被无数无名英雄守卫的土地。

“姜玫，你会爱上它的，像我一样热忱无畏地爱上这块土地。”

说这话时的沈行，严肃认真，似乎带着神圣感，他的字字句句里都饱含着他对这片土地的热爱。姜玫在这一刻仿佛看到了沈行的另一面，完全区别于他平时的另一面。

就好像他突然换了一个人，但是姜玫清楚地知道，眼前的人是货真价实的沈行。

这一刻的沈行不再是那个浪荡不羁的公子哥，而是一个赤胆忠诚、负重致远、无畏无惧的军人。

姜玫透过沈行的脸，好似看到了每一个穿着一身戎装，坚定不移地镇守边境的无名英雄。

正是这些无名英雄在世人看不见的地方默默坚守，才有了和平盛世下的我们。

这一刻，姜玫的心里只剩下满腔敬畏，充满了对沈行以及同沈行一样不畏艰辛地坚守在这片土地的人，她真心实意地感激他们。

她对这一刻的沈行，不再有任何怨怼。

这太平盛世是他们拼了命守住的，她一个生活在和平世界里的人，有什么资格去怪罪沈行？

岁月静好的背后，总有人在你看不见的地方为你负重前行。

姜玫想到这里，垂了垂眼，伸手从包里取出一块平安符递给沈行。

沈行神色不明地望着手里多出来的东西，喉咙上下滚动两下，他挑眉，语调轻佻地道："送我的？"

"前几年去求了一块，算是还你送我项链的礼。"姜玫将左手搭在右手的肩膀上，身体往后靠上座椅，语气平静地解释。

沈行握住手里的平安符，用手指摩挲了几下上面的纹路，又仔细看了看，这是一块玉，质感温凉，做工精细，正面雕了一只和平鸽。

平安符的背面底部刻了他的小名——子闻。

他的小名平日就只有几个亲近的人叫，姜玫有回不小心接了他的电话，那通电话是他们家徐教授打过来的。

徐教授一直叫他小名，他到现在都记得，平日跟他呛惯了的人在接起电话的那一刻很惊慌，恨不得将手上的烫手山芋扔得远远的。

一见他出来了，姜玫迫不及待地把电话塞到他手里，自个儿落荒而逃。

后来他让她叫他子闻，这姑娘当场拒绝，说什么都不肯。

给她逼急了，她才回呛一句："子闻，你别招惹我。"

沈行那时多混账啊。

明知她不乐意，他还非要去招惹她。

他知道她家里的情况不好，也知道她家里就她一个人，平时为了偿还债务，到处兼职，时不时还得躲避上门追债的人。

在酒馆的那个兼职占据了她日常大部分的收入，只是酒馆里到处都是他的熟人，他嫌丢人，不让她再去做那个兼职。

这人什么都听他的，唯独这事没给他半点回应。

他拗不过，也只能由着她。

只是酒馆这地方，到底鱼龙混杂，一个漂亮的姑娘每天到半夜才下班，出事是迟早的。

后来，真被他一语成谶了。

姜玫长得漂亮，这点他从来不否认。他还没认识她之前，他那些朋友就天天在他旁边议论她，说隔壁学校有一个姑娘长得跟天仙似的，每天不重样地夸赞，恨不得给人吹上天。

还说这姑娘什么都好，就性子太冷，孤高得很。

当时这一群人还打赌，赌谁要是追上了姜玫，大家伙就请他一个月客不重样，沈行在旁边当笑话听。

徐谦也跟着起哄，天天在他耳边念叨，给他看这姑娘照片。

那时候他不屑一顾，觉得这几个人要么瞎了，要么脑子进了水，这天下女人不都长那样？

鼻子、眼睛、嘴巴都有，还能丑到哪里去？

后来他骑着摩托车经过一条巷子，刚好瞧见几个社会青年欺负一个姑娘，他当然要见义勇为。

不想，他救的就是这群人口中夸上天的那个姑娘。

小姑娘被救了，抬头冷淡地看了他一眼。就那一眼，沈行就觉得这姑娘长得可真漂亮，那张脸上长的鼻子、嘴唇、眼睛，没一样他不喜欢的。

她还真的是美得跟天仙似的。

沈行想到这里，眼皮微抬，脸上挂着似笑非笑的表情。他掂了掂手里的平安符，道："行，我收下了。"

去往玉城的道路主要是公路，姜玫几人走的就是公路，这条公路很长，全程有 1948 公里。

夏竹是最开始提议走这条国道的人，可汽车走了没到三分之一的路程，她就嚷嚷着坐车太艰苦了。

沈行没多少时间，这一路就挺赶。刚开始那段时间，夏竹还开心地嗷嗷叫，后来，整个人蔫蔫的，只差没求着司机丢她下车。

车里几个人的状态除了沈行，都不算好，余下的人多多少少有点不良反应，夏竹连着吐了好几回。

司机开了将近一下午的车，也是满脸疲倦。

最后，车子在无人区停下了，几个人打算就在车里原地度过一晚，等第二天再走。

新省的昼夜温差大，夜里很冷，几人怕第二天车子没电启动不了，就没开空调。夏竹几个裹着衣服，疲倦地瘫在座椅上睡着了。

唯独沈行开了车门，一个人蹲在路边吹风。

透着薄薄的月色，姜玫的视线落在沈行身上。沈行背影宽阔挺直，落到地上就是一团漆黑的人影。

那刚毅的脸被月色分割出漂亮的明暗面，下颌线条流畅分明，而这明暗里，最吸引姜玫目光的，是时不时地滑动一下的喉结。

姜玫靠在窗边，神色复杂地盯着沈行。

算起来，她跟他已经认识八年了。

八年了，她对沈行的了解仍然可以说是知之甚少。

最开始她除了知道他叫沈行，是隔壁 A 大的人，家里条件不错，其余的她无从窥探。

她不太喜欢扒人隐私，沈行不提，她也不问。

认识他的第二年，大年三十，她一个人住在老旧的楼房里吃着已经凉透了的年夜饭，听着窗外热闹不休的烟花爆竹声。

她没觉得孤独，毕竟她一直是这么过来的。

只是那天晚上十二点，沈行给她打来了电话。电话那端的人还没说话，她就先听到了他那边的嬉笑吵闹声。

嘈杂一片的背景音在这特殊的日子里显得异常和谐，跟她这边的冷清形成了鲜明对比。

“别闹了，没见我在打电话？”

沈行不温不火地朝边上的人说了一句，那边立马鸦雀无声了。

姜玫抱着手机没说话，只静静地等待他开口。

沈行估摸着在走路，姜玫听到了细碎的脚步声，脚步声停了，但风声大了。

“为了给你打这通电话，我还特意跑到院子里挨冻。”沈行慵懒的嗓音通过听筒传来。

“那不打了，你进去。”姜玫这是为他想，怕他真冻着了，没想到这人开始不依不饶，一个劲儿地数落她。

“你这整的是哪一出？我上赶着跟你说会儿话，你就这么跟我甩脸子……”

说到一半，沈行哼了一声，懒洋洋地跟她说了声“新年快乐”。

说完，他又跟她唠家常。

“吃年夜饭了？”

“嗯。刚吃。”

“我这几天忙，可能没时间给你回信息，今儿给你打电话的时间还是我东拼西凑挤出来的。在屋里，我天天被我们家徐教授抓着照顾亲戚，我觉都没睡好就给我叫起来了。前两天还陪她去办了几趟年货，徐教授置办的东西多得我头疼，麻烦。这过几天还得去辞年……”

沈行很少讲家里的事，这是他第一次提。

平时他俩在一起时，话都不多，大多时间都是待一块自己做自己的事。

两人兴致来了，就亲一会儿，然后出去吃饭。

沈行有段时间喜欢上了赛车，他身边没几个人对这个有兴趣，他闲得没事，非要她跟着一起学。

刚开始她没兴趣，到后来她主动要学习，也没有过很久她的车技就明显进步了。而且，他俩现在要是比赛，她不一定比沈行差。

车里响起一阵嗡嗡声，不知道是谁的手机响了。

睡着的几个人没受半点影响，倒是姜玫被铃声打乱了思绪。

她回过神一看，才发现响的是沈行的手机，这边没什么信号，网络连不起来。

所以进来的应该是短信。

姜玫下意识地看了一眼——

行哥，听我哥说你过来了？那我明天跟我哥一起去接你。我让你给我带的北城烤鸭带了吧？你可……

短信太长，后面的内容被隐藏了。

备注的名字：徐颖。

姜玫看到那两个字时，脸上显出几分诧异。没想到……是她。

手机屏幕再次暗下来。

车里有些闷。

姜玫从包里扯出一条大红披肩搭在手腕上，打开车门钻了出去。

一下车，刺骨的冷风不留情面地吹来，吹得她脸疼，头发也糊了一脸，还粘了几根在嘴唇上。

姜玫拨了拨头发，将披肩披在身上，用双手压着披肩。

沈行听到动静，缓缓站起身，往身后看了一眼。见是姜玫，他不着痕迹地抬了抬眼皮。

姜玫一眼就看到了沈行手里拿着的口香糖盒子。

银白的月光下，姜玫朝沈行摊开手，问："还有吗？我想要。"

沈行神色平静地将目光落在姜玫身上，她站在迎风面，凉风不停地扫向她，吹得她头发到处飞。

姜玫那双桃花眼水盈盈的，泛着光，在夜色下格外地好看。

盒里只剩最后一片口香糖，姜玫撕开外壳，丢进嘴里。

姜玫虽然有一米七二，可在一米八五的沈行面前还是矮了半个头，这会儿沈行站在她面前，一下子挡了大半的风，她一下子暖和了不少。

两人靠得很近，沈行清楚地闻到了姜玫身上若有若无的香气，很淡，闻起来像是雪松木的味道。沈行垂眸瞥了一眼姜玫，漫不经心地问："喷了香水？"

姜玫点了点头："沙漠玫瑰。"

沈行凑近闻了闻："沙漠玫瑰？挺适合你。"

夜色深沉，周围一片寂静。

两个人坐在车头，有一搭没一搭地聊着。

"当初我不让你当演员，你是不是挺恨我？"沈行偏头瞧着姿势慵散的姜玫，突然问。

姜玫拨开头发的手一顿，若无其事地笑了笑："不至于。"

"我让你别过来，怎么不听？"

姜玫仰头望向天空，今晚星星挺多，有几颗很亮。

看了一会儿，姜玫才道："我接了部戏，这是我这两年接到的第一个剧本。"顿了顿，她说，"沈行，我得生存。"

姜玫只两句话就交代了她的现状，没一个字诉苦，可字里行间都是她所面临的现实。

沈行刚到嘴边的话突然卡住，接着一点一点地咽回喉咙。

沈行胸口发闷。他没有尝过没钱吃饭的滋味，也没经历过为了几百块钱就拼命的事，更不理解姜玫身上的庸俗是怎么融合在她云淡风轻的话里的。

"沈行，我发现我压根儿没了解过你。"姜玫侧头，看着旁边的人。

沈行只穿了件墨绿色T恤衫，他习惯了这边的气候，这么穿着都没叫冷。

从进了这边的土地开始，沈行就像换了个人，他抛弃了他在北城的身份，抛弃了纸醉金迷的生活，抛弃了舒适安逸的日子，义无反顾地选择了职责，选择了使命。

就凭着他的家庭，他压根儿不用选择这条路的，但他还是做了这个选择。

他们还没在这片土地上走多久，姜玫就看出来了，他很爱这片土地。

"嗯？"

"我依旧讨厌你高高在上的样子，但不妨碍此刻我对你的钦佩。你值得被所有人尊重。"

原来，这瞬息万变的世界里，还有人依旧坚守本心，相信信仰，相信人间理想。

并且，这个人，就在她身边，被她所见。

足够了。

万籁俱寂的星空下，她见到了他有棱有角、如山似塔的一面，也见到了他眉眼里深藏的温柔。

早上六点半，一道白光撕破黑暗，这道光逐渐扩散，最后将夜色完全吞噬。

姜玫睡了不到三个小时，睁开眼的那一刻，沈行的睡颜落进她的眼里。

沈行的脑袋就搁在她的肩膀上，睡着的沈行没了平日里的冷峻，眉眼间多了两分温柔。

他一头寸发短且硬，睫毛又密又长，鼻梁骨高挺，往下是那张微抿的薄唇，唇色略粉。

肩膀上的重量不算轻，姜玫不清楚他什么时候靠过来的。她的腰上也搭了一只大手，也不知道他什么时候搭过来的。

好在就她一个人醒了，没人注意他们的姿势。

姜玫维持着原来的姿势没动，目光锁定在沈行身上。

脖子处的痕迹依旧存在，宛如一块印记，记录着他们之间的经历。

很多年前，有人问她，把青春浪费在沈行这样的人身上，值得吗？

姜玫那时候没有回应，可心里清楚。

值得。

沈行跟其他人不一样。

他看着吊儿郎当，看着放荡不羁，看着肆意妄为，可骨子里流淌的是属于军人的血液。

他的父辈祖辈都是为国、为民的人，他的骨子里早就被他的家庭氛围浸透了。

别的不提，单他走进巷子救了她这一项，他在她这里，就永远只有赢面。

即便他身上有众多缺点，可在她这儿，他是发着光的，是会记住她的生日，是会尊重她的想法，是会站在昏暗的路灯下接她回家的人。

她生来坎坷，没体会到多少温暖，唯一得到的温柔还是他给的。

她怎么可能会怪罪他不够爱她？

姜玫想到这里，抬手轻轻碰了碰沈行的头发，他依旧安静地睡着。

姜玫移了移位置，趁着他没醒，弯身凑近，两人唇瓣相贴的那一刻，沈行突然睁开了眼。

那眼里没有半点睡意，他根本就没睡着。

姜玫来不及后退，一只大手强势地扣住了她的后脑勺，不让她退开。

沈行的力道不算温柔，但也不至于粗鲁。

姜玫没出口的话全都湮没在他的吻里，慌乱间，姜玫对上了沈行幽深漆黑的眼眸，那眼里盛着复杂的情绪。

一时，姜玫不再挣扎。

一吻毕，姜玫白皙的脸上染上了红晕，她轻轻地靠在沈行的胸膛上。

“沈行，我们都输了。”

沈行向来理智，可听到姜玫的这句话时，他的心脏还是不由自主地抽了一下。

如果这是一场梦，那就让他继续睡下去，至于什么时候醒，随便吧。

一大早，沈行联系好的直升机找到了他们。很快，他们上了飞机，飞机直飞玉城。

直升机是沈行的朋友找人借的，这个朋友叫徐谦，是跟沈行一起在青市A大念书的同学。在那群人里，两人关系最好，姜玫经常见沈行跟他在一块。

夏竹坐上直升机后也不愁眉苦脸了，恢复了之前的兴奋劲儿。

她非要姜玫陪她坐在飞机角落里，逼问姜玫："你跟沈二哥到底是怎么回事？别跟我说你俩不熟，我昨晚可是看得一清二楚，还有……今天早上，我看见沈二哥亲你了。"

"我差点叫出声。"夏竹想到那一幕，还是忍不住倒抽一口气，"我想了一晚上，我怀疑……沈二哥是不是你之前谈的那个神秘男朋友？"

不得不说，夏竹选择做一名编剧，真的合适。她这推测，既符合逻辑又符合现实。

但姜玫绝对不会承认，她装作事不关己，装作什么都没听见。

夏竹哪会轻易放过姜玫？

"阿玫，我俩什么关系？都这份儿上了，你就跟我说几句吧。我发誓，你跟我说的我绝不会告诉其他人。"

姜玫瞥了一眼满脸好奇的夏竹，只问："你跟许默的事你想明白了？"

这话一出口，夏竹立马消停了："我不问了还不成吗？你别跟我提他，我听到他的名字就烦。"

前排坐着的许默听到了，不动声色地眯了眯眼。

这一路，夏竹都没搭理过许默。中间许默两次试图跟她说话，夏竹只说了句："你离我远点。"

夏竹铁了心地要跟许默划清界限。

沈行同徐谦在最后面坐着，彼此都沉默着。上飞机后，徐谦就时不时地瞟沈行一眼，欲言又止，这会儿他终于问出了口："听我爸说你打算退伍？还递了退伍报告。"

"该回去了。"

"上面没同意，你这样的人才，做领导的肯定不会轻易放手。当初我们说好的共进退，你这是打算先跑了？"徐谦双手搭在膝盖上，神色不明，语气却还挺平静的。

沈行倒是一派轻松："我们家老头子催得紧，他很快就要退休，我家里的情况复杂，我若不回去，只怕会出什么变故。"

他又说："我在这儿也待了四五年了，这儿没了我还有其他人。"他淡淡地补充，"那边没了我，不行。"

徐谦知道劝不动他，便换了个话题："你跟姜玫这是又在一块了？"

徐谦算是他俩的见证人，当初知道沈行跟姜玫在一起了，徐谦还跟沈行打了一架——为了他妹妹。他妹妹徐颖一直喜欢沈行，三番五次地让他给她牵线。徐谦很满意沈行这个人，也有意撮合。

谁承想沈行竟然跟姜玫在一起了，他还以为沈行看不上姜玫这样的人。

谁又知道沈行不仅看上了，还认真了。

后来，看到沈行带着姜玫出现在他们的聚会上，徐谦就明白了，沈行这是栽了。

他们那场恋爱谈得不算轰轰烈烈，可也惊到了不少人。

两个冷淡的人谈起恋爱来，也是与众不同到让旁人觉得压抑。

甚至，徐谦一度觉得他俩压根儿不像一对情侣。

姜玫每天都为了生存奔波，偶尔才有时间陪着沈行。

偏偏，姜玫不找沈行，沈行就不找她，两个人就耗着，耗到最后各自妥协这么一次，下一次继续耗。

就这样耗到沈行毕业，两人不知道因为什么，最终分了手。

这场长达两年三个月的恋爱就此画了上句号。

可徐谦没想到，他俩又在一起了。

沈行抬了抬眼皮，神色不明地望着前面那道单薄的背影，看了一会儿，才说："走一步看一步。"

"要我说，你俩还是真的断了算了，藕断丝连到最后受伤的多半是她。她跟你耗了这么多年，你要真爱她，就不该绑着她。

"再说，就你们家那门槛，她要能跨过去才是稀罕事。再说了，就你俩把面子当饭吃的主儿，我寻思着以前你俩都不会为了对方低头，以后就算是低了头估计也是心不甘情不愿的。何必呢？你俩怎么看，都不合适。"

徐谦的话不是很好听，可句句是实话。

沈行皱了皱眉，冷冷地扫了一眼徐谦："你倒是挺闲，管起我的事了。"

"我也就是话赶话地说到了这里。你可别说，你一回来，我的麻烦就来了。小颖可是盼你好久了，要是让她知道你都已经有女朋友了，我肯定就没个消停日子了。"

徐谦愁啊。

“就是我爸在都不好使。”

徐颖喜欢自己，沈行多少知道一些。

只是这姑娘毕竟是徐谦的妹妹，只要她不跟他挑明，他也只能装不知道。

他不是刻意要给这姑娘希望，只是想彼此表面上至少好看些。

不喜欢就是不喜欢。

他给不起承诺，也不会给人希望。

只是姜玫不一样，如果这次没有重逢，他也不会再去招惹她。

于他而言，徐颖无关紧要，姜玫才是他的“无处可逃”。

两个小时后，飞机降落在玉城机场。

机场离市中心还有八千米，他们一行人很快出了机场。

马路旁边停着一辆车，他们一出来，车门就立刻打开了。

一个穿着薄荷绿套装裙的短发女孩子满脸激动地跑过来：“沈行哥。”她脚步很急，目光专注，“沈行哥，好久不见。”

跟徐颖的热情比起来，沈行显得有些冷淡了，只是点了点头算是回应。

“沈行哥，这一路过来挺累吧？我哥也真是的，都不跟我说一声就跑了。等我知道，他已经走得没影了。还好我及时赶来了机场，现在我们去吃饭吧。对了，我让你给我带的特产你带了吧？我可是馋很久了……”

徐颖的视线就没从沈行身上离开过，眼里满满的都是他。

至于其他人，她直接忽视了。

夏竹在徐颖出现后，多看了两眼，就拉着姜玫一起躲远了些。

“这女孩不行。”把这一幕收尽眼底，夏竹评论道。

“嗯？”

“我见过她。有一次沈二哥回北城过节，当时我们一群人聚会，这姑娘也在。听徐姨说这姑娘对沈二哥有意思。巧的是，这姑娘误以为我是沈二哥的女朋友，当下就甩了脸色给我看。”夏竹说到这里摇了摇头，“感觉她脑袋里面都是水，摇晃一下还能听到水声。她就跟许默旁边那个女学生一样。要我说，这人只要不瞎，就不会选这样的女孩当对象。沈二哥可能没瞎，许默已经瞎了。”

所以，许默这是被连累了？

现在到了玉城，他们几个人也应该分道扬镳了。

许默要去哪儿，夏竹不知道，她只知道她不会再围着许默转了。

夏竹想到这里，心里的郁闷也散了不少，眼见着沈行和徐颖一时半儿会结束不了，便开始跟姜玫分享八卦。

“许薇不是发了微博说辞演《捧杀》吗？确实是她爸给她选了个S级的项目，不巧，那个项目负责人我熟，就是那剧本真拍出来，评分最多五分不能再多了。再说了，她迟早要退隐，不再做演员。就沈二哥家那样的，绝对不会想要一个女演员儿媳妇的。”

夏竹噼里啪啦地说完，也不等姜玫回应，接着说。

“你跟江逢熟不熟？我跟你说，在剧组里你少跟他来往，他和小姑娘谈恋爱了，一直藏着不让人发现。啧啧啧，你是没见过，他对那姑娘可谓是有求必应。那姑娘刚好是学表演的，她想来剧组里玩，江逢二话不说给她安排了一个角色，江逢，是这个！”她竖起了一个大拇指。

姜玫诧异地看了一眼夏竹，疑惑地问：“你这都是从哪儿听来的消息？”

夏竹故作高深地甩了甩头发：“我那‘八卦小站站姐’的名号不是白来的，我可是小灵通，就没有什么我不知道的。你要是感兴趣，我哪天都给你整理出来。说起来，我要是把这些八卦故事写出来了，印成书去卖，我肯定能发大财。”

“少做点梦。”姜玫一句话打断夏竹的幻想。

夏竹：“……”

对面，沈行瞧了面前越说情绪越激动的徐颖一眼。

沈行有些头疼。

徐颖还在喋喋不休，徐谦几次使眼色都被她忽视，沈行又听了几句耐心耗尽。

偏头见姜玫跟夏竹在角落里聊得正欢，沈行抬了抬眼皮，薄唇轻启，问：“姜玫，走不走？”

姜玫脊背一僵，转过头。

人头攒动的机场，沈行站在人流里望着她，目光专注极了。

姜玫愣住了：“去哪儿？”

沈行脸上挂着散漫的笑，戏谑地道：“你想去哪儿我就带你去哪儿。”

他姿态虽然散漫，可话里话外都透着认真。那一刻，谁都看出了沈行的眼里只有姜玫。

谁都看得出沈行对姜玫明目张胆地偏爱。

姜玫抬眼，嘴角扯出一缕笑，道：“我现在……要去洗手间。”

沈行：“……”

其他人：“……”

洗手间里水龙头的水哗啦哗啦地流，姜玫不慌不忙地洗着手。

关掉水龙头，电话适时地响起。

姜玫抽了两张纸慢吞吞地擦拭手指，等擦完了才取出手机。

是罗娴打来的电话，姜玫按了接通键。

“到哪儿了？”

“玉城。”

“行，剧组估摸着两天后才到，江导让我提醒你多琢磨一下剧本。”

“嗯。”

“你现在怎么样？你也没带个助理，一个人要是不行的话，给我打电话。我向周总给你申请了助理，过两天人就到玉城了。当然，你的安全是最重要的，不过我听周总的意思，这事他都安排妥当了。”

姜玫皱了皱眉，脸上闪过一丝疑惑：“啊？”

“周总知道那事了。”电话那头的罗娴叹了口气，有些无奈。

周肆要查什么，自然轻而易举，她就算有心隐瞒也瞒不住。

姜玫倒是不意外，毕竟她可是亲眼见到周肆的身影出现在病房，当着沈行的面，他都警告了她一番。

只是不知道他现在这举动又是什么意思？

姜玫闭了闭眼睛，掩饰住内心翻滚的情绪，点了点头，平静地道：“我知道了。”

“还有件事，公司临时决定安排你和齐衡一起炒作。我跟你说，这件事，你最好不要拒绝，能配合尽量配合。还有，这段时间别谈恋爱。我们都知道，这部电影是你的翻身之战，容不得半点差错。你别让我，也别让你自己失望。你要做好心理准备，接下来还有很多硬仗要打。”

罗娴的话让姜玫清醒了不少，恰似往她发热的脑袋上浇了一盆冷水。

是了，有太多时候，不是她想怎么样就能怎么样的。

“公司安排我跟齐衡炒绯闻，齐衡的意见呢？新晋影帝和声名狼藉快查无此人的女演员，这搭配，确定他的粉丝不会反对？”

“齐衡同意了。至于其他的，公司自有安排，你只要好好的拍戏就行。”

既是如此，姜玫也没什么问题了。

挂了电话，她往洗手间外走，刚出去就瞧见了门口站着的沈行。

他正靠着墙壁出神。

姜玫脚步停滞了两秒，想了想，还是走了过去。

沈行听到脚步声，下意识地抬眼皮，一眼就瞧见了姜玫，立刻站直了。

“过两天我就归队了。”沈行率先开口打破沉默。

姜玫愣了一下，才明白沈行是在跟她交代他的去向。

“我也要进剧组了。”

沈行若有所思地盯着她，脚尖对着她的方向。

过了一会儿，他抬腿缓缓走向姜玫，每走一步，姜玫的心脏就停跳一拍。

很快，沈行已近在咫尺。

沈行垂眸望着姜玫，说：“姜玫，我要一个答案。”

说这话时，他神色不明。

姜玫抿唇一笑，抬头同沈行对视。只一眼，沈行就清楚地看到了姜玫眼眶里的水光。

“抱歉。”

“理由，给我一个合适的理由。”沈行面色平静，嗓音低沉。

“我不想重蹈覆辙。跟你谈恋爱的后果，我承受不起。”

沈行一言不发，漆黑的眼眸锐利地打量着姜玫，试图从她身上看到一点撒谎的痕迹。

姜玫脸上的表情毫无破绽，他窥探不到半分她的内心。

“接下来准备去哪儿？我送你。”沈行轻描淡写地换话题。

“市区。”

“嗯。”

夏竹他们已经先行离开了，车里就沈行和姜玫两个人，司机是当地人，听不太懂普通话。

姜玫没想到沈行会当地的语言，上车后，沈行一直在跟司机交涉，姜玫听不懂他们说了什么，只知道司机说了一句话后，沈行多看了她两眼。

车子停住，显然到了目的地。姜玫下车一看，发现车停在了一家客栈前。她跟在沈行后面走进去，一眼就看到前台站着一个穿着青丝提花旗袍的女人。女人头上别着一根白玉簪，戴着一对形状夸张的银饰耳坠，站在一整排酒柜前。

女人眉眼温柔，一见到沈行，便熟稔地打招呼：“来了？还是原来的房间，那间房一直给你留着。小颖他们到了有半个小时了，这会儿估摸着在楼上休息。还有……”

说到一半，女人的视线移到沈行旁边的姜玫身上，她挑了挑眉，问：“旁边这位是？”

沈行并没有回答，动作自然地接过她手里的房卡，说：“给她安排一间房。”

“身份证。”女人一手撑着桌面，一手伸出问姜玫要身份证。

姜玫有些犹豫，最终还是掏出身份证递了过去。

女人拿过身份证多看了两眼，边在电脑上操作，边跟姜玫搭话：“姜玫？这名字真好听。长得漂亮的姑娘连身份证上的照片都是美的。你是我见过的姑娘里最漂亮的一个。我是这家店的老板娘，你要有什么事可以直接找我。

“对了，我喜欢漂亮的姑娘。所以你免单了。

“忘了说，我叫宋柔，有时间我们可以一起喝酒。你喝酒吗？”

宋柔直接坦率，每一句话都在跟姜玫释放善意。

姜玫对这个老板娘也挺好奇：“可以。”

“那就好，待会儿我就不忙了，到时候直接去你房间找你，我们小酌一番。”

宋柔长得像江南女子，性格温柔似水，可又不只是温柔，她身上有一股侠气，让人不自觉地想亲近。

姜玫对她的第一印象很好。

听她这么直截了当地跟她约时间一起小酌，姜玫也没拒绝。

宋柔又抬眼看向一旁边不吭声的沈行，眼睛眯了眯，将姜玫的身份证和房卡一起推给姜玫，嘴里打趣道：“沈大队长，你要不要也一起来？”

沈行不徐不疾地看了两眼宋柔：“客栈还亏损？”

“没呢，这几个月可是大赚。最近旅游的人可越来越多了，我这都多招了两个员工。”

沈行冷淡地“哦”了一声：“我看你时间挺多，还以为客栈亏损了。”

宋柔这才明白沈行是在暗讽她闲人多事。

沈行见姜玫收好了身份证拿好了房卡，也不跟宋柔告辞，伸手拉着姜玫上楼。

客栈的风格非常具有当地民族特色，土坯房，到处可见陶罐。

上了楼，映入眼帘的是一大片色彩明艳的装饰，典型的摩洛哥风格，极具异域风情。

直到此时，姜玫才清楚地意识到她已置身玉城。不知道宋柔是不是故意的，她的房间就在沈行的房间对面。

姜玫用房卡开了门，房间里面的装修依旧富有当地民族特色。门口放着一块毛绒地毯，图案鲜明对称，色彩鲜艳。房间里也铺着漂亮的长毛地毯，踩上去，触感柔软。

往里走，摆在中间的是一张大床，床对着一扇木窗，窗棂上雕刻着漂亮的花纹，站在窗户边往外看，正好可以看到玉城古城。

沈行将姜玫的行李放下，就回了自己的房间。

姜玫也没忙着整理行李，脱了鞋，赤脚踩在地毯上，驻足在窗前，静静地望着外面。

这家客栈，位置闹中取静。姜玫所在房间下方有一个院子，院子里种满了花，先前在前台接待客人的宋柔这会儿已悠闲地躺在院子里的躺椅上，她身侧有一张石桌，石桌上摆放着一壶茶。

宋柔拿着把摇扇，正有一搭没一搭地扇着风。

姜玫收回视线，就听宋柔懒洋洋的声音响起：“我以为你不会回来了。”

姜玫无意听墙角，便想着关上窗户，却见角落里走出一道熟悉的背影。

是沈行。

姜玫顿时停住了动作。

沈行动作随意地拉了一把椅子在宋柔对面坐了下来，自己给自己倒了一杯水。紧接着，他从裤兜里掏出一个红色盒子递给宋柔。

宋柔接过盒子慢悠悠地打开，里面的钻戒露了出来。钻戒很大，隔得这么一段距离，姜玫仍看到了钻石上的光泽。

“这钻戒够大啊，几克拉的？费了不少钱吧。我挺喜欢。”宋柔只看了一眼就将戒指搁置在旁边，嘴上说着喜欢，可脸上却不见半点喜悦。

沈行神色复杂地扫了一眼没把戒指当回事的宋柔，喉结上下动了动，他解释道：“这是他交代的。让我亲手给你，这是他攒了三年工资才买下来的。他说你喜欢这玩意。”

“所以呢？”宋柔缓缓坐了起来，端着茶杯抿了一口，假作不在意地问。

沈行一时没有回应。

宋柔这会儿倒是笑了，说出来的话却是冰冷的：“所以，我就必须收下这玩意？沈大队长，我不是你手底下的兵，你管不了我。他要是真想送给我，让他亲自来。”

说到这里，她的声音哽了一下，她咬了一下唇瓣，继续说：“这辈子是不可能了，下辈子吧。下辈子我还爱他的话。”

沈行轻蹙眉心，双手搭在膝盖上，脸上浮现出愧疚的神色，连声音都软了不少：“对不起，我答应过你一定会让他安然无恙地回来，是我食言了。”

宋柔用力地摇头，她握紧手里的茶杯，声音难掩哽咽：“我恨的是他。是他答应我会安全回来娶我的，可最后呢？沈队，你们这些人心里装的是民族大义，可我宋柔只是一个普通人，只装着世俗。

“我陪着他从江南跑到这遥远的大西北，不是……凭什么他走了，就把所有的伤痛都留给我？我凭什么要替他守一辈子，他凭什么觉得一枚戒指就能圈住我宋柔？”

她说着，眼泪不由自主地往下掉，她伸手擦掉，新的眼泪又冒了出来，说到最后，她已经不管了，任由眼泪洗脸。

这世界谁都可以赞叹他“你是一个了不起的英雄”，唯独她不会，在她这里，他就是一个抛弃妻子的男人。

宋柔口里说的“他”是沈行手下的兵，名字叫张诚，是一个好兵，在沈行的队伍里待了三年，优秀忠诚。在一次任务中，他不幸牺牲，而宋柔是他的未婚妻。

张诚总是跟战友们提到自己的未婚妻，憧憬着退伍了他就娶这姑娘，可是他没有等到退伍，先等来了死亡。

最后的一刻，张诚握着沈行的胳膊，断断续续地说：“我……戒指……”

沈行忍住心痛，哭着说：“知道……我知道。”

张诚买了一枚钻戒，一直没敢告诉宋柔。他一直期待着有一天，在战友们的见证下，向宋柔求婚。

张诚留下的最后一句话是：“替我……替我交给她，让她不要等我，找个好人嫁了。”

沈行别开头，不愿让人看到他的伤心。他宁愿牺牲的那个人是他，也不愿意像现在这样面对宋柔。他每次见宋柔，心里总是止不住地感到愧疚。他自私，没把张诚留的那句话说给宋柔听。

沈行一言不发地站起来离开，留下空间让宋柔一个人冷静。

站在窗后的姜玫出神地望着宋柔，沈行离开后，面色苍白眼眶通红的宋柔抖着手拿起了那枚戒指，边擦眼泪，边替自己戴上了那枚戒指。

随后，她伏低身体，紧紧地拿另外一只手握住了戴着戒指的那只手。

那一刻，姜玫的心也跟着疼了起来。

留下来的那个人才是最痛苦的。

之前只是有些欣赏宋柔，现在姜玫对她满怀敬佩。

换作是她，姜玫想，她不一定做得到。

门铃响起，姜玫下意识地轻轻关上窗户，才走去门口。

门一开，一道修长高大的身影出现在眼前，宛如一堵墙挡住了她所有视线。

沈行心情不大好，下意识地敲了姜玫的门。姜玫也没说什么，侧开身子，给沈行让了让位置。沈行挤进房间。

姜玫刚关上门，还没来得及转身，就被沈行抱在了怀里，一时间，鼻息间都是他的气息。

沈行大手搂住姜玫的腰，下巴搁在她的肩膀，嗓音嘶哑：“姜玫，别动，让我抱抱。”

姜玫一僵。

两人都没说话，沈行就那么一言不发地抱着姜玫，抱了许久才出声：“我明天归队。”

“我知道。”

“有什么事找宋柔，注意安全。”

“好。”

两人再次陷入沉默，沈行又抱了一会儿，才慢慢松开姜玫。他伸手替姜玫理了理乱了的头发：“你之前问我有没有后悔过，我现在跟你说，后悔过。”

“什么？”

“后悔遇见你。”

沈行的话让姜玫猛地抖了一下，脚下更像是踩空了似的，差点没站稳。

“没遇见你，我就不会有软肋。”

姜玫的心脏怦怦直跳，胸口一阵疼，她不太明白沈行为什么在这个时候跟她提这些。

“还记得当初我跟你说的话吗？”

姜玫：“……”

“我说我们走到哪儿算哪儿，哪天要是走不下去了，就各走各的。谁承想我俩之间的关系这么脆弱，没两年就散了。”

姜玫垂着眼皮没说话。

沈行离开时，背影落寞孤独，姜玫听到门关上了，才转头看向那扇紧闭的门。

“姜玫，如果不愿回头那就往前走。”

是啊。

谁愿回头？

夏竹来找姜玫的时候，姜玫正在收拾行李。

“沈二哥离开了。”

姜玫动作一停，随后继续收拾。

夏竹叹了一口气，遗憾道：“我还以为我能看见沈二哥谈恋爱的一面呢，不想竟是我奢求了。真想知道，沈二哥这样的人谈起恋爱来，是怎样的……”

姜玫没有回答夏竹，自顾自地忙。

一个人说着也没趣，说到一半，夏竹也没继续说了。

她试图站在对面隔岸观火，却不知自己早已经深陷其中。

·第三章　你在对岸

过了很久终于我愿抬头看，
你就在对岸走得好慢，
任由我独自在假寐与现实之间两难。

——《走马》

姜玫是在《捧杀》剧组开机后，第三天进组的。

拍摄的第一场戏：势头正旺的女演员安意，接了一部古装电视剧。拍摄途中，宋越来剧组探班。一时间，剧组里流言四起。

拍摄地点在一片沙漠。

整个剧组驱车前往拍摄地点，为了让姜玫和齐衡培养默契度，导演特意安排他俩坐同一辆车。

协商之后，姜玫坐上了齐衡的保姆车。车里两人面对面坐着，手里拿着各自的剧本开始对台词。

齐衡长得温润，为人温柔，对谁都有礼貌，即便现在已经是影帝，有了几千万粉丝，他也没有半点架子。

说话时，他总是会客气地问："这样行不行？你觉得这样理解怎么样？"

姜玫第一次跟这样的人打交道，一时有些不太适应。

剧里的宋越是个浪荡公子哥，为人凉薄，从头到尾都没有爱过安意。

对安意的死，他也只是因为目睹而吓了一跳，并没有为一条人命就此消失了而感到愧疚。

安意死后，他依旧游戏人间，最后找了个门当户对的姑娘结了婚。

最后他儿孙满堂，活到了八十岁。

对于安意，他没有半点怀念，甚至后来旁人提起安意时，他也是恼怒的，他认为他人生的唯一一个污点就是安意。

这就是戏啊，戏里，女主角爱得死去活来，男主角却恨不得你了无踪迹。

沈行嘴上说瞧不上姜玫，但姜玫是知道的，这人向来只会动动嘴皮子，真的遇上了她的狼狈时刻却愿意蹲下来和她一起面对。

比如，他亲眼瞧见她为了几块钱跟人毫无形象地吵架，像个泼妇一样骂街，也只是嘴角噙着一抹淡笑，等她从人声鼎沸的菜市场走出来了，才在一边笑着揶揄她："倒是个会过日子的。"

他还会边说边接过她手里的东西，陪她走那段肮脏不堪的小路。

要论温柔，沈行不输任何人。

他可以充满烟火气，也可以拥抱信仰。

他唯一的缺点就是嘴坏，说的话有时候让人受不住。

被他损哭过的女孩子不在少数。他还好面子，关乎面子的事没见他输过。

姜玫跟他决裂的那次，说到底也是因为面子，他俩都是极重面子的人，谁也不肯低头。

之前两人也吵过架，无关痛痒的事总是他先服软，唯独那次，他俩吵得不可开交，吵到最后各自说着狠话，恨不得把此生学到的所有恶毒的词语都用在对方身上。

回头再看，那时候的他们在感情上都挺幼稚的。

他身在云端，身边少不了阿谀奉承的人，他不知听了多少好听的话，可他依旧能保持着清醒，懂得收敛也知道分寸。

若有朋友拿着他作筏子祸害人，他也能雷霆出击，不讲一点情面。

对己，他清醒克制；对人，他铁面无私，又有柔情的一面。

安意不同于姜玫，宋越也不是沈行。

剧本里，宋越是从头到尾都瞧不上安意，他要的不过是刺激，还有绝对的服从。

他需要一个漂亮的花瓶，被他看上的安意，就必须顺着他的意，成为他家里摆放在客厅供人观赏的花瓶。

花瓶要是不听话，自然是要砸了的。

砸的时候他也不心疼，没了这个花瓶还有其他的花瓶。

说到底，戏里的宋越就是个败类。

姜玫看了不下十遍剧本，背诵揣摩自己的台词的同时，跟她有关的对手戏的台词她也背了。

剧本上，写满了她的想法。

离剧组开机还有一天，夏竹闲着无聊，陪姜玫过了一遍台词。

她以为自己够认真了，没想到姜玫更认真。

一遍台词过完，夏竹感觉累得不行了，姜玫还想要她陪自己过第二遍，她忙不迭地就拒绝了。

过了一遍今天要演的戏，齐衡把剧本收起来，道：“演了这戏，我估计得被网友们声讨了。”

说这话时，齐衡白皙清俊的脸上带着笑，琥珀色的眼中满是温柔。

显然他是在跟姜玫开玩笑。

姜玫配合地笑了笑，讨巧地回了句：“那说明齐老师的戏好。”

“叫我齐衡就好，不用叫老师，怪生疏的。”

姜玫眨了眨眼，装作没听懂，不过还是提了个折中的建议：“不如我叫您宋先生，也好提前进入角色。”

齐衡无奈地看了一眼姜玫，也没再多说。

姜玫的漂亮，是那种很有攻击性的漂亮。他还是新人演员时，看过她演的《天赋》，她在剧中的演技，可谓是与她的漂亮不相上下。

除了漂亮，还是漂亮。

《天赋》中跟姜玫搭戏的都是老戏骨，可在那部电影里，她的光芒无人可比。

其中令观众反复推荐的片段中，姜玫披着一件浅绿色披肩，行走在昏暗的小巷子里，走到一半，她的背后忽然出现一道刺眼的光。那光照向她，衬得她身形瘦弱单薄。

她身后是破旧不堪的危房，身侧随处可见垃圾桶，垃圾桶旁边堆着许多烂臭的垃圾。

而后，她回眸，笑了一笑。

这笑里藏着落寞，可又隐约带着祈求。

她以为是故人来了，可她鼓起勇气回头，没见到故人。车灯并非着意落到她身上，只是路过。光暗下来，一条流浪狗跟她遥遥相望。

她又笑了。

《天赋》一经上映，票房就稳步上涨，口碑持续发酵。第二年末，《天赋》被送到国外参展，获得了金熊奖，同年，她在国际电影节上拿到了最佳新人奖。

后来，姜玫在网络上千人所指，唯独没人抨击她的演技，没人攻击她的长相。

甚至《捧杀》官方微博宣布姜玫出演《捧杀》的女主角，她饱受攻击的那几天，网友们也不曾攻击她的长相和演技，只是觉得她既然出了那种事情，就没有资格出演安意。

一些不明真相的路人，看完姜玫出演的《天赋》片段，也有些“恨铁不成钢”，觉得她怎么能自己毁了自己……

本来，齐衡想发一条微博替姜玫说几句话，只是他怕发了微博，会导致姜玫被骂得更惨，只得作罢。

于齐衡而言，姜玫是他想合作已久的女演员，只是，他还没能具备跟她合作的资格，她便因故跌落了谷底。

这一次的《捧杀》剧本，齐衡推拒了好几次，因为宋越这个角色实在不讨喜。不想女主角定了由姜玫出演，齐衡立刻就巴巴地找经纪人罗娴，让她帮自己去跟剧组交涉。

公司安排了一系列公关，看着是要重新将姜玫推到台前。公司提出了借《捧杀》的热度，炒作真人绯闻的方案，齐衡也是想都没想直接答应了。

齐衡扬起一个小弧度的笑，似是不经意地问：“你叫我宋先生，那我叫你什么？”

姜玫一顿：“您随意。”

“那我叫你姜玫？”

姜玫点头，表示可以。

两人都不是爱说话的人，再加上彼此不熟悉，也没什么话题可聊。接下来一路，一直到拍摄地，两人都没再说话，各自看着手里的剧本。

下了车，热气扑面而来，姜玫止不住地冒汗，没一会儿，她身上就黏糊糊的了。

现场的工作人员开始有秩序地抬机器做着准备工作，姜玫则回到车里换衣服。

罗娴的效率很高，给她申请的助理确实按时到了。小助理长得可爱，脸上肉嘟嘟的，年纪不大，身上稚气还未脱，一看就是涉世未深。

这会儿，小姑娘站在她身边，小心翼翼地透过化妆镜打量她。

小助理的目光很直接，却不让人讨厌。

趁着化妆师暂时离开，小助理偷偷凑到姜玫身边，压低声音：“姜玫姐，你真人真的比电视美多了！我好喜欢你！我是你的粉丝！”

小姑娘声音很低，可语气激动不已。

姜玫本来在脑子里背诵台词，闻言不由得偏过头多看了她一眼。

小助理立刻捂住自己的嘴巴摇了摇头，往后退了两步，示意自己不会再吵她了。

姜玫觉得小姑娘可爱，也笑了笑。

妆发收拾完毕，演员各就各位。导演一声令下，姜玫开始走戏。

正式拍摄开始了，安意着一袭火红的长裙，提着一把染红的剑，孤独地走在漫无边际的黄沙中。特写镜头之后，镜头拉远，无数沙粒涌起的皱褶聚集成浪涛，一直延伸至远方。

一侧的鼓风机不停地发力，掀起安意的裙摆。她赤着脚踩在黄沙里，忽而将手里的剑猛地回刺。镜头下的她吐出一口鲜血，脸上带着解脱，缓缓地倒在地上。

镜头画面定格在她倒下的那一幕。

很快，随着一声“咔”，安意带着胸口上的剑若无其事地站了起来，助理很快上前，她就着助理的手喝了一口水，快速漱口后吐出。

化妆师开始给她整理妆发。

“安意。”一个平淡的声音响起。

安意猛地抬头，一眼就看到了导演身边站着的宋越。那人站在人群里很是显眼，安意眼里满是不敢置信。

顾不得化妆师了，安意满脸兴奋地跑过去，一把抱住宋越的胳膊，略带讨好地跟宋越搭话：“我刚刚演得还行吧？你什么时候来的，怎么不跟我说一声？早知道你要来，我今天就不让导演安排我的戏了，我都没时间陪你了。”

宋越穿了一身深灰色西装，梳了个大背头，闻言，他笑了起来：“我可是帮你跟导演请了一天假，安大影后今晚的时间全归我。”

“我还没成影后呢。”

宋越说着，一把搂住安意，微凑近她，并不想接这个话题，而是问：“你想要什么礼物，或者我送你两个包？”

安意没察觉宋越的敷衍，小鸟依人地靠在宋越的怀里，满脸羞涩地道：“都听你的。”

“你上回不是想要C牌的最新款吗？我找人给你留一个。”

“哎呀，宋先生，你真好啊。我感觉我好幸福啊，遇到你，是我这辈子最幸运的事。”

“就你嘴甜，快去卸妆，你这身戏服，我看着别扭。”

安意叫上化妆师直奔化妆间，坐在椅子上，就让化妆师给她卸妆。

宋越懒散地靠在沙发上玩手机。

卸到一半，安意感觉头皮被大力扯了一下，她疼得叫了一声，下意识站起来，一把推开化妆师："你是不是想我毁容？能不能轻点！这么不敬业，你被解雇了，明天我不想看见你。"

这会儿的安意头发散乱，脸上的妆还留了一半，看着像个泼妇。

化妆师离开后，安意委屈地跟宋越撒娇："那化妆师嫉妒我，扯我头发。"

宋越玩着手机头也没抬，满不在乎地回："你刚才不是已经把她开了吗？"

"可是……"

"我累了，今晚算了。"

宋越收起手机，满脸不耐烦地站了起来，不等安意反应，直接离开了化妆间。

安意愣了一下才追了出去，一把抱住宋越的腰，讨好道："我错了，我刚刚不该发脾气，你原谅我好不好？"

宋越一点一点掰开安意的手指，冷着脸离开了剧组。

安意站在原地，呆愣地望着宋越的背影。

"咔。"江逢冷淡的声音响了起来。

化妆师上前整理妆发，助理过去给两位主演扇风。

江逢拿着台词本，满脸严肃地道："姜玫，你刚刚从化妆间出来得太慢了，表情要再小心翼翼点，齐衡你的表情也不到位，你要表现得更凉薄一些……再来一次。"

这一天的戏很重，江逢的要求也高。

有两次姜玫自觉她演得比较到位了，还是被江逢叫停重来。

收工时已经是晚上八点，这里太阳下山很晚，此刻夕阳正在不远处缓缓往下落，余晖将天边染得通红。

第二天的戏还是在这里，因此剧组在沙漠里扎了营。

沙漠里没信号，吃过盒饭后，姜玫便一个人坐在沙土堆里仰头望着天空。

这里的天很辽阔，能看得很远。

这会儿空下来了，她的思绪一下子就飘远了。

姜玫突然想起了沈行。

他走的时候没留一句话，也没说他去了哪儿。

早上，她下楼吃早饭，宋柔端着一壶酒在她对面坐了下来。斟了两杯酒，宋柔递给她一杯后向她打听："你们演戏的时候，接吻是不是真亲？"

"有的是，有的不是。"

"那你呢？"

"我不拍吻戏。"

宋柔立马来了兴趣，双手撑在桌上继续问：“是沈队长不让你拍吻戏？”

“不是，是我自己的问题。”

“你跟沈队长谈几年了？”

宋柔的话一出，姜玫的筷子就掉在了桌上。在宋柔的注视下，姜玫若无其事地捡起筷子擦拭着。

至于宋柔的问题，姜玫选择性地忽视了。

宋柔也察觉到她的问题有些不妥，尴尬地说了声“抱歉”。

“沈队离开前让我多照顾你，你要是有需要，尽管找我。还有，他说过两天会来客栈。不过你要是想去找他，我可以带你去。到时候，你就说是他的家属。”

姜玫只礼貌地点了点头。

离开时，宋柔往姜玫手里塞了一张字条，上面写着一串数字，是沈行所属部队的电话。

姜玫知道，宋柔的意思是让她给沈行打电话。

姜玫没扔那张字条。

但是她也没想过打电话找沈行。他们之间的关系太复杂，她自己也不知道自己该不该打这一通电话。

“姜老师，江导找你。”

背后传来的这一声唤回了姜玫的思绪，姜玫将摸向口袋里的字条的手拿出来，站起身往江逢的帐篷走。

他说，往前走，不要回头。

她会的，她会奔向更好的远方。

她会愿意原谅所有孤独，愿意原谅四下无人等不到一句晚安的夜晚，愿意原谅爱而不得这一人间常态。

拍戏的日子总是枯燥又漫长，姜玫跟着剧组在沙漠里一待就是三个星期。

其间，为了保持状态，她没用一次手机，基本与外界隔绝，她甚至记不清今天是几号。

时间长了，姜玫跟齐衡的默契也就培养了起来，导演喊“咔”的次数也越来越少。

齐衡的演技和台词功底都很好，刚开始姜玫跟他搭戏还有些吃力，但姜玫学得也很快，数次磨合后，两人的戏势均力敌。

不仅如此，两人的关系也亲近了不少。

齐衡对她的称呼由最初的“姜玫”换成了现在的“然然”。

公司有意炒作，安排拍摄了不少花絮。有些花絮，甚至不是真实的，而是有台本专门演出来的。男女主角有戏，对电影也是有好处的，江逢也不多管。

沙漠里风大又缺水，白天温度高达四十几度，晚上零下几度。

剧组的人在这荒无人烟的地方，熬了这么多天，不少人都有些熬不住了。

姜玫的戏份儿大部分是穿着层层叠叠的古装，吊着威亚，动作戏又多，一下戏，衣服都能拧出水来。

这一天，摄影师因连上了两个大夜戏，直接累倒了，剧组终于决定先停工两日。

姜玫也松了口气。

坐在回玉城市区的大巴上，姜玫终于拿到了自己的手机。

开了机，手机还剩百分之六十的电。

手机安安静静的。

没有未接来电，也没有未读短信。

姜玫指尖在手机屏幕上方停顿了几秒，重新关了手机。

车子穿行在沙漠中，所行之处掀起一拨又一拨金浪。

不多时，他们路过了一片胡杨林。胡杨林笔直挺拔，树干呈白色，树叶葱郁，宛如站岗的战士。

胡杨就长在马路两旁，迎面而去满目绿色，让这荒凉的土地多了几分生机。

透着胡杨林望出去，还能见到远处几座若隐若现的雪山。

“那对面还有雪山！山顶还有雪！”车里响起了一个兴奋的声音，“那是哪里呀？”

姜玫顺着声音看了一眼说话的人，正是她的小助理。

这小助理跟她相处了半个月，她大概了解了这姑娘的性格。

小助理做事都妥妥当当的，只是偶尔会发花痴，不过没耽误工作，她便也不在意。

毕竟是小姑娘，看到美好的事物，忍不住心驰神往，也正常。

不料有天拍戏，她状态不好被江逢叫停好几次，还被他当着全剧组的面骂。

毕竟她确实状态不好，挨骂她也认了，也尽量调整自己的状态，只是耽误了进度，她思索了下，决定趁着午休去跟江逢道歉。不想，才走近江逢的营帐她就先听到小助理的声音。

小姑娘正喋喋不休地数落江逢，因为他跟姜玫发火的事。

后来姜玫才知道，这姑娘叫江予，也就是夏竹讲的江逢的那个被他藏得很深的小姑娘。

知道小姑娘是来体验剧组生活的，姜玫有事便自己亲力亲为，可不敢再麻烦这个小祖宗。

大巴里有工作人员是新省人，听到江予的疑惑，他好心解释道：“那边是边境，有军队驻扎。”

姜玫听到“军队”两个字，下意识地顺着工作人员指的方向望过去。

就在肉眼可见的远方，明明是炎炎夏日，可那边还笼罩在冰雪之下。

可想而知，那里的条件有多艰苦。

姜玫翻出手机，打开浏览器输了“边防战士”几个字。

出现的第一个词条便是“边防战士的艰苦生活图片”。

姜玫手指在上面停顿两秒，最后点了进去。

手机上弹出了几张图片。

图片上面，边防战士们穿着庄严的制服，脸被冻得通红，手指冻得红肿，他们站在雪中，地上的雪厚到直接埋到了膝盖，可他们依旧挺拔，站得笔直。

他们不光要承受高海拔带来的高原反应，承受孤独，还得承受见不到家人回不了家乡的痛苦。

在这个浮躁的世界里，他们手持钢枪、穿着军装，坚守着信仰。

他们宛如巨人，守护着祖国的大好河山。

“天上无飞鸟，地上不长草，风吹石头跑，四季穿皮袄，饭菜蒸不熟，氧气吃不饱。”

这是首特殊的歌谣。

姜玫听过一次。

那是沈行来新省的第一年，姜玫深夜睡不着，打开手机去翻资料时偶然听到的。

那时候的她听完了并没有生出太多感触，只觉得这只是一首不太普通的歌谣。

现在身处在这个环境，她才有了切身体会，歌谣里唱的句句真实。

歌词越真实，越让人敬畏。

姜玫无法想象沈行这些年是怎么度过的。

这人从来不肯把伤口暴露在人前，总是一副浑不在意的样子，让人看了只想揍他。

“穿上这身衣服，就得对人民、对国家负责。”

这是沈行唯一一次跟姜玫提他的理想。

姜玫想，他是光彩夺目的。

大巴抵达了玉城市区。

剧组的其他人都住在宾馆，姜玫还是住在宋柔的客栈。

罗娴本来重新安排了姜玫的住处，被姜玫拒绝了。

姜玫进客栈时，宋柔正在插花，见姜玫进门，宋柔放下手里的玫瑰花，慢悠悠地打量了姜玫一圈。

等姜玫走近了宋柔才眨了眨眼，一脸神秘地道：“这么快戏就拍好了？”

“休息两天。”

“嗯，我看你脸都黑了两个度，也瘦了好多。这拍戏还挺辛苦。”

“还好。”

宋柔见姜玫兴致不高，便拉着姜玫的手腕示意她坐下来休息休息。等姜玫坐下了，她翻出一朵还挂着露珠的玫瑰，刮了刺后塞在姜玫手里：“这是我刚摘的花，洒了点水，还是新鲜的。我把它送给客栈里最漂亮的人。”

姜玫瞥了两眼手里的玫瑰花，花瓣儿绽放着，鲜艳且漂亮。

“我这儿有个消息，也不知道是好是坏，看在我送你花的分上，你给我提提建议？”

姜玫拿着玫瑰花的手一顿。

果真，这天底下就没有白掉馅饼的事。

拿人手短，姜玫也不好拒绝，勉强点了点头。

宋柔见状捂住嘴，脸上满是笑，手撑在桌上凑上前，神神秘秘地说了句：“沈队长在楼上。也是巧，他前脚回来，你后脚就到了。”

姜玫无声地望了一眼，宋柔脸上都是看戏的笑，姜玫默不作声地站了起来：“我有点累，上楼休息一会儿。”

姜玫刚说完，宋柔就迫不及待地摆了摆手：“不就是想快点见到沈队长吗？我都知道。你快去吧，坏消息是，他好像受伤了。”

姜玫脚步一顿，极力克制住自己的情绪。她闭了闭眼，面不改色地拿起行李。

姜玫轻车熟路地上楼，一离开宋柔的视线，她就不由自主加快了脚步。到达自己的房间时，姜玫下意识地看向对面的房间。

房门紧闭，她窥探不到半点动静。

姜玫宁愿宋柔是骗她的。

吱呀一声，对面的门打开了。

姜玫猛地抬头，猝不及防地撞进那双深邃的眼眸。

那人眉眼沉沉，带着风雪。

“回来了？”沈行愣了两秒，率先打招呼。

姜玫回过神，定定地看着沈行，仔细看了一遍才发现沈行右手上包着纱布。

“你受伤了？”姜玫下意识地问。

“没什么大碍，不小心碰伤了。”沈行毫不在意，显然没把这伤当回事。

沈行这么说，姜玫也不好再问。

转身开门时，姜玫能察觉到背后那道若有若无的视线。

不用猜她也知道是沈行。

门打开了，沈行在背后突然叫了她一声：“姜玫。”

姜玫手指捏紧门把手，用力地咬住唇瓣。

两秒后，姜玫嘴角翘了翘，偏头问：“还有事？”

“我现在手不方便，你能不能帮我开一下门？”

姜玫这才注意到沈行刚刚出来时把房门给带上了。

再仔细一瞧，她刚才只注意到他右手伤了，却没注意到他的左手拿着一袋子药。

姜玫极力克制自己的情绪，扔下行李，朝沈行的方向走了两步，

“房卡呢？”

“房卡在屋里。”

这怎么开门？

“房卡只有一张，宋柔也没有备用卡。”沈行看穿姜玫的心思，解释了一句。

姜玫嘴里的话被沈行堵得死死的。

“其他房间？”

“客栈其他房间都被订完了。”

他确定不是故意的？

“要不，我去你房间坐会儿？”

沈行面上不显分毫，说话滴水不漏，说这话时都没有一点不好意思。

“我手有点疼，得换药。”

姜玫扫了一眼沈行拿着的药，没办法，只能请人进屋。

两人进屋后，姜玫也没搭理沈行，自顾自地提着行李箱进了卧室。

这半个月在沙漠里拍戏，水资源很珍贵，她下了戏基本上擦一下汗就完事了，现在的姜玫浑身难受，一进屋就进了浴室。

洗完澡出来，姜玫没看见沈行，只看到茶几上还留着一堆药瓶。

姜玫以为沈行已经离开了。

拍戏这些天，任务重强度大，夜戏多，姜玫躺在沙发上，闭上眼就睡着了。

等她醒过来，一看手机已经过了三个小时。姜玫又闭上了眼睛，忽然听到对

面传来一阵窸窸窣窣的声音，她立刻睁开眼看了过去。

沈行正一个人狼狈地拆纱布，纱布已经拆了一半，隐隐透着红色。

姜玫只看了一眼，就头皮发麻，止不住地想吐。

沈行并未注意到姜玫已经醒了，径自继续拆着纱布，伤口很快露出来。姜玫再也没忍住，捂住嘴巴干呕起来。

这一下动静很大，沈行下意识止了动作，抬头看向姜玫，一眼就瞧出姜玫状态不对。沈行皱了皱眉，丢下手里的药站了起来，走到姜玫身边，伸手安抚地拍着姜玫的后背。

等姜玫情绪稳定了，沈行才语调温和地问："不舒服？"

姜玫用双手撑在膝盖上捂住脑袋，胸口还有些难受。

"没事。"姜玫深呼了一口气，摇头表示自己没事。

"我换药吓着你了？"沈行的侦查能力强，即便姜玫什么都没说，可她那躲闪的眼神，沈行不可能看不出来。

"这两天拍戏有点累，我可能没缓过来。我没……"姜玫试图解释。

沈行波澜不惊地"嗯"了一声，没揭穿姜玫的谎言。

"我替你换药吧？你自己换不方便。"

"不用，我可以。"沈行拒绝。

"沈行，你挺没意思的。你敢说你不是故意锁门的吗？"他不就是想让她帮他换药吗，怎么现在还矫情上了？

沈行抬了抬眼皮，大大方方地承认了："故意的。"

人海浮沉的俗世里，他终究还是朝她走了一步。

这样总好过陌路相逢，对面不识。

姜玫正想说什么，忽然楼底下传来一阵交谈声，吸引了她的注意力。

她下意识地往窗口方向走去。

走过去的同时，她从茶几上扯了一张纸巾，一边擦拭着因呕吐而流出的眼泪，一边整理自己的情绪。

"我们家客栈虽说算不上好，可这家是玉城城里唯一一个江南姑娘开的。"

院子里，宋柔跟客人交谈的声音越来越清晰。

姜玫顺着窗口看出去，刚好看到穿了身水蓝色旗袍的宋柔抱着胳膊懒洋洋地靠在躺椅上，握着一把蒲扇慢悠悠地扇风，嘴里打趣道。

"这老板娘瞧着也好看，你说是不是？"

站在她对面的是一个背包客，二十来岁的样子，年轻且朝气蓬勃。

姜玫不由得多看了两眼。

“很好看？”沈行把药搁在一旁，眼皮半抬，漆黑的眼眸里噙着玩味，似笑非笑地盯着姜玫。

瞧了几秒，他嗤笑一声，问：“别人有的，我没有？”

沈行左腿搭在右腿上，骨节分明的手指有一搭没一搭地扯了扯脖子处的领口。

他动作慵懒、随性，却莫名其妙地吸引了姜玫的视线。

姜玫的视线从他的脸，滑到了他的领口，顿了顿，最后落在他的伤口上，一时间，姜玫感觉头皮发麻，犹豫地道：“你伤口要不要我……”

“哦，你来吧。”

姜玫顿住，她想说的是要不要找人来帮他处理。

“你不怕我伤口一直暴露着最后发炎了？”沈行见姜玫坐在对面发呆，假装不经意地提醒道。

姜玫没办法，只好凑过去。

等凑近了，姜玫才发现沈行的伤口很深，有部分已经化脓。

可这人脸上云淡风轻，没显露半点不适。

姜玫擦药的时候手抖了两下，感觉到沈行明显一僵，一时没敢再动。

沈行偏过头，瞅了一眼旁边的人，只见姜玫低垂着脑袋，手里握着棉签没动静，脸上透着迟疑。

“别怕。不疼。”沈行瞧着她这样，不由得笑着道。

姜玫忍不住瞪着眼睛瞄了两眼吊儿郎当的沈行，深呼了一口气，继续替沈行上药。

上药的过程很艰难。

沈行的伤口坑坑洼洼的，不能简单地涂药，姜玫不得不凑近用碘酒一点一点地清洗着伤口，清洗完了才一点点上药。

做完这一切，她剪下一段新的纱布将伤口包好，已经是两个小时后了。

将纱布末尾打了个结，姜玫抹了一把额头上的汗，不顾被汗打湿的鬓发，浑身酸软地倒在了沙发上。

沈行笑着接手姜玫没做完的事，单手将这些瓶瓶罐罐的盖子拧好，放在一侧，见姜玫仿佛虚脱了的样子，他语调散漫地问：“这么害怕？担心我？”

姜玫瞪了一眼满脸不正经的沈行，动了动嘴皮：“滚。”

“得嘞，你想让我滚哪儿去？我保管滚得远远的。”

沈行这副样子让姜玫生不起半点同情，根本不想搭理他。

室内一下子安静了。

姜玫不知道自己是什么时候睡着的，等醒过来时，屋里暗得已经看不大清了。

窗外灰蒙蒙一片，她的四周已经没了人。

桌上那堆药瓶依然还在，他没拿走。

姜玫有些恍惚，等清醒了点才发现身上盖了一块薄毛毯，屋内的空调也调高了两度。

空气中仿佛还留着他的味道。

坐起来的一瞬间，姜玫的头晕了一下，感觉一阵失重。

她不太喜欢睡下午觉，每每醒来都感觉仿佛天地之间只剩下她一个人，这感觉太孤独。

姜玫下了楼，就见到宋柔似乎正在前台处理账务。

听到脚步声，宋柔抬头看了一眼，见是姜玫，嘴角上扬了两分，她笑着同姜玫打招呼："休息好了？"

姜玫走近，先看了两眼宋柔背后的酒柜，看完了，才说："麻烦给我拿瓶酒。"

宋柔抬了抬眼皮，打量了一番姜玫："空腹喝酒伤胃，要不我给你煮碗面条，我俩再一起去院子小酌？院子里风景好。"

说完，她没等姜玫回应，直接转身进了厨房，再出来时，她的手里端了一碗阳春面。

姜玫接过面说了声"谢谢"，便在大厅找了个位置坐了下来。

宋柔也从前台后面出来，拉开姜玫对面的椅子坐下："沈队长刚刚出去了。我问了，他没说要去哪儿。"

姜玫刚夹起一筷子面条，闻言停了两秒，随后若无其事地"嗯"了一声，继续吃面。

"不过我猜他去找徐颖去了，徐颖他们家住古城附近，她在旅游局工作，你后面的工作可能会要她帮忙协调。"

姜玫依旧没说话。

刚开始姜玫以为宋柔不是爱打听八卦的人，后来才知道她只是不打听不感兴趣的人的八卦。

至于沈行，在宋柔这儿，那就是有一丁点事，她都想知道到底是怎么回事。

毕竟沈行于宋柔来说是不一样的。

宋柔见姜玫没声音，总结性地评论一句："沈队长这人还是挺靠谱的。"

姜玫吃了一半，有些吃不下了，便抽了两张纸擦了擦嘴角，随意地看了一眼宋柔："你跟他很熟？"

"不太熟。"宋柔想都没想，一摇头，二否认。

姜玫："……"

“不过，我们家男人跟他熟。张诚最崇拜的人就是他，恨不得把他当神供着。那会儿张诚本来都要退伍了，可因为沈队，他又多待了两年。他跟我说，沈队就像标杆一样存在他的心里，让他明白自己的使命和责任。”

宋柔说到这里，脸上浮现出淡淡的嘲讽，语气也淡了两分。

“我就是个俗人，敬佩那些保家卫国的人，却自私地不希望我身边的人成为这样的人。我想要他退伍，他说完成最后一个任务就申请退伍。”

宋柔忽然笑了一下，手指却开始抠桌角。

“我见到他的时候，他已经不成样子了。”

她的声音越来越轻。

“听说是巡逻的时候遇到了非法入境的人，他上去阻止，却先倒在了雪地里。”

她的指甲断了，她怔了一下，注意到姜玫的视线，又笑了一下，问：“吃完了？”

姜玫没说自己吃完了，只说：“很好吃。”

“这面他喜欢，我就会做阳春面，还是他教的。”

姜玫喉咙有些不舒服，半天没开口，只是把剩下的面都吃完了。宋柔又坐了一会儿才将空碗拿走。宋柔单薄瘦弱的背影消失在视线里了，姜玫才抬头看过去。

再出来时，宋柔已经擦干了眼泪，只眼眶还有些红。她端了一个托盘，招呼姜玫跟她一起去院子。

院子里，两人面对面坐着。

酒是宋柔自己酿的，入口醇香，带着一丝清甜。

姜玫初次喝这种酒，有点不习惯，倒是宋柔一杯接着一杯喝。

姜玫也不好劝，只得奉陪。突然，宋柔眉眼带笑地道：“姜漂亮，我告诉你一个秘密。”

“嗯？”姜玫将手搭在边上的石柱上，光和风都很好，她有些微醺了。

“沈队的皮夹里夹了一张你的照片。”

姜玫没吭声。

她知道这事，也知道那张照片。

他俩认识那年的大冬天，沈行从北城回青市，她跑去机场接他。

那天，他朋友开的照相馆要剪彩，他直接让司机转道去了照相馆，照相馆里没什么人。

沈行跟朋友交谈一番后，突然拉着她拍照。

她不肯。

这人软磨硬泡非要她答应了。

他的那个朋友先给他们拍了合照，后面让她单独拍了张。

合照给她了，他留的是她的个人照。

沈行这人向来不显山露水，平时总是一副无所谓的样子，让人窥探不出他的喜好。

说来好笑，她到现在都不知道沈行喜欢吃什么、玩什么。

他什么都沾一点，从不深入了解，可他又什么都会。

姜玫想到这儿，一时有些苦闷，举高了杯子，慢慢说："我跟他不合适。"

宋柔靠在椅背上，手指摸着杯口，说："合不合适我倒是不清楚。我只觉得沈队这人值得。那时张诚出事，我这儿一团糟，完全不知道怎么办，他的事基本上是沈队办的。"

看得出，宋柔对沈行的印象不错。

姜玫不好奇。

他这人有这能力让他人服他。

宋柔其实也是找个宣泄口，想把心里的那些话说给能懂的人听，让自己好受点。

姜玫无疑是那个懂得的人。

宋柔盯着姜玫，眼里浮光点点，她道："你很特别，跟其他人不一样。想不想听我跟张诚的事？"

有人有酒有故事，姜玫自然愿意当听故事的人。

姜玫说："你说。"

"我跟他不是一个地方的人。我俩认识也算巧，我去他的城市旅游，被人骗了钱，他帮了我。一来二去我俩就成了，他要来这边，我也义无反顾地陪他。

"我俩的感情算不上轰轰烈烈，就细水长流，很平淡。我们从没吵过架。他总是要出任务，我就在这儿等。我想着，我总会有等到的那一天。我俩都见过双方家长，也到了谈婚论嫁的地步……就现在，连他爸妈都劝我让我找个合适的人嫁了。

"我去见他最后一面的那一天，看到他冰冷地躺在那里，没有呼吸，也没有温度，那一刻，我真的恨不得跟他一起走。他让我好好地活着。活着倒是容易，可让我好好的，他倒是想得挺好。"

宋柔的声音很平静，她好像讲的不是自己的故事，可那黑白分明的眼眸里装满了悲伤。

"这男人说话没一句中听的。可有什么办法？我就是爱他。他在这片土地长眠，我便哪儿都不去了。”

这种平静，是绝望过后的平静。

这世界上多的是悲欢离合，多的是爱而不得，可两情相悦后的生死相隔，才是最让人绝望的。

生不再见，死后不重逢。

这么大的世界，却没有了他，她是真的想他。

“我有时候后悔遇见他，要是没遇见就不会这般牵肠挂肚，不会这样放不下，走不了。

“可我更清楚，我之所以后悔，就是心里藏了他这么一个不可能再爱的人。”

宋柔捏紧酒杯，仰头灌了一口酒，泪水从脸颊滑进了脖子。

昏黄的灯下，她的脸模糊不清，可悲伤是清楚的，是可以看得见的。

姜玫的喉咙像被什么堵住了，半天说不出一句话。

等缓过来了，她又无从说起。

说再多安慰的话也抵不过她身上的悲痛，多说无益。

姜玫抿了抿嘴唇，故意岔开话题：“他什么时候走的？”

“嗯？沈队吗？下午四五点的时候吧。”

“嗯。”

话题再次终结。

宋柔情绪好了一些，神色复杂地问：“你跟沈队，到底怎么回事？我感觉好像他在靠近，你却在后退，奇奇怪怪的。但我相信，你俩都爱着彼此。”

见宋柔有心情说八卦了，姜玫心里也好受了一些，只是她的问题……

姜玫摇了摇头，否认：“我俩分明都在努力靠近，可是总有一些东西阻碍着我们。”

“是什么？钱还是观念？”宋柔问。

“等级、尊严。跨越不了的自尊，还有各自不愿放下的面子。”

对于沈行，姜玫一直很清醒。她清醒地知道她跟沈行之间的差距，也清楚地明白她跟沈行的结局。

可感情这玩意，再清醒、再理智的人遇到了它，也会被它所左右。它就像藤蔓一样到处攀爬，再一点一点地钻进人的心里，侵蚀着人们的理智，动摇着人们的内心。

姜玫也不清楚她为什么会跟宋柔说这些她从没跟人提过的话，也许是因为她潜意识地觉得宋柔跟她是同一类人，认为宋柔会理解她。

就像她读懂了宋柔的悲伤，宋柔也一定会明白她的痛苦。

果真，宋柔听懂了。

只是，宋柔神色专注地盯着她，用近乎轻哄的语气跟她说：“姜漂亮，赌一把。人活着，不妨肆意妄为一次，别活得这么清醒。或许，在往后的余生里，你会觉得当初的自己莽撞得很可爱呢？”

也许是酒醉人，也许是风醉人，宋柔的话就像是蜜糖一样，一点一点侵占了姜玫的大脑，让她无从思考。

到最后，她也跟着冲动起来。

她想，那就试试。

她总不能亏待自己吧？

她总该将这么多年的容忍，这么多年的苦楚，这么多年的小心翼翼推开一些，肆意地呼吸一下空气，享受一些美好。

宋柔见姜玫眼神迷离地笑了，突然意识到了，姜玫再特别，也是个需要被照顾的女孩。

她俩的年纪差不多，姜玫却活得像枯木。

姜玫也才二十五岁，人生的三分之一都没到，怎么就成了这样？

宋柔突然有些心疼姜玫。

她起身走到姜玫身边，手搭在姜玫的后背慢慢轻拍了她几下：“姜漂亮，你可以的。你会有一个光明、精彩、幸福的锦绣前程。”

姜玫嘴角下意识地扬了扬，醉意上涌，她感觉自己仿佛踩在了云端，只知道此刻很舒坦。

这世界，有人夜里哭，有人白日笑，有人醒着醉。

众生皆苦，谁是例外？

天黑了，起了风，宋柔跟姜玫告别，踉踉跄跄地回了自己的房间。

姜玫反倒清醒了。

夜晚温度降下来，凉风吹在身上很舒服，姜玫半靠在椅子上，仰着脑袋看头顶的星河。

星河璀璨，如银河倾泻。

沈行回来看到的就是这一幕。

姜玫慵懒地倚着靠椅，及腰的长鬈发如瀑布般倾泻而下，微风下有几根头发丝被风吹了起来。

她的背影单薄又羸弱。

从他的角度看过去，他只能看到她的半张脸。

漂亮的天鹅颈，白皙的下颔。这会儿的姜玫身上萦绕着一股淡淡的悲凉，仿佛透着看透一切的沧桑，她这么窝在院子的一角，像是被谁遗忘了似的。

沈行皱了皱眉，抬腿走向姜玫。

听到细碎的脚步声自背后传来，姜玫下意识地转身回眸。

眼波流转，面带桃红的姜玫，让看的人惊艳了一秒。

姜玫神色不明地瞧着眼前的人。

墨绿色短袖配上迷彩裤显得人很精神，他身形挺拔宛如一棵笔直的白杨，使得落在身后的影子也是笔直地倾斜着。

沈行走过来的那一刻遮了照向姜玫的一大半光线。

姜玫弯腰将桌面上的酒壶放到桌下，做完这一切，才起身望着沈行，语气平静地说："我以为你回去了。"

沈行拉开姜玫对面的椅子坐了下来，凑得近了，就闻到一股酒味。

"喝了不少。"沈行看了一眼不怎么显醉相的姜玫点评道，"酒量不错。"

姜玫抬了抬眼皮："没喝多少。"

沈行没说话。

两人就这么沉默地坐了半天。

良久，沈行突然开口问："剧组什么时候开工？"

"两天后。"姜玫刚说完，她的手机就振动了起来。

姜玫很快接了电话，四下寂静无声，罗娴的声音自听筒里漏了出来。

"齐衡临时有个通告，可能得离开几天。江逢的安排是，让他把二组的人带上，刚好顺便把他的几场单人戏拍了，这边先安排女二号的戏。你还有几天时间休息，没什么意见吧？"

姜玫舔了舔下嘴唇，轻笑道："我能多休息几天能有什么意见？"

"那行。对了，我这边准备帮你把微博重新开通一下，好跟进后面的宣传，还有你跟齐衡的事情。你要不要密码？不要的话，交给我就行。"

姜玫拿着手机顿了顿，单手抱住自己的胳膊，拒绝了："微博我想自己管理，至于其他的，你看着来。"

"行。"

"那个助理你上哪儿找的？"姜玫突然想起江予，多问了一句。

"这姑娘是江导推荐的，小姑娘看着聪明讨巧，我也不好拒绝江导，便答应了。你要是不喜欢，我再替你找一个。"

"不用，就她。"

电话一挂断，对面的人眼皮半抬，脸上挂着无所谓："你跟那个人什么事？"

“公司安排了我跟齐衡炒作绯闻。人家是新晋影帝，说起来是我高攀了。”姜玫直说。

沈行没吭声。

两人都不是多话的人，也不爱主动。

又坐了一阵儿，沈行语气淡淡地问：“明天要是有空，跟我出去一趟。”

“去哪儿？”

“远。”

姜玫闻言瞥了一眼沈行，院子里灯光昏暗，他的脸藏在夜色下模糊不清。

最后，姜玫还是点了头。

第二天一大早，敲门声响个不停。

姜玫被吵醒了，迷迷糊糊地睁开眼，掀开被子头重脚轻地踩在地板上去开门。

门一开，光从门口倾泻进来，沈行仿佛置身火光里。

那张轮廓分明的脸被阳光切割成明暗交接的两半，入目处喉结凸出，下颌线条流畅。

姜玫手撑在门上，顶着一头乱发，迟疑地望着明显整装待发的沈行：“你要出去？”

沈行盯了几眼还没反应过来的姜玫，眉头一皱：“这就是你说的没喝多少，还记着你昨晚答应了要跟我出去这回事不？”

有这么一回事吗？

“换衣服。”

沈行懒得再跟姜玫扯昨晚的事，拉住姜玫的胳膊，强行挤进房间，将人往屋里带。

等进了屋，沈行说了句“拿件厚的羽绒服”就出去了。

姜玫在沈行的催促声中穿好了衣服，人还没清醒，就被沈行给拽着出了客栈推上车。

军绿色的越野车里，姜玫坐在副驾驶座上，神色复杂地看着旁边开车的人。

越野车驰骋在荒漠里，时不时地掀起一阵沙浪。

头顶是炙热的太阳，眼前是一片荒芜。

车子越走越远，慢慢地，手机失去了信号。

姜玫看了一眼时间，差不多走了五个小时了，而旁边的人没有半点停下来的意思。

他的右手臂上的伤口还包着纱布，伤口还没好，再这么继续开下去，伤口肯定会受不住而裂开。

他们出了沙漠，逐渐进入雪山的范围，马路因被雪水浸泡冲刷过，都变得坑坑洼洼的，不太好走。

再这么下去，他的手怕是好不了。

姜玫抿了抿嘴唇，出声道："停下来。"

沈行转过头瞥了一眼旁边的姜玫，见她脸色有些难看，便随手从储物箱里取出氧气罐递给姜玫。

姜玫没接。

沈行减缓速度，担忧地扫了一眼姜玫的脸："不是不舒服？"

姜玫摇头，盯着面前越来越难走的路，抬高了一点音量道："你伤口快裂开了。"

沈行愣了一下，这才垂眸扫了扫自己的手臂。果然，纱布包裹的地方已经渗出点点血迹。

他一直开着车，倒是没注意。

"还有几个小时才真正进山。越往前走海拔越高，你把羽绒服穿上，氧气罐拿着，要是一会儿受不了跟我说。山上没信号，你要是想睡觉就去后面睡，估计晚上九点才能到。"

沈行说着停下车，下了车去后备厢里取东西。

沈行准备得很齐全，医药箱、吃的、喝的……什么都有。

姜玫一言不发地盯着沈行。

此刻的沈行满脸严肃，行事从头到尾都透露着一股"精干"。

这人身上有魔力，让人不自觉地想要崇拜他。

就像现在，他准备齐全，做事有条有理，身上充斥着让人信服的安全感。

姜玫是信任他的。

这种信任，来源于他的行为。

等沈行又上了车，听她的话休息了，姜玫内心五味杂陈。

姜玫不得不承认，沈行变了很多。在新省的这几年，他变得更加成熟，更加有责任感了，在他身上，她看到了很多的不确定都变为了确定。

她忽然想，他这四五年是怎么过来的？

他这样的人，毕业后本该回到北城，安安稳稳地过自己该过的人生，可他居然一言不发地跑到了这里。

姜玫忍不住问他："你当初为什么选择来新省？"

沈行把纱布拆开了一些，打算重新弄一下，听到姜玫的话，动作一顿，抬眼看向旁边的姜玫，等看清了姜玫眼底的疑惑，才轻描淡写地回答：“想来就来了，没什么特别的理由。”

话题结束，姜玫没再提问，而是抢过了沈行放在一侧的药瓶。

休整了一番，两个人又吃了点东西，准备开启接下来的路程。姜玫提议由她来开车，但被沈行拒绝了。

天色越来越暗，空气越来越稀薄，温度也越来越低，姜玫穿着羽绒服都觉得冷。

沈行中途停车给车轮上了铁链，后半段路越发坎坷了。

姜玫差点被颠吐了。

等到了目的地，姜玫整个人被颠簸得都快虚脱了。

沈行的伤口又裂开了，血再度染红了纱布，他没皱一下眉。

中途姜玫因为受不住睡着了，醒过来才发现他们的目的地是部队驻地。

军营门口建了两个哨岗，昏暗的路灯下，两个军人笔直地站着岗。

头上还飘着雪，他们站在雪里头，肩膀上，帽子上，甚至眉毛上都覆了一层白雪，可他们依旧纹丝不动。

姜玫没下车都觉得冷，冷到上下牙齿打战，车灯照亮的地方全是厚厚的雪。

沈行坐在车里正在等待安检，站岗的人检查完才敬礼。

等排查完，沈行才开着车进去。

刚开进去，里面就有人迎了出来，沈行不慌不忙地解开安全带下了车，姜玫也跟着下了车。

刚下车，冷风吹得她骨头都痛了，脸更似被刀片割过，疼得她睁不开眼。

冷。

很冷。

冷到她不想说话。

姜玫就站在车门旁边，静静地望着沈行跟对方打招呼。

两人说了几句，沈行突然转过头看了一眼姜玫，两人的视线在空中交会，沈行不着痕迹地抬了抬眼皮，语调平和地说了两个字：“家属。”

对方哈哈大笑，拍了拍沈行的肩膀，又打量了姜玫两眼，笑着打趣：“你这家属长得可真漂亮，得好好藏着，别被那帮小子看到了，不然那群小子肯定起哄。你说你，你打退伍报告这事，不会就是因为家里有这么个漂亮的家属吧？怕被人抢走？”

沈行勾了勾唇，似笑非笑地瞥了一眼站着不动的姜玫，半真半假地回了句：

“是挺漂亮的。”

姜玫动了动嘴皮想要说什么，可是半天张不开嘴。

她也不知道是冷的，还是被沈行的话给惊到了。

家属。

这两个字意味着什么，姜玫不觉得沈行不清楚。

可他还是说了。

沈行这次是来送物资的，本来不该由他送，只是送的那人出了点状况，沈行就替他来了。

姜玫不知道是不是因为沈行说的那句“家属”，那人给她安排住在沈行的房间。

这是一个一室一厅，外加一个厨房的小房间。

屋内干干净净，东西收拾得整整齐齐，只是看着有些狭窄和简陋。

客厅里有张很小的黑色皮质沙发，墙壁处有台老式电视机，电视机边上放了一套桌椅。

姜玫站在门口打量了一会儿，沈行倒是没什么反应，自然而然地换了鞋进屋。

而后，他拿了一双他的拖鞋，放在姜玫脚边。

“傻了？”沈行从洗手间出来见姜玫还站在门口，脸上浮出淡淡的笑意，调侃了一句。

姜玫抿了抿唇，弯腰换了脚上的鞋，穿了沈行的拖鞋。

拖鞋大了很多，姜玫穿着不怎么习惯。

“洗手间有热水，洗个热水澡。”沈行指了指卧室的方向，“我还有点事，你要是困了就先睡。”

沈行简单交代了一两句就出去了。

直到门合上，姜玫才转头看了一眼紧闭的门。

洗手间只简单地装了个喷头，安了一个不大不小的洗手池，还有一面镜子，旁边放着两瓶洗发水、洗发露，架子上是两条绿色毛巾。

热水不太热，水压估计不太够，她打开水龙头，用盆接了好一会儿，水还是有些凉。

不过在这样的条件下，这个温度已经够可以了。

姜玫还是穿回了之前穿的衣服。

她洗完澡了，沈行还没回来。

经过一天的颠簸，姜玫有点疲倦。

顺着沈行刚刚指的方向，姜玫进了卧室，卧室不大，只放得下一张床和一个衣柜，床头还放了两本书。

姜玫简单地看了两眼，便脱了鞋上床睡觉。

床很硬，屋里很冷。

姜玫翻来覆去睡不着。

听到屋外传来窸窸窣窣的声音，姜玫不由得掀开被子起身。

沈行回来了。

姜玫站在卧室门口，手扶在门把上。沈行的身影出现在客厅里，他手里提了一壶热水，还拎着一个保温饭盒。

“过来。喝点热水，吃点东西。”

姜玫咬了咬嘴唇，沉默不语地走了过去。

两人面对面坐着，沈行先倒了一杯热水递给姜玫，又打开保温饭盒。

保温饭盒里面装的是面条，打开时热气腾腾，直冒白雾。

沈行起身去厨房拿了两个小碗将面条倒了出来，一碗递给了姜玫，一碗留给自己。

客厅里很安静，只剩下轻微的吃面声。

吃完面，姜玫进厨房将碗洗了。

她出来时，沈行已经拆了纱布，露出来的伤口比之前更严重了。

姜玫蹙眉，一言不发地走到沈行身边，接过他手里的药，替他清洗伤口。

沈行看着姜玫那紧锁的眉心，抬手替姜玫拨开遮挡住她视线的头发丝，安慰了一句：“我没事。”

姜玫没吭声。

伤口比肉眼可见的还严重，姜玫一点一点地挑开血泡，再一点一点地拿棉签擦，擦完重新上药，中途姜玫几度差点崩溃，反而是沈行一个劲儿地给她讲笑话。

伤口处理完，姜玫再也没忍住，丢下手里的药落荒而逃，砰的一声关上洗手间的门。

她将手撑在洗手台，深呼吸好几次，却没挡住眼泪一滴一滴往下掉。

沈行愣了好一会儿，收好药，抬腿走到门口静静地站着。

听到洗手间里传来哗啦的水声，沈行抬手敲了敲门，装作平静地问：“洗完手了？”

几分钟后，姜玫若无其事地开了门，沈行在她脸上看不到半点情绪。

晚上，两人躺在一张床上。

沈行看着离他远远的姜玫，掀唇道："再往外挪，你就要摔地上了。"

姜玫转过身背对着沈行，神色不明地"嗯"了声。

夜色深沉，两人都很清醒，没有半点睡意。

冷风在外面呼呼地吹，拍打得窗户噼里啪啦地响。

屋内即便有暖气，也挺冷的。

姜玫禁不住冷，感觉手脚都被冻得没有知觉了。

突然，肩膀上多了一道力度。下一秒，姜玫落入一个滚烫的怀抱，身体接触到热源渐渐开始回暖。

黑暗之中，姜玫咬了咬唇瓣，闭着眼躺在沈行的怀里。

沈行没受伤的那只手慢慢触碰到姜玫的脚，随后一把握住。

姜玫下意识地缩了一下，但他握得很紧，她没挣开。

她听到头顶上方沈行在轻声说话："脚怎么这么冰？"

他说话时胸膛震动，姜玫清晰地感受到了他蓬勃的心跳。

姜玫没说话，静静地靠在沈行的怀里，汲取他身上的体温。

他们就像两艘在茫茫大海漂泊的船只，在命运的安排下相遇，船只相碰的那一刻，要么毁灭，要么共存。

姜玫伸手捏住沈行的衣角，缓缓出声："沈行，谢谢。"

谢谢你曾经在我最狼狈的岁月里出现，也谢谢我们之间还能重逢。即便后来，我们可能相忘于人海，也不后悔。

姜玫是爱沈行的。

她真正确认自己爱他，还是在青市的时候。

那会儿离现在，也不过几年时光。那是个很平常的夜晚，平常到姜玫觉得除了沈行出现那刻，没有任何特别之时。

当晚，他骑着摩托车赶到酒馆，一把将她护在怀里，那一瞬间，好像所有的难堪一下子就过去了。

那一天，从天而降救了她的沈行抬起破了皮的手指，不慌不忙地整理她凌乱的头发丝。心定下来的姜玫，一抬头就撞进沈行波澜不惊的眸底。

夜色下，姜玫问他："沈行，你嫌弃我吗？"

沈行嗤笑："真把我想得这么肤浅？"

"要是……"

沈行半垂着眼皮，神色淡淡地盯着她，问："姜玫，你是嫌我不够自责，才一个劲儿地火上浇油？"

姜玫闭上了嘴。

两人回了家，沈行关了门，一把将她抱在怀里，灼热的气息喷洒在她的脖子上。

他俯下身，贴在她的耳边说："对不起。"

姜玫至今没弄清楚他为什么跟她道歉，那件事跟他没关系，也不怪他。

姜玫只清楚地知道，看到沈行出现的那一刻，她就彻底输了，她对他已然无条件地缴械投降了。

或许在外人看来，他对她糟糕透顶，可是于她而言，他做得已经足够了。

回忆到这里，姜玫往沈行那边靠近了一点。沈行以为她冷，又把被子往她那边移了移。

两个人都没说话，可两人之间的气氛出奇地和谐。

姜玫下半夜才睡着，醒来时，旁边的位置已经空了。

也是这时，姜玫才发现床上留给沈行的位置只有一掌多宽，被子也不过三分之一，他昨晚怕是冻了一晚上。

一时间，姜玫呼吸有些困难，胸口憋着一口气上不来，一时间昏头涨脑得想哭。

窗外响起一声铿锵有力的口号，紧接着传来齐刷刷的正步声。

姜玫掀开被子下床推开窗户，冷风猛地灌进屋。姜玫看向窗外，一排整齐划一的绿军装路过。

他们满身正气，冒着寒雪，迎着风霜练兵。

看了几眼，姜玫重新关上窗户。

姜玫洗漱完毕了，沈行还没回来。

屋里闷得慌，姜玫穿上羽绒服，戴上围巾出了门。

昨晚天太黑，姜玫没怎么看清路。

这会儿她顺着走廊尽头走出去，不知不觉就走进了训练场。

刚进去，里面的人瞬间都齐刷刷地盯向她，神色各异，眼里有惊讶，有惊艳，还有其他看不清楚的情绪。

其中一个人站起来，望着她喝问："你是谁？怎么进来的？这里是训练基地，外人不能进来。"

姜玫才知道自己闯进了不该进的地方，她平时跟人来往虽说不是八面玲珑但也算得上长袖善舞，这会儿却跟个傻子一样愣愣地站在原地，不知道怎么回应。

这群人眼神炙热又真诚，她对穿着这身衣服的人有着毫无保留的信任，此刻她的脚像生根了一样，半天挪不开。

“醒了？”背后传来一个低沉的声音，姜玫下意识地转过头，一眼就看见了站在单杠旁边的沈行。

“沈队！”

姜玫刚想说话，就被一阵热血沸腾的声音打断。刚刚那群人全都站了起来，朝沈行敬礼，脸上都挂着敬佩、带着发自肺腑的真诚。

沈行点了点头，抬腿缓缓走到姜玫身边，垂眸瞥了两眼姜玫，语调温和：“怎么到这儿来了？”

“屋里有点闷，我出来透透气，走错了。”

“沈队，这是嫂子啊？”

“嫂子可真漂亮。”

“是是是，像大明星。”

背后那群人笑着打趣。

姜玫一时间有些窘迫，她可不知道这群可爱的人，不苟言笑的背后竟然是这么一面。

姜玫求救似的看了一眼沈行。

沈行着重盯了两眼出声打趣的几个人，薄唇轻启：“是不是训练强度太小？”

“不不不，现在训练的安排刚好。沈队，你当我们不在，跟嫂子慢慢聊。”

“就是，沈队，你就当我们是木头人。”

姜玫突然觉得这群人不那么让人窘迫了。

“等我一会儿。”沈行向她交代一句，迈腿走向那群人。

“看你们挺闲的，今天负重跑多加三十千米。”

沈行说完，那群人就发出一阵嗷嗷叫声。

直到离开，姜玫都能听见他们细碎的讨论声。

沈行带她去了食堂吃饭，饭菜中规中矩，不算好吃，也不算难吃。

姜玫吃了一半就吃不下了，沈行见了，直接拿过姜玫的餐盘开始吃。

一时间，姜玫有些不是滋味。

倒是沈行面色平静地解释：“不能浪费。”

姜玫点了点头，没说话。

吃完，沈行又带她出去转了一圈，尽管是六月份，这边却犹如寒冬。

风大，雪也大。

营地的位置有些偏僻，靠近边境，每天巡逻不断。

这些人远离家乡、离开亲人，义无反顾地来到这里，忍受寒冷，忍受孤寂，也不知道他们有没有后悔过，也不知道他们会不会想家。

她只知道，这群人是值得被记住的。

有人夜夜笙歌，有人贪黑起早，还有人虚度人生。

还有人，明明享受了他人的负重前行，却不曾心存感激，甚至心生怨怼，满腹牢骚。

“下午回市区。”沈行站在姜玫身边突然说道，这句话打断了姜玫的思绪。

回去的路上还是沈行开车，姜玫依旧坐在副驾驶座。

一路上两人都没说话。

下了山，手机慢慢地有了信号，姜玫的手机就开始不停地响。

姜玫打开一看，全是夏竹发来的短信。

先前在沙漠里，夏竹只在剧组待了两天就跑了。姜玫还问过夏竹她去哪儿了，夏竹没说。

姜玫便没再问。

她离开将近一周没见夏竹发来一条短信，这会儿倒是发得勤。

姜玫看了一下，夏竹足足给她发了上百条短信，她想了想，选择给夏竹打电话。

电话响了两声，便被对方接起。

那头的夏竹迫不及待地开口：“阿玫，听老板娘说，你跟沈二哥出去了？什么时候回来？我到客栈了。”

“晚上到。”

“行行行，那啥，我在客栈等你，我有事跟你说。”

姜玫淡淡地“嗯”了一声。

刚要挂断电话，电话那边的夏竹幽幽地说：“许默那浑蛋居然回北城了。他居然没告诉我就回去了！太过分了……”

姜玫忍不住问：“你不是说不搭理他了？”

夏竹长叹一口气，颇为感慨的样子：“谁让我不争气呢？”

姜玫一时找不到合适的话回夏竹。

“你不是上戏吗？怎么有时间跟沈二哥出去？话说你俩到底怎么回事？”

“信号不好，先挂了。”姜玫没等夏竹反应过来，直接挂断了电话。

刚挂断，手机就接连振动了两下，姜玫一看，夏竹发了两条微信消息过来。

夏竹：你以为你躲得了？

夏竹：记住，我在客栈等你。

姜玫：“……”

“是夏竹？”沈行偏过头看了一眼满脸无奈的姜玫，搭话道。

“嗯。”

“这丫头脑子不好使，你少跟她玩。”

沈行见姜玫无话可说，又接了一句：“她从小就跟在许默后面跑，院里长辈都打趣她是许默的跟屁虫。许默这人闷，什么事都憋着。夏竹想跟许默在一块，难。”

姜玫咬了咬唇瓣，一字不说。

夏竹难，她也不见得有多容易。

车子开到一半抛锚了。

沈行打开车门下车，轻车熟路地从后备厢取出工具箱准备修理。

姜玫也跟着下了车。

他们现在到了戈壁滩，一眼望去，满目荒芜。

别说人，就连活着的动物都没有。

沈行估摸着处理过很多次这样的情况了，弄起来得心应手。他用肌肉线条明显的手臂撑着车身，单腿跪在地上，弯下腰探头察看问题。

烈日下，这会儿的姜玫脱去了羽绒服，只穿了一袭复古红裙，神色慵懒地靠着车门，时不时垂眸瞥一眼正在修车的沈行。

沈行满头大汗地平躺在车底，手边放了一堆工具，正认真地修理。

一阵风吹过，红裙被风掀起一个漂亮的弧度。

姜玫盯着后背已经湿了一半的沈行，拎了瓶矿泉水，拿了条毛巾开了车门蹲在沈行身边。

她亲手拧开瓶盖，递到沈行嘴边。沈行满手漆黑，突然被一瓶水堵住嘴，不由得抬眸一言不发地看了一眼蹲在他面前的姜玫。

姜玫用眼神示意了一下。

沈行愣了一会儿，才接过姜玫手里的矿泉水瓶，咕噜咕噜喝了一整瓶，喝完，沈行将水瓶扔在一边继续工作。

姜玫挑眉，低头看了一眼握在手里的毛巾，又看了一会儿沈行，突然，姜玫伸手掀开沈行的衣领替他擦汗。

沈行僵了一下，又放松了。

车子修好已经是一个小时后了，回去的路上，姜玫躺在后排睡觉，沈行继续开车。

两人到达客栈时已经是凌晨一点了。

客栈一片安静，沈行打开车门，车里姜玫睡得正熟。

沈行凝视着姜玫睡着后显出些许温柔的脸，最后弯腰抱起人进了客栈。

转角处，宋柔突然走了出来。

见到二人，宋柔忍不住诧异，沈行并未打招呼。与他俩擦肩而过时，宋柔忍不住吐槽道："沈队，你可真有意思。"

沈行冷冷地瞟了一眼宋柔，面不改色地往楼上走。

半夜，姜玫醒过来才发现自己旁边躺着沈行，旁边的人呼吸平稳，没受伤的手搭在了她的腰上。

透着月光，姜玫隐约瞧见自己身上的红裙已经换成了墨绿色衬衫。

衬衫宽大，是沈行的衣服。

姜玫一时各种情绪翻涌，睡意全无。

腰间的手搂得紧，姜玫也挣不开，只得任由他搂着。

两人挨得很近。

姜玫可以清楚地瞧见他坚毅的下巴，月色下，他那张轮廓分明的脸像是被镀了一层银，显得凉薄又清冷，胸膛处的心跳却平和有力。

姜玫抿了抿唇，抬手轻轻碰了碰沈行的嘴唇，触感柔软。

她刚想收回手就被人握住了手腕，头顶上方传来一个沙哑、透着两分倦意的声音："乖，别闹。"

姜玫一僵，还没有所反应，身边的人就翻了身将她带进了怀里。

那人半梦半醒，语气中满是宠溺："大晚上的，不困？睡觉吧，有事明天再说。"

姜玫不自觉地"嗯"了一声。

再看时，那人又陷入了沉睡。

第二天早上，姜玫被刺眼的阳光弄醒，旁边已经没了人。

姜玫下床扫了一圈发现屋里没人，于是趁机回到了对面自己的房间里。

姜玫换了件雾蓝色高领衬衣，配了一条黑色阔腿长裤，至于那件墨绿色衬衫，姜玫看了两眼就收进了衣柜。

她刚收拾好，就听到门口传来了敲门声。

姜玫走过去开门。

门一开，夏竹就钻了进来。

这姑娘一进来就到处看，不像是来找她的，倒像是来找别人的。

姜玫任她找，反正房间就那么大，自己打开房间里的小冰箱，拿了一瓶矿泉水喝。

夏竹没找到人满脸郁闷，一屁股坐在沙发上：“你昨晚回来的？”

“嗯。”

“沈二哥不是跟你在一起吗？人呢？”

“不知道。”

姜玫说的是实话，夏竹一听却满脸愤懑：“那我白高兴一场。还以为能听到点让我乐和乐和的故事呢。”

“你这几天跑了哪些地方？”姜玫有意岔开话题。

夏竹一听顿时一脸激动：“我跑的地儿可多了。我算是明白了，这边好玩的、好吃的可真多，主要是这里的风景都很不错。我还见到了一人，你猜是谁？”

“不猜。”姜玫才懒得跟夏竹玩。

夏竹撇了撇嘴，幽怨地扫了一眼姜玫，最后自个儿把话都说了。

“我瞧见周雅了。就当年那个污蔑你的小演员，我一看到她就生气。这女人不仅活得好好的，还和一个大叔开开心心地在一起。说来也凑巧了，这大叔我认识，是我爸的生意伙伴，都快六十岁了，见了我一口一个侄女，可把我恶心坏了。”

夏竹义愤填膺地继续说。

“还有那个周雅，见了我㞞得不行。我逮住她，就问她当年的事。这女人开始一字不说，被我逼急了，她才说是许薇指使她的。说起这事我就气不打一处来，当时我要是拿着录音笔该多好。白瞎了，真要对簿公堂，我怕这女人又是另一套说辞了。”

夏竹气得不行，说到一半，却突然转了个画风：“我真的奇了怪了，徐姨怎么就看上许薇了？若不是许薇姓许，就她这德行……”

姜玫坐在夏竹对面神色平淡地喝着水，喝完拧好瓶盖，没多说一个字。

夏竹为她抱不平，她很感激，可夏竹要为了她跟那群人斗，不合适，而且夏竹斗不过，最后受伤的反而是她。

姜玫并不支持，不过让夏竹过过嘴瘾是可以的。

“夏竹，谢谢你。”

夏竹愣了一下，叹了一口气：“谢我什么？我什么都没做。”

“你什么都不做就已经是帮我了。”姜玫语气平和地说。

夏竹突然有些难受，最后摆了摆手表示知道了。

从昨晚到现在一直没进食，现在姜玫饿得不行。

夏竹也饿了，两人便一起下楼，走到一半，夏竹想起自己落下东西，要回去拿，姜玫在客栈前台等她。

宋柔端了一盘瓜子走了出来，慢悠悠地打量两眼姜玫，眼里闪烁着好奇的光芒："我昨晚看见了。"

"什么？"

"沈队抱你回来的。"

"……"

宋柔见姜玫不说话，又凑近小声地说："沈队的体力真好。"

姜玫白净的脸上爬上两朵红晕，她白了宋柔两眼。

"沈队早上六点多就出去了。"

"跟我没关系。"

姜玫刚说完，就见宋柔笑着转头同进来的人打招呼："沈队回来得正好，我这儿有个忙，你帮我一下。"

所以……最好不要说人坏话？

姜玫虽然感觉自己没说沈行的坏话，但这会儿对上沈行波澜不惊的眼神，总觉得有些心虚。

"给你买了药，放在床头柜上了，吃了吗？"

宋柔推了姜玫一把，姜玫可不敢说话。

"估计没吃，上楼。"说完，沈行无视宋柔，拉着姜玫上了楼。

姜玫全程没说一个字。

径直刷卡进了房间，沈行松开姜玫的手腕走到床头，拿着一盒感冒冲剂，用眼神示意姜玫先坐。

沈行慢条斯理地取出一包冲剂，撕开包装将药倒进玻璃杯中，然后冲上开水搅动了两下，将杯子搁在姜玫面前。

姜玫垂眸，默默看了一眼玻璃杯，脸上滑过一丝疑惑。

沈行很忙，姜玫喝药的工夫，他就接了四五个电话，每个电话都只聊了几句，只是聊到最后，他的脸色越来越难看。

姜玫心里隐约多了两分揣测，没等她去向他求证，沈行就不得不离开了。

他要连夜赶回北城。

沈行的母亲徐敏徐教授亲自带着人过来接他。

不知道出于什么心理，得知徐教授要来，姜玫立刻就躲了起来，躲得远远的，根本不想和徐教授打照面。

她这人从来不受徐教授待见，当初的侮辱她也不想经历第二次，即便那一次，徐教授实际上压根儿都没跟她碰面。

她只是不想找罪受。

沈行走得匆忙，走的时候什么都没拿，什么都没说。

甚至夏竹也满脸慌乱地跟着一起回北城了。

晚上繁星点点，姜玫一个人坐在客栈院子里默默地看着星空。宋柔过来时，不小心踢到了地上的空瓶子。

宋柔神色复杂地拉开姜玫对面的椅子。

夜间天气转凉，风把天空的云都吹走了，抬头尽是辽阔无边的星野，圆圆的月亮也挂在云层中。

下午，客栈里突然来了一个端庄优雅的中年女人。中年女人气势极强，眼神锐利。只一眼，宋柔就清楚对方怕不是什么普通人。

沈行下楼，叫了她一声“妈”。宋柔一下子就明白了，姜玫说她跟沈行不合适，是什么意思了。

尤其是，一整个下午，姜玫头上戴了个宽大的帽檐遮住大半张脸，躲在院子的角落里。她那副背对着人，面朝着墙壁，生怕被人看到，坚决不让旁人窥探出自己是谁的样子，让宋柔看了就难受。

他们确实是不合适。

与其说她之前是在劝姜玫接受沈行，不如说是让姜玫放开自己。

那会儿姜玫的神思不定，宋柔也能理解了。也许是想着最后一回了，所以姜玫无畏无惧，也就当做了一回梦罢了。

如今，梦醒了，姜玫也该回归现实了。

宋柔想到这里，叹了口气。

姜玫这会儿不知道在想些什么，半垂着眼，视线也不知道落到了什么地方。

宋柔本想陪她喝一点，取过瓶子才发现里面已经空了：“一天没吃东西，不如我给你做碗面？”

姜玫抬眼，望了眼宋柔，摇头：“没胃口。”

也许她是真的感冒了，嗓子都已经哑了。

姜玫那双眼睛平静无波，宋柔心间一颤，到底还是说：“沈队这次走了，估摸着是不会回来了。”

宋柔刚说完就后悔了，她就不该提这人的名字。

姜玫将桌上的瓶子放在一边，语气很平静：“他本来就不属于这里。回去了挺好。”

第二天姜玫退了房离开了客栈，离开的时候她把所有东西都收拾打包了，唯独那件墨绿色衬衫还规规矩矩地挂在衣橱里。

走的时候，姜玫跟宋柔交换了联系方式。

宋柔站在客栈门口，默默地目送姜玫离开。

姜玫的背影单薄，可挺得笔直。

那是姜玫的骄傲。

只属于她的骄傲。

姜玫将行李放到后备厢，准备上车。

宋柔扯开嗓子喊了一声："姜玫。"

姜玫顿了一下，转身。

宋柔望着那张平静的脸突然没了底气，咽回到了嘴里的话，换了句祝福："祝你好运。"

姜玫扯了扯嘴角，回道："祝你快乐。"

而后，两个惺惺相惜的女人在烈日下笑了起来。

只是她们都知道，这样的日子不会再有了。

两个月后，《捧杀》剧组杀青。

这两个月姜玫待在剧组每天就是练台词，专心演戏，瘦了将近十五斤，本来就不胖的一个人，这会儿瘦成纸片人了。

倒不是她不吃不喝，而是工作强度太大了。

她每天睡不到三个小时，没日没夜地拍戏。

姜玫自己入了戏，沉浸在戏中，都有些癫狂了。罗娴心疼她，跟江逢提了几次想要安排姜玫休息。江逢看姜玫的样子，越来越贴近戏中人，他有些不舍得不拍这样的姜玫，但也不能不顾姜玫的身体。于是，他专门跟姜玫聊了聊。姜玫直接拒绝了休息，江逢见状，便鼓励其他人一起把进度赶起来。

最后一场戏结束，姜玫拿到杀青的捧花，回到酒店什么都没做，直接往床上倒。

还未杀青时，罗娴安排好的宣发人员就开始宣传了。工作人员假扮追星的站姐，将剧组的拍摄花絮发布到网络上。见姜玫的哭戏、齐衡的台词功底等词条热度一路飙升，《捧杀》剧组顺势在官方微博上发布了片花。

宣发来势汹汹，《捧杀》未播先火，不少网友开始期待《捧杀》定档。

当然，姜玫欺凌小演员的旧事，也再度甚嚣尘上。突然，一段录音传遍网络，录音内容证实了姜玫当年是被小演员陷害的。

到这时，姜玫的风评开始转好。

不少路人转为姜玫的粉丝，到姜玫的微博评论区鼓励她。

一夜之间，姜玫涨粉一百多万。这时，齐衡转发了《捧杀》官方微博发布的片花，说了句："安安真的很敬业，我都快成迷弟了。"

这下，齐衡的不少粉丝都跑到姜玫微博下面发表评论。

"眉如远山黛，眼如秋波横！"

"'安居乐越'是真的！"

"啊！是真的！"

尽管姜玫说要自己管理微博，可实际上她压根儿没时间，最后还是把微博交给了罗娴。

姜玫晚了两天才飞回北城。只是刚下飞机，来接她的罗娴就跟她说《捧杀》剧组在北城安排了聚餐，她需要参加。

姜玫重回俗世，感受浮华世界的喧嚣，一时有些不适应。因此，姜玫不是很想参加。

罗娴劝她，说会有几个制片人到场。

如此，姜玫再不乐意也得去了。

《捧杀》这部戏，越是临近结局，剧组的气氛就越压抑，齐衡和姜玫都入了戏，两人的心情都被剧中人牵动。

甚至导演喊了"咔"，他们不再是宋越和安意，也都不愿多看对方一眼，一个是愧疚，一个是恨。

所幸都已经过去了。

她于新省偷的那场梦，终究是该醒了。

剧组聚会的地址选在私密性较好的私房菜馆，姜玫去得不算早，她到了以后环顾四周，发现人基本上齐了。

江逢同副导演坐在几个制片人、投资商旁边，中间的位置却空着，应该等下会有重量级的人物过来。

很快，姜玫选了个不显眼的位置坐了下来。

刚坐下来，她就被江逢叫了过去。

江逢依旧穿着随意，带着姜玫同旁边坐着的陈导介绍："这位是我们《捧杀》的女主角姜玫，她的戏是真的不错，陈导要是有合适的角色，我建议你考虑考虑她。"

姜玫诧异地看了一眼江逢。

在《捧杀》剧组里，江逢骂得最多的就是姜玫。她状态不好他骂她，她没演好他骂她，她演得太好他也骂她。

挨完骂，姜玫又继续拍戏。

陈导认识姜玫但是没有跟她合作过，这个导演导的戏多是正剧。

姜玫只演了一部《天赋》，后面就在小剧组里沉沦，陈导的戏，是她高攀不起的。

陈导打量了两眼姜玫，意味深长地回道："这可是第一次见你给我介绍人，形象倒是不错。先留个联系方式，到时候有合适的戏我再让人联系。不过，你得记得这是欠了我一人情。"

陈导拍了拍江逢的肩膀，说："我那剧本有些不到位，你要有空了，不如帮我润色润色？"

江逢垂了垂眼皮，应声："行。"

后半场，姜玫就坐在了江逢旁边。

空着的主座一直没人。

菜上了两轮，包间的门被侍者推开，众人听到动静全都看向门口，见到门口的身影一个两个全都不自觉地站了起来。

姜玫自然也看了过去，只见一身黑色西装的周肆带着助理面无表情地走了进来。

他一出现，这本来宽敞的包间倒显得有些逼仄了，周肆没出声，包厢里一时安静得仿佛一根针落在地上都能听见。

导演、制片人都迎了上去围着他转，周肆回应得很敷衍，懒洋洋地抬腿径直走向空着的位置。

进门前他扫了一眼姜玫，后面没再多给她一个眼神。

周肆懒散地坐了下来，漫不经心地瞥了一眼桌上还没动的饭菜，嘴上敷衍道："临时有点事，来迟了。"

"没等一会儿，您来得正好。不晚。"

"您能来，已经是给我们面儿了。"

两个制片人赔着笑。

周肆神色淡淡地点了点头，又看了一眼桌上的菜，来了一句："这菜倒是不错。

"等了半天，怕是饿了，动筷吧。"

其他人便陆陆续续落了座。

姜玫早就饿了，可在这样的气氛下，她有点没胃口。

吃到一半，周肆被一通电话叫走，包间里的气氛瞬间轻松不少，也热闹了起来。

不过，姜玫并不参与这些热闹，剧组里的人都知道姜玫不爱热闹，也没人去闹她。吃完饭，一些人提议去唱歌，有人附和，也有人提出告辞，姜玫也找了个借口提前离开了。

出了私房菜馆，姜玫一个人穿行在人山人海中。

夜晚霓虹灯点缀着整个北城，抛开那些看不见的苟且之事，这座城市浮在表面的，是繁华与藏不住的野心。

这个城市总是迷人眼，人在其间待久了容易看不清自我。

不少年轻人拼了命也要留在这个大都市里，憧憬着有一天自己能成功，过上人人向往的生活，也有人奔波忙碌，只为求得一个安身立命之所。

有句话说得好："北城这座城市不适合长情，只适合奋斗。"

私房菜馆的另外一个包间，窝在沙发角落里的男人正垂着眼皮，神色平淡地玩着手里的打火机。

即便躲在角落里，这人也让人忽视不了。

周肆犹豫几秒，凑在沈行身边小声提了一句："姜玫回北城了。"

一晚上都没表情的沈行脸上多了一丝松动，微抬眼，问："哪儿？"

周肆说："就在隔壁包间，《捧杀》的剧组办了杀青宴，不过几个月没见，瘦得不成样子了。"

沈行蹙了眉："人呢？"

"我回来的时候她还在包间。这会儿……"

周肆话还没说完，沈行就不见了踪影。

姜玫回到原来住的地方，刚踏进小区，就见自己所在公寓的楼下停了一辆黑色的轿车。再定睛一瞧，姜玫瞧见了沈行。

他蹲在昏暗的路灯下，估计来了有一阵儿了，地上丢了一堆糖纸。

姜玫隔着几米远停下脚步。

沈行将地上的糖纸一把抄起来，扔进垃圾桶，才抬腿走向姜玫。他背着光，姜玫看不大清他的脸，身形倒是一如既往地挺拔。

近了，姜玫发现，几个月不见，这人越发深沉了。

寸发长了几厘米，眉头紧锁着，他身上多了几分沉郁。

在距离姜玫不到一米的地方，沈行停下脚步，站在对面仔细地打量姜玫，见她确实如周肆所言，瘦得不成样子，眉头不由得皱得更深了。

“怎么瘦成这样了？”只见他的喉结上下滚了滚，声音低沉地问。

“工作强度有点大。”

“没想过换个工作？”

夜色下，两人站在过道里，头顶的路灯洒下一束暖黄的光，蚊虫在光束中乱飞。这个小区一如既往地安静，不到九点，大部分住户已关了灯睡觉了。

姜玫注意到沈行眼睛底下的青色，明显精神状态也不大好，她多看了两眼，才移开视线，摇头：“这会儿没想换。”

沈行也没再说什么。

两人一时没了话，对视片刻，沈行率先出声：“我能上去讨杯水喝吗？”说完，他又加了句，“我有点饿。”

“我刚回来，还没来得及收拾。”

“上去坐坐总可以吧？”

姜玫这回没拒绝。

两人一前一后走上楼，姜玫开了门，屋里传来一股子灰尘味。

姜玫换了鞋，一言不发地走进厨房，至于沈行，她也没管。

得找人来搞卫生了，姜玫清洗了烧水壶，灌满了一壶水。

烧水壶插上电的那一刻，姜玫疲倦地倚在洗菜池旁边休息。

等姜玫倒了两杯热水走出去时，沈行已经靠在沙发上，脑袋搁在沙发靠背上，坐着睡着了。

他睡着了眉头都还紧皱着，眼皮底下一片青色。

姜玫没叫他。

沈行睡了不到十分钟就被一通电话叫醒了。

沈行迷迷糊糊地睁开眼，入目的是姜玫那张漂亮白皙的脸，她正安安静静地坐在他的对面玩手机。

听到动静姜玫放下手机，看了一眼沈行。电话响个不停，沈行没接。

直到手机不响了，沈行才揉了揉眉心，疲倦地开口：“我没多少时间。老爷子进了医院至今没醒过来，家里都乱成了一锅粥，现在所有事都压在我身上了。”沈行说着，从衣兜里掏出一个黑色首饰盒推到姜玫面前，“上回走得急忘了给你。时间过得挺快，你都二十六岁了。”

也不待姜玫反应过来，他径自往下说。

“以后有事找周肆，我跟他打个招呼。他出面比你容易得多，别只顾着拍戏，多注意身体。我这会儿忙，先走了。”

沈行说完，行色匆匆地离开。

姜玫没来得及说一个字。

他上来这一趟，前后停留了不过半个小时。

《捧杀》从剪辑完成到送审，到最后上映，前后花了三个多月时间。首映的日期，定在了圣诞节那天。

这一天，也是沈行的生日。

姜玫没有去海城参加《捧杀》的首映礼，而是自己跑电影院买了张电影票，看完了整部影片。

电影的质感极好，在配乐的渲染下，电影院里的抽泣声此起彼伏。

姜玫旁边坐了对小情侣，小姑娘哭倒在男朋友怀里，脸上的妆全花了，嘴上一直在说安意太辛苦，宋越太可恶。

这姑娘应该是齐衡的粉丝，吐槽完又补充了一句：“我家哥哥虽然可恶，但是长得真好看。都混账成这样了，还是帅！”

片尾曲响起，姜玫压低帽檐戴好口罩，跟随人流走出影院。

出了影院，姜玫打开因要观影而关闭的手机，一下子就收到了夏竹发来的许多微信消息。

姜玫皱了皱眉，手指移动点开与夏竹的微信对话框，消息刷了一整个屏幕，夏竹发来的全是照片。

姜玫随意点开了其中一张照片，沈行站在一栋三层别墅的草坪旁，手里端着酒杯，垂着眼皮，没什么表情地听着旁边的人说话。

一身剪裁得体的深黑色西装衬得他身高腿长，气质高贵，举手投足间尽显从容。

只有熟人才看得出，他眉目间藏着几分敷衍，其他人只看到他在这种场合的游刃有余。

此刻的他，在老狐狸面前谈笑自若，姜玫看了半天，也找不到半点他在新省时的影子。

姜玫一张照片一张照片地点开，发现照片的主角都是沈行。

每一张照片都抓拍得很好。

每一面都好看。

姜玫刚看完，夏竹又发了几句语音过来。

夏竹：徐姨给沈二哥办了个生日宴，人可多了。沈二哥从早上开始就一直忙，到现在都没抽开身。

夏竹：我妈今天一直拉着我不让我走，电影我包了几场，这几天的没包到场次，包了两天后的场次。

夏竹：我刚刚翻了翻微博，《捧杀》的讨论热度已经过亿了。热搜词条你跟齐衡排第一，大家都在夸你。阿玫，你很棒。

夏竹：我相信在未来的某一天，你一定会站在领奖台上再次举起奖杯。

夏竹：我这儿有点忙，先不跟你说了，照片是我偷偷拍的，看了就删了吧。

姜玫抿了抿嘴唇，目光落在屏幕上好一会儿，最后听了夏竹的话，将聊天记录清空了。

与夏竹的对话框界面瞬间变得一片空白。

那些照片和对话全都消失了，仿佛不曾出现过。

姜玫删完记录就收起了手机，她站在路边仰头看着电影院的大屏幕，上面放的正是《捧杀》的预告。

大屏幕里的她狼狈不堪，跟现在的自己没什么两样。

商场里外的节日气氛很浓，很多店铺门口都摆放着圣诞树，圣诞树上面挂着彩灯和礼盒配饰。

商场里人头攒动，兴许是过节，大家的脚步也缓了很多，三五好友聚在一块，看个电影、逛个街。

这是姜玫来北城的第六个年头，从最初的期待到现在的平静无波，也不过几年时间。

这几年她一事无成，回头看，一地狼藉。

回想当年来时自己斗志昂扬的模样，如今想来，也只剩下笑话。

当初姜玫想来北城拍戏，沈行是第一个反对的。

一是他不想她演戏，二是不想她来北城。

姜玫能进入《天赋》剧组完全是一个意外，《天赋》的导演是青市人，回家探亲。姜玫家刚好在导演家隔壁，那个下午她回家拿东西，刚好碰到即将返回北城的导演。

导演一眼看中她，当即就对她发出了邀请。

不过没等她回答，沈行就直接替她拒绝了。只是，导演让他家里人给她留了张名片。

因为这件事，姜玫和沈行大吵一架。

那时，沈行说“姜玫，我沈行有原则。做我的女朋友，一不能从事演员工作，二最好家庭能够单纯”。姜玫当下没再言语，心里却有了想法。

几天后，姜玫接到了导演的电话。他问她能不能来，并说了如果她来，她的片酬是二十万。

姜玫心动了。

她缺钱。

父亲留下的债务跟一座山一样压在她的身上，现在有机会给自己减负，她想赌一把。

于是，她背着沈行买了去北城的火车票。

第二天下午，沈行高兴地带着她参加他那群朋友的聚会，一群人唱歌笑闹到一半，沈行突然弯下腰捡起她掉在地上的钱包，一眼就看到夹在里面的火车票和名片。

沈行用手指夹着名片瞥了两眼，脸色逐渐变得阴沉。

他俩在一起，沈行虽然没个正经又嘴尖，但从来不曾对她说过重话，沈行那回是第一次发了那么大的火。

当着一大堆人，沈行摔了手里的杯子，指着她的鼻子问：“姜玫，你问过我的意见吗？你就是这么做的我女朋友的？你搁这儿跟我玩先斩后奏？”

姜玫当时什么都没回，就只是笑。

她笑到最后，眼泪也跟着掉下来了。她嘴很硬地回他：“我就爱演戏，您要是不喜欢，那我俩分手得了。”

沈行气急败坏地骂了声“滚”。

姜玫离开前，还梗着脖子回了两句：“从今以后，我姜玫跟您沈少爷形同陌路，您做您的天之骄子，我做我的戏子、演员。我出了什么事，不用您负责，您也别和我再纠缠不清。”

从那以后，他俩一个往南，一个朝北，谁也没见谁，谁也没提谁。

十二月的北城气温下降到几度，街上的不少人都穿上了棉衣。

姜玫出了电影院，找了家咖啡馆，点了一杯黑咖啡坐了一下午，直到天都黑了才动身回去。

这一天下来，姜玫明明什么都没做，却累得不行，回到家洗了澡就躺下了。

凌晨两点多，沈行打了一通电话过来。

姜玫睡得迷迷糊糊，翻身坐起来也没看是谁，直接按了接听键。

她闭着眼睛问了一声“谁”，电话那端的人迟迟不说话。

姜玫被吵醒有些不耐烦，又见对方不说话，便直接挂了电话。

刚挂断，对方再次打了过来，姜玫越发烦躁了，就想摁挂断键。

可她按错了，按到了接听键。

“姜玫，是我。”

沈行沙哑的声音钻进耳朵，姜玫瞬间清醒了。她睁开眼，把手机拿到眼前，果然看到了那串熟悉的电话号码。她定了定神，翻身开了大灯。

灯一开，房间骤然亮了起来，大灯晃眼得很，却能将屋里的每个角落照得清清楚楚。

姜玫神色不明地掀开被子起床，走到窗边望着窗户外面还亮着的星星点点的灯光，扯了扯嘴角：“我知道。”

“我在门口。”

姜玫顿了两秒，挂断电话，走向门口。

沈行果然在门口，他眉眼间满是疲倦，还穿着那身西装。

姜玫侧开身子，示意沈行进屋。

沈行没换鞋，直接踩着那双擦得发亮的皮鞋进了屋。

他边走边脱掉西装外套，又将西装外套扔在破旧的沙发上，解了墨蓝色领带，也松了领口的两颗纽扣。做完这一切，他整个人疲软地倒在了沙发上，中途没说一个字。

只短短几分钟，他就闭上眼睡着了。

姜玫站在原地，一言不发地盯着躺在沙发上的沈行看了好一会儿，才走过去。

沙发很小，压根儿放不下沈行的长腿，这会儿他只能憋屈地缩着腿。他的黑眼圈很重，整个人透着一股子阴郁。

姜玫也没回卧室，就坐在沈行对面的短沙发上，打开手机点开微博。

刚登上微博，她就见自己的微博粉丝数字已经涨到了两千万。

罗娴下午才替她发了一条长微博，内容是关于对安意这个角色和这部电影的理解。

长文大概八九百字，姜玫粗略地扫了几眼，遣词造句都不错，估摸着是罗娴请专门的撰稿人写的。

文章用情颇深，要不是姜玫知道这文章不是她写的，她都会跟着感动。

可惜不是。

这条微博下评论将近三十多万，姜玫看了几条。

有夸她演技好的。

有齐衡的“女友粉”过来宣示主权的。

还有纯粹觉得她长得好看，宣布自己成了她的粉丝的。

更多的评论是在抒发自己对这个角色的心疼，这些评论字数很多，差不多有几百字以上，他们分享着自己的感受和经历。

姜玫没细看，退出评论，又翻了一下实时的微博广场。

第一个词条就是“许薇疑似恋情曝光”。

姜玫鬼使神差地点了进去。

她刚点进去就瞧见了一张夜色下的照片，照片模糊不清，唯独许薇的脸很清楚。

照片里，许薇同一个男人站在一辆车牌打了码的车后，男人只露出一个模糊的背影，连他穿的衣服都看不大清。

两人离得很近，照片拍摄的角度很巧妙，看起来，两个人像是在接吻。

这一条微博底下的评论已经超过几十万条了，大部分人都在揣测这个男人的身份。毕竟许薇出道以来一直没有绯闻，这是第一次传出绯闻，人们自然好奇。

况且，光凭一个模糊的背影，就能看出这个男人气质不错。

还有网友将这张背影图跟其他男明星的背影图拼在一起，进行对比。在网友们火眼金睛下，大家得出一个结，这个背影男绝不是娱乐圈里的人。

不多时，网友便编出了一本《霸道总裁与女明星的二三事》。

姜玫看了好一会儿微博，都没看到许薇那方给出反应。许薇不承认也不否认，摆明了是想让网友继续猜测男人的身份，好将热度持续下去。

然而，姜玫只看了一眼，就认出了那个背影是谁。

这人正躺在她对面的沙发上熟睡，穿的西装就扔在一旁。

姜玫没再继续看下去，将手机的屏幕关闭，起身走进洗手间。

姜玫打开水龙头捧了两把冷水扑在脸上。

在冷水的刺激下，姜玫越发清醒了，她抬着脑袋望了两眼镜子里的人，抽了两张纸，擦了擦脸上的水渍。

等她出去时，沈行已经醒了，正坐在沙发上打电话。

姜玫没出声，走进厨房，从冰箱里取了两瓶啤酒。她再出去的时候，沈行已经挂了电话，这会儿正坐在沙发上，神色凝重地发消息。

姜玫抬了抬眼皮，拎着啤酒走到沈行对面坐了下来，自顾自地打开其中一瓶喝了两口。

至于另一瓶啤酒，孤零零地放在了茶几上。

两人都没说话。

一个发着短信，一个喝着酒。

一室冷清，两个人落在地上的影子亦如两条永不会交集的平行线。

窗外灯火阑珊，屋里寂静无声，时光一点点地流逝。

姜玫喝完了酒，扫了一眼坐在对面的沈行。沈行这会儿眼皮下垂，薄唇紧抿，整个人充斥着颓靡。

挂在墙上时钟嘀嗒嘀嗒，不知不觉时间到了凌晨三点。

姜玫放下手里的空瓶子，拍了拍身子站起来。

也许是一个姿势坐得久了腿有些发麻，姜玫站起来缓了一会儿，才绕过沈行走进卧室。

刚躺床上，门口就多了一道身影，沈行抬腿走进卧室，停在了床尾。

房间里没有开灯，只有一点光从屋外透进来，沈行一言不发地盯着床上缩成一团的姜玫。

姜玫怕冷，这屋安装了暖气片，但姜玫没有钱交暖气费，便准备了两床被子。只是，就算盖了两床被子，她还是冷。

沈行蹙了蹙眉，先把客厅的灯关了，又掏出手机关了机，脱掉鞋子窸窸窣窣地上了床。

他掀开被子的瞬间，冷空气钻进被窝，姜玫下意识地缩了一下。

沈行一把将人搂进怀里，下巴搁在姜玫的脑袋上方，感受到姜玫身上的凉意，沈行手臂握紧了些。

两人的呼吸交缠在一起，沈行薄唇贴了两下姜玫的额头。

“这边的小区设施太旧，你搬去江水人家那边的公寓。钥匙我明天找人给你送来。”

姜玫身子一僵，连呼吸都停滞了两秒。

沈行也察觉到了怀里人的反应，手慢慢攀爬在姜玫的背后，轻轻拍了两下，安抚姜玫的情绪。

等姜玫差不多缓过来了，沈行才继续往下说：“那套公寓是我名下的。安保和物业都更为齐全，隐蔽性更好。你现在也不能不注意这方面的问题了。你搬过去，更方便。”

姜玫用手指抓着沈行的衣服纽扣，仰着脑袋似是漫不经心地问：“你是打算让我以什么身份搬进去？”

沈行一顿，眼皮半垂，透着微弱的光盯着姜玫那张无波无澜的脸，出声轻斥：“姜玫，好好说话。”

姜玫面无表情地窝在沈行怀里，手指却收紧了。

过了会儿，姜玫明媚一笑：“沈行，我搬过去也行，但我要先说明，我缺钱。”

沈行皱眉，冷冷地道：“你非要这么贬低自己？你是瞧不起我，还是瞧不起自个儿？你是我的女朋友，还是你要当我家的租客？”

这次姜玫没吭声。

第二天一早，姜玫醒来时旁边已经没了人，仿佛昨晚的经历只是一场梦。

姜玫起来，看到茶几上摆了一张字条：“租房合同过两天给你。”

姜玫看着这张纸条，一时又想起了他们分手后又在新省重逢的那次。他们在旅馆度过一夜，第二天沈行也是留了张字条就离开了。

不过，那回的字条上面写了一串电话号码。

意思是她有困难可以打给他。

想着，姜玫不仅觉得好笑。

《捧杀》上映不过两天，票房直奔八千万，姜玫再度成为热搜上的常客。

不少投资商看到了姜玫的热度，纷纷捧着合同来找她。

其中有不少广告邀约，还有不少剧本和综艺节目邀请，罗娴给姜玫安排了一个访谈，时间就在明天下午。同时罗娴挑了一些适合她形象的商务合作，递给姜玫让她自己选。

姜玫斟酌了一下午，选了一档挑战性强的综艺节目和一个古代权谋电视剧剧本。

罗娴当时就打了一个电话给她，第一句话就问她：“决定了？”

姜玫“嗯”了一声。

“你选的这档综艺节目，公司会要求你和齐衡一起参加，这个是写在后续营销方案里的。你选的这个电视剧的剧本，女主角已经定了，女二号、女三号和女四号的人设都不错，你想具体试镜哪个角色？想好了，我好给你安排。”

罗娴顿了两秒，又补充了一句：“周总下午让你去他办公室一趟。”

姜玫抿了抿嘴角，继续“嗯”了一声。

“周总具体什么安排，我没探听出来……你脾气收着点，别跟他对着干。你走到今天不容易，《捧杀》的片酬，最终到你手上也不过五十万，这些钱全都拿去还给公司，也还欠一百五十万。”

姜玫面无表情地握紧手机，垂了垂眼皮，语调平和：“知道。”

“行，我马上有个会要开。你还有什么要求可以提出来，我尽量跟公司商量。”

“嗯。”挂断电话，姜玫沉默了好一会儿。

“门卡，还有这份合同。”

周肆掏出一张门卡和一份合同，放在姜玫面前。

姜玫视线落在那张门卡和底下的合同上。

合同上写着“租住协议”四个字。

“这门卡就是江水人家那套房的，至于合同，这是闻哥亲自弄的，除了律师、我们三个没别人知道。我早说闻哥要栽你身上，果不其然。”

周肆话里满是不屑，表情鄙夷：“姜玫，你倒是挺会演的。”

姜玫没吭声。

周肆越想越气，端起旁边的咖啡喝了两口。

“知道闻哥为你付出了多少吗？这要是被人知道了，闻哥这几个月的心血白费了不说，他二十多年的努力也得全都泡汤。有多少双眼睛钉着他，你不清楚？我跟你说，他要是出一点差池，面对的就是万劫不复的局面。

“你也瞧见了，知道了他现在的状态有多差。昨儿应付了一大堆人，晚上还得送许家那位，大半夜还要给我打电话，让我好生照顾着你这尊大佛。”

周肆鼻子里哼了一声。

“容我说句实话，你就一大祸害。”

姜玫垂着眼皮，面无表情地听着，等周肆话说完了，才说了些不咸不淡的话：“您要想解约，随时都可以。”

周肆端着咖啡的动作一顿，冷冷地看了看神色淡淡的姜玫。见她脸上没半点愧疚，周肆冷笑一声：“呵，还真没说错。你就是一条喂不熟的白眼狼。闻哥对你哪点不好？你也别跟我在这儿假清高，当初来北城你不就是奔着钱来的？”

姜玫笑了笑，嘴上说着：“您说得对，我就是奔钱来的。”

周肆被姜玫弄得头疼，也懒得再跟她掰扯，只让她快点离开。

可姜玫真往门口走了，周肆又忍不下这口气，语气生硬地说：“姜玫，你脸大，闻哥这会儿护着你，但你也别太把自己当回事，你啊，谨记要及时行乐，好聚好散。”

姜玫手握在门把上，停了将近半分钟才挺直脊背离开办公室。

走出办公室，姜玫面无表情地按下一楼的电梯，电梯门打开，一个女人走了出来。

对方穿着一条墨绿色 V 领收腰长裙，脚踩一双透明的矮跟凉鞋，耳朵上戴了一串银色长吊坠，吊坠落到肩膀上，与珍珠项链相互映衬。

她一头不规则的短发刚好及耳，单眼皮，唇薄鼻挺，眉眼间跟沈行有几分相似。

女人的视线落在姜玫身上两秒，便不着痕迹地移开了。

姜玫与她擦肩而过，走进电梯。姜玫按下楼层键，就听到周肆的秘书恭敬地叫了声“沈小姐”。

“周肆哥在办公室？”

“在，沈小姐。”

电梯门缓缓地合上了。

姜玫面无表情地倚着电梯壁。

沈行的妹妹，沈妍。

她明明什么都没做，可姜玫却有些自惭形秽。

嘀的一声，电梯到了，姜玫握紧手里的合同，往外走。

高跟鞋踩在大理石地板上嗒嗒响，引来不少人注目，但姜玫面不改色地往前走。

往前走，不回头。

晚上姜玫搬到了江水人家的公寓里，她只带了一个行李箱。这些年，她能搬走的东西也就只能装满一个二十四寸的行李箱。

江水人家这套公寓——七号院，均价三十万一平方米，沈行这套公寓是复式结构，面积将近三百平方米，与中心商业区比邻，地段极好。

房间里的装修是冷色调的，主调黑白灰，极简主义。

屋内家具摆放的位置恰到好处，墙上挂的画一看便知是名品真迹。

除了没有人住过的痕迹，这房子什么都好。

姜玫将行李箱放在门口，先进了屋。这时，沈行的电话打了过来，姜玫瞥了一眼电话号码按了接听键。

“搬进去了？”

“嗯。”

“一会儿我会过来，你要是困就先睡，不用等我。”

姜玫没说话，只静静地站在门口。

沈行那边忙，也没等姜玫回答，直接挂了电话。

听着电话挂断，姜玫的心脏像是往下落了落，心底怅然若失。

沈行来时已经晚上十二点了，一打开门，就看到了坐在沙发上看剧本的姜玫。

听到动静，姜玫抬眼看向门口。

沈行被一个陌生男人扶了进来。

姜玫放下手里的剧本，穿着拖鞋走了过去，刚走近，沈行的手就搭在了姜玫的肩膀上。他语气平淡地跟那个男人说："沈深，什么该说什么不该说，不用我多说吧？"

"我从小跟哥一起长大，虽然哥这几年没在北城，但哥放心，老爷子既然让我跟了哥，我自然是向着哥的。"

"明早来这儿接我。"

"好。"

沈深只最开始瞧了姜玫一眼，后面愣是一个眼神都没往她身上瞄，离开时也体贴地关了门。

门一关，屋里就剩沈行和姜玫两个人。

沈行大半个身子的重量都落在姜玫身上，姜玫扶着人往沙发旁走，短短几步的距离，费了姜玫不少力气。

沈行其实没怎么喝酒，一来他待惯了部队，习惯了禁酒；二来他胃不好，也不太能喝。

不过今天谈的这个项目，需要应对许多长辈。这些人虽然嘴上说给他三分面子，实际上还是把价格一压再压。

他求人，自然不能不放低身段。

只是沈行没拿到准话，自然找了个借口要离开。旁人有心想压他一下，却不敢强留他，他顺利脱身，就是这会儿头疼得很。

姜玫见他躺在沙发上难受的样子，便进了厨房。一打开冰箱，发现里面东西齐全，食材丰富，估计是他让人准备的。

于是，姜玫熬了碗姜汤。只是端出去时，沈行已经睡着了，眉头仍皱得很深。

姜玫脑子里没由来地冒出周肆下午说的话。

看着沈行睡觉都还难受，姜玫放下手里的姜汤，绕到沈行身边，伸手轻轻拍了拍沈行的肩膀。

姜玫只拍了一下，沈行便警觉地睁开眼，见是姜玫，他松了一口气，忍着头疼坐了起来，嗓音低沉："怎么了？"

"姜汤。"

沈行这才看到茶几上还冒着热气的姜汤，不由得抬眼诧异地看了一眼姜玫，端起姜汤一口喝了下去。

姜汤下肚，一股暖流滑过，沈行胃里舒服了不少。

"我去洗个澡，你先睡。"说完沈行站了起来，高大的身躯绕开姜玫离开客厅。

再出来，沈行一眼就看到了门口放着的二十四寸的行李箱，当下皱紧了眉头。

姜玫坐回了沙发上继续看剧本。

“行李都收拾完了？”

姜玫抬眸看向沈行，沈行刚洗完澡，头发湿漉漉的，此时他穿了件墨蓝色睡袍，姜玫一下子就想到了刚才在剧本上看到的那句“积石如玉，列松如翠。郎艳独绝，世无其二”。

她一时看呆了。意识到自己的失态，她连忙低下头。

沈行没听到姜玫的回应，忍不住皱了皱眉。他迈开长腿走到姜玫身边，见她正在看剧本，便问了一句：“接了新戏？”

“我先看看剧本，还没确定要不要去试镜。”

沈行问：“行李就那么点？”他的表情有些难以言喻。

姜玫合上剧本，点了点头，说：“该收拾的都收拾了。”

“缺什么，跟我提。”

姜玫抬起头看向沈行，见他表情认真，动了动嘴唇道：“我没什么缺的。”

沈行也没说什么，姜玫说完就窝回了沙发，沈行瞅了瞅，弯腰将她抱了起来，大步朝二楼的卧室走去。

她还是太瘦，抱在怀里没有一点重量。

沈行垂眸瞥了一眼面色平静的姜玫，皱眉道：“平时别减肥，多吃点。”

“好。”

半夜，姜玫被噩梦惊醒。

她醒来时满头大汗，找了半天才找到开关把灯打开。

灯亮了，满目陌生，姜玫垫起枕头坐起身靠在床头，伸手揉了揉凌乱的头发。

梦里的场景还在她脑子里盘桓，姜玫喉咙发干，偏过头望了一眼睡得深沉的人，掀开被子，赤脚走出卧室。

卧室旁边是一间书房，姜玫看了一眼，就往楼下走。

一楼的客厅一片冷清，东面是一整面落地窗，看过去窗户黑沉一片，姜玫站在沙发旁，看着落地窗倒映出她的身影。

沈行醒过来，下意识地摸了一把旁边的位置。

空的。

找了一圈，沈行才瞧见窝在落地窗角落边的姜玫，她静静地坐在窗帘旁边，弓着背抱着膝盖望着窗外。

也不知道她醒了多久。

沈行在楼梯口站了一会儿，迈开腿，朝姜玫走了过去。

姜玫听到脚步声，下意识地偏过头，一眼撞进沈行那双深沉的黑眸眼底，姜玫抱紧了自己一声不吭。

沈行走近，蹲在姜玫身边，垂眸与她对视。过了会儿，沈行伸手默不作声地拉起姜玫的胳膊，将人扯了起来，等姜玫站稳了，才替她将肩膀上滑落的吊带拉了回去。

两人距离很近，近到沈行低下头，就可以碰到姜玫的额头。

沈行握住姜玫的肩膀，轻声问："睡不着？"

姜玫的睫毛颤了颤，摇头："做了个噩梦。"

沈行的视线落在姜玫的脸上。有几根头发遮住了她的脸，沈行一点一点地将它们拨开。

等拨完了，他就一把将人拉进了怀里。

他用手指轻抬起姜玫的下巴，俯身贴了上去。

他的力度很温柔，每一下都很小心翼翼，好似怀里抱着的人经不起触碰般。

夜色深沉，屋内的温度逐渐攀升。

天亮了。

沈行慢条斯理地穿衣服，西装穿在他身上让他多了几分正经，笔直的裤管包裹着那双修长有力的大腿，显出别样的吸引力。

他垂着眼睑，不慌不忙地扣袖口的纽扣。

扣完后，沈行瞥了一眼躺在床上看着自己的姜玫，抬了抬眼，薄唇微掀，问："会打领带吗？"

姜玫闻言，看了一眼沈行手里拿着的暗红色条纹领带。下一秒她掀开被子下床走到沈行身边，伸手接过沈行手里的领带。

"低头。"姜玫声音有些哑，说这话时软绵绵的。

沈行低着头等姜玫系领带。

姜玫的手指白皙得晃眼，系领带的时候像轻巧的白蝶上下翻动，沈行愣是没能移开眼。

等她系好了，沈行才笑着打趣："倒是手巧，给人打过？"

姜玫抬了抬眼皮，红唇微动："你小时候没系过红领巾？"

沈行被顶嘴也没脾气，反而耐着性子问了句："今儿有事？"

"有一个采访。"

"什么时候？"

"下午三点半。"

“什么时候结束？”

“五点半。”

沈行“嗯”了声，离开前交代了一句：“结束了给我打个电话，我去接你，晚上有个应酬你陪我去。”

“嗯。”

“床头柜那儿有张卡，你拿去添点东西。”

姜玫这次没接话。

沈行也没强迫姜玫，解释道：“那卡里是我这几年的津贴。”

姜玫还是不吱声。

“工资卡给你了还不高兴？你怎么这么难哄？”沈行说到最后，眉眼间满是打趣。

姜玫一时不知道怎么回，只提醒他：“门铃响了，我去开门。”

姜玫前脚刚走，沈行后脚就跟了上来。

来的人是沈深，只是姜玫还没来得及看清楚就被沈行挡在了背后。沈行瞪了眼沈深，语气倒还平静：“转过身。”

等沈深转了身，沈行才扫了一眼姜玫，拧着眉头说：“回去换衣服，我先走了。”

说完，沈行开了门出去，离开前还不忘把门带上。

整个过程如行云流水，姜玫连沈深的脸都没看清。

这次的采访问题，罗娴提前给姜玫过了一遍，问题都比较犀利刁钻，罗娴交代姜玫选答就行，不乐意回答的就直接跳过去。

这次访谈，姜玫并不是一个人参加，齐衡也在，主要还是宣传《捧杀》。

下午三点半，访谈正式开始，主持人是业内有名的名嘴。

第一个问题就拿姜玫开刀，主持人脸上笑得和煦，嘴上却不留情，开口就问：“姜老师，您沉寂了四年，再次爆红有什么感受？”

“没什么特别的感受。”

“您出演的‘安意’被观众广泛接受，甚至很多人发长文为这个角色鸣不平，您是怎么看待这个角色的？会不会对您的生活和后面的演艺生涯产生影响？”

“每个角色都有存在的意义，‘安意’对我而言只是演艺生涯中的其中一个，影响谈不上。”

“跟齐老师第一次合作愉快吗？看花絮，您跟齐老师在片场很是默契，不知道戏外有没有发展的可能？”

姜玫下意识地看了一眼旁边没说话的齐衡，抿了抿嘴唇，模棱两可地回道：“这问题不如问问宋先生？”

“宋先生？”主持人惊讶地问。

齐衡就坐在姜玫身边，看着姜玫，宠溺地笑了一下，故意解释道：“安安一直叫我宋先生。”

“戏里的称呼？”

“毕竟在戏里我跟安安可谓缠绵悱恻，最后我却辜负了安安，如今在戏外只能想尽办法求得安安原谅了。”

主持人也跟着笑了笑，故意要将气氛炒到高潮般，冷不防地问：“那齐老师对戏外的姜老师有没有一点心动？”

齐衡视线落在旁边垂着眼皮没说话的姜玫身上。他本来就长得温柔，这会儿眼神既温柔又带着深意，他当着主持人的面回答：“安安长得这么漂亮，性格又好，在剧组工作又认真努力，我自然是心动的。”

…………

采访结束刚好下午五点，比之前约定的时间早了半个小时。

姜玫没带助理，公司也还没给她配保姆车，这会儿就她一个人。

“安安，等等，我有几句话想跟你说。”

姜玫转身，齐衡朝姜玫的方向走近，姜玫站在原地没动。

等齐衡走近，姜玫疏离地笑了笑：“齐老师有事？”

“合作了这么久，我还没要到你微信，我能不能加个你的联系方式？”

姜玫愣了一下，她微信里联系人屈指可数，这几年来也没人找她，她都习惯了。

齐衡这么一提，姜玫倒有些不好意思了，也没忸怩，掏出手机加了齐衡的微信好友。

两人这一下隔得很近，这时姜玫注意到有一道闪光。

姜玫正想回头看，齐衡伸手挡住姜玫的脸，示意她别看：“别看，就当为电影宣传。”

停车场的一辆黑色轿车里，男人慵懒地靠在车里，面无表情地瞧着不远处的那对璧人。

眼见着拍摄的娱乐记者离开了，沈行抬了抬眼皮，道：“安排下去，任何一家媒体都不许报道她的绯闻。”

“好。”

齐衡本来想送姜玫，姜玫拒绝了。

齐衡的车刚走，一辆颜色低调的车就停在了姜玫身边。后排的车门打开，露出一道修长的身影，里面的人开口：“上来。”

姜玫点头，坐了上去。

刚上去，她就察觉到了车里的气氛不对。

“沈深，先找个地儿吃饭，隐蔽点的。”

沈行手里还拿着一沓项目合同，姜玫只瞥了一眼，意识到沈行手里的东西不是什么人都能看的，便不着痕迹地避开视线。

“刚刚那人是谁？”

“哥，那人就是新晋影帝齐衡，目前是国内最受欢迎的男艺人。前两年有部军旅片在卫视播出，老爷子看到了还夸过两句。”

沈行冷嗤一声，评价道：“丑。”

沈深：“……”

姜玫：“……”

临近下班，本就不通畅的路更堵了。前后左右到处挤满了车，他们的车被堵在中间寸步难移。

半个小时内，沈行接了两三通电话，最后一个电话是徐敏打来的。

车厢内安静，沈行没开免提，姜玫也能听到一两句。

“闻儿，晚上有空回来一起吃个饭吗？”

沈行握着手机满脸无奈：“徐教授，您不知道我最近忙得晕头转向呢？我等会儿还有个应酬，今晚真走不开。”

那头的徐敏疑惑地问：“你是真走不开，还是跟我撒谎？”

沈行揉了揉眉心，语调中多了两分疲倦：“您要真不信，自个儿问问小深，他天天跟我一块转，您想知道什么，保管他什么都跟您说。”

“行行行，我信你还不成吗？你这孩子怎么还跟我较真了？”

“您要没事我挂了。”

“哎，等等，你这孩子，跟小薇的事情也不跟家里说一声，要不是今儿看了新闻，我还不知道呢。”

沈行皱了皱眉，显然不知道怎么回事：“什么事情？”

“还不就是那天你生日送人回去，结果被娱乐记者偷拍发到了网上。小薇是公众人物，你也不知道注意点。这关头要是真的拍到了什么，对你影响不好。”

“行，我知道了。我这儿真有事，先挂了。”

通话结束，车里再次陷入沉默。

沈行瞥了一眼没吭声也没有表情的姜玫，抬手松了领带，解了领口的扣子，等舒服点了才跟姜玫搭话：“饿了？”

“还好。”说完，姜玫默默看了一眼沈行。

沈行这会儿懒散地倚在后座上，眼皮半合，脸上挂着倦意。

“沈深，以后有关我的事你都留意着点。”

“明白。”

“过两日给许家那位选两样礼物送过去，你亲自去送。”

“哥放心，您交代的事我一定给您办妥当。只是许小姐那边，这两天一直在跟我打听您的行程。我听许小姐经纪人说了一嘴，许小姐过两天要参加一档综艺节目，许小姐邀请您作为特邀嘉宾抽出时间跟她录一期节目。”

“什么综艺节目？”沈行本来想说不去，突然想起姜玫沙发上放的那堆文件夹里面有一档综艺节目，沈行改了主意。

“好像叫什么生死时速。要去青市录制，是个挑战类节目。许小姐经纪人还说这个综艺节目目前定了五个常驻嘉宾，其中还有齐衡和姜小姐这一对热度非常高的情侣……”

姜玫听到“生死时速”这四个字时，下意识地看了一眼沈行。她的目光刚好跟沈行的对上，姜玫愣了一下，立即移开视线。

沈行多聪明的一个人。

姜玫这眼神一下就让他明白她接的就是这档综艺节目。

“情侣？”沈行重复一遍，语调上扬，多了两分疑惑。

沈行语气很平静，可总让人觉得有些冷，沈深猛地结巴了：“齐先生和姜……姜小姐两个人……”

沈深从昨晚见到姜玫那一刻开始，一直到现在都没做好思想准备，毕竟他想了一晚上也没想出来，这八竿子都打不着的两个人是怎么走到一块的。

沈行抬了抬眼皮，用骨节分明的手指有节奏地敲了两下车窗，不怒自威：“跟老爷子待了这么久，还没学会怎么说话？这回车里都是自己人，下回呢？等着我给你收拾烂摊子？”

“我错了，下次不会再犯。”

因为沈深这句话，车内的气氛突然尴尬起来，姜玫作为被他们谈论的人，也不好说什么。

好在车流突然疏通了，很快，他们的车也动了。

聚会的地点是一家在胡同里边的私家菜馆，位置还挺偏僻，人也少。

往里走车开不进去，沈行便将车停在了边上。他拎起深灰色长款大衣，示意姜玫下车。

下了车，沈行没将大衣穿上，而是看了一眼姜玫，将手里的大衣披到了姜玫的肩上。

大衣搭上来的那一刻，姜玫瞬间被沈行的气息包裹住了。他的衣服长，拖到了姜玫脚后跟，将她整个人遮得严严实实。

沈深开着车找位置停车，沈行则搂着姜玫往胡同深处走。两人穿行在狭窄的胡同里，从后面看，像极了民国电影镜头下的明星。

姜玫今日选了一件深红色V领收腰红裙，搭了件浅棕色大衣，如今裹着沈行的大衣显得有些臃肿，可两人这么一起走，倒是登对得紧。

北城风大，没走两步，姜玫就被风吹得头发糊了一脸。

姜玫正准备把头发扎起来，旁边的沈行就将她搂在了怀里，挡去了一半的风。

往胡同深处走，行过两个弯，还得往里再走几步才能到达目的地。

沈行一进去，店里的服务员立马恭敬地领着人往里请。

这家私房菜馆外面看着不起眼，到了里面，姜玫才发现别有洞天。店里装潢精致，整体设计偏古典风格，处处透着端庄大气。

服务员直接带着他们进了一间包间，包间在走廊的最深处，私密性非常好。

进了包间，沈行漫不经心地跟服务员说“老样子”，然后关了门，替姜玫取了外套。

屋内暖气足，姜玫进来站了两三分钟，就感觉身上开始回暖了。

沈行放好衣服，抬腿走到八仙桌前拉开椅子，示意姜玫过来坐。

等姜玫坐好了，沈行才拉开姜玫对面的椅子坐下，等了几分钟，菜就上齐了。

姜玫粗略地扫了一眼，上的全是老北城的特色菜，四喜丸子、福寿肘子、五香酱肘花……

他们就两个人，竟然点了这么一大桌菜。

沈行拿起筷子尝了一口，点评一句：“这家的菜做得正宗，你尝尝。”

见姜玫不动，沈行又道：“这家厨子祖上是宫里御膳房的，平日客似云来，不仅得提前预约，还限号，想吃还不一定吃得着。”

姜玫淡淡地“嗯”了一声，拿起筷子跟着吃了几口。

吃到一半，门口响起敲门声。外面的人敲了三声后，打开包厢门走进来。

这是一个穿着马褂的中年男人。

中年男人见到沈行满脸惊喜，嘴里说着地道的北城话："二爷要过来，怎么也跟我提一声。您吃得可还习惯？要不，我再让人单独给您上几道新出来的菜？您……"

"改天再说。"

"那二爷有什么事再叫我，我就不打扰您用餐了。"说完，马褂男退着出去了，出去前还亲自带上了门。

姜玫抿了抿唇，瞥了一眼那扇门，没出声。

沈行面不改色地替姜玫夹了一小块肘子肉，没当回事地说："多吃点，一会儿跟我去应酬可吃不了什么。"

姜玫垂眸看着碗里的那块肘子肉，默默地点头，夹起肉又蘸了一下酱汁，才放进嘴里。

沈行连续夹了三块肉到姜玫的碗里，夹第四次时姜玫眉头皱了皱，拒绝了："我下部戏得瘦，不能吃多了。"

"还要瘦，都瘦得皮包骨了？"

"上镜显胖。"

沈行瞧了一眼放了筷子的姜玫，嗤笑一声："都硌人了。"

姜玫一时无语。

他们吃完刚好八点，出了胡同，外面天已经黑了。

胡同里，只有几盏昏暗的路灯还坚持着，姜玫穿着高跟鞋，地滑，她差点摔到地上。

沈行见状，扶住姜玫的腰带着人往外走，时不时地揶揄两句。

"穿这高跟鞋活受罪呢。

"这当了女明星还真就不一样了。

"这腰细得都快要断了还减肥，真的非要受这罪？"

姜玫没吭声，将手轻放在沈行的手臂上，跟着他走出胡同。

沈深已经在他们下车的位置等着了，见两人出来，便下车打开后座的车门，即便两人动作亲密，沈深也没多看一眼。

很快，到了沈行说的应酬的地方，他们被服务员带着进了包间。

包间里已经坐了大概七八个人，除了沈行，没一个人带女伴。

姜玫虽然不怎么看新闻，但也知道这屋里的人身份不简单，既然其他人都未带女伴，她也不该久待。

过了几分钟，姜玫就找了个借口出了包间。

"姜小姐。"自背后传来一个温润的声音。

姜玫下意识地转过身。

只见一直寡言少语的沈深笔直地站在姜玫对面，此刻正欲言又止地望着她，估摸着是有什么话要交代。

姜玫朝人淡淡地笑了笑：“您说。”

“姜小姐客气了。哥刚刚吩咐让我照顾点您。哥说了，姜小姐要是不自在，就不用回去了。隔壁包间是空的，您可以去坐坐。”

姜玫若有所思地瞥了一眼沈深，抿了抿唇，到底还是略带疑惑地问：“他最近一直这么应酬？”

刚才不过几分钟，沈行就敬了三大杯酒。那群“老狐狸”嘴上说得好听，但沈行的杯子空了，他们可是立刻殷勤地给他满上了。

沈行也没拒绝，姜玫即便想替他拦一拦，也开不了这个口，她见不得沈行这样，索性逃了出来。

“哥最近在忙一个项目，压力很大，那些人都答应得挺好，可落到实处时，到处给哥使绊子。”沈深停顿了两秒，迟疑地看了一眼姜玫，语气颇为无奈，“哥才回来，根基不稳，所有事都得靠他自己。他是继承人没错，可大家都在观望，想知道他到底有没有扛起沈家的能力。他亲自跑了好几趟，才约到今天这几位。”

沈深继续说：“尤其是许家……他家使的绊子最多。姜小姐，我也不知道您跟哥是什么关系，只想提醒一句，姜小姐是公众人物，还需要您多注意点。今天要不是哥，您跟齐先生的新闻怕是这会儿到处都是了。”

姜玫默不作声地盯了沈深几秒，似笑非笑地说：“他没跟你说，我跟齐衡最近在合作捆绑营销？”

“啊？”

“我说，沈行多此一举。”

姜玫话音刚落，走廊便响起一阵细碎的脚步声，姜玫抬眼，视线触及那道身影时，脸上闪过一丝诧异。

那是……沈妍？

跟她之前见到的沈妍不同，此刻的沈妍满脸窘迫，正跪在包间门口干呕。

这时暗红色的包间门被人从里面打开，一道熟悉的身影走了出来。

周肆弯着腰，耐性十足地拉起半跪在地上的沈妍。

沈妍刚站稳，抬起脑袋看了一眼周肆，猛地发出一声冷笑，抬手甩了周肆一巴掌，随后一把推开周肆，高傲地挺直腰板，擦了两下被周肆碰过的地方，转身下了楼。

她动作干脆利落，没有一点犹豫，甚至连给人反应的时间都没有。

周肆的脸以肉眼可见的速度黑了下来，他目光阴沉地盯着沈妍离开的方向，最后摸了一下嘴角。

缓了一会儿，周肆追了出去，只是没多久又回来了。

回来时，他脸上的表情不怎么好看。

这么一会儿，怕是沈妍都没出这家店的大门。

姜玫抿了抿嘴唇，瞥了一眼旁边隐忍不发的沈深，假作无意地问了句：“刚刚那是沈行的妹妹？”

沈深紧了紧喉咙，眼底恢复平静，表面上不显露情绪，可搭在身前的手是紧握着的。

“姜小姐，我还有点事，一会儿哥出来，麻烦您替我告个假。”沈深说完，掏出车钥匙递给姜玫，动作停了一下，有些迟疑地问，“您会开车吗？要是不会的话，我找个代驾。”

姜玫点了点头：“会。”

沈深便直接把钥匙塞给了姜玫，随后脚步慌乱地离开了。

姜玫在走廊找了个位置停下来，这里可以看到外面的街道。站了一会儿，她就看到了楼下出现了一前一后的两道身影。

两人在昏暗的路灯下拉扯了半天，最后沈妍扑进了沈深的怀里。

两人缠绵又亲密，宛如一对热恋中的恋人。

姜玫若有所思地抬了抬眼皮，原来……沈深喜欢沈妍啊。

那周肆又在其中扮演什么角色？

姜玫发出一声轻笑，觉得挺有趣的。

应酬结束后，已经将近十一点。

车里，沈行疲软地靠在后排，神色疲倦地睁开眼，瞥了一眼发现开车的人是姜玫，再看一圈没见着沈深。他皱眉问：“沈深呢？”

“他？有事吧。”

“什么时候的事？”

“没多久。”

“你倒是听他的话，我平时跟你提的事倒是没听一句。敢情我这是请了两个祖宗？

“我让你陪我应酬，你倒好，没待两分钟就溜了。我在里头喝酒连个盛碗醒酒汤的人都没有。怎么，真觉得我是什么冤大头呢？”

沈行今晚受了气，这会儿气不顺得很，字里行间都透露着不满。

姜玫很平稳地开着车，待红灯亮起时将车停在路口，才通过后视镜看了两眼坐在后排的沈行。

沈行正难受得撑着额头揉眉心。

街道两侧霓虹璀璨，漂亮的灯河点缀着整座城市。

八街九陌，人山人海。

姜玫第一次来北城，就差点被这繁华都市迷了眼，那时的她不过二十岁。

沈行这人有多狠？

她刚踏进北城，他就给她上了一堂至今难忘的课。

这人当着众人的面，将她的自尊踩得稀巴烂。

姜玫知道，他最看不得别人欺骗他，所以她偷偷买火车票去北城这件事，她知道在他那里过不去。

但她不是打算悄无声息地走人，她想着走之前再跟他说，没想到她还没开口就被他知道了。

那天放完狠话，两人分手，她便启程去北城。不想，他隔日就买了飞机票飞去了北城。

她乘坐的火车还未到达北城西站，这人就到了北城，就堵在火车站门口等她。

紧接着，沈行领着人开车带着她逛了一圈北城，一点一点地给她指这是哪儿是干吗的，哪儿是什么样的人能进的，哪些事是什么身份能做的……

到了晚上，沈行强行拉着她去参加他朋友的聚会。沈行领着她进去时，聚会上那群公子哥以为她是很随便的女人。

他也不解释。

那时候，姜玫还有骨气，当着众人的面要离开，沈行不准，姜玫直接给了他一巴掌。

被打的沈行看向她的眼睛里都透着狠劲儿。

她不知道，那是沈行二十多年来第一回被人打。

也是那天，沈行让她彻底明白了人与人之间的区别，是有天地之分那么大。

他侮辱人的方式向来这么直接。

这些年，她受到的别人给的侮辱比沈行带给她的要多得多，可沈行做的那些事给她的伤害，远比其他人深，他也远比其他人狠。

姜玫也不清楚自己怎么就突然想起这些事了。

论恨或者其他怨怼的情绪，她是没有的。

她知道，她跟沈行因为两个人所处的位置不同，所以做出来的举动也不同。

说起私心，两个人都有。

未来他俩能走到哪儿，姜玫说不清楚，沈行也不能。

姜玫只知道，她对沈行的爱是真的，恨也是真的。

回去的路上谁也没说话，到了车库姜玫停好车，下车打开后车座车门时，她才发现沈行在车里睡着了。

估计他睡了一阵了，呼吸平稳，眉头难得没有皱在一起。

姜玫用手撑住车门，犹豫了几秒，默默关了车门没有把他喊起来。

这边小区安全性高，一般人进不来，也不用担心会被人看到她和他在一起。

手机振动了一下，罗娴给她发了消息。姜玫打开一看，是她要参加的综艺节目嘉宾名单敲定了，罗娴给她发来一份名单。第一页入目的就是许薇的名字，跟齐衡并排着，名单是按咖位排的。

姜玫排在第三，排在她后面的名字，她没听过，也没见过，不太熟悉。

自打《捧杀》上映，票房一日高过一日后，倒是有不少明星关注了她的微博账号，他们中还有人专门给她私信分享了电影观后感。

不过姜玫没仔细看。

天下熙熙皆为利来，天下攘攘皆为利去。

姜玫挺有自知之明的。

这样，她不会有期待，也不至于失望。

这时，齐衡打来了电话。

这通语音通话来得猝不及防，姜玫还没反应过来，手指下意识地点了接听键。

电话那端的齐衡一开口就是一句玩笑：“安安秒接，这速度倒是让我意外。”

姜玫有些尴尬，抬手揉了揉头发，尽可能自然地转移话题：“齐老师有事？”

“没事的话，我就不能跟安安交流交流？”

齐衡是那种温柔型的男人，脸上总挂着笑，说的话和行为经常让人不知道怎么拒绝。

现在也是。

姜玫吃软不吃硬，齐衡偏偏软着来，她就算有心想反驳两句也说不出口，只能闷闷地吃了这哑巴亏。

齐衡见姜玫没吭声，微微叹了口气，语调温柔地解释：“罗姐刚跟我发了综艺节目的嘉宾名单，让我俩商议一下我们两个在节目里该如何营销。”

姜玫了然地“嗯”了一声，脸上的表情稍微自然了一点：“齐老师的想法是？”

“我前几天看了微博的超级话题，关于我俩的超级话题，现在已经有千万阅读量了，粉丝数也在持续增长。公司方面给的分析是，我俩现在没什么爆点，营业热度持续不了多久就会下去……既然如此，那我们是不是安排一些故事，再不经意地透露出去，以此引起人们的兴趣，引导人们持续关注我们呢？”

姜玫站得有点累了，便往后靠在车门上。听见齐衡这话，她握着手机，神色不明。

她对于齐衡的热衷态度有些意外，说句实话，齐衡积极地跟她捆绑营业没多大的好处，毕竟他已经是人们认可的演技派了。

但是姜玫需要齐衡。

目前，她不过是摆脱了别人泼给她的最脏的那盆水，而因为《捧杀》，不少追求流量的自媒体号开始疯狂编造她的故事。因此，目前网络上大部分人对她的评价依旧褒贬不一。

有齐衡跟她捆绑炒作，她确实能利用齐衡的影响力把自己的口碑再往上拉一拉。

姜玫思考了一阵儿，笑着开口：“那我们改天约个时间喝个咖啡聚一聚？”

齐衡一听也跟着笑了，温润地回了句“好”。

既然事情已经谈妥，姜玫便客气地告别。

不想，电话那头的齐衡突然意味深长地道：“安安，我们既然身处娱乐圈，自然有很多时候身不由己的时候，也有很多事我们无法预料，也无法判断。真真假假，假假真真，说到底，根本没人在意。因此，我希望你能坚守自我，做你想做的。

“我看了很多次你演出的《天赋》，真的非常佩服你的表演。能与你合作《捧杀》，我一边高兴，一边也有些担心。我担心你许久没上大屏幕，演戏生疏了，没想到经过几年的沉淀，你的表演更精湛了。说出来也不怕你笑话，我到现在都没有从《捧杀》里走出来，至今对你很是愧疚。”

一个慵懒的声音从车里传了出来：“你在跟谁打电话？”

姜玫的手抖了一下，她下意识地捂住听筒，而后挂断了电话。

另一边的齐衡看到已经结束的通话界面，神情中多了两分复杂意味。

沈行不知道醒了多久。

姜玫因为沈行突然出声吓得不轻，心跳也停跳了好几拍。她将手机收起，瞥了一眼车里坐起身正整理衣服的人，又不着痕迹地移开视线。

“同事。”

沈行透着车窗瞟了一眼突然站直了的姜玫，薄唇掀了掀，重复道：“同事？”

姜玫不着痕迹地退开两步，等沈行下车了才将车钥匙递给他。

两人一前一后地进了电梯。

电梯里就他们两个人，姜玫站在角落里，沈行站在前面，伸手按了一下楼层键。电梯一点点往上升，到了指定楼层停了下来，沈行率先迈开腿走出电梯，姜玫紧随其后。

走廊幽深，姜玫只听见两人细碎的脚步声。

沈行漫不经心地按了密码，门一开，沈行直接将人扯进了门内。

他砰的一声关了门，将人抱过来，俯下身子凑在姜玫的耳朵旁，薄唇轻抿，发出一声冷笑。

“少跟那些人接触。”

姜玫仰着脖子，不甘示弱地回了句：“我也是‘那些人’里的其中一个。”

沈行微微地抬了抬下巴，大拇指摸上姜玫的耳朵，有意无意地捏了几下，眼见耳朵被捏红了才懒散地回道：“你难道不是我的？”

姜玫背抵在冰冷的门上，抬着下巴，回道：“你应该明白，我不属于任何人。”

沈行漫不经心地垂眼，手指轻落在姜玫的头顶，拈起一小撮头发玩了一阵，薄唇一掀：“所以，你这意思是你跟我没什么关系？”

“你说呢？”姜玫神色淡然，回望着他的黑白分明的眼里装着无辜。

“不早了，睡觉。”

沈行突然变脸，松开姜玫，大步离开。

不过几分钟的工夫，他就从一个看着好说话的人变成了那个疏离冷淡的沈行。

这个人，情绪来得快，去得也快。

姜玫早就领教过他的喜怒无常。

当初这人做的事可比现在恶劣多了，她说那句话不只是提醒沈行，也是警醒她自己。

姜玫晃了晃脑袋，嘴角僵硬地扯出一抹笑。

她跟沈行，难，而且是艰难。

等了一会儿，姜玫才上楼，沈行并不在卧室。等她洗完澡出来，沈行刚好推开卧室的门。

两人只对视了一眼，便各自移开了视线。

夜色深沉，屋内十分安静。

姜玫以为沈行不想搭理她，便没再主动招惹他，默默地躺得离沈行远远的。

黑暗里沈行冷冷地嗤了一声，语调不徐不疾：“这是要跟我划清界限了？挨都不能挨一下了？”

姜玫：“……”

几秒后，姜玫又往床中间挪了挪。

沈行察觉到了，阴阳怪气地说了句：“这回倒是挺听劝。”

姜玫没再搭理沈行，将被子拉上来一点，闭上眼睛睡觉。

哪知姜玫刚闭眼，就被沈行的长臂拉进了怀里，灼热的气息扑面而来，转瞬间，姜玫的脸便贴上了沈行坚硬的胸膛。

两个人紧贴着，互相交换着温度。

沈行抱到人后，一晚上受到的憋屈似乎消散了不少。他用得空的那只手碰了碰姜玫的脸蛋，缓慢地往下移，最终落在了姜玫的嘴唇上。

沈行叹息了一声，似是妥协：“姜玫，我们好好过。能过多久就过多久。”

姜玫僵住了。

她听得出来沈行的无奈，也明白他此刻想要跟她过下去的心。

可他们都清楚，他们不过是在最终分开前，做最后的无用的挣扎罢了。

姜玫想到这里，默默抿了抿唇。只这一下，姜玫就感觉到旁边的沈行呼吸停了一下。

但他没作声。

姜玫也一言不发。

两人都沉默着，都明白再说下去，那层遮羞布就要被撕破了。

一旦撕破，他们连假装都假装不下去了。

早上，姜玫是被沈行的说话声吵醒的。

她迷迷糊糊地睁开眼，只见落地窗前的沈行黑色衬衫扎进了深色西装裤，皮带勾勒着出精瘦的腰身，彰显着漂亮的身体比例。

这会儿人笔直地站立着，如竹节的手指握着手机，语气却有几分漫不经心：“妍妍从小就是老爷子培养的，她做事您要是瞧不惯，别跟她计较。她跟老爷子一个脾气，若事有不如她意的，她定不会善罢甘休。”

对面的人不知道说了什么，沈行出声：“沈深？他怎么了？”

姜玫听到沈深的名字，下意识地捏了一下手里的深蓝色被子。

“就这一众小辈里，要数沉稳听话的，沈深可是能排在第一个。您不过是觉得他不过是老爷子战友的孙子，配不上妍妍罢了。但我也得说一句，小深也是您看着长大的。他俩从小就跟在老爷子身边，这关系亲近点也无可厚非。万一他们没什么猫腻，您这一掺和，岂不是让两个人都寒了心？”

顿了一下，沈行继续说：“到时候，我怕您想后悔都来不及。外人指不定就看您笑话呢。”

沈行背对着姜玫，姜玫看不清他的神色，只透过语气窥探出两分沈行此刻的敷衍。

不知道对方又说了什么，沈行突然笑了一声，吊儿郎当地贫了句嘴："您在我身边安了不少人，我还能在您眼皮子底下鬼混？再说了，可不敢这么说女明星，许家那位不就是？您不一直想让我娶人家吗？怎么这回倒开始埋怨人姑娘是个公众人物了？趁着还没正式订婚，您要想退婚可赶紧的，别耽误人家姑娘。"

沈行说这话时，突然转过头打算看看姜玫，见她已经醒了，便朝她走近，一边接电话，一边伸手替姜玫理了理凌乱的头发。

隔得近了，电话那端的声音也清楚地落进姜玫的耳朵。

"你当初在青市认识的那个女孩，我看她最近演了一部电影，那姑娘你少接触。"

沈行眼睁睁地看着姜玫面不改色地掀开被子下了床，电话那头的人还在说着什么，但他左耳听了右耳就出了。

姜玫神色自若地拉开衣柜的门，选了件深灰色毛衣配了条蓝色牛仔裤，换好之后，便出了卧室。

她刚下楼，门铃声便响了。

姜玫以为是沈深，也没多想，就去开了门。

不想门一开，沈妍的身影映入眼帘。

姜玫握着门把的手顿了顿。

沈妍见到姜玫，除一开始脸上瞬间闪过了一丝意外神色，很快，她的表情就如常了。她穿了件长款棉衣，戴了一个暗红色贝雷帽，妆容精致，脸上挂着冷漠，宛如高傲的孔雀。

"我哥呢？"

沈妍对于姜玫没有半点兴趣，也没有要追问她为何在此的意思，只轻描淡写地问了句话。

姜玫求之不得，她侧开身子让沈妍进了屋。

沈妍翻出鞋柜里的一双粉色拖鞋，礼貌地问了句："这鞋，可以穿吗？"

"您随意。"

沈妍这么一问，倒显得她是女主人似的。姜玫神色不明地看着正在换鞋的沈妍。

换好鞋，沈妍将手里的包扔在了一旁的柜子上，顺便脱掉了身上厚重的棉服，又摘掉了头上的贝雷帽。

"他在楼上。"姜玫望着沈妍纤细的背影突然开口。

沈妍偏过头，意味深长地扫了一眼姜玫。不知道想到了什么，她并没有打算上楼，只问：“我就在这儿等他。有水吗？我有点渴。”

“有。”

姜玫走进厨房，轻车熟路地倒了杯热水送到了沈妍手里。

沈妍接过热水，礼貌地说了声“谢谢”。

两个不熟的女人就这么你一句我一句地说着话。

“我哥最近一直在这边？”

“嗯。”

“你的电影我看了，本人比电影里的好看。”

这已经是沈妍第二次夸姜玫的长相了。

“也就这张脸能看了。”

姜玫倒是没否认。

沈妍时不时看一眼楼梯，估计是找沈行有事，可她也不催促一声，就这么等着。

不得不说，两人真是亲兄妹，连这运筹帷幄的姿态都差不多。

凡事到他们这里，不管多大的事情，他们都能做到风轻云淡，即便心里急得难受，脸上也不露半点情绪。

姜玫抬了抬眼皮，想起沈行接的那个电话，再联想到现在的沈妍，隐约猜到沈妍来这一趟是为了什么。

“姜小姐，你跟我哥认识多久了？”沈妍打断姜玫的思绪，貌似无意地问。

“八年。”

沈妍眼里滑过一丝诧异：“那挺久的。”说完，沈妍又意有所指地说，“我哥这人当哥哥不错，当军人也可以，唯独不能做爱人。”

姜玫搭在膝盖上的手僵了一下，她扯出一抹浅笑，既不附和，也不反驳。

“之前有一小姑娘喜欢我哥，天天缠着我哥，各种献殷勤，感动了我哥身旁不少人。好几个还牵桥搭线，结果你猜我哥怎么说？”

姜玫扯了扯嘴角，并不是很想知道答案，但她配合沈妍：“他怎么说？”

沈妍眨了眨眼，语调散漫：“我哥说那姑娘这么追人，这辈子都追不上。他瞧不上主动的姑娘。”

姜玫不了解沈妍，不过照着沈行的性格，他这个妹妹也不是什么单纯的人。

沈妍这会儿看似在和她讲沈行的事，何尝不是警告她：沈行这人不吃主动这一套。

这群人总是这样随便将人钉在墙上评头论足，也不在意听的人在不在意，只顾着自己说得爽快，至于别人听不听，那就不关他们的事了。

姜玫向来不屑，也不乐意参与其中。

沈妍也不傻，自然看出了姜玫不怎么想聊，她也住了嘴。过了一阵，沈妍搁下手里的玻璃杯，貌是认真地说：“我哥对你不一样。”

这话姜玫听听便罢。

这会儿，姜玫身后传来不轻不重的脚步声，眼前的沈妍笑着站了起来，绕开姜玫迎着沈行而去。

“谁跟你说我在这儿的？”沈行蹙了蹙眉，对于突然出现的沈妍，他的态度显然有些不耐烦。

沈妍亲近地抱着沈行的胳膊，满脸无辜，声音也柔了几个度，撒娇道：“哪儿有你这么当哥哥的？回来几个月也没见你回几次家，许你不回去，就不许我来找你了啊？而且，我这不是想你了吗？”

沈行不动声色地瞥了一眼挂在他身上的沈妍，面无表情地揭穿她的谎言：“你平日躲我都来不及，还会想我？说吧，你为了谁来的？”

沈妍见这么快被揭穿，忍不住翻了个白眼，生气地拍了两下沈行的手，不满地说了句：“你都知道了还问我。”

“妈刚给我打完电话你就来了。倒是凑巧，这事都堆一起了。明知道我忙还故意给我添堵，你还真是我亲妹妹。咱们都是一个肚子里钻出来的，怎么你就这么蠢？做事也不动动脑子，照我说，你可别折腾了，再折腾下去也就那样。”

姜玫算是明白了沈行这人……刻薄起来，连亲妹妹都不会放过。

这么一想，她倒是感觉有点舒适了。

沈妍被沈行呛得半天没吭一声，沉默了好一会儿，才幽怨地问：“你是我亲哥吗？”

“我要不是你亲哥，你今天连进门的机会都没有。

“你跟沈深还有周肆的那些破事，我可一点都不想知道。你自个儿解决去，别找我，找我也没用。”

听沈行这么说，沈妍突然奓了毛：“哥！”

“在呢。”

沈妍不满地瞪了两眼沈行，蛮横无理地道：“你但凡是个人，也不至于这么对你妹。”

沈行被沈妍吵得头疼，看了一眼这会儿窝在沙发上默不作声的姜玫，突然觉得姜玫这姑娘哪儿都顺眼。

她多懂事的一个人啊。

姜玫平时话不多说，面对事情也不多问，分寸拿捏得刚刚好，哪像旁边这位祖宗？不给她一颗糖，估摸着是赖着他不走了。

“你要还跟我闹，以后别找我拿车，也别找我要零花钱。”

沈行这么一说，沈妍猛地泄了气。她平时开销很大，自己挣的工资完全不够她日常开销，家里又管得严，她平时全靠沈行接济。

这会儿，沈行直接掐住了她的命脉，她就是想反抗，也没那个能力。

沈妍想到这里，委屈巴巴地瞅了瞅不为所动的沈行，语气中也夹着哭腔：“哥，你帮帮我。”

沈行眼见着沈妍快哭了，只得给她提了句醒：“想要的，自个儿去争取。争不了，认命。”

几分钟后，沈妍擦了眼泪，拿上包离开。

走之前，沈妍跟姜玫对视了一眼，两个人都心照不宣，之前说的一个字没提。

当然，今天这一幕，姜玫也只会装作什么都没看见。

只是姜玫脑子里转着沈行说的最后两句话，她突然很想问沈行，是不是也要争或者曾经争过？

只是话到了嘴边怎么也开不了口，最终，姜玫只神色复杂地看了看沈行。

沈行察觉到姜玫的目光，漫不经心地看了她一眼：“她跟你说什么了？”

“没什么。”

“她性子差，平日娇生惯养了，要是说了什么难听的话，我替她道个歉。”

这话姜玫不爱听，似笑非笑地盯着沈行：“替她道歉？”

沈行也意识到这句话不该说，这会儿也闭了嘴。

姜玫也不是什么得理不饶人的人，沈行不吱声了，姜玫也不自找麻烦非要追问。

她就当什么事都没发生过。

只是有点如鲠在喉，她有点难受。

沈行今日没事，一下午都待在家。

姜玫也没出门，窝在沙发上看剧本。

姜玫看上了剧本里女二号的角色，这个角色前期是个柔软可欺的嫔妃，后来家里出了事，被满门抄斩，自个儿也转变了性子。只是，种种算计，她最终还是输了。

一开始姜玫就看上了这个角色，只是她的戏份儿重，台词也多。因为是古装剧，台词拗口难背，语意也需多加揣摩。所以姜玫原本没想要试镜这个角色，只是反复看了几遍剧本，她决定迎难而上。

这会儿，姜玫背了一阵台词只觉得头晕眼花，头一回生出扔了手里的剧本的冲动。

她的普通话其实不太标准，边音鼻音分不太清。念了一阵，她感觉自己错漏百出。

一旁的沈行扔了手里的资料，饶有兴趣地听她念台词，越听眉头皱得越紧。忍了一会儿，沈行把她手上的剧本拿过来，一个一个地挑出姜玫读错的字。

沈行的普通话极好，字正腔圆，声音低沉且富有磁性，说起台词来感情充沛，跟专业的配音演员比，也逊色不了多少。

姜玫羡慕不已，缠着沈行教自己。

不想，沈行教了几次，姜玫都没读对。

沈行又教了几回，姜玫还是读错。

沈行气笑了："你这么学下去，怕是读到天黑也不见得能读对。"

姜玫被沈行这么一说，也不乐意在他面前读了。

她嫌丢人。

偏偏沈行不放过她，一句接一句地评价她。

"平时瞧着是个聪明人，如今连读个台词都读不利索了。

"教也教不会。

"当真是……美貌是用智商换的？"

饶是姜玫听惯了冷嘲热讽，这会儿也被他弄得面红耳赤。毕竟确实是她的问题，她一时间想不到一句反驳的话，更是难堪。

眼见姜玫脸色越来越难看，沈行也没再惹她。

姜玫要是真生气了，还得他哄，他犯不着做这傻事。

正巧周肆发了条短信过来，说安排了聚会，让他过去打桌球。

再坐在家里，怕是会忍不住去惹姜玫，沈行便回复周肆他会去，当然，他把姜玫也叫上了。

沈行换了一辆车开，路上姜玫无力地窝在副驾驶座上浅睡。

周肆选的地方位置偏，一般人找不到，姜玫在北城待了这么些年还不知道有这地方。

一到目的地，车就被专门的人开着找位置停了，姜玫下车前，以防万一还是戴上了口罩。

沈行见她把自己包裹得严严实实，一副生怕被娱乐记者拍到的样子，便薄唇紧抿，轻声嘲笑："照你这架势，我以后跟你出门还得跟你这大明星保持距离了？

以后是不是我们这群人还没资格跟你玩了？”

姜玫没理会沈行的阴阳怪气，停下脚步看了沈行一眼，嘴角轻扯，道：“你要是不喜欢我这样，我就回去了。”

姜玫往回没走两步就被沈行拉了回去。瞧着姜玫脸上的“爱搭不理”，沈行掀了掀眼皮，脸上挂着无奈，嘴上服软：“得，我错了。我求您跟我一起进去还不成吗？”

周肆打完电话站在不远处，瞧着这两人拉拉扯扯，不由得出声道：“站在门口干吗？这一堆人等着呢。”

姜玫本来也没想闹，现在沈行给了台阶，她自然是顺着下了。

姜玫刻意慢了两步，让周肆跟沈行并排走。

前两天周肆被沈妍甩了巴掌，脸色那叫一个难看，这会儿跟个没事儿人似的跟沈行说着话，姜玫不禁多看了两眼周肆。

周肆在沈行面前一贯收敛，今日不知道是怎么了，连着跟沈行吐了两次苦水。

“闻哥，这几天忙得焦头烂额，今儿我赢了你答应我一要求？”

“赢了再说。”

沈行桌球玩得好，姜玫是知道的。当初在青市，这人经常带着她去桌球室玩，兴致来了还会教她。

姜玫对桌球不感兴趣，也没学出个什么名堂。

沈行这人看起来不着调，可平日带着她出去，总会详详细细地给她做介绍。

那时候的姜玫不知好歹，埋怨沈行浪费时间，后来才明白这人是在教她。

只是等她明白的时候，他们已经分开了。

姜玫走神的工夫，那两道身影已经不见了。

走廊幽深，包间众多，姜玫一时分不清自己该往哪个方向走。

迷迷糊糊中，身后传来一个沉稳的声音：“姜小姐，又见面了。”

姜玫转身就对上了许默的视线，几个月没见，许默身上多了几分……姜玫说不清的感觉。

他依旧是温润从容的，给人一股值得信赖的感觉。

不知道是不是错觉，姜玫觉得此刻的许默有些阴沉。

“许教授，好久不见。”姜玫没再纠结，打了声招呼。

“跟子闻一起过来的？”

姜玫一时没反应过来。

“他没跟你说他的小名叫子闻？不过我们平日大多叫他闻儿或者沈行。”

姜玫明白，许默这话里的“我们”指的是他们那群人，跟她没关系。

许默指了个方向，道："他们在1834房间。"

姜玫诧异两秒，同许默道了声"谢谢"。

她刚准备离开，就听许默在背后开口："姜小姐，你跟夏竹是挚友，可否留点时间，容我多两句嘴？"

于是姜玫停下脚步，对上许默略带友善的目光。她笑了笑，示意他往下说。

"我估摸着是因为我为人师表，所以总爱说教几句。姜小姐要是听了刺耳，也别往心里去。"许默的语气很客气，但说的话确实如他所言，不太中听，"在新省，我就隐约猜到你跟子闻关系不一般，今日一见，果然证实了我心里所想。"

他又说："我们几个跟他一块长大，都清楚他身上的担子有多重，他不单单是沈家的继承人，还担负着其他的责任。这个责任，是我们这群安逸懒散惯了的人都不乐意去承担的。子闻站了出来，选了这条艰辛的道路。"

许默停顿了一下，神色复杂地望着姜玫，继续道："前几年这边出了件大事，全靠沈老爷子力挽狂澜，这几年老爷子的身体每况愈下，前不久住院了，子闻也不得不回来。这段时间，他是如何一个状态，想必你也看在了眼里。

"许家从他回来，就一直端着态度，等着看他怎么处理这烂摊子。处理得好皆大欢喜；处理不当，那他要受的苦，可不止现在这一点。

"姜小姐是聪明人，许某人点到为止。要是我说的话你觉得刺耳，大可装作没这回事。"

姜玫不真切地笑了笑，声音平和："许教授说的，姜玫记下了。"

"戳在那儿生根了？"

沈行懒散的声音从背后响起，姜玫下意识地回过头。

走廊幽深，立在其间的沈行气质如山似玉，眉眼冷淡，却似谪仙般睥睨世间。

他一出现，就夺走了她的魂，扰乱了她的理智，接下来，也许还会祸害她的一生。

·第四章　乖，别闹

瞧了几秒，姜玫挪动脚步，缓慢地走向沈行。

只几步的距离，沈行足足等了四五分钟。

刚才进了包间，他下意识地伸手去搂旁边的人，没承想搂了个空，一扭头才发现人不见了。沈行这才丢下一众人出来寻人，倒是没想到会听到刚才许默的那一番话。

“怕不是傻的，连个路都找不到。”

沈行冷冷地扫了一眼没动静的许默，垂着眼皮将视线落在姜玫脸上。

姜玫理亏，也没跟沈行斗嘴，再说，要斗下去这人指不定会说出什么难听的话。

“哑巴了？”

姜玫刚憋下去的火，经沈行这么一勾，立马冒了出来，她斜了他两眼，问：“你有病？”

沈行被骂不怒反笑，大手一把将人扯进怀里，戏谑道：“别说，我还真喜欢你这骂人的样儿。”

许默站在原地静静地看着他俩打情骂俏，直到人消失不见了，才不着痕迹地叹了口气。

他今天算是将沈行得罪了。

沈行搂着姜玫进包间的那一刻，屋里的动静一下子停了。

无数打量的目光落在姜玫身上，姜玫表情平静，姿态云淡风轻。包厢里十几个人，除了周肆，其余的姜玫都没见过。

并且，不少人带了女伴。照理说，她出现在这里也并不稀奇。

“闻哥，您这牌面够不错啊！啧，奇了，这真人看着比电影里好看多了。我前两天刚陪女朋友去电影院看了这位演的电影，我女朋友哭得稀里哗啦的。那什么，你叫姜什么？过会儿能不能麻烦你给我女朋友签个名？”

一个拿着球杆的男人稀奇地说，转向姜玫时，话却不怎么客气。

“你那电影里的吻戏是真不错，演戏的时候是真亲了？”

姜玫也不生气，反而是旁边的沈行神色不明地扫了一眼说话的人：“哪儿请来的猴子？搁这儿给我表演节目呢？”

沈行一生气，包间里就更没人敢说话了。

刚刚打趣的男人脸上的笑僵住了。

“看你对表演挺有见解的，不如今儿也让我看看你是怎么演的。这屋里有谁乐意跟他打打配合？”

男人手里的球杆啪的一声掉在了地上，额头上也起了一层薄汗。由于自尊心作祟，他当着众人的面，不服气地问：“闻哥，为了一无关紧要的女人跟我生气值得吗？我们家好歹也跟您家沾亲带故的，这……闹大了不合适吧？”

“不合适？”

“是是是……不太合适。”

“合不合适轮得着你来说？”

沈行漆黑的眼眸中酝酿着波涛汹涌的情绪，他脸上挂着冷笑，显然这回他是真生气了。

站在沈行旁边的姜玫察觉到落在她腰间的那只大手收紧了不少。

周肆见包间里气氛越来越冷，笑着出来打哈哈：“这多大点事，不就是表演吗？你就表演一下打桌球好了。来，你去配合一下杨少。”

被指到的姑娘纠结地咬了咬唇瓣，这会儿不知道是冷的还是吓的，止不住地发抖。

过了会儿，小姑娘艰难地挪动脚步向那个男人走去。

见着这一幕，姜玫只觉得呼吸不畅，她出声打破沉寂：“我们既然是演员，自然还是有职业操守的。”

姜玫边说边扯开沈行落在她腰间的那只手，一把将小姑娘拉了过来，抬手揉揉了小姑娘的脑袋，语气不卑不亢：“职业不分高低贵贱，这演戏也不是儿戏。各位要玩游戏，便玩游戏就是了，何必为难一小姑娘？”

姜玫这是公开替小姑娘出头了。

周肆突然嗤笑一声，道：“敢情闻哥替你出头还成了恶人了？装什么装呢！你……”

他话还没说完就被沈行一个眼神打断了。

沈行瞥了一眼旁边温柔地替小姑娘擦眼泪的姜玫，忍不住眯了眯眼。

他怎么瞧着，姜玫对一个陌生姑娘都比对他有耐心。

周肆反应过来自己都说了什么，不由得想解释一下：“哥……”

沈行这会儿心情不怎么好，周肆刚好撞上了枪口，沈行直接打断他的话：“今儿你是没带脑子出的门？你这么些年好的是一点没学会，倒是学会了干蠢事了。”

周肆被沈行说得面红耳赤，再加上包间里的人这么多，又不全是自己人，他抹不开面。

姜玫在听小姑娘小声说话，听到沈行的话，下意识往沈行那边看了一眼。

沈行散漫地站在一旁，那张轮廓分明的脸上挂着敷衍，眉间盛着淡淡的怒气。

过了两分钟，那个男人和几个不熟悉的人全被客气地请了出去，那个男人出去前还跟沈行颤颤巍巍地躬身道了个歉。

姜玫头一次见沈行的影响力。

姜玫好似看到了不久的将来，身居高位时的沈行是何种模样了。

包间里瞬间清静不少，沈行这才懒散地抬腿走到沙发处，若无其事地坐下来。

姜玫也被拉着坐在了他身旁。

许默进屋时风雨已经过去，并不知道刚刚发生了什么。

不过有走廊上的那一出，许默这会儿有些不太好意思面对沈行，只是他不面对也不行。犹豫了一阵，他坐到了沈行对面，倒了两杯酒，一杯推到了沈行面前，一杯自己拿着。

“听说你这几日一直在外跑，我这边有个人也许能帮上你，回头我把他的电话发你。”

许默这么说，是在弥补刚刚的事。

沈行抬了抬眼皮也不打算跟许默计较，端起桌上的酒杯跟他碰了一下。

两人又聊了一些无关紧要的话，周肆便过来，要沈行一起去打麻将。沈行走之前问了姜玫一句，见她不感兴趣也就随她去了。

不多时，他们架了好几张桌子，搓麻将的声音此起彼伏。

姜玫一个人坐在沙发上，小酌了几杯。这些人定了输了就要接受弹额头的惩罚规矩，一有人被惩罚，其他人就起哄拍桌。姜玫嫌吵，拎着包进了包间自带的洗手间。不多时，刚刚的那个小姑娘凑了进来。

洗手间里挺宽敞的，站得下四五个人。

不过，小姑娘没进去，而是站在门口，小心翼翼地说：“那个……我看你喝了不少，但喝酒对身体不好，最好是少喝点。”

姜玫偏头，饶有兴趣地瞥了一眼小姑娘。小姑娘也不知是不是因为自己说的这句话脸涨得通红，视线闪躲得厉害。

“你是不想我喝酒？”

小姑娘对上姜玫似笑非笑的眼神，噌地一下脸更红了。姜玫长得很漂亮，说话时半抬着下巴，一双眼睛看着人，波光潋滟，撩人心弦。

姜玫来之前套了件黑色长款双排扣大衣，包厢里的暖气很足，她早脱了外套，这会儿就穿了件乳白色毛衣配着一条紧身牛仔裤，简单却美好。

见小姑娘不说话，她懒散地撑坐在盥洗台，双腿随意地交叉着，又是一笑。

这一笑，尽显娇艳。

小姑娘说话都结结巴巴的：“我……我就是建议。”

姜玫疏懒地瞟了一眼小姑娘，故意拖长语调说：“哦——不太好啊。那你可以帮我一个忙吗？”

小姑娘连忙说：“什么忙？只要我能做的，我一定帮。”

姜玫觉得小姑娘单纯，不过挺可爱。

见小姑娘这么认真，姜玫的表情也正经了起来，只是说的却是：“我好像忘了带口红，你能借我一支吗？”

小姑娘“啊”了一声，蒙了。

姜玫见小姑娘也没带个包在身上，便说：“包里有吗？有就借我用一下，快去哦，我在这里等你。”

小姑娘还是没动。

姜玫眉眼带笑，耐着性子抬了抬下巴：“快去，去吧。”

门合上，姜玫转身瞧着镜子里的人突然笑出声。

不到两分钟，门便被人从外面打开了，姜玫以为是小姑娘回来了，笑问：“这么快就回来了？看来效率不错，我还以为你今晚怕是不会再过来了呢。”

“能正常点说话吗？”

沈行修长的身影戳在门口，这会儿眉头紧蹙，脸上一片郁闷之色。

这女人，跟女孩说话怎么是这个语调？

姜玫没想到来的人是沈行，不由愣了一下，转过头瞥了一眼沈行。见他一脸郁闷，姜玫没忍住，扑哧一声笑了出来。

“那小姑娘瞧着有趣，我多逗了两句。”

沈行从裤兜里掏出口红，伸手递给姜玫：“不是要口红？”

姜玫下意识地走过来伸手去接，手刚碰到口红，人就被沈行拉进了怀里。

沈行搂住怀里的人，轻松地抱起她放在了盥洗台上。

姜玫仰着脖子盯着眼前的人，那双深色瞳孔里倒映着她的身影。两人距离隔得很近，近到姜玫只需要轻轻动一下就可以碰到沈行的下巴。

门关紧了，沈行俯下身，动作并不算温柔。兴许还生着气，姜玫感觉他的吻有点刺人。

两人难舍难分时，姜玫主动伸手攀住了沈行的肩膀。

她的手指落在了沈行又黑又硬的寸发上。

又在洗手间里待了将近半个小时，姜玫才打开门出去。

她刚出去就见沈行坐在麻将桌前，一只手随意地搭在扶手上。听到动静，沈行抬眼看向姜玫，散漫地招呼她：“过来，帮我看牌。”

随着沈行这么一声，牌桌上的几个人全都齐刷刷地瞧了过来。

劝她不要多喝酒的小姑娘这会儿在周肆身边，对她眨了眨眼睛。姜玫嘴角勾了勾回了一个笑，便朝沈行走了过去。

刚走近，沈行直接站了起来，将她推到牌桌前坐下，示意姜玫替他打。

牌桌上剩下三个人，周肆、许默，还有一个姜玫没见过。

这人坐姜玫对面，听牌推牌出去，还不时地打量姜玫两眼。

姜玫任对方打量。

打了一张牌出去，对面的人不急不慢地问：“你那项目我瞧着前景不错，最近忙得怎么样？”

这话自然问的是沈行。

沈行没个正形地坐在姜玫旁捏着姜玫的头发玩，无所谓地回道：“还能怎么着，拖着呗。”

“许家还没松口？”

“那边要是松口了，我还能在这陪您玩呢？”

沈行表情疏懒，似乎并不在意。

其余三个人，听了沈行这话神色各异。

“许代山这到底想干吗？想要逼你认下那堆破事，也不至于这么丧心病狂吧？谁不知道他这几年做的一些破事，现在他这意思是还想拉你下水？”周肆眉头一皱，嘴上没把门，就这么说了出来。

“我爸这两年确实做得有些过了，我这个隔行隔得十万八千里的人都能听到旁人议论。再这么下去，他伸的手怕是要更长了。”许默扶了扶眼镜，挡住了他说这话时的表情。

姜玫默默地打出一张牌，至于他们说的话，她权当没听见。

“我听说前不久许叔那边出了件事，不过消息还没出来。许叔现在做事，确实有点无所顾忌了。闻儿，你跟许家还是保持距离较好。”坐在姜玫对面的男人也跟着说。

男人举止言谈都是克制，显然是个理智的人，唯一让他显得不那么清冷的是他右边眉尾处有颗泪痣。

不得不说，沈行的朋友，就没有长得丑的，随便一个都比当红男明星好看，气质更是当红男明星比不了的。

眼前这位穿得规规矩矩，气质有点像艺术家。

姜玫觉得他看着有些眼熟，可想半天也没想出来是谁。

直到沈行开口，姜玫才摸到半点这人的身份的线索。

“你在国外待久了说话都犀利多了。我们家徐教授可没你这觉悟，天天盼着我把许家那丫头娶回去呢。”

沈行似乎不太想聊太多，转了个话题绕到了别的地方。

“许家的，许薇？这丫头不是进了演艺圈？”

姜玫听到熟悉的名字，拿牌的手一顿，就在她愣神的间隙，沈行握住了她的手取了一张牌打了出去。

沈行这一个动作，两人凑得更近了，说话时热气直接喷在了她的脸上。

“打牌还发呆，真打算破罐破摔给我输完了？这么想看我被惩罚？”沈行说完，一把推掉眼前的牌，神色自若地开口，“和了。”

其余三人因为刚刚聊事情没注意，这么一看他是真和了，也不耍赖，全都认输认罚。

重新洗牌，麻将哗啦啦地响。

沈行懒散地将手撑在姜玫身后的椅背上，时不时地戳一下姜玫的肩膀。

“听说许家那位脾气大得很，徐姨要真是让你把她娶回家，肯定得后悔呢。许家这事情，逃不了，到时候沈家别被连累了。你还是趁早做打算，该怎么样就怎么样。”坐在姜玫对面的男人揉了揉眉心，提醒道。

许默这会儿没吭声，一来他是许家人，二来他还得打算好先把自己择出去。

不过，他只是许家的养子，他在许家的地位还挺尴尬的，要脱身不难。

“徐姨怎么不考虑夏竹？算起来，我还真看好夏竹。”

男人提到夏竹，坐在姜玫右侧的许默明显变了脸色，不过很快就恢复了正常。

姜玫听到夏竹的名字，也晃了晃神。

“夏竹？”周肆皱了皱眉，“夏竹这丫头跟妍妍的关系倒是不错，也门当户对，也确实合适。夏叔前几年也提过一嘴，不过夏竹这丫头……”

周肆的话没说完，可在座的几个都明白这话里未完的意思。

沈行作为被讨论的当事人倒是没多大的反应：“夏竹这丫头一根筋，娶她，还是算了。”

“也是，是我疏忽了。”

这个话题也聊到了尽头，没人再说话。

大家又打了两圈，姜玫输了一把，额头被沈行弹了一下，正准备说不玩了，就听见旁边的许默突然问道：“周肆的堂妹周笙怎么样？这姑娘前两天刚发朋友圈，说是从M国回来了。”

男人饶有兴致地说：“周笙？这姑娘好像进了F大学。当初这小丫头天天跟在闻儿身后跑，没想到一转眼都成了学霸了。要说合不合适，这姑娘还真合适。闻儿，你倒是可以考虑考虑。周二叔这几年一直都很稳，他年纪也不大，还能帮衬好几年。”

…………

一群人玩到半夜才散场。在屋里觉不出冷，一出来就感觉外面冷风唰唰地刮人，姜玫忘了穿外套，一站到冷风里才觉得冷。

沈行拿完东西出来看到的就是这样一幕。

姜玫只身孤影站在路灯下，身上没披外套，穿着单薄地立在风里，头发吹得到处乱飞。她双手抱着肩膀，估摸着在出神，一脸恍惚。

她站的位置偏，就一动不动地窝在那儿，要不是身上的白毛衣显眼，怕是没人能一下子注意到她。

沈行波澜不惊地抬眼，抬腿走向姜玫。

直到肩膀上多了一道重量，姜玫才抬头。

姜玫瞥了一眼肩膀上的大衣，轻轻地说了声“谢谢”。

沈行喝了酒不能开车，请了个代驾。

两人坐在后排沉默不语。

回去的路上倒是不怎么堵，一路畅行。

回到江水人家，姜玫沉默地拿着睡衣进了浴室。

她再出来时，沈行也洗完了澡。两人对视了一眼，沈行瞥了一眼姜玫湿漉漉的头发，主动搭话：“吹风机在哪儿？”

姜玫拿着干毛巾擦了两下头发，伸手指了指。

吹风机嗡嗡响，姜玫坐在椅子上任由沈行替她吹头发。

沈行没给人吹过头发，这会儿时不时就扯到了姜玫的头发，姜玫除了眉头皱了皱，也没出声叫停。

不知道是累了还是怎么了，没等头发被吹干，姜玫就睡着了。

沈行关掉吹风机，看了两眼姜玫安静的睡颜，扔下手里的吹风机，弯腰将人抱上了床。

卧室里一片安静，灯熄灭的那一刻，姜玫默默地睁开了眼。

黑暗中，姜玫往外挪了挪，刚一动就被沈行拉了回去。

玩了一天沈行也有些疲倦，他贴着她的身子，嗓音中透着两分睡意："别乱动，睡觉。"

直到旁边的人呼吸声平稳了，姜玫才不作声地抿了一下嘴唇。

她腰间的那只手依旧扣得很紧，没有半点松懈的意思。

姜玫脑子里不由得回想起沈行在包间说的那句似是而非的话。

他说："周笙是挺合适。"

窗外灰蒙蒙的一片，天色半明半暗，突然一道刺耳的手机铃声撕破室内的安静。

姜玫的手还没碰到手机，一只长臂已经越过姜玫拿到了手机。

沈行握着手机，不紧不慢地问："什么？"

电话那端的罗娴听到不熟悉的声音吓了一跳："你是？"

"沈行。"

罗娴猛地僵住，道："沈？沈家……的那位？"不怪她这么想，毕竟她们老板是周肆，而周肆显然对姜玫态度不一般。

"你说上了热搜？"沈行不理会罗娴的疑惑，皱了皱眉心，掀开被子坐了起来。

他的声音冷淡，似十二月的冷风刮在人身上，锥心刺骨般疼。

罗娴早就练就了一身见人说人话，见鬼说鬼话的本领，可现在面对这位，竟一个字都说不出来。

还没见着人，罗娴已生出一丝胆怯。

罗娴甚至没精力去想姜玫跟沈行是什么关系，只知道这个电话，她或许打错了。

"嗯？"沈行出声催促了一下。

罗娴手指颤了颤，尽量中规中矩地措辞："有娱乐记者拍到姜玫跟您在某公共场所……拥抱。不过您放心，对方只拍到您的背影。"

罗娴这么说只是在揣测跟姜玫一起被拍到的人是沈行，并不清楚是否真的是他。

沈行“嗯”了一声。

看了一眼一侧明显脸色不怎么好看的姜玫，沈行转手把手机递给了她。

手机上还带着余温，姜玫一手握住手机，一手掀开被子穿上鞋，一言不发地走出卧室。

她的背影单薄，脚步却有些急，看着像多了两分落寞。

站在落地窗前的沈行多看了两眼。

走廊尽头，姜玫倚靠在墙壁上，面色平静地开口：“怎么了？”

罗娴见电话换了姜玫接，心底松了一口气，也没管热搜，直接问：“刚刚那个是沈家的那位吗？你们什么关系？”

姜玫神色淡淡地盯着脚上踩着的灰色毛拖鞋，嘴里说道：“没什么关系。”

“没什么关系，你俩……能被拍到那样的照片？你俩什么时候的事了？”

姜玫闭了闭眼，仰着脑袋无力反驳：“说不清。”

罗娴被姜玫这不配合的态度气到，连声音也尖了两分。

“姜玫，这都什么时候了，你还打算瞒着我？我之前还以为你跟周总……即便你否认，我也没追根究底，但这位不一样……”

罗娴说到这里，长叹了口气，语气也没那么尖锐了：“这位的身份，就跟天上的月亮一样。你跟这位天差地别。你……别陷得太深了。”

罗娴说着说着也有些无力，只能无奈地骂了句，又道：“你跟他不合适，能早断了就早断了吧，不然到最后，受伤的只会是你。你呀，真是越来越糊涂了。”

姜玫没出声，任由电话那头的罗娴从气急败坏到无奈劝她。

两人僵持了两分钟，罗娴知道姜玫并不乐意听她这么说，又叹了口气：“幸好娱乐记者只拍到一个背影，我打给你之前已经联系了齐衡，半个小时后，齐衡会发一条微博，你也发一条微博，好把舆论往齐衡那边引，让媒体把焦点聚集到你俩身上。”

姜玫眨了眨眼，长睫毛如蝶翼上下翻飞，她出声：“嗯，知道了。”

“正好过两天你们就要一起参加综艺节目，就当是提前宣传了。至于沈家那位，你打算怎么交代？”说到这儿，罗娴忍不住多问了一句，“你们俩到底什么时候认识的，你们在一起多久了？”

姜玫被罗娴的话问住，正想说不知道，就见穿戴整齐的沈行走出了卧室。

沈行只穿了件深色衬衫，搭了条深黑色西裤，衬衫领口没扣到头，衣领敞着，隐约可见凸起的锁骨。

出门前，他站在走廊另一端停了两秒，往她所在的方向看了一眼。

那一刻，姜玫的呼吸都停了两秒。

沈行漆黑深邃的眸子里酝酿着看不分明的情绪，不知道是不是头顶暖光灯的缘故，他脸上的轮廓线条多了两分柔软。

斗南一人、褎然举首。

姜玫不由得想起了这两个词，放在他身上，很合适。

电话里的罗娴没听到姜玫的回答，又叹了口气，道："姜玫，别毁了你现在好不容易争到的前程。"

沈行走了过来，高大的身躯挡在姜玫眼前，压迫感随之而来。

姜玫下意识按了挂断键。

"聊完了？"沈行不着痕迹地瞥了一眼明显已结束通话的手机，问道。

"嗯。"

"怎么解决的？"

"跟齐衡发微博澄清昨晚只是简单的聚会。"

沈行听到"齐衡"两个字，喉咙里发出一声冷哼，似笑非笑地望着姜玫："敢情你都处理好了，那就麻烦你跟齐衡了。"

说完，沈行面无表情地下了楼。

等姜玫下楼的时候，沈行已经离开了。这么大的房子，这会儿剩下她一个人，更显得空荡荡的。

坐在驾驶座的沈深边开车，边道："哥，老爷子让您今晚回家吃晚饭。"

沈行懒散地靠在后座，揉了一下眉心："最近老爷子那边有没有什么动静？"

"您吩咐过别拿这些事烦他，为了老爷子的身子，没人敢跑到他面前说什么。"

"许家的礼送过去了？"

"送了。"

"许家什么反应？"

沈深听到这里，脸上闪过一丝犹豫，停顿一下才应道："不太满意。"

沈行冷笑一声："这老狐狸迟早要栽在自己手里。"

沈深这回没接话。

车厢里安静了一会儿，沈深试探性地看了一眼沈行的脸色，小心翼翼地开口："哥，还有一件事……我想跟您说说。"

沈行慢慢睁开眼，打量了沈深几眼："跟妍妍有关？"

"嗯……是她的事。"

沈行有些烦躁，顿了半秒，缓缓开腔："什么事？"

"她最近不太对劲儿，做的事有些不过脑子，再这么下去，我怕她冲动之下做出什么后悔不迭的事情来。徐姨已经开始格外注意她了。”

沈行抬了抬眼皮，语气平淡地问：“沈深，你对妍妍什么态度？”

“我？我自然是把妍妍当妹妹看的。”

“妹妹？”沈行漫不经心地重复一遍，眸色一片深沉，发出一声轻笑，“你说这话的时候动过脑子？”

沈深意识到沈行起了怒火，无声地闭了嘴，殊不知沈行见沈深这样，怒火烧得更旺了。

沈行连眼神都犀利了两分，脸更是黑了不少，嘴上也没留情：“连爱一个女人的勇气都没有，沈深，你活得挺失败。”

刚好车停，沈行坐在后排，视线盯着开门下车的沈深。

后车门被沈深打开，沈行等了一会儿，才有动作。

最先下地的是那条修长的腿，紧跟着是另一条，沈行面无表情地接过沈深递过来的大衣，披在身上，而后打开了伞。

外面风大雪大，沈行骨节分明的手指握着金色伞柄，态度冷淡地走进雪里。

大雪一片片落在伞面，沈行迎着风，微微低头朝前走。

不少路人转过头看向沈行。沈行将伞面往下压低几分，不让人窥探。很快，那道挺拔的身影消失在拐角。

这一幕被人拍下来发在了网上，只一个小时就有一万多条讨论。

姜玫知道这事还是夏竹告诉她的。

夏竹：阿玫，闻哥火了，全网都在搜索这个背影。

看到夏竹发来的消息，姜玫下意识地点开了夏竹随后转发过来的那条微博。

视频里，只露出半个背影的沈行独自撑着伞走在雪地里。视频时长只有几秒钟，却令看的人无端地给他配上了音乐和慢镜头。

一见杨过终身误，一见沈行误终身。

姜玫退出跟夏竹的微信对话框，打开微博，发现实时一栏里大家都在转发这段视频，不少博主给这段视频配了音乐和台词。

姜玫翻了几页评论，大部分人在评论里“尖叫”，不少人说自己喜欢的书里的角色从此有了真人形象，再往下翻了一页，视频没了。

姜玫目光落在那一行“视频已不见”的提示上。

这个视频消失得很快，仿佛昙花一现，转瞬即逝。

美好的东西向来如此。

姜玫退出微博，继续揣摩剧本。

几分钟后，手机振动起来，姜玫放下手里的剧本拿起手机。

是沈行打来的。

“在家？”

“嗯。”

姜玫语气很正常，沈行分辨不出她到底高不高兴。

沈行谈了不到半个小时就出来了，那群人叽叽喳喳地说个不停，却没一个人说到点上。

他听得烦躁，拎着大衣就出了会议室。

一出来，他就看到了那段视频，直接让人删除了。

做完这一切，他心底的那股气还没散，正好看到对面的LED显示屏上出现了姜玫的脸，那张脸熟悉得很，可他站在对面看过去居然觉得有些陌生。

这个电话打过去也是无意识的。

等姜玫接了，沈行才反应过来他刚刚失去了理智。

听到她那温软的声音，沈行心底的郁闷才散去不少：“下午我回一趟老宅，可能晚上不回去。”

姜玫抬了抬眼皮，握着手机的手紧了紧：“嗯。”

“姜玫。”

“怎么了？”姜玫察觉到沈行的情绪不太对，不由得问道。

沈行合了合眼皮，强行压制住心底翻滚的情绪，嗓音低且沉：“没事，挂了。”

电话挂断，姜玫发愣地望着已经黑了的屏幕。

沈家老宅在麓山艺墅，位于麓山南麓。

这里位置极好，四通八达，绿化率高、风景优美，设施齐全。

沈家的这处别墅，年龄已不小，是麓山艺墅里最早建成的别墅。

小区的管理也严格，进门前还得接受层层检查，沈行今天出门乘坐的是一辆新车，光登记车牌就花费了不少时间。

等车开进宅子已经是半个小时后的事了，沈行神色冷淡地坐在后座，车在院门前停住时，他抬眸看了那熟悉的大门两眼。

刚下了一场雪，院内院外都被白雪覆盖，一眼望去，尽是赤裸裸的白。

这边的布置是按兵营排列式修改的，大门口还站着两个警卫，沈行扫了一眼旁边停着的车，薄唇抿了抿，问：“家里来客人了？”

“估摸着是来看老爷子的。”沈深回答得很保守。

沈行“嗯”了一声，推开车门下了车。

他刚下车就见大门口站了一道单薄的身影，穿着黑色宽松长裙，立在门口就跟个电线杆似的。

沈行挑眉，阔步走上前，脚刚踏上门槛石，就听沈妍幽怨地说了声：“哥，我被禁足了。”

沈行拍了拍落到身上的雪，看了一眼眼神不停地瞟往沈深所在方向的沈妍，态度冷淡地回：“我看你不是好好地站在这儿？”

沈深很快开着车离开了。停车的位置变得空荡荡了，沈妍才心不在焉地收回视线，转移话题：“家里来客人了。”

沈行见状抬手拍了拍沈妍的脑袋，轻嗤：“我又不瞎。”说完，他拎着沈妍的后衣领，直接将人拎进了屋。

屋里暖气足，沈行脱了外套递给迎上来的阿姨，笑着打招呼：“张姨，又漂亮了。”

“你这孩子，嘴还是这么贫，我都四五十岁的人了还漂亮，说出去不得让人笑掉大牙？”

沈行笑呵呵地放下手里的沈妍，换了鞋，抬头打量了一眼二楼书房的位置。

“老爷子呢？”

“书房，周家的人过来了。”

沈行若有所思地点了点头，转身往厨房走。

他懒散地倚靠在门口，瞧着厨房里忙里忙外的身影。

沈行挑眉道：“哟，徐教授今儿还亲自下厨呢。这天上怕是要下彩虹雨了呢。”

徐敏刚把炖鸡汤的锅子盖子打开，一时间香味飘满了整间厨房。

沈行站在原地瞧了一阵儿，见徐敏并不理会自己，便准备离开，不想徐敏出声叫住了他：“闻儿。”

沈行停下来，歪过头笑道：“徐教授，您老有什么吩咐？”

“要不是老爷子亲自下了命令让你回来，我看你怕是都找不着路回家了。”

说到这儿，徐敏瞪了几眼沈行。一想到前几回她叫他回家都被这孩子回绝了，她就忍不住想说他几句。

沈行在徐敏面前也没个正形：“得，我们家徐教授这是跟您儿子生气了。您要气儿没消，不如像老爷子那样先抽我几板子？”

沈家家教严，沈行从小就皮，老是被家里的戒尺伺候，老爷子下手可不留情，沈行身上的伤可是一直没断过。

徐敏也抱怨过，可老爷子不惯着，他宁愿把孩子打死，也不乐意家里出个什么都不是的玩意。

这么些年下来，沈行也学乖了，悄悄地跟老爷子斗智斗勇。在老爷子面前，他沈行乖巧懂事，私底下也放荡不羁过。只是那时没人敢把这些事说给老爷子听，后来沈行去了部队，表现上佳，就更没人敢拿这些旧事去触老爷子的霉头了。

徐敏才不接他的话头，转而说："老爷子今儿心情好，你周二叔过来了。时间过得可真快，你周二叔家的姑娘都是大姑娘了，听说前两天才从国外回来。"

徐敏说着就又说了沈行两句。

"瞅瞅人家再看看你。人家姑娘出落得多好看，你呢，看着就讨嫌。"

沈行愣了一阵，才想起这周二叔家的姑娘是哪位。

不就是周笙？

倒是巧。

沈行将双手随意地插进裤兜里，懒散地扯了扯嘴角："得，您这是把您儿子放哪儿呢，怎么是个人您都能拿来比一比？"

徐敏一听沈行这阴阳怪气的话，就知道沈行这是不乐意了，难得沈行回来，她也不想真的惹沈行生气，便摆了摆手："去叫老爷子下楼用饭。"

"得嘞，我这就去。"

沈行走之前还随手拿了块切好的苹果，一边吃，一边上楼。

他刚到楼梯口就撞上一姑娘，对方正往楼下走。

小姑娘穿着浅粉色毛衣，扎了个丸子头，露出小巧的耳朵，长得清秀可爱，见了沈行，她直接待在原地愣愣地望着他。

别说，这姑娘还真的长大了。

眼见沈行越走越近，小姑娘的脸上也渐渐漫上了红色。

沈行踩上最后一步台阶，散漫地瞥了一眼小姑娘，嘴角噙着一丝戏谑，嗓音慵懒："哟，小丫头都长这么大了。刚回国？"

周笙对上沈行戏谑的目光，感觉脑子里嗡的一声，心脏都快跳到嗓子眼了。

她不停地眨眼睛，一边小心翼翼地点头，一边磕磕巴巴地说："闻哥，好……好久不见。"

沈行挑眉，薄唇弯起一个不小的弧度，打趣道："这出国念了几年书，都念成结巴了？"

"没，我……我就是有点紧张。"周笙慌乱地避开沈行似笑非笑的眼神，手指不停地绞动，低下头。

沈行不是第一回见在他面前害羞的姑娘，可是这丫头小时候天天缠着他时可不见害羞，长大了倒是矜持了。

“有男朋友了？”

“没……”周笙的头已经低得不能再低了，拘谨得很。

沈行也没再逗小姑娘，又随便说了两句，便往书房去了。

书房里，老爷子精神矍铄地坐在太师椅上，即便八十岁了，他的身形依旧挺拔，背挺得笔直，板正严肃。

沈行这会儿严肃地站在一侧，脑袋半低，恭恭敬敬地听着老爷子的教诲。

老爷子只说了几句，便问起沈行最近的状况来：“听你周二叔说，你最近遇到的事不少。”

沈行眸色一暗，嘴角半勾：“也不是什么大事，您不必担心。”

老爷子双手撑在扶手上，他的头发已全白了，此刻他穿了件薄毛衣，外面搭了一件军绿色外套。因为生病，他的面上难免带了些病容，可几十年磨炼出来的气势分毫不减。

“这条路不好走，你现在也要谨慎些，多思考。那群小子现在净做些偷懒的事，也不敢到我面前来。哪天敢过来，我非得拿板子揍这群小子不可。”

老爷子情绪一激动，气就不太顺畅，拿着帕子一个劲儿地咳嗽，连呼吸都粗重很多。

沈行连忙靠近老爷子，一边给老爷子顺气，一边开口：“您这脾气可得收着点，您可得悠着点，可别经常生气。再说了，都退了这么多年，您倒是还有心管。”

等老爷子缓过来了沈行才松手。

老爷子也知道他已经无力管那些事，沉重地闭了闭眼，感慨道：“这要是我们正当年那时候，谁敢这么闹！”

不仅如此。

“许家那混账这几年做事越来越不知分寸，沈家如今只靠你，独木难支。你趁早做打算，尽量跟许家分开。”

沈行还是头一回见老爷子这般无奈，要是以前老爷子可管不了这么多，甚至还有独裁之名。

这几年老爷子倒是软和了不少。

沈行也明白原因是什么。

想到这里，沈行的眉头皱得更紧：“万事有我，您就别担心了，好好养养身子。平时出去打打麻将、遛遛狗得了。”

沈老爷子没吭声，缓了一阵儿才叹息：“我这把老骨头是做不了什么了。闻儿，现在大家可都指着你。我年纪大了，也帮不了你什么，这未来就看你了。”

压在他肩膀上的担子有多重，沈行也明白。

“不会让您失望。”

“这聊完了下楼吃饭，不然徐教授又得唠叨了。”

沈行轻轻扶着老爷子下楼，走了一半，老爷子推开沈行的手，骂骂咧咧道：“我还没老到让人扶的地步。”

沈行只得恭敬地跟在老爷子的身后，一步一步下楼。

饭桌上一片沉默，沈家规矩严，食不言寝不语，碗筷不能发出声响。

一顿饭下来，饭桌上硬是听不到半点动静。

吃完饭放了碗筷，沈老爷子才出声交代沈行：“闻儿，一会儿你先送笙笙回去，我跟你周二叔还有事要谈。”

沈行抬了抬眼皮，扫了一眼旁边捧着碗埋头吃饭的小姑娘，慢悠悠地点了点头。

吃完饭后，沈行亲自开车送周笙回去。周笙满脸紧张地坐在副驾驶座上，手指抓着安全带不放。

外面还在下雪，雪花在车灯前染了一层暖黄色后缓缓下落。

车里一片安静，谁也没开口说话。

直到到了目的地，沈行才吊儿郎当地说：“周妹妹，到了。”

周笙的脸噌地红了，连开了三次才将车门打开。离开前，周笙的小脑袋凑在车窗口，小声问：“闻哥，可以加个微信吗？”

小姑娘语气小心翼翼的，表情还挺纠结。这会儿雪大，就这么一句问话的工夫，她的肩膀上就覆了一层薄雪，额头上的头发丝也被打湿了。

沈行从兜里掏出手机，打开微信的二维码，示意周笙扫一下。

嘀的一声传来，沈行瞥了一眼上面出现的新添加的联系人。

小姑娘的头像是只小白兔，跟她人像得很。

沈行点了通过对方的申请，目送着小姑娘进了屋，才启动车子离开。

他回到江水人家时，已经是晚上十一点了。

沈行开了门，屋里一片漆黑，安静得可怕。

他啪的一声开了灯，屋里瞬间亮堂起来，各个角落被光亮挤满。

扫了一圈都没见到姜玫的身影，沈行皱了皱眉，换了拖鞋上楼。

找了半天，终于在阳台的沙发上找到了人，沈行暗自松了口气：“怎么睡这儿了？”

姜玫被沈行叫醒，迷迷糊糊地睁开眼，正想搭话，就闻到了沈行身上的香水味。

扑鼻的柑橘味跟他身上的薄荷味混合，令她一下子有些头晕。

不知怎的，姜玫一下子就认定了柑橘味香水的主人是个小姑娘。

沈行见姜玫没吭声，伸手摸了摸姜玫的耳朵，弯着腰，凑到姜玫跟前问：“发什么愣？”

两个人离得更近了，那股柑橘味道也更浓了。

姜玫默不作声地捡起掉在地上的剧本，这一下，沈行一下子就看到了她没穿鞋。

姜玫的脚很小，三十六码，沈行一只手就可以握住。

沈行凑近，亲了一下姜玫的额头，嘴里问：“吃过了？”说着，他搂住姜玫的腰，将人从沙发上拉了起来。

姜玫垂眸，眼神落在沈行领口的第二颗水晶纽扣上，水晶纽扣在白炽灯下折射出冷光。

寂静无声的夜里，姜玫任由沈行横抱着她往卧室走。

姜玫从来不否认，他的怀抱很有安全感。

就如，她从未否认，是她高攀了沈行，不是沈行对不起她。

姜玫就读的学校，是一所专科院校。她在学校里极具争议，贴吧论坛都有讨论她的帖子，还有许多人偷拍她的照片发上去，大部分帖子下面的评论有好的也有坏的。

大部分同学提起她，第一反应就是她的外貌。

姜玫要学习，还要兼职赚钱还债，压根儿没有空理会这些闲言碎语。

她压根儿想不到自己会有一天，会因为长相被人诬陷。

那是大一下学期六月的一天，一个学校后勤部老师的妻子找到学校里，当着全班人的面冲上来打了她，然后宣扬她破坏别人的家庭，是无耻的第三者。

姜玫不是受气的人，当下反击。

不想闻讯赶来的后勤部老师竟然说他喜欢她！

这一下，全校都炸开了锅。

虽然当即这两人被学校的领导带走，但那个后勤部老师的妻子并未善罢甘休。她找到姜玫兼职的地方，将她所有的工作全部搅黄了，还每天在学校附近散发传单。

整个事情，影响极其恶劣。

那个后勤部老师被学校开除，而姜玫也被学校劝着先办理了休学。

姜玫心有不甘却又实在是无可奈何，她重新找工作，可她上班没几天，就会被找上门，然后被开除。

如此循环，她入不敷出，身上只剩五十块的时候，沈行找到了她。

那时，正是七月底。青市的天气闷热，气压很低，稍微动一下就是一身汗。姜玫吃了一碗面，往家里走。

她一眼就看到了蹲在马路边上打电话的沈行。

路灯出了些问题，时暗时明，路灯周围围了一群飞蛾，灯光落在地上将他的影子拉得老长。

沈行注意到姜玫的到来，蹲在原地一动不动地接着电话。不知道为何，姜玫没有走开，而是看着沈行打完了电话。

沈行缓缓站了起来，转过身问她："愿不愿意跟我在一起？"

那时的她狼狈不堪，而沈行高贵不凡，他瞧着她的姿态宛若帝王，而自己，则是被睥睨的众生中的一个。

"不如咱们试试，不合适了，咱们好聚好散。"他又说。

饶是如此，姜玫还是僵硬地抿了抿唇，道："好。"

就这样，姜玫成了沈行的女朋友。但是姜玫清楚，她跟沈行并不对等。她忘不了，某次沈行喝醉后，贴在她耳边跟她说："姜玫，我是你的Savior（救世主），只能是我。"

是的，他是。

只是，沈行并不是卑劣地趁火打劫，也不曾将她藏着掖着。他坦坦荡荡，光明正大地跟她在一起。

在旁人打趣地问姜玫是他什么人时，沈行当着众人的面搂着她的腰，戏谑地瞧了她一眼，神色慵懒地重复问题："她是谁？"

他笑了一下，说："她啊，是我的小祖宗，我得天天供着的人儿。"

感受到腰间传来轻微的疼痛，姜玫猛地回过神，一眼撞进沈行漆黑幽深的眼底。

沈行挑了挑眉，戏问："在我怀里还能走神？"

姜玫抬了抬眼皮，情绪不怎么高。

"想吃什么？"

"不饿。"

沈行嗤了声，抱着人下了楼，到了厨房门口才将人放下："在这儿站着，我今儿亲自给祖宗煮面条。"

姜玫拒绝："现在已经很晚了。我不吃了，容易胖。"

“得，我白献殷勤了。”

姜玫眼见沈行的脸拉了下来，到嘴边的话咽了下去，而是说：“你煮，我吃。”

“敢情你把我当用人使唤了？”沈行散漫地用双手撑住料理台，挑眉瞧着姜玫。

姜玫沉默地走到沈行身边，双手攀住沈行的肩膀，踮起脚尖凑上去吻了吻沈行，声音柔软：“沈行，帮我煮一碗面好不好？”

沈行第一次见姜玫服软，心里很是受用，他笑着捏了捏姜玫的腰，语调散漫：“等着。”

沈行没怎么下过厨。

他还穿着出门时的那件白衬衫，如清晨那般解开了领口的两颗纽扣，他将袖口挽到了手肘，慢条斯理地烧水准备下面条。

明明是很具生活气息的事，他做起来，倒像是在摆弄艺术品。

姜玫靠在门口，视线一直落在沈行身上。见着他不快不慢的动作，姜玫不禁发笑，要是让人知道外人眼里清冷高贵的沈公子这会儿竟然下厨，不知道会不会惊掉下巴。

暖黄的灯光将沈行的头顶镀了一层金色，也令他柔和了许多。这一刻，姜玫在他身上看到了岁月静好的可能。

这气质似山如玉的人，眉间满是温柔，身上尽是烟火气。

姜玫不由得想起下午看到的那个视频，想到那个雪地里如谪仙般的人。姜玫下意识地举起手中的手机，打开相机拍了一张照片。

姜玫忘记关快门的声音，沈行听到动静，偏过头斜了她两眼。

过了一会儿，沈行嗓音低沉，透着两分揶揄地说：“别给外人瞧。”

姜玫听到“外人”两个字，眼皮霎时耷拉下来，眉眼间掠过一丝不易察觉的愣怔。

沈行的厨艺很好，姜玫吃着味道恰恰好。

她吃面，沈行就懒洋洋地坐她对面玩手机。

他的坐姿不算规矩，双腿交叠着，往后靠住椅背，他的左手随意地搭在旁边。

只听得微信时不时地响一下，慢慢地，微信响起的间隔时间越来越短。

沈行的脸上始终挂着若有若无的笑，偶尔他还对着屏幕挑起眉。

姜玫喝完最后一口汤，默不作声地端起碗走进厨房，等她洗完碗沈行还坐在原地回微信消息。

偌大的客厅一片寂静，只有微信的嘀嘀声不停响起。姜玫抬了抬眼皮，表情复杂地问：“沈行，你睡不睡？”

沈行没听见。

周笙给他讲她在学校遇到的趣事，遣词造句活灵活现，他一时来了兴趣，便陪着小姑娘聊了起来。

“沈行。”

姜玫又唤了一声，沈行下意识回过神，退出与周笙的微信对话框。他抬眼看向不远处神色不明的姜玫，嘴角扯了扯，问：“怎么了？”

“没什么，我睡了。”姜玫语气有些冷，说话时也没看沈行，说完后她握着手机自顾自地上了楼。

脚步声一轻一重，她很快就上了楼。

沈行蹙眉，盯着姜玫远去的背影没吭声。

等沈行上楼回到房间，姜玫已经睡了。

房间里没开灯，透过走廊的光，沈行可以看到床上凸起的一小块。

沈行在门口站了一阵，开了灯。

灯一开，姜玫直接扯过被子蒙住了脑袋，压根儿不给沈行说话的机会。

沈行又气又笑，最后灰溜溜地进了浴室洗澡，再出来时，被子还没掀开，被子里的那人也没动静。

沈行怕她憋死，扯住被子将被子拉开了一半。

姜玫被憋得满脸通红，眼睛紧闭着，呼吸有些重。

她已经睡着了。

沈行站在床边盯着姜玫安静的睡颜气得发笑。

她这也能睡着，也不嫌弃憋得慌。

半夜，姜玫被噩梦惊醒。

她醒来，感受到胸口处还压着一只大手，压得她喘不过气。她伸手推开沈行的手臂，刚掀开被子想要坐起来就被一只手给搂了回去。

沈行闭着眼将怀里的人扣紧，嗓音沙哑，透着两分无奈：“这么晚了，能不能别闹了？”

姜玫知道他没清醒，便没出声。

见沈行呼吸平稳了，姜玫才挣脱沈行的禁锢，赤着脚下了床。

翌日一早，沈行下意识地往怀里搂，不想搂了个空。

他猛地睁开眼，旁边的位置空荡荡的。

沈行眼里滑过一丝凉意，掀开被子下了床。找了一圈，沈行才发现姜玫睡在楼下沙发上。他蹙眉走下楼，走近才发现姜玫脸色不对。

沈行伸手探了探姜玫的额头，她发高烧了。

沈行弯身将人搂进怀里，掏出手机给沈深打电话让他备车。

一路上，沈行搂着火炉一样的人儿，眉间多了两分不耐烦，大手覆在姜玫的额头，一探，感觉更烫了。

两人出来得太急没来得及换衣服，姜玫身上还穿着玫瑰红的丝质睡裙，沈行随便替她披了一件深棕色大衣，这会儿随着他的动作，大衣扣子散开了。

沈行伸手将大衣扣子重新扣上，刚扣好怀里的人便醒了。

姜玫疲倦地睁开眼，意识到自己躺在沈行的怀里，似乎还在移动。她想说什么，却觉得口干舌燥，喉咙处火辣辣地烧着。

她试图爬起来，却浑身无力，还没撑起来便重新摔进了沈行的怀里。

好一会儿，她才问出声：“去哪儿？”

沈行垂着眼皮盯着姜玫，她脸色苍白，他掀唇反问：“你发烧了，不知道？”

姜玫这会儿也没精力去想，从她的位置看上去刚好看到沈行坚毅的下巴。视野里，属于沈行的下颌线条流畅，这个线条往下勾勒出凸起的喉结。她的视野越来越狭窄，只看得见眼前黑色衬衫领口处的纽扣。

沈行见姜玫眼皮时不时地合一下，有些怀疑她是不是烧得神志不清了。

“沈深，快点。”

姜玫再次醒来已经是下午，入目全是素白，满鼻子都是消毒水的味道，有些难闻。

姜玫不用猜都知道自己躺在医院。

她侧头一看，果然她还在输着液，再打量了一圈周围，屋里空荡荡的，只有窗口留了一条缝隙。这会儿起了风，冷风钻进来掀起窗帘砸在了姜玫的脸上。

她冷得很。

临近一月，北城的天越来越冷了。

空荡荡的房间里就只有姜玫一个人，她神色不明地望着风吹过来的方向，通过打开的哪一扇窗户的缝隙看出去，只瞧见一抹白。

几分钟后，门口传来开门声，姜玫下意识偏过头。

门一开，罗娴的身影出现在眼前。

罗娴手里拿着一堆缴费单，见姜玫醒了，她的脸上浮出淡淡的高兴。她踩着高跟鞋走进病房，进来时顺手带上了门。

“你怎么来了？”姜玫开口才发现自己的声音已经哑了，喉咙也很疼。

罗娴先仔细瞧了姜玫两眼，拉开病床边上的椅子坐了下来，将手里的缴费单放在床尾，从衣兜里掏出电话翻出一条通话记录递给姜玫。

“沈家那位打的。让我过来照顾你。”

罗娴说完，审视了姜玫半天。见她面色苍白，除了最开始有些愣怔再没有其他反应，罗娴也窥探不出什么。

姜玫这人有多倔，罗娴不是第一次见识。

姜玫不乐意做的、不想说的，没人能逼迫她去做、去说。

姜玫看似现实又世俗，可骨子里的倔是改不了的，她豁得出，却又忍得住，她从始至终都在做自己。

“明天下午就得在青市录综艺节目了，你能不能行？如果不行，我再跟节目组沟通沟通。”

姜玫闭了闭眼，摇头道：“可以。”

“今晚就得过去，我早订好了晚上九点的票。你还撑得住吗？”

姜玫眨了眨眼，脸上滑过一丝惊讶——她没想到这么急。

脑子里思考了一圈，姜玫抿了抿嘴唇道：“可以。”

半个小时后输完液，护士抽了针，姜玫被罗娴带到了医院停车场。

姜玫跟罗娴坐在后排，沉默地看着窗外不停变幻的风景，一路上谁也没开口打破沉默。

到达江水人家时，刚好六点半。

罗娴的车没能开进去，只能在门口等。

姜玫回到公寓，屋里空荡荡的，没人回来。

姜玫站在门口看了一会儿，才神色恍惚地上楼收拾行李。她的行李本就不多，只用了半个小时左右就收拾得差不多了。

收拾的过程中，姜玫看到了沈行给她的“工资卡”。她看了好一会儿，又把这张卡放回了原位。

姜玫还有些虚弱，提行李箱有些费劲儿。

离开前，姜玫留恋地看了一圈，看完关灯出了门。

有那么一刻，她想，她可能永远不会回来了。

到达了机场，姜玫翻开手机点开了跟沈行的微信对话框。

姜玫：我走了。

没头没脑的一句话，也不知道会不会让人误会。

沈行收到微信时，正在应酬。手机振动，沈行掏出手机瞥了一眼，点开信息一眼就看见了那三个字。

沈行的心脏猛地一缩，他下意识地推开椅子站了起来。

旁边的人全都疑惑地看向沈行，眼里带着询问。沈深见状不着痕迹地走到沈行身边，小声提醒："哥，咱们不能就这么走了。你花了一个月的心血才走到这里，你要走可全白费了。"

沈行用视线扫了一圈周围，当着众人的面理了理脖子处的领带，若无其事地笑了笑，重新坐了下来。

这一幕被众人看在眼里，只当他是坐久了腿麻，站起来缓缓。

应酬结束时，已经晚上十点，沈行立在酒店门口，背影挺拔修长。他握着手机，脸色深沉地凝视着那条不明不白的短信。

见车安静地在对面停下来，沈行站了一会儿，关了手机将之揣进大衣口袋，由着沈深开门，然后抬高长腿坐进了后座。

一路上车厢里气氛不佳，沈行将手搭在窗口，似笑非笑地握着手机。他眉眼间的神色十分淡漠，那双深色的瞳孔更是冷冰冰的。

胸口闷得慌，沈行用骨节分明的手指粗鲁地扯了两把领带，神色不明地解开领口处的纽扣，没了领带的禁锢，沈行感觉自己的呼吸稍微畅快了些。

他心口处却越发压抑了，似乎有股子气憋在那里，纾解不了。

沈行懒散地抬了抬眼皮，薄唇轻抿，过了几秒，一个冷淡中夹着一丝半缕怒气的嗓音在安静的车厢内响了起来："沈深，你说她还会回来吗？"

沈深脊背一僵，握着方向盘的手紧了紧，神色有些不自然。

一个小时前，姜小姐坐上了飞往青市的飞机他是知道的，也知道屋里属于她的东西被她全搬走了。

不过……她会不会回来这事，谁也说不清楚。

沈深在心里衡量了一阵，保守地回："哥……姜小姐只是去录节目，会回来的。"

沈行揉了揉眉心，眼里逐渐恢复理智，掀唇交代道："回去。"

回到江水人家的公寓，沈行打开灯，一眼就看到屋里空荡荡的，没留下一丁点属于姜玫的气息。

姜玫平时在家也不怎么说话，可屋里到处都是她的身影。

沈行脱掉外套随手扔在沙发上，整个人疲倦地靠在沙发上。不想，他刚闭上眼，就听见手机嗡嗡地响了起来。

打开手机，入目的是姜玫发过来的微信消息。

她只发来一张机场图片，没有其他的话。

这张照片姜玫拍得模糊，可上面“青市”两个大字很是清楚。

沈行挑了挑眉，拨了一个电话回去。

电话只响了两声便被接通，电话那端传来断断续续的声音：“我到了。”

沈行听到这三个字，心底的那块大石头终于落地：“烧退了？”

“嗯。”

“在那儿待几天？”

“不清楚。”

“忙完了再给我打电话。”沈行说完就挂了电话。

姜玫看了一眼已经结束的通话，默默地收起了手机。

青市没有北城繁华，高楼也不算多，交通也不挤，姜玫坐在车里望着车外，心情很是复杂。

脑子里的属于青市的记忆止不住地冒了出来。

“恨不止恨，唯爱能止。”她想。

青市比之北城多了许多热闹，这会儿已是十一点，街道上还全是人，不少店铺似是刚开门，服务员正在摆放桌子。

街道旁，绿树被灯串缠绕，闪着细细碎碎的光。

高高的路灯却昏暗不明，车子拐了个弯，进入的道路两旁的树又大又高，树叶密到看不到头。

青市处于亚热带，阔叶树居多，绿树常青，不似北城那般春夏秋冬气候分明，这里在冬季依然能看到大片的绿色。

窗外下起了蒙蒙细雨，透过车窗看出去，密密麻麻的雨雾落下来，似柳絮般在空中轻飘着，柔且软。

姜玫坐在后排，光影自她脸上滑过，她神色晦暗不明地望着这座不大的城市。

一晃而过的熟悉景色与陌生感相互交缠着，姜玫自抵达这儿，心中就生出几分郁闷，这份郁闷随着她步入这座城市开始蔓延。郁闷沉甸甸地积在心间，令她越发难受。

这承载了她半生回忆的城市，还是以残酷陌生的方式迎接了她。

罗娴订了青市最好的一家酒店，酒店位于市中心，这会儿正是热闹的时候。也许是姜玫的错觉，她感觉酒店的空气中满是潮湿的味道，甚至被子摸着也透着湿意。

姜玫一个人一间房，不知道是不是换了地方的缘故，这一晚姜玫翻来覆去就是睡不着。

她脑子里不由自主地反复重复沈行说的那句“忙完了再给我打电话”，那时她周围太嘈杂，她听完了也没有去深究沈行话里的深意。

这会儿她却反复想起。

姜玫翻身开了灯坐了起来。

空气中弥漫着冷意，南方湿冷，就算开了空调，屋里还是一样冷。

姜玫因为要赔付违约金，要还欠公司的钱，所以住在租住的房子里，她既不开空调也不去交暖气费开通暖气。夏天还好，冬天尤其难熬，北城的冬日气温基本上是零下，她盖多少床被子都冷。

她的手常常被冻红，再加上偶尔手头紧，还会拖欠房东房租，房东一生气就给她停电停水，她平时热水都得紧着用。

姜玫吃多了生活的苦，所以一有工作就全力以赴，再怎么艰难，她都能坚持。

有一次大冬天拍戏，偏偏戏里是夏天。她的戏份儿不多，最重头的一场戏，她需要穿着薄裙跳进冰冷的湖里。那场戏拍了十几条，她不得不一次次地往湖里跳，终于拍好了，杀青了，她整个人都被冻得没知觉了。

但也因此，导演给她封了一个很大的红包。

不过，这不代表她就喜欢上了冬天。

她一直讨厌冬天。

刚到北城那年正好赶上一场大雪，沈行拉着她去了滑雪场，懒散地站在她身边打趣：“南方人很少看见雪，一见雪就稀奇得不得了的这些人，铁定就是南方人。”他还问她要不要去堆雪人。

她只是笑笑。

或许，其他的南方人是喜欢雪的，可她这个南方人却是不喜欢雪的。

雪再漂亮，也是冷的。

如果可以，她宁愿这四季里没有冬天。

房间空调温度调得不算高，姜玫撑着身子拿起遥控器又调高了两度。

再睡不着也得闭上眼养养神了，不然她状态不佳去录制明天的节目，怕是要被人议论她不敬业了。姜玫身体往下滑，正准备闭上眼睛，忽地听到手机微信响了一下。

沈行：睡了？

姜玫视线落在那不带情绪的两个字上，舔了舔干涩的唇瓣，白皙的手指落在手机键盘上打了一个字。

姜玫：没。

刚发出去，一个电话就拨进来了，姜玫猝不及防，手机没拿稳，啪的一声掉在了地上，手机铃声还在不停地叫嚣。

姜玫捡起似烫手山芋般的手机，手指按了接听键。

电话刚通，听筒里传来一个低沉沙哑的声音："怎么这么久才接？"

姜玫听到熟悉的嗓音，睫毛颤了颤，手落在被子上，垂着眼皮解释："手机摔地上了。"

听到姜玫平静的声音，沈行从文件里缓缓抬起了头。

眼神落在那显示着"通话中"的屏幕上，沈行用骨节突出的修长手指有意无意地敲了敲桌子。

冷灯光下，那张棱角分明的脸上也被镀了一层冷色，他半垂着眼，长长的睫毛落下了一层剪影，他薄唇微抿，瞧不出半点情绪。

电话两端的人都很沉默，一时间，只有沈行翻动文件的声音。

姜玫主动搭腔："还在忙？"

她本来是随便找个话题，没想到沈行还真的顺着说了几句："西郊的那块地今天批下来了，我这两天正忙着这件事。明儿一早还得跑一趟。下午有个应酬，应酬完了晚上还得去赔笑脸。"

他顿了顿。

"抽空还得去P大演讲……"

沈行说得随意，可话里话外无不透露着他的忙碌。

姜玫对这些事不太清楚，不过大概能猜到沈行如今的处境，他能做到现在这般有多艰难。

沈行从来不把辛苦挂在嘴边，向来表现得做多做少做什么事都得看他自己乐不乐意，别人也管不着他。

她之前也误认为沈行是靠着祖辈基业肆意挥霍的人，后来才知道，沈行从大学开始就没再用过家里一分钱，他的学费、日常开销都是自己挣的。

只是，天之骄子做什么都信手拈来，挣钱这件事于沈行也不难。

但是姜玫还是知道了不少沈行最近遇见的难处，也知道这会儿于沈行而言正是关键时期，她不期望沈行一飞冲天，她唯一的想法是沈行好好的就好。

"到青市还习惯？"

沈行拖长尾音懒洋洋地问候一句，只是问候，并不存在很多的关心，就跟问今天天气怎么样一样。

姜玫用指尖摩挲了两下手机壳，点了点头，轻轻地“嗯”了声。

“你住哪儿？”

沈行一边问，一边窸窸窣窣地收拾好文件推开椅子站了起来。他握着手机走出了书房，姜玫能听见他的走动声。

直到听见哗啦啦的水声，姜玫才意识到沈行应该是进了浴室，正在洗澡。

电话还没挂。

水声不停，姜玫脑子里不自觉地冒出沈行顶着湿漉漉的寸发的模样。

水流声停止，沈行伸手挤了沐浴露往身上涂抹。瞥到了还没挂断的电话，沈行挑眉，语调散漫：“还不挂？全听见了？”

沈行是故意的。

姜玫意识到这一点，匆忙按了挂断键。另一边的沈行望着已经结束的通话，深色瞳仁里浮现出若有若无的笑意。

姜玫挂断电话后，倒是一觉睡到了天亮。罗娴过来敲门，姜玫才醒。

门开了一半，姜玫瞬间感觉到冷风从门缝不停地钻进来，她身上穿了件浅色内搭毛衣，手指轻搭在门沿侧开身子示意罗娴进门。

“嘉宾里加了两个人。”

罗娴也是才知道这个消息，拿到名单的那一刻罗娴心情有些复杂。

姜玫倒是没什么反应，只平静地问：“谁？”

罗娴进来也未坐下，径直拿出手机翻开微信聊天记录然后将手机递给姜玫。

多了江逢。

还有一个连名字都没有的神秘嘉宾。

“也不知道到底谁劝动江导来参加这个节目的。说起江导我倒是想起一件事来了，上回《捧杀》剧组，江导介绍过来的那小助理，后来江导旁敲侧击过，他想知道你还需不需要助理。”

罗娴只是提个建议。

“反正你现在也没个助理，你要是不介意，就让江导介绍的小姑娘过来？说到底，我们是欠了江导一个人情。没江导，安意的角色很难落到你头上。那小姑娘聪明，虽然不太清楚到底什么来头，但江导肯定不会害你。还有件事，你现在的后援会会长就是那个小姑娘。”

姜玫颇感意外地看了一眼罗娴，想了想，点头道：“可以。”

“那行，我这就给江导打电话给他一个回复。你收拾一下，我们等下就出发去拍摄地。”

半个小时后，姜玫坐上了车跟着拍摄组进了拍摄地。这次节目的拍摄地在一个古镇——离水镇，从青市过去需要一个多小时。

姜玫不是第一次来离水镇，她对它还算熟悉。山路崎岖，一路弯弯绕绕，路程行至一半姜玫感觉胃里开始翻江倒海。

罗娴也有些不舒服，已经吐了两回。

姜玫拧开矿泉水瓶喝了几口水，强行压下身体的不舒服，她还得照顾罗娴。

罗娴也是第一次这么难受，感觉胆汁都要吐出来了，她抓着姜玫的手臂有气无力地说：“我还是头一回想跳车不干了。”

姜玫默默地打开矿泉水瓶递给了罗娴，示意她喝点水。

喝了一口水，罗娴感慨了一句：“我算是明白了，什么叫作水土不服。像我，我一到青市就感觉浑身不习惯，今天这前所未有的晕车，更是让我思考我是不是跟这座城市犯冲。”

姜玫并没有搭话，只是默默地偏头望向窗外。

北城。

从办事大厅出来，沈行顶着漫天大雪面无表情地钻进车后座，上了车直接闭着眼睛靠在椅背上浅眠。

沈深小心翼翼觑了一眼在后座假寐的沈行，犹豫了两秒拿起手机发了一条短信出去。

短信发送成功的那一刻，沈深松了一口气。他又偷偷摸摸地瞄了瞄沈行，默默放下手机启动引擎。

在办事大厅的半个小时，沈行受了不少委屈。在一侧的沈深都差点发火，更别提沈行了。可沈行硬生生忍了下来，不仅没发火，脸上还一直挂着笑，让人寻不到半点错处。

笑容一直维持到他上了车，才垮下来。

车子驶出一段路，在红灯前停下来。车一停，沈行就睁开了眼，他漫不经心地解开大衣纽扣，脱了外套露出里面的深色西装。

轮廓分明的脸上一点情绪都不显，漆黑的眼眸里一片幽深，他眼皮半抬，道：“回江水人家。”

“好。”沈深又说，“哥，许小姐从昨天晚上到现在已经给您打了五通电话了。”

沈行神色不明地摇下一半车窗，冷风迫不及待地灌进来，吹得脸疼。

白茫茫的雪花飘进来，没一会儿便化成了晶莹剔透的水珠。

吹了几分钟的冷风，沈行重新合上窗，眉目间掠过一丝深沉："什么事？"

沈深说："就上回的综艺节目邀约的那件事，您一直没答复。许小姐一直没放弃，她的经纪人也想给您递信，估摸着是知道……许小姐跟您的关系了。"

沈行淡淡地哼了一声，脸上浮出意味不明的笑。抬眼扫了一眼沈深，他语气淡漠地反问："我跟她能有什么关系？"

沈深默默地闭上了嘴，他可不想直面憋着火的沈行。

"沈深。"

"哥，我在。"

沈行往座位中间挪了一下，睨了一眼握着方向盘、神色不太自然的沈深，慢慢说道："注意分寸。"

沈深脊背一僵，余光落在支架上的手机上，它刚接收了一条短信，他还没来得及看。沈深咽了咽口水，表情没绷住："徐姨让我多照顾照顾哥。"

"照你这意思，你就是她的人形监控器？"

沈行眯了眯眼，双手交叉握着搭在膝盖上，半垂着脑袋，下颌紧绷，浑身弥漫着一股冷淡的气息。

"哥，不该说的我一个字都没提。我以后会谨言慎行。"

沈行正想刺他几句，突然响起的手机铃声打破了这紧张的氛围。沈行憋下到了嘴边的话，取出手机睨了一眼来电人，按了接听键："有事？"

"猜我在哪儿？"周肆问这话时故意藏着掖着，神秘兮兮的。

沈行懒得猜，直接挂了电话。

这边被挂断电话的周肆差点气疯。

过了一会儿，周肆的电话再次打进来。

"你最好有正事。"

"我今儿还真有正事。你最近不是一直被许代山添堵吗？你兄弟我打算替你分担一下压力，这事就看你同不同意了。"

周肆说话没个谱儿，替他分担是假，想看他跟许代山对上是真。

这几年周肆的公司越做越大，许家也有这一块业务，两家公司经常竞争，周肆公司签约的好几个好苗子都被许家的公司以高价挖走了。

许家对于姜玫复出这事十分不满，几次施压想让周肆放弃姜玫。周肆哪里是听话的人？姜玫能给公司创造利益，还能得到沈行的助力，他自然不会如许家人的愿，还明里暗里跟人斗上了。

沈行回来的这几个月，许家不断地给沈行使绊子，因老爷子身体不好不能出面，许家更是强势地从沈家那儿分走了不少利润。

许代山的儿子也从国外回来了，他想跟沈行争一个高下。

他们几家人的默契，也被许家打破了。许家人气焰高，周肆一点都看不惯，既然不能顺着，那就只能逆着来了。

周肆说这话，自然相信沈行是跟他穿一条裤子的。

“说人话。”

“还真是唱戏的腿抽筋，你能别让我下不了台吗？”

“挂了。”

“别别别，我也不卖关子了。兄弟我这儿给你交个底。许代山这回可是来势汹汹，怕是早已准备充分，并且，势在必得。

“就昨天还是前天，许林回国了。这家伙在国外混了几年，顶着个高才生的名头，嚣张得很。我不由得就替许默委屈，你说他好歹也是许家三叔的儿子，这许代山倒好，当初拦着不让许默考军校，现在又将他排除在外。

“虽说当大学教授是挺不错，可这辈子也就这样了。要我是他那样，别说，我也不敢承诺夏竹什么。

“这一聊就说远了，我听人说，许代山最近在青市。具体忙什么事我不清楚，不过事情应该挺大的，不然许代山不会亲自出面。我的意见是，你要不要亲自去瞧瞧？”

周肆说到这停顿了几秒，继续道：“那位最近好像也在青市拍节目。别说，跟那齐衡还挺般配的。我……”

听到这里，沈行又把电话挂断了，他随手将手机扔在一边，吩咐道：“给我一份许家最近动静的报告；P 大的演讲你出面去跟对方交涉，把它取消；最后，订一张明天下午飞青市的机票。”

古镇历史悠久，近两年更是好好打造了一番，引得不少游客慕名前来。

节目组选在古镇录节目，一是因为这边地形风景合适；二是为了响应政策，给古镇做宣传以带动当地经济发展。

罗娴吐得整个人都快虚脱了，到了目的地，一下车差点瘫软在地上，不禁抱住姜玫一个劲儿地干呕。

姜玫也不太好受，这一路上她只顾着照顾罗娴，自己的难受倒忍了，这会儿也有些忍不住了，好在她们离酒店没多远。

节目组一早联系过，离水镇的镇长更是亲自带着人来接节目组。双方寒暄几句，镇长便说了他们的安排。因为他们人多，只能一些人住镇里酒店，另外一些暂时住到镇长家。

姜玫和两个嘉宾因为拍摄需要，被安排进了镇长家。

齐衡和许薇两人还有行程，得明天早上才能到。

镇长长得和蔼可亲，态度也温和，年纪四五十岁，乌黑的头发里夹着几根白头发，走路时才显出腿有点问题。他领着姜玫几人往自己家走，边走边介绍着离水镇。

"离水镇有两三百年历史了，住在这里的人，祖上都是从江海那边逃难过来的，镇上有陈、杨两大姓，基本上都是亲戚，街坊邻居彼此都熟悉。

"前几年我们镇还是贫困镇，在国家的帮扶下，我们镇向内挖掘，依靠古镇历史发展旅游业，现在也算是取得了一定的成果，打出了一些名气。再者，我们都会一两门手艺，镇上别的没有，就竹子多，因此大家编制竹制品，通过网络出售，也取得了不错的经济效益。

"现在，我们镇不仅摆脱了贫困的帽子，百姓生活水平也提高了不少。"

镇长说得真情实感，听着的几个人没什么感同身受，只应酬式地慨叹一句"很厉害"，便沉默了。

倒是姜玫接了一句："镇上的变化确实挺大。"

姜玫说的是青市话，镇长一听自然感觉亲切，便问："这口音，你莫不是青市人？姜老师你这么说，是来过离水镇。"

"之前来过一次。"

镇长一听就笑了，又跟姜玫说了几句家乡话，姜玫也笑着应了。

几人说着说着，目的地就到了。

镇长家在古镇边缘，这是一栋两层楼的砖房，房子有些旧，外墙壁上的石灰明显掉了不少。

一进院子，大家伙就看到了院子角落里的鸡笼，鸡笼味道有些大，几个人下意识地掩住了鼻子。院子里倒是铺了水泥地板，另外一边还盖了个猪圈，里面有一头猪。

镇长领着姜玫几人进了砖房，入目的是老旧的木制家具，家具很多地方已经掉了漆，但屋里卫生打扫得干干净净。

听到说话声，厨房里走出一个微胖的中年女人，女人围着围裙，见到有人来，尴尬地擦了擦手上的油渍："老陈，家里今天来客人，怎么也不提醒我一声？"

镇长"哎"了一声，说："梅啊，你好好招待他们。我还得去学校一趟，唐宇的老师让我去学校谈一谈唐宇最近的学习状况。"

"唉，这孩子也是。老陈，你得好好跟他说说。他还小，学费的事不用他操心，我们能替他负担，他爸妈不在了也就我们能让他依靠了。”

说完，女人又急忙招呼姜玫三人，引着他们坐下，又很快给他们倒了三杯开水，热情地边递水边说：“家里简陋了点，那啥，就委屈你们将就一下了。”见几人都没喝水的意思，她又道，“这一路辛苦了，你们要不要先上楼放了行李休息休息？”

姜玫几人点头，女人便领着三人上了楼。

那两个嘉宾选了东边的两间房，姜玫便进了北边的房间。

房间不大，屋子里只放了一张一米八的床和一个刷了红漆的木衣柜。

姜玫站在门口看了一会儿，刚准备把行李拿进去，站在姜玫身后的女人一脸忐忑，犹豫了一会儿开口道：“这房间有点小，你要是住不习惯，不如住我和老陈的主卧。那屋子大一点。”

“不用，挺好。”

“那就好、那就好，我叫杨梅，你要是有什么需要的尽管跟我提，我能办到的一定给你办好。那个，听老陈说你们都是大明星，你长得可真漂亮。你一进来，我就觉得你跟一般人不一样。”

杨梅一脸真诚，不知是不是平时没怎么看电影，不知道姜玫演了什么，一字一句都不是敷衍。

姜玫露出一个真心的笑容：“我不是什么大明星，你叫我姜玫就好，玫瑰的玫。”

“玫瑰的玫？这名字一听就是文化人取的名。那我就不打扰你了，我灶上还烧着火，我先去看火，这舟车劳顿的，你先休息。”杨梅说完，急匆匆地走了。

姜玫默默地关上了房门。

她昨晚忘记给手机充电了，手机在路上就没电关机了，这会儿一插上充电器，手机刚开机便跳出几条未读短信和通话记录。

有夏竹打来的，也有罗娴打来的，还有沈行打来的。

姜玫略过前面的，直接点开了沈行发的短信。

只有几个字。

沈行：快递领了。

姜玫这才想起来她前两天在网上给沈行买了一条领带，地址填的就是江水人家。

姜玫突然有些紧张，也不知道沈行有没有拆快递。

她正想着，沈行的电话便打了过来。

电话一通，那端的人沉默了几秒，语气不咸不淡："领带送谁的？"

姜玫："……"

果然他还是拆开了快递。

姜玫握着手机走到窗边，从二楼看下去，刚好看到院子里杨梅正在喂鸡，她身侧还有一条小黄狗，

小黄狗跟在杨梅脚后不停地转。

这里没有高楼大厦，一眼看过去，可以看到不远处藏在云雾里的群山。

昨晚下了场雨，地面还很湿润。

近处是几家高低不一的砖房。

这边的风没北城大，窗户打开，新鲜空气钻进来，姜玫胸口的郁闷消散不少。

沈行慵懒地坐在沙发上，手里还拿着那没拆开的快递盒，至于领带，他也只是看着盒子猜测了一下。

姜玫自然不知道沈行还没拆快递，沉默许久还是承认了："送你的。"

沈行一听就挑眉，大拇指慢慢摩挲着上面的"安安"两个字。一想到齐衡也这么叫她，沈行胸口有些堵，莫名其妙地说："你用的快递名真难听。"

姜玫自然不会用真名，至于"安安"两个字，那是她随便填的。

好不好听也不太重要吧。

姜玫的沉默令沈行胸口的火气一下子爆发了，他的语气倒还冷静："姜玫，你就不能有点品位？还安安。这名字一听就是路边摊的名。下回你干脆叫苍果儿得了。"

姜玫就算没听懂，也知道沈行是在损她。

"知道苍果儿是什么意思吗？北城话里苍果儿就是长得难看的姑娘。我寻思着这名字可比您那个安安好听多了，你说是不是？"

姜玫听得出沈行不高兴，也不想在这件事上跟他纠缠，只面不改色地转移话题："领带还合适吗？"

沈行咂了一下嘴，扔下手机徒手拆了快递，取出里面的领带瞅了几眼。

领带是雾蓝色条纹的，摸着质感不错，包装盒上还印着某品牌的标识，这牌子沈行虽然没买过，但也知道价格不便宜。

沈行扯掉脖子上的领带，慢悠悠地戴上姜玫买的那条，拿起手机走到洗手间，瞥了一眼镜子。

哟，挺合适。

沈行嘴角发出一声低笑，对着听筒说了句："眼光不错，知道送男人领带什

么意思吗？”

姜玫：“……”

“您这是打算把我套住呢。”

一万年太久，只争朝夕。这俗世，有这么点盼头挺好。

姜玫再下楼时，一下子就看到客厅桌子上摆着的一大桌子菜，菜的分量很足，全用大碗装着，最打眼的是那盘炒腊肉，腊肉切得又厚又大片。

这菜一看就是用来招待他们的，只是姜玫没见到一起住进来的两位嘉宾，也许是还在休息。

客厅里没有人，姜玫下意识往门外走，刚出大门，就听到院子里传来镇长的谆谆教诲声。她定睛一看，镇长的旁边还站着一个少年。

少年穿了件黑色薄外套和一条洗得发白的阔腿牛仔裤，身形很是瘦削，头发发尾也有些发黄。

姜玫不由得多打量了对方两眼，少年的脸干净稚嫩，鼻梁很高，嘴唇略薄，身高约莫一米八，额前的头发有点长，遮住了他的眼睛。

这会儿少年垂着脑袋，一言不发听着镇长教诲的样子，很是腼腆内敛。

姜玫的眼神落在少年身上，对方似有所觉地缓缓抬头，无波无澜、平平淡淡地看了她一眼。

镇长注意到了少年的动作，一回头也见到了门口站着的姜玫，笑着打招呼：“姜老师。”

他又给少年介绍姜玫：“宇啊，这是北城来的演员老师姜玫姜老师。这几天住在家里，你替陈叔招呼招呼。”

少年张了张嘴，并未出声。

镇长又道：“小宇，我也跟你说了那么多，你主意多，叔叔也说不过你。不过，打工的事情我这边倒是有个主意。这次节目组要在我们镇上拍摄一个月，需要些临时工。先前我没跟你说，但是你要是想去可以试试。一百块钱一天，好好地工作一个月，也够你交学费了。后面就听叔的，专心学习。”

唐宇听到这话，棕色的瞳仁里闪过一丝高兴，他不自觉地握了握拳，乖巧地点头道：“陈叔，我知道了。”

说完，唐宇又说：“陈叔，我先进屋帮陈婶。”

也不等镇长回复，少年就弓着身子钻进厨房。

一块红布将厨房与客厅隔开来，姜玫的视线追着少年的背影瞧了过去，看着唐宇薄如纸片的背影没入红布之后。

唐宇的这一行为到底是有些失礼，镇长干笑两声，尴尬地摸了摸脑袋，替唐宇解释："姜老师不要怪这孩子，这孩子今天心情不大好。他父母在他八岁那年出去打工，在工地上出了意外，夫妻俩都没了。工地老板卷款跑了也没赔钱。我看这孩子可怜，一直养在身边。"

镇长说到这里，叹了口气："这孩子要强，从小就有出息又懂事，成绩次次排年级第一，家里奖状都贴了两面墙。高二那年还去北城参加过什么竞赛，拿了个奖杯回来。这马上要上高三了，这孩子突然说不读了，非要出去打工挣钱。

"我刚去学校跟老师了解了一下情况，才知道这孩子知道大学学费要好几千。这么多钱，我们得多累才能挣到？这孩子一听，便想辍学不读了。他也不想想，我跟他陈婶一直没个后代，他就是我们唯一的儿子。我们就盼着他有出息，他成绩那么好，怎么能因为钱的事情，就辍学了？可这孩子倔，怎么也劝不动，我没法子，只能让他先回家冷静冷静。"

镇长满脸忧愁。

姜玫一声不吭地听着镇长说。

她看出来了，镇长并不是想要抱怨什么，只是这些话憋在心里憋久了就想找人说一说。最好听的人不在意。

说完了，镇长也沉默了。

一道瘦弱的身影从厨房里走出来了，镇长站起来，装作若无其事的样子邀请姜玫一起往餐桌走去。不过他本人并未留下来吃饭，而是说要去瞧瞧市里引进的新品种，很快就离开了。

少年端着两碗白米饭，面无表情地走近。他将手里的一碗米饭默默地递给姜玫，将另一碗放在了旁边的空位上。

碗搁好后，他又进了厨房。

姜玫摸了摸手里温热的碗，盯着碗里圆润饱满的饭粒，抿了抿嘴。

也是这会儿，姜玫才知道其余两个嘉宾只在这里待了半个小时就离开了，走时拿着行李，应该是住不惯。

饭桌上就三个人。

杨梅、姜玫，还有唐宇。

唐宇坐在姜玫旁边，杨梅坐在两人对面。

饭桌上很安静，杨梅怕姜玫吃不惯，一直没敢出声。

吃到一半，杨梅的电话响起，她笑了一下，走出去接电话，屋里只剩下姜玫和唐宇两个人。

姜玫不动声色地夹了一片腊肉放进唐宇的碗里，唐宇握紧了筷子，低着头望着那片多出来的肉，默默地将腊肉拨到一旁继续吃米饭。

“你不喜欢吃肉？”姜玫皱了皱眉，主动开口问。她不是热情的人，只是见唐宇的筷子基本上没伸向桌上的肉菜，才给他夹了一筷子肉。

唐宇不由得抬头瞟了一眼姜玫，姜玫长得漂亮，她一出现在门口，他就瞧见了。

她的声音也好听。

唐宇低着脑袋盯了一会儿自己黝黑的皮肤，眼皮垂下来，嗓音清冷：“以前家里只有过年的时候才能吃肉。陈叔陈婶一直把肉留给我。后来，我就不喜欢吃肉了。”

唐宇声音平淡，没有任何起伏，听不出半点情绪。

姜玫的手僵在原地，脸上滑过一丝尴尬，她道：“抱歉，我不知道。”

杨梅接电话的声音越来越远，屋里只剩下筷子碰到碗碟的声音。

姜玫从唐宇说了那些话后也没再吃那盘腊肉。

唐宇见姜玫也跟着不吃肉了，心中滑过一丝懊恼，握着筷子纠结了一阵。他抬眼偷偷觑了一眼姜玫。

“你……没必要不吃肉了。我是真的不喜欢吃。”

因为不习惯主动跟陌生人说话，唐宇说完这话耳朵都红了，神色很是窘迫。

姜玫低低地“嗯”了声。

“陈叔说你自北城来？那……我能问你几个问题吗？”

姜玫有些意外地扫了一眼唐宇，倒是没想到他会主动搭话。

“你问。”

“在北城生活，是不是花费很高？”

姜玫默默地放下筷子，抬眼看向唐宇，只见少年弓着身子，稚嫩的面孔上一片迷茫。

虽不知少年为何问这个，但姜玫只客观地说：“挺高的，房租贵，吃饭也贵，以前坐地铁还挺便宜，现在坐地铁贵了很多。不过坐公交车倒还好，车费不贵，就是花费的时间很多。”

唐宇咽了咽口水，握着筷子狠狠地扒拉一口米饭，没嚼，直接咽了下去。

咽完米饭唐宇抬起头望着姜玫，神情严肃，欲言又止道：“那要是去北城中心医院看病呢？有多贵？”

“你生病了？”

“没有，是陈叔。陈叔的腿，我上次问了医生，医生说要是能去北城做手术，还是能治好的。我想赚钱给陈叔治腿。”

姜玫是第一次在一个不满十八岁的少年身上看到“生存艰难”四个字，跟当初的她相差无几。

命运坎坷的人总是有很多相似的地方。

这世界上或许没有感同身受，可同病相怜总是存在的。

姜玫心里有些发堵。

面前这个男孩为了与自己没有血缘的亲人，摒弃了所有羞涩和窘迫，鼓起勇气问她“有多贵”。

钱这东西确实不是万能的，可多少人不得不为这几两碎银磕破脑袋？

“你要是觉得为难就不用回答我。”唐宇咬了咬嘴唇，说道。

姜玫回过神，面色温和地回复：“贵。”

“做手术肯定挺贵的。你要是想替你陈叔治腿，我倒是有个建议。”

“你说。”

“好好学习，考北城的大学。或者，就考临床医学。到时候，不仅自己能有个好前程，还有能力让你在意的人生活得更好。”

唐宇猛地放下碗，摇头道：“不行。陈叔的腿不能再拖了。错过了最佳治疗时间，后面有钱也没用了。”

院子里传来细碎的脚步声，杨梅的声音渐渐清晰，姜玫下意识地转过头。

看了一会儿，姜玫默不作声地推开椅子站了起来，缓缓走到唐宇身边，轻轻拍了两下唐宇的肩膀。

“你既然问我，那应该挺信任我。你如果信我，那我的意见还是这样——你努力学习考一个好大学。至于你陈叔的腿，能治自然要治。钱我可以借给你，你打个欠条，等你考到了北城，有钱了再还我。这样可以吗？”

唐宇沉默了两分钟，反问：“你不怕我骗你？”

“你会骗我吗？”

“不会。”

姜玫得到答案没有半点意外，只说：“我从不轻易信人。”

说完，她从口袋里取出一张名片递给唐宇。

“这是我经纪人的电话，你要是想好了，随时可以打这个电话。”

两人聊完不久，杨梅走了进来。桌上已经收拾得干干净净，姜玫坐在一旁的旧沙发上看手机，唐宇正从厨房里钻出来。

杨梅不好意思地笑了笑，解释道：“我母亲最近在医院住院，我怕她有什么事，也不好不接电话，怠慢姜老师了。”

“您客气了。”

杨梅见姜玫没生气，松了口气的同时不知道该怎么招待她，便叫唐宇带姜玫出去转转。

唐宇倒是没拒绝，因为刚刚的交谈，他对姜玫也亲近了不少，不像先前表现得那么疏离。

这时，姜玫收到了罗娴的短信。她让姜玫去拍摄地探探路。如此，姜玫正好让唐宇带路。

一路上，两人一前一后地走着。他们都不是爱说话的人，只偶尔才说上那么一两句。

到了节目组安排的场地，罗娴已经在了，见到唐宇，她疑惑地问："你从哪儿领来一孩子？"

姜玫接过罗娴递过来的台本，随便翻了翻，回复道："镇长家的。节目组是不是还缺工作人员？"

"这边地形复杂，节目安排的挑战任务危险度高，确实需要本地人做向导，以保证安全。"

"他怎么样？"目光落在唐宇身上，姜玫问完又加了句，"本地人，有时间，还是个小学霸。"

姜玫的意思很明显，她想介绍唐宇进节目组。

虽说镇长说了让唐宇去参加节目组的临时工招聘，但有她介绍，唐宇的这份工作可以十拿九稳。

罗娴不傻，先打量了一下唐宇，觉得对方看着还不错，便点头道："我跟导演提一下，应该没问题。"

"谢谢罗姐。"

"行了，跟我还说什么谢？我们再核对一下流程，核对完你就好好休息。明天早上齐衡他俩到了，节目组就会开始拍摄了。另外，我给你接了两个广告，这边结束第一期的拍摄，我们就得去拍广告。"

"行。"

临近年尾，北城的雪越下越大，接连几日没停。

这两天，老爷子感觉身体好了不少，便趁着下雪，在院子里的凉亭中搭了个茶室，弄了个火炉煮茶。

绿蚁新醅酒，红泥小火炉。此等雅事，老爷子自然唤来沈行作陪。

沈行坐在老爷子对面，端起紫砂杯抿了口茶，品了品，点评一句："今年的茶不错。"

“这茶是你周二叔家送来的。”

沈行闻言抬了抬眼皮，故意问道：“您今天又唱的哪一出？”

老爷子咳嗽两声，拄着手里的拐杖笑了笑：“这警惕性倒是高。”

沈行只是笑，等着老爷子接着往下说。

老爷子提起紫砂壶，亲自替沈行加了点茶水，加完又往自己的茶杯里添了点。

做完这一切，老爷子将边上的拐杖重新握在手里，道：“在新省那几年，北城发生的很多事你都不清楚。你爸这辈子一直执着于艺术，没能力也不想管事，如今你回来了，但是我听说许家的二小子前天也回来了。”

沈行一听，就明白老爷子这是在提点他。

沈行面色平静地合了合眼皮，大拇指摩挲着茶杯边缘，嗓音低沉：“是有这回事。”

“许家这几年的行事是越来越糊涂了。许家二小子年纪不大，心气倒是高。这才回来几天，听说就见了不少人。许家的这心思啊，越来越不掩饰了。我看啊，其他人的心，也浮躁得很。”

沈老爷子布满皱纹的脸上浮现几分无奈，他叹了口气。

“我这老头子真的老糊涂了，要不是你周二叔时不时到我这儿转转，我怕是根本不知道代山那小子如今的行事风格。他的心啊，大得很。倒是你许婶惯着女儿，当初小薇想做演员就让她做了。你妈如今总埋怨，这是怪我当初跟你许爷爷订下了亲事，还让代山拿这事逼你。”

老爷子说到这儿，话锋一转，表情中多了几分怀念，“我们这群老头子没的没、病的病，现在也只剩我和周家老太太还在，确实是管不住了……”

老爷子想到了老伴，语气中更是多了几分落寞。

这人老了，就总是想以前的事。

“您老就好好养身子，这些事就不劳您费心了。有我在，沈家不会倒。”

…………

老爷子坐了没多久，又喝了两杯茶就上楼休息了。

沈行一个人站在亭子里，望着院子里如今光秃秃的枫树，突然想起了姜玫。

思绪滚了一圈，沈行翻出手机给姜玫发了一条微信消息过去。

姜玫正拿着台本跟罗娴核对明天的录制流程，收到微信消息，下意识地点开。

视线触及那条消息的正文，姜玫瞳孔一缩，露出些许诧异。

沈行：北城又下了场雪。

·第五章　北城又下了场雪

周遭的人依旧在忙碌，细细碎碎的声音就在耳边响起，姜玫踩在泥泞的土地上，盯着那条微信的目光一时痴了。

北城又下了场雪。

这句话里有一个小故事。

他们认识的那年，沈行过年时在北城天天忙着应酬，姜玫则一个人在青市安稳度日。

他抽空了会给她发一两条短信或者打一个电话，不过他大多时候是没空的，所以她收到的消息寥寥无几，也只接到他打来的一个电话。

初五一大早，沈行突然给她打了一个电话，电话接通后，他却一直没说话。

姜玫也就沉默着听着话筒里的呼吸声。

许久，沈行要挂电话了，才晦涩地说了句："北城又下了场雪。"

姜玫以为他说的是天气，也顺着他的话说："青市这两天在下小雨。"

沈行听完，轻轻地笑了两声，笑完，又语气戏谑地说："姜玫，北城又下了场雪，这意味着我离见你的日子越来越近了。"

姜玫并没有把他的话当真。

后来，姜玫才知道，他那天已经订了回青市的机票，只是事发突然，他不得不退了票。

那时的沈行骄傲极了，他不可能轻易承认他想见她。即便真想见她，他也得想方设法让这个话从她嘴里冒出来。

她不说。

而从北城到青市，需要跨越七百多千米，花费十几个小时。

于是，他只说："北城又下了场雪。"

就不知现在他是不是想见她了，才轻描淡写地发来这么一句“北城又下了一场雪”。

他任由她去揣测他的这句话里是否藏着情意。

姜玫的手指轻轻滑过屏幕上的那几个字，脸上浮现出淡淡的无奈。

罗娴正在跟导演交涉，一旁的唐宇也在专心致志地做着节目组工作人员安排下来的工作。

唯独姜玫，心不在焉，被短信掀起了万丈波澜，卷起了惊涛骇浪。

沈行等了一阵没见姜玫回复，皱了皱眉头，正想打电话给姜玫，就听见身后传来不轻不重的脚步声。

沈妍抱着胳膊走到了距离沈行不远的地方，神情有些恍惚地唤道：“哥。”

沈行不动声色地摁灭手机屏幕，将手机揣进裤兜，才抬眼扫了一眼沈妍，瞧着她状态不太好，他的眸底掠过一丝暗色。

“嗯？”

沈妍紧了紧身上的披肩，缓缓抬腿走近，茶室里火炉里的火烧得旺，她一走近就感到热，闻到了空气里淡淡的茶香。

沈妍自顾自地找了个位置坐了下来，单手取了个空茶杯给自己倒了一杯茶。

她端起茶杯，抿了一口，随后轻微皱了皱眉，道：“这茶喝着有点苦。”

沈行不着痕迹地瞧了她一眼，随即懒散地侧坐了下来，还跷了个二郎腿，修长的手指落在茶桌上，有节奏地敲了两下。

院子里安静，两兄妹面对面坐着，谁也没再开口，二人脸上都挂着相似的表情。

沈行对这个妹妹向来宠爱，唯独在原则问题上，他从不惯着她。

只是，沈妍从小就想做什么就做什么，长大了，更是一声不吭地跑去国外当了战地记者。她扛着摄像机，哪里起了战火，就去哪里。

徐教授气得几次病倒，几度逼迫她，才将这丫头从国外招了回来。

回来后，她表现得非常乖。

徐教授说什么是什么，她从不反驳一句。

可沈行清楚，他这妹妹跟他一样，生得一身傲骨，倔得很。

她不反抗，只是因为无关紧要；一旦事关紧要，沈妍怕是能做出两败俱伤的反击。

当年他跟姜玫分手，在家里待了好几天没出门，谁都没看出他的不对劲儿。

偏偏他这个亲妹妹面无表情地打开他的房门，一脸沉默地走进来，将一堆照片一一摆放在他的床上。照片里全是姜玫，姜玫的衣食住行都被拍了下来。

小姑娘一个字都没说，可那堆照片把她想说的全说了。

要不是他主动开口说了，这丫头还不知道会做些什么事。

沈行想到这里胸口有些闷，沉吟片刻，他抬眸，嗓音低沉地问：“今儿又有什么事？”

沈妍脱掉粉色拖鞋，双腿蜷缩在椅子上，双手抱着膝盖，脑袋半偏着看向沈行。她这一动作，短发有一两撮落下来，遮了她半张脸。

沈妍没管，只说：“没什么事还不能找你了？”

沈行冷笑了一声，不留情面地揭穿她：“你要没什么事能到我跟前晃悠？”

沈妍猛地放下腿，身体往前倾，认真地盯了沈行几秒。见沈行面不改色，沈妍咂了一下嘴。

“哥，你至于吗？我不就上回跟你撒了句谎，你还跟我赌气呢？”

沈行可不买账：“还好意思跟我说？要不是你，我能被徐教授抓着问半天？搞得我像猪八戒照镜子，里外不是人。”

说起这事，沈行就有些气愤。

这几日只要他在家，徐教授就有意无意地朝他打听沈妍的事。

徐敏最满意的女婿自然是周肆，两家虽然没明说，但也算心照不宣了。

沈行自然知道这事，不过他不打算参与进去。一是因为沈妍是他亲妹妹，无论她的结婚对象是周肆，还是沈深，对他都没多大影响；二是因为沈妍是由老爷子带大的，她的婚事，自然由老爷子做主。他就算想发表点意见，也没多大分量。

于老爷子而言，要在周肆跟沈深两个人之间抉择，答案只能是周肆。

沈深是老头子跟前长大的没错，可周肆不一样，周肆背后是周家，周家是更好的选择。

沈行在心里权衡了一下利弊，表面上却不显分毫，只不痛不痒地瞧了两眼对面窝在座椅里陷入沉默的沈妍。

“周肆……”

“怎么了？”沈行刚说出“周肆”两个字，沈妍就猛地抬头，神色紧张地问。

下一刻她就意识到自己表现得不太对劲儿，瞬间就收敛了情绪，任由沈行审视的目光落在自己身上，也不露半点怯。

沈行只问：“你到底爱沈深还是周肆？”

沈妍垂着脑袋，不言不语。沈行也不催促她，任她去。

手机铃声突然响起，沈行收回目光，不慌不忙地掏出手机，余光正好看到沈妍脸上的表情松懈了下来。

沈行瞥了一眼来电人，假装不以为意地按了接听键。

不知道是不是故意的，他按了免提键。

电话那头的人率先开口："闻哥，我这儿出了点事，能麻烦哥帮个忙吗？"

周肆一边说话还一边喘气，呼吸声有些重。

沈行斜了一眼不为所动的沈妍，语气冷淡地问："出什么事了？"

周肆突然骂骂咧咧了几句，呸了两声才跟沈行解释："我这不是刚在电影学院认识了一小姑娘嘛，也是奇了怪了，小姑娘住哪儿不好，非得住在这鸟不拉屎的地儿。我这将人好好送了回去，回程路上车坏了。这大雪天的，我上哪儿找人帮忙修车？您可行行好，来接一下我。"

"在哪儿？"

"啧，这都到郊区了，我这就给您发个定位。您可快来吧，再不来，我就要冻死了。这姑娘长得不错，性子也乖巧，可今儿整这么一出，我可不想再见了。"

周肆向来口无遮拦，再加上沈行也不是什么外人，他更加不会收敛了。

末了，周肆还跟沈行吐苦水："这老天是真的跟我过不去。好不容易有朵桃花也给我掐没了。"

沈行抿了抿唇，余光瞥了一眼脸色逐渐变得难看的沈妍，语气淡漠地说："你自个儿怎么去的就怎么回来。"

不给周肆说话的机会，沈行把电话挂了。

被挂了电话的周肆，敢怒不敢言，也不敢再打给沈行。

沈妍突然开口说："哥，地址发我。"

沈行意味深长地扫了一眼沈妍，也没说什么，将周肆发过来的地址转发给了沈妍。

沈妍离开时，背挺得笔直，让人看不出半点颓意。等沈妍从停车场里开了车出来，沈行招了招手示意沈妍降下车窗。

车窗降下，渐渐露出沈妍半张脸，沈行站在雪地里，任由雪花飘在肩膀上。他温和且理智地提醒道："你做事向来有自己的道理，我不约束你，不代表我不管你。沈妍，你别忘了，你是沈家人。我们家的家规你还记得吗？"

沈妍握紧了方向盘，规矩地背了出来："谨言慎行，戒骄戒躁，兄弟阋墙，外御其侮。沈家子女，内为天之骄子，外为国之栋梁。"

沈行面色平静，他喉结滚了滚，但并未再说什么。随后，他走到门口替沈妍推开被风吹过来的黑色雕花大铁门。

沈妍开车路过时，说了一句："哥，我知道分寸。"

沈行不动声色地点了点头。

沈妍的车子刚出院子，听到动静的徐敏走出来，问道："妍妍这大雪天的去哪儿？”

“您就别操心了。她又不是小孩子，自己知道分寸，用不着您时时看着。”

“你们翅膀硬了，也用不着我了。”

“得，徐教授，我错了还不成？我这嘴就是欠，惹您不高兴了，要不您抽我两巴掌？”

徐敏见沈行吊儿郎当的样子，只道：“你这孩子，我还没说什么，你倒是把话全给我堵住了。我这锅里还炖着汤，没工夫跟你斗嘴。”

“行嘞，我这就躲远点，保证不碍您眼。”

沈行上了楼，门一关，平静的表情垮了下来。

离水镇。

下午六点，天色已经暗下来，因为下雨，周边的山林间萦绕着一层厚重的云雾，宛如一条绿裙中间系了一条白色腰带，仙气十足。

姜玫这边结束了，主动给沈行发了一条微信消息。

姜玫：知道了。

沈行收到消息时，正在回江水人家的路上，看到消息内容后，嗤笑了一声，直接拨通了姜玫的电话。

电话来得猝不及防，姜玫下意识地扫了一圈吆喝着要去吃火锅的工作人员，找了个偏僻的地方接电话。

电话刚通，对面的沈行阴阳怪气的话就传了过来：“你知道什么了，就说知道了？”

姜玫被沈行的话噎住，一时不知道怎么回应，她这一停顿沈行更不满了，这气也更不顺了。

“得，我这是开水锅里洗澡，跟您这大明星装起熟人了。

“我一早就给您这大忙人发的短信，您这会儿才有空理我呢。

“要不您下回跟我商量好您的行程，我提前跟您预约？”

姜玫有些头疼，她一向说不过沈行，更别提对付这会儿正在气头上战斗力翻倍的沈行了。

沈行说了几句也没挂断电话，也没再损姜玫，两个人就这么谁也不说话地耗着。

姜玫咬了咬嘴唇，没话找话：“看网上说，下了雪的北城旧宫特好看，你要不要也去看看？”

沈行一听，心口刚下去的那口气又冒上来了。他嘴皮一掀，怪声怪气地说了一句：“这大晚上的，您是想让我去看雪，还是让我去看鬼？”

姜玫默默闭了嘴。

明知道沈行会生气，她还接了沈行的这通电话，就活该。毕竟，她也不见得能哄好这人。

见她不说话，沈行又问：“姜玫，你能说点人话吗？”

姜玫再次噎住。

憋了半天，姜玫慢慢地说起今天发生的事：“我这边下了雨，这小镇笼罩在云雾里跟仙境似的。我这一下午都在节目组对台本和流程，明天就得正式录制了。”

“哟，敢情您今天是真忙呢，忙到回个信息都没时间了。这得亏您现在还不是什么影后，要真成影后了，是不是您跟我回个短信，我还得先排队了？”

姜玫的气也上来了：“不是，你到底想怎么样？”

“这不是顺着您的意思来的？怎么，就许您不回我，还不许我跟您念叨念叨了？”

她现在真的觉得，男人心才是海底针，变幻莫测。

《生死时速》分五期录制，第一期的内容是探险寻宝。

拍摄地点就在离水镇背后的那片竹林里。

这里刚下过雨，路陡地滑，满地泥泞，竹林被笼罩在一片白雾中。

六个嘉宾分了三组，那两个姜玫不认识的小明星一组，姜玫和齐衡一组，还有一组是江逢和许薇。

几组人分别行动，目的是找到藏在竹林里的钥匙，哪组先找到钥匙算哪组赢。

林里雾大，很容易走丢。

进竹林不久，三组人就分散着走了。

齐衡和姜玫选的是右边的方向，这一路，齐衡都很照顾姜玫。两个人并肩而行，有的地方太陡，齐衡还主动伸手扶一把姜玫。

节目组的摄影师爱拍这种细节，有时候还特意提示让他俩有更亲密一些的互动。

姜玫想着罗娴的交代，也很配合。

齐衡的人气随着《捧杀》的上映更上一层楼。目前娱乐圈最受欢迎的男明星，就是齐衡。

许薇在组队前趁着没人注意她，故意走到姜玫身边挑衅道：“姜玫，你不怕啊？”

姜玫抬了抬眼皮，似笑非笑地望着气焰嚣张的许薇，握紧拳头，反问：“怕你还是怕什么？”

许薇若有所思地瞅了一眼姜玫，趁着大家都在忙，凑近姜玫往她手里塞了一张字条，离开前她笑得明媚：“喏，自己看哪。”

姜玫不受控制地打开字条。

你的视频我现在都时不时欣赏一下，啧啧啧，真是好看，难怪让人放不下。

姜玫不由得紧咬着牙关，捏紧手指，强摁下胸口处翻滚的情绪，感觉自己喉咙干涩到发疼。

许薇，你一定会为自己的所作所为付出代价的。

“安安，小心。”齐衡突然喊了一声。

姜玫只觉得脚下一空，还没来得及反应，就被一股力道拉进了对方怀里，下巴猛地撞到对方的胸膛。

姜玫下意识地抬头，一眼撞进齐衡布满担忧的眼眸里。

齐衡脸上还带着没有消散的恐惧，手上的力道也在不断加重。

姜玫感受到疼痛，下意识皱眉，要不是齐衡及时拉住她怕是她就滚下山坡了。

山坡陡峭，只一眼，姜玫的双腿便不自觉地发软。

她缓了一下，面色还是难看得很，连呼吸都开始急促起来。

齐衡搂着她的肩膀撑着她行至一旁的竹子下。见姜玫脸色苍白，一副心有余悸的模样，他伸手安抚地拍着姜玫的后背，轻声安慰：“没事了，别怕。”

姜玫没说话，大口大口地喘气。

出了这么大的纰漏，一路跟随的安全员开始跟节目组的人交涉，双方很快讨论了起来。倒是摄影师因无人叫停，还在专心地拍着。

齐衡关切地问道：“要不休息一会儿，先不拍了？”

姜玫缓缓蹲下身缓了一阵儿，撑着膝盖站起来，对上齐衡担忧的目光，扯出一丝笑容，轻轻摇了摇头，道：“不碍事。”

齐衡见状朝工作人员要了一瓶矿泉水，他拧开瓶盖才将水瓶递给姜玫，让她喝了两口水压压惊。

“你先休息一会儿，剩下的我来。”

“我没事。”

摄影师的拍摄一直没停，齐衡将姜玫抱在怀里的那一幕自然也尽数录了下来。

姜玫喝了一口矿泉水，感觉自己好些了，便把瓶盖盖好，递给镜头外的工作人员。工作人员示意是否再歇息一会儿，姜玫拒绝了，继续往山上走。

不过因为刚才发生的事，姜玫后面的路走得格外小心。走到山腰时，他们撞上许薇那一组。许薇早发现了姜玫，隔着几米远，似笑非笑地看过来。

姜玫也注意到了许薇的视线。

两人隔着几个人对视，各自脸上都带着深意。

江逢和齐衡正在努力找线索，并没有注意到这一幕。

两组人都在争分夺秒，但这一路设置了好几个关卡。他们要找到线索，完成关卡挑战，才能继续前行。不巧的是，这一关比拼的是体力，要求至少一名队员做满五十个俯卧撑；巧的是，这一关是最后一个关卡了，钥匙就在前方，谁赢了谁就能抢占先机拿到钥匙。

江逢和齐衡两人同时寻找到了线索，开始了比拼。

许薇不动声色地靠近姜玫，眉眼弯弯地笑了笑，用只有两个人才能听见的声音问：“听说你刚刚差点摔下去了，没事吧？”

“谢谢许小姐关心，我挺好。”

许薇若有所思地摸了摸脖子处的项链，红唇动了动，恶毒的话自然而然地说了出来：“可是我希望你出事呢。”

姜玫脊背一僵，表面上的“友好”差点维持不下去。

“借您吉言，我还活得好好的。”

“我自然知道你现在还活着，可后面的人生还那么长，谁知道哪天会发生什么意外呢，你说是不是？”

许薇貌似懊恼地拿手掩住了嘴：“你瞧我这嘴说的什么话？都怪姜小姐的视频太精彩了，我的脑子里啊，都是姜小姐，一时之间口不择言了。”

提到视频，姜玫猛地变了脸色，手指不自觉地颤抖。对上许薇无懈可击的笑容，姜玫竭力镇定，平淡地笑了笑：“所以呢？许大小姐又打算做些什么？你是打算让王立明继续雪藏我，还是在威胁我？”

姜玫说到这里，垂下了眼皮，发出一声轻笑，声音极低却绝不会令人听错：“许大小姐，这么多年了，你怎么没一点长进？除了这些，你还能想点别的上得了台面的手段吗？你怎么这么让我瞧不起呢？

“就算你把视频公布出去又有什么关系？反正视频的男主角，你不是认识吗？你就这么喜欢沈行啊，喜欢成现在这副样子。

“可惜，你心心念念的人，八年前就……和我在一起了。”

姜玫最后一句话让许薇脸上的笑容彻底消失了。

许薇憋着气，狠狠地剜了一眼姜玫。

许薇咬牙切齿地低声说：“姜玫，你最好保佑周肆能护你一辈子。”

姜玫短暂地愣怔了一下，随后笑得极甜，当着一众工作人员的面，亲密地贴着许薇的耳朵，说：“那我也祝许家能够保你这辈子安然无恙。”

“还有最后一个！加油！”旁边的工作人员激动地说了句。

姜玫说完，一脸从容地退开两步，而后笑着替齐衡加油。

齐衡和江逢坐俯卧撑的速度不相上下，两个人做完后都没有休息，直接就往山上冲。

姜玫紧随其后。

最后齐衡拿到了钥匙。

也不知是不是姜玫的错觉，江逢跑向终点时，像是故意放了水。

这一天的拍摄从早上六点开始，下午五点才结束，回去的路上，江逢突然叫住了姜玫。

姜玫便落后两步，同江逢并肩走着。江逢没开口，姜玫自然也不会主动说话。

好不容易路上只有他们两人了，江逢觑了两眼姜玫，皱了皱眉头，语气平淡地问：“你跟许薇怎么回事？”

“嗯？”

“别跟我说你俩刚刚是在热情地联络感情，我只瞥了一眼就看出你不对劲儿了。”

姜玫脸色一僵。

“不用怀疑自己的演技，虽然你演技不太好，但也能糊弄不少人。我只是凭着直觉发现了你不对劲儿。再说了，以许薇的个性，她应该不至于跟你这三线明星聊得这么愉快。”

姜玫跟江逢拍了两个月的电影，自然知道这人嘴毒，眼睛也毒，她也没指望能瞒过江逢，只不过她没想到江逢会这么直截了当地问她。

“不用疑惑，我问你不过是因为你现在是江予的老板和偶像，你要出了事，她会冲我发脾气。她不开心我就不开心，在这个等式之下，我对你有责任。”

江逢一点没在意姜玫诧异的眼神，自顾自地往下说。

“许薇这人心胸狭隘，只是她背靠许家，大家都敬着她，再不行也会躲着她。你倒是厉害，惹了这狗皮膏药。我劝你最好还是离她远点，躲不过就动点脑子。”

江逢恨铁不成钢地扫了一眼姜玫：“《捧杀》能成功少不了你，你别这么快就被打压得消失不见。有事打这电话，当然，没事别打。”

说完，他从衣服里找到一张名片递给姜玫。

姜玫还没来得及说声“谢谢”，江逢就快步走远了。

姜玫凝视了一会儿江逢的背影，扯了扯嘴角，有些笑不出。

江逢不是多管闲事的人，如今肯这么提醒她，也是因为那个小姑娘。

罗娴之前发过誓，说她亲眼看见许薇删了视频。这话，姜玫相信。如今许薇反复地提及视频，姜玫只当许薇是故意硌硬她。

当然她也知道，许薇这人不会轻易罢休。

可这跟周肆又有什么关系？

姜玫脑子里一片混乱，她深呼吸，在脑海里整理了一遍几年前的事。

晚上，姜玫陷进一个光怪陆离的噩梦里。

梦里沈行站在一片迷雾中，一言不发地看着她。姜玫想要说话，可喉咙被堵住了，一个字也说不出来。

画面一转，她突然到了一个不知名的教堂。

姜玫眼睁睁地望着沈行穿着西装缓缓地走到教父面前，他的身侧站着一个穿着婚纱的女人，女人的头纱被掀开，露出的竟然是许薇的脸。

许薇搂住沈行的胳膊，一脸得意地朝她笑。

沈行也亲密地回搂住许薇的肩膀，低下头与她细语交谈。

四周响起雷鸣般的掌声，唯有姜玫似是个不该出现的人，与周遭的一切格格不入。

突然，所有人转过头看着她，似乎在嘲笑她的不自量力。

姜玫满头大汗地惊醒，她翻身摸到手机打开看了一眼时间。

凌晨3：12。

她躺了回去，却怎么都睡不着了。

睁着眼睛瞪着天花板好一会儿，姜玫鬼使神差地打开微信，点开了与沈行的对话框。

两人的聊天页面还是先前的对话，她给他发了一句“知道了”。

沈行没再发来一个字，姜玫也没有主动发消息过去。

姜玫的手指在对话框上停了将近五分钟，正准备退出去却收到了一条微信消息。

沈行：失眠了？

沈行没头没脸的一句话弄得姜玫有些脸红，还没来得及深思他为什么会这么问，一个电话突然打进来。

姜玫下意识按了接听键。

电话一接通，沈行沙哑低沉的声音就落在耳畔：“姜玫。”

明明只普普通通地叫了一声她的名字，姜玫烦躁不安的心就突然安定下来。

姜玫抿了抿嘴唇，低低地“嗯”了一声。

听出了姜玫声音里的低落，沈行蹙眉，薄唇一掀，了然地问：“又做噩梦了？”

“嗯。”

沈行用修长的手指握紧手机，喉咙上下滚了滚，嗓音里透着两分安慰：“没事，我在。”

齐衡今天也说过类似的话，可她那时没有半点反应。

而现在，她那颗不停跳动的心脏突然平复下来，脑子里翻滚的画面也渐渐消失。

姜玫舔了舔唇瓣，想起刚刚做的梦，忽然有了倾诉欲。她语气平淡地道：“我梦到你跟许薇结婚了。”

“许薇？”沈行发出一声疑惑，轮廓分明的脸上多了两分凝重。

寂静无声的深夜，姜玫神色疲倦地靠在床头，因为噩梦，额前的头发丝被汗水打湿了，精致漂亮的面容有些憔悴，唇色近乎苍白。此刻，她攥着手机，咬住下嘴唇，等着沈行继续往下说。

电话那端，沈行面色平静地望着落地窗上映出来的身影，不动声色地眯了眯眼。良久，他低声说道：“不会是她。”

姜玫张了张嘴，没有发出声。

不会是她，也不会是她姜玫？

“姜玫，你应该学着相信我。”

“什么？”

“没什么，你睡，我不挂电话。”

小寒那天姜玫刚好录完第一期节目。

这档综艺节目是边播边录的，他们还在录制第一期下半集的内容，第一期上半集就开始播了。

节目播出后得到的反响不错，刚播就上了热搜。

齐衡救下姜玫的那一抱，被制作成视频、动图，广为传播。

而许薇和江逢的词条热度也在不断地攀升，一度成为热搜榜第一。

因为姜玫和许薇争过《捧杀》的安意一角，在许薇输了，姜玫如今成为赢家的情况下，许薇的粉丝开始用放大镜一帧一帧地挑姜玫的刺。

不少营销号追逐流量而来，将两个人从各方面都做了对比。

姜玫输得极惨。

罗娴把这件事告诉她时，她已经回了青市。

绿色出租车轻车熟路地穿行在小城的街道中，人群三三两两地掠过，姜玫坐在后排靠窗处，沉默地瞧着窗外一晃而过的人和景。

偶尔经过一两个熟悉的门面，姜玫会多看两眼。

这几年青市的变化说大不大说小不小，这一路熟悉的人和景都少得可怜，以前处处透着“三线城市”气息的老旧设施全都换了新。

只城中心那老旧的楼房还在坚守着，其余地方差不多都变了。

姜玫在这座城市竟找不到一点熟悉的感觉。

“妹妹，银沙街 23 号到了。十五块钱。”

出租车司机停下车，热情的声音在空荡荡的车厢里响起。

姜玫包里没零钱，她从皮夹里取出一张百元大钞，伸手递给司机。

司机拿到钱小声嘀咕了一句：“怎么这么大一张？”

他嘀咕完又问：“妹妹，你有零钱没？我怕我身上的零钱找不开。不然，微信支付也行。”

姜玫坐着不动，也不说话。

从司机的角度看过去，只能看到在厚重宽大的羽绒服遮掩下的戴着黑色口罩的半张脸。

他不禁嘀咕了两句，开始翻零钱。

足足找了两分钟，他才找齐零钱。见一堆零钱递过来，姜玫用白得反光的手接住了。

她粗略地瞧了两眼零钱，见数目没错，这才打开车门，从后备厢里取出行李箱，慢吞吞地走向银沙街那条老旧的巷子。

姜玫身形高挑瘦弱，在宽大的羽绒服的衬托下更显得娇小。

现在还下着小雨，姜玫没打伞。她抬手扣上羽绒服自带的羽绒服帽，将整颗脑袋完完全全笼住，用右手握着行李箱的拉杆，迎着毛毛细雨前行。

姜玫气质冷淡，这会儿走在破旧不堪的巷子里，背影看起来有些落寞。

司机还没走，看着那道身形快要消失在巷子尽头了，才探出脑袋，扯着嗓子喊了一声："妹妹，这条巷子拆迁，住户基本上走了。你要是找人恐怕找不到。"

姜玫脚步一顿，握了握手里的拉杆，下一秒缓缓转过头。

那一刻世界安静了，巷子里这个穿着白色羽绒服、表情冷漠的姑娘，一下子似乎成了世界的焦点。

司机一时失语。

姜玫抬了抬眼皮，态度散漫地说："我不找人，我回家。"

可她的样子，不像是回家，倒像是奔丧。

司机摇了摇头，将窗户摇上去，启动引擎，继续奔向下一单。

姜玫四五年没踏足这个地方了，可房子一直没卖。

当初圈定这一块要开始拆迁的时候，她接到过电话，直接拒绝了回来签字。

姜玫想着这里情况复杂，真要拆迁，一时半会儿也完不成。

事实果然如此。

她进了巷子里，走到最深处。这里矗立着一栋破旧的老楼房，门口的铁门已经生了锈，院子里荒草丛生，抬眼看过去，一眼可以看到二楼最左侧的走廊上挂着的一个破碎的风铃。

姜玫停住脚步，黑白分明的眸底浮现出淡淡的情绪，她站着，足足站了一个小时才拉着箱子离开。

晚上十点，姜玫被刺耳的手机铃声吵醒。

姜玫迷迷糊糊地睁开眼，连来电人都没看就直接按了接听键，嗓音里透着睡意，还有几分被吵醒的恼怒："谁？"

"下楼。"

沈行慵懒的嗓音透过听筒落进耳朵，姜玫猛地翻身坐了起来。

屋里黑漆漆的一片，姜玫揉了揉头发，找到开关打开灯。

灯一亮，姜玫下床将脚踩进棉拖鞋，头发凌乱地落在肩头也不管。她下意识地瞥了一眼手机屏幕，电话还没挂断。

那头的人似乎颇有耐性，也不催促她，姜玫瞧了一眼伸手不见五指的窗外，不太敢相信地问："你在哪儿？"

沈行的喉结滚了滚，他嗤笑了一声："你下楼不就知道了？"

姜玫"嗯"了一声，随便披了一件外套匆忙下楼。

她现在住的是当初沈行在青市买的公寓，上午她还打扫了一番，这间公寓一直有人打理，收拾起来也没多费劲儿。

姜玫一个人站在电梯里，暗自揣测了一会儿沈行为什么会知道她在这儿。

刚想明白，电梯门就打开了，姜楼这会儿才发现外面真冷。

天空还飘着毛毛细雨，雨落在脸上冰冰凉凉的。

夜间被水雾笼罩，看不太远。

姜玫搂紧外套踩着拖鞋往外走，一转身就见到了停在巷子里的那辆黑色的车。

车的旁边，沈行长身如玉地立在一根电杆前。他穿了件黑色长款风衣，风一吹，掀起半边衣角，隐约露出里面的白色毛衣。

毛毛细雨落在他身上，只一会儿便融进了深黑色的大衣里。

姜玫陡然见到沈行，难免有些愣，脚步停在原地不太敢过去。

沈行看着停在不远处一脸愣怔的女人，抬了抬下巴，嗓音嘶哑地说："过来。"

姜玫攥紧手机，默默地走向沈行。脚步声在寂静的夜里不轻不重地响着，每一步似乎都踩在沈行的心上。

随后，沈行大步迎向姜玫。两人脚尖相对，只余一步之遥。沈行垂着眼皮一言不发地盯着面前也停下脚步的女人。

见女人眉眼间藏着诧异，沈行眯了眯眼，伸手一把将人拉进怀里。下一秒，他俯下身去。

动作由最初的急迫逐渐转为温柔。

末了，沈行将人圈在了车头，他的双手撑在姜玫身侧，任由姜玫的手搂住他的脖子，有一下没一下地亲着她。

他贴得近了，姜玫一下子感受到了他身上裹携着的湿冷气息，其中夹着若有若无的木制香味。

这是他身上惯有的味道。

只他一个人有。

姜玫走神的工夫，沈行的眸色暗了暗。他不动声色地咬了一下姜玫的下嘴唇，直到姜玫下意识轻呼出声，才吊儿郎当地摸了两把姜玫的脸蛋，拖长了话音道："在我面前还走神？"

冬天冷，他说话吐气时还冒着白雾。

姜玫忍着疼痛，抬起下巴。这会儿，两人之间的距离不过咫尺，姜玫只稍微往上凑一点，就可以碰到沈行的下巴。

不过她并没有凑上去，而是推了一下沈行。

两人往公寓走去，沈行时不时跟姜玫搭两句话。

气氛倒算不错。

电梯停住，电梯门打开，沈行长腿迈了出去，轻车熟路地走到5201室门前。

姜玫下楼下得太匆忙，都忘了锁门。

门大敞着，屋里的布置一览无余。

沈行皱眉，视线落在姜玫安静的脸庞上，问：“怎么不关门？”

“忘了。”

沈行顺势搂过姜玫，将人带着一起跨进门。进去后，他轻轻一抬腿，大门便合上了。

等进了屋换了鞋，沈行将人拉到沙发上坐下，腿半跪在一侧，弓着身子，凑近姜玫那张白皙且精致的脸蛋，亲了两下，才着意提醒道：“乖，下次别忘了锁门。”

说完，他又说：“别让我担心。”

姜玫愣了片刻，刚想说话，沈行已经支起身子退开了两步。

兜里的手机不停地响，沈行皱了皱眉，转而掏出手机，走到一旁接电话。

沈行接电话时面色沉郁，身上的风衣经过刚才一番动作有些皱了，他的语速不快不慢，偶尔说一两句冷嘲热讽的话。

姜玫已经习惯他的忙碌，只坐了一会儿便转身进了浴室。

出来时，她没见到沈行的身影，若不是沙发上放着沈行穿的那件黑色风衣，姜玫都以为今晚沈行的到来只是她的一场梦。

再转头，发现厨房亮着灯，姜玫睁大了眼睛。

沈行在厨房？

姜玫下意识地朝厨房走。

沈行站在料理台前，身上还穿着刚刚那件白色毛衣，只是将袖口挽到了手肘处，这会儿他正慢条斯理地洗着白菜。

这是姜玫下午让阿姨送过来的食材。

锅里还烧着水，热气扑腾，站在白炽灯下的沈行多了几分烟火气，让人联想到婚后在家处理家务事的丈夫。

不知道是不是她的错觉，姜玫总觉得今日的沈行太温柔了。

温柔到姜玫有些不习惯。

“过来搭把手。”沈行突然出声。

姜玫眨了眨眼，听话地走了过去。

姜玫刚走近，便被沈行单手扯了过去。她感觉自己的背部抵住了料理台，下意识抬头，猝不及防地望进沈行幽深复杂的眼底。

沈行盯着眼前的人，眼中掠过一丝探究。他问：“你很讨厌许薇？”

听到“许薇”两个字，姜玫眼里浮出淡淡的排斥情绪，虽然转瞬即逝，但还是被沈行捕捉到了。

沈行抿了抿嘴唇，眼皮半抬，突然说："我昨晚说的话算数。"

"嗯？"姜玫脑子里一片空白，一时没有反应过来。

沈行面色平静地凝视着姜玫。

空气中弥漫着淡淡的沐浴露的味道，沈行用另外一只手扶住姜玫的肩膀，没再继续刚才的话题，转而越过她，拿过她背后放着的面条。

接着，他松开了她，抽出适当分量的面条放进锅中，又取出两个大碗调味。

当他调好了料，锅里的面条也煮开了。

沈行不紧不慢地将面条盛进碗中，明明只是普通的举动，他做起来却无端多了几分优雅从容。

他的骨子里就透着高贵，如玉山上行，光映照人。

沈行转过身就对上了姜玫愣怔的神色，他忍不住勾了勾嘴角，轻笑道："得，姜玫，别这么看我，我受不住。"

姜玫忽地感觉热气上头，不禁羞赧地瞪了沈行几眼。

哪知沈行见她这样越发笑得放肆，到最后笑得全身颤抖，可见乐得不轻。

笑完，他还不忘调侃："啧，姜玫，我对你影响这么大？"

都说自信的人永远不会认输。

就如此刻，姜玫确实在沈行面前节节后退，溃不成军。

沈行来青市这几天一直早出晚归，姜玫休息完后就得继续录节目，两人基本没碰面。

姜玫录制完第二期综艺节目的那天晚上，他们才又见上面。

第二期综艺节目除了室外录制，还有室内录影棚的录制。晚上八点，姜玫拒绝了其他人送她的提议，找了路边一个不显眼的位置等着出租车。

她出租车还没等到，倒先等来了沈行的车。

车子停在青市电视台对面的马路边，沈行下了车，慵懒地靠在车门上。

他停车的位置不太显眼，只隐约可见夜色下的他身形挺拔。这一处地方，本就有不少追星人。他一出现，就吸引了不少人的目光。

沈行倒是没什么反应，任由人瞧。

确认了沈行不是明星后，有一两个胆大的姑娘凑上来要微信。沈行淡淡地瞟一眼对方，冷冰冰地回："我不加陌生人。"

女孩被拒绝后满脸通红，尴尬地跑开了。

青市冬季的雨不大，只是淅淅沥沥的毛毛细雨一直不停，站在雨中久了，必然会湿了衣裳。

姜玫愣是等了一会儿，才打着伞，朝沈行站立的方向走去。她将出租车的订单取消了。沈行见姜玫走过来，依旧维持着之前的姿势不动，视线缓缓落在了姜玫身上。

姜玫录制结束后，就穿了件长款羽绒服，整个人都被衣服包裹，不仅如此，她还将帽子戴好了，将头发都藏进了帽子里，只露出一两撮。

帽檐底下的脸精致动人，只一眼，沈行就将注意力全放在了她身上。

一如当初见她第一面，他就被她吸引住了一样。

当时也是冬天。

沈行开着车去接那群狐朋狗友，一眼扫过去正好瞧见背着吉他的姜玫。那时的姜玫还有些稚气，只不过那双黑白分明的眼睛里装满了超越年龄的现实和世俗。

只一眼，沈行便记住了她，不过也只是记住。

狐朋狗友上车后，沈行慵懒地靠在车窗上，透过后视镜看了一眼那道倔强的背影。

姜玫穿着破旧的棉服，走在马路边，唯有脚下的影子陪着她。

那时候的沈行并没有对她生出别样的念头，毕竟也就惊艳了那么一眼。

真正和她有接触是那次老爷子给他下了通牒，沈行不想按老爷子的路走，心情很是不好，就骑着摩托车去赛场骑了好几圈。

回去的路上，他刚好瞧见几个社会青年在欺负一小姑娘，心情不爽的他自然跳出来见义勇为。

将这群人警告了一番，他看向被欺负的姑娘。

她明明眼里装满了后怕，却硬是死咬着唇瓣，没发出一点声音。

沈行仔细瞅了两眼，才发现这姑娘不就是被那群人夸得天花乱坠的隔壁学校的"仙女"吗？

她是挺好看，就是太倔了。

她又倔又傲。

一个什么后路都没有的姑娘，怎么能这么倔又这么傲？

后来，这姑娘在他面前放下骄傲，乖巧得不行。

人都是犯贱的，一旦拥有就不懂得珍惜。

沈行也这样。

他心里明白这姑娘是什么样的人，可这嘴总是说些不中听的话。

小姑娘倒是脾气好，也不生气，只是笑。

有时候他说得过分了，她才会仰着脖子骂他："沈行，你有病是不是？"

沈行一听，多好。

这个样子多有生气，多好看？于是他越发不客气起来。

青市的冬天阴冷潮湿，姜玫只在冷风中站了这么一小会儿鼻子就被冻红了，插在口袋里的手也有点麻，仿佛没了知觉。

冷风吹来星星点点的雨，飘进脖子里，冷得要命。

姜玫皱着眉头，伞往风吹的方向微微倾斜。

这不足两百米的路，她硬是走了足足五分钟。

沈行站在原地，眼皮半掀，压下心底不停涌现出来的回忆，魂不守舍地盯着缓缓走近的姜玫，眼看着她的脸色变了又变。

到最后，她已经没什么好脸色留给他了。

沈行瞅着满脸不乐意的姜玫，随手拉开副驾驶座的门直接将人塞了进去。

没等姜玫反应，沈行砰的一声关了车门。

车里温度高了不少，只一会儿，姜玫就感觉身上回暖了。她下意识地看向绕过车头一脸冷漠地坐进驾驶座的男人。

沈行一上车，车里的氛围突然就冷了，她呼吸到的都是他的冷冽气息。

姜玫用余光觑了两眼坐着不动的沈行，仔细回忆了一遍刚刚自己有没有招惹他。

她还没想出来什么，就接到了沈行扔进她怀中的暖宝宝贴，紧接着，他又递来一个黑色的保温杯。

“喝点热水。”

姜玫呆愣地望着被递到眼皮底下的保温杯，默默地接了过来，拧开瓶盖喝了一口热水。

热水下肚，她的身体暖和了不少。

喝完，姜玫撕开沈行递过来的暖宝宝贴，小心翼翼地握在手里。

姜玫歪过脑袋，望着这会儿又没了动静的沈行，随口问道：“你这儿怎么会有暖宝宝贴？”

“习惯了。”

“嗯？”

沈行轻描淡写地接过姜玫的话茬：“在新省的时候就一直带着。”

姜玫闻言愣了愣，“哦”了一声，感觉手心里的暖宝宝贴慢慢热了起来，一时觉得手心有些灼热。

车里开着暖气，羽绒服厚重，姜玫窸窸窣窣地脱了羽绒服抱在怀里。

沈行面无表情地发动车子，车速不快，一路上两个人都没怎么说话。

姜玫因为录制节目，已经连续几个晚上只睡两三个小时，这会儿感受着车里的温暖，没一会儿就睡着了。

等她醒过来，他们已经到了公寓楼下。

睡的时间有点久，姜玫的脖子有些发酸，她迷迷糊糊地睁开眼，眼前一片昏暗。

车厢里安静得很，要不是坐在旁边的沈行手里的手机屏幕亮着，姜玫都快以为车里只有她一个人。

沈行这会儿懒散地窝进座椅里，无所事事地玩着手机，时不时地回一两句群里的消息。

这个群的群名叫“什刹海三门神”，是周肆建的，里面就三个人。

沈行、周肆还有许默。

群里就靠周肆活跃气氛，沈行和许默两个人偶尔才会说两句话。

周肆不知道从哪儿得到了几张照片，一股脑地发了出来。沈行不小心点到了，瞬间一张穿着清凉的美女占据整个屏幕。

沈行反应过来，要关掉照片时已经晚了，已经被姜玫看到了。

姜玫的脸上泛着冷光，这会儿她的神情有些难以言喻。

沈行对上姜玫审视的目光后，下意识地移开视线。他移开手指，若无其事地退出群聊对话框。

微信群里，周肆还在发照片，连续发了十几张才停下来。

沈行没关提示音，于是手机响个不停。

“周肆发的。

“他脑子不好使。”

沈行率先开口打破沉默，只是这么一说，气氛更尴尬了。

姜玫倒也没有非要看沈行笑话的意思，配合地“哦”了一声，随后抱着怀里的羽绒服推开车门下了车。

她动作迅速，也没有回头看他一眼。

沈行看不出她是生气了还是没生气。

高跟鞋嗒嗒嗒地踩在地上，在这空荡荡的夜里格外响。

沈行眼睁睁地望着姜玫的背影消失在楼梯口。

等人看不见了，沈行才重新打开对话框。看着周肆那红色狐狸的头像还在不停跳动，沈行点开语音，声音清冷，带了两三分烦躁：“你能干点人事吗？”

周肆回复了三个问号。

周肆：你吃炸药了？

周肆：敢情爷给你们提升一下审美还有错了？

沈行没理会周肆的控诉，直接关掉手机下车上楼。

屋里的灯已经全打开了，冷白色的光照亮每个角落，一时间屋内俨如白昼。

鞋柜上规规矩矩地摆放着姜玫刚穿的那双高跟鞋。

沈行眉间掠过一丝烦躁，胸口憋得慌，抬手脱掉身上的外套，粗鲁地解开脖子上挂着的领带，又解了两颗扣子才感觉好受点。

扫了一圈没见着姜玫的身影，沈行懒散地走进卧室。床上摆放着姜玫的羽绒服，浴室里传来哗啦啦的水声。

沈行眸色暗了几分，大马金刀地坐在床上盯着那扇门。

不到五分钟，姜玫围着浴巾走了出来，头发湿漉漉的，水滴顺着脸颊落进了锁骨。

她的皮肤十分白，整个人就像是从电影里走出来的似的。

沈行眯了眯眼，主动搭话："你生气了？"

姜玫视而不见地绕开沈行，弯着腰从床头柜里取出吹风机，自顾自地插上电开始吹头发。

沈行扯了扯嘴角，得，生气了。

吹风机嗡嗡响，吵得要死，沈行本来就烦，这会儿更是烦得听不下去了。他直接起身迈开长腿离开卧室。

这一晚上两个人都没再说话。

姜玫在节目组里吃过饭了，为了接下来的新戏，这段时间十点后她都不再进食。

工作太累，姜玫吹完头发就直接躺上床睡觉。沈行则在书房处理公务，等他弄完回卧室灯都熄了，沈行有些气闷。

他在的时候姜玫基本都会给他留灯，今晚没有，她也没有等他。

这还是两人第一次冷战。

就为了那么个照片？

沈行不明白这点破事有什么值得生闷气的。

掀开被子躺下后，沈行下意识地伸手去拉一侧的姜玫，刚碰到姜玫的胳膊，就被姜玫推开了。

沈行："……"

连续碰了两下都被拍开了，第三次沈行直接强势地将人拉进了怀里。束缚住姜玫的身体，他妥协了：“我错了还不成？您别跟我置气，小心气坏身子。”

“我没生气。”姜玫下意识反驳。

沈行没吭声，只搂紧怀里的人，闷闷地说：“哦，睡觉。”

姜玫：“……”

所以，她没生气，沈行生气了？

姜玫只是太累了，不过是看个照片而已，这算不上什么，也不值得她生气。

男人抱得太紧，姜玫动弹不得。

头顶的人气息不稳，显然还在气头上。姜玫伸手回抱住沈行，小声地解释：“我这几天每天只睡两三个小时，工作强度太大，我有点撑不住。今天是我态度不好，你能不能别放心上？”

过了一会儿，漆黑的夜里响起沈行散漫而慵懒的声音：“你不是累了？睡觉。”

姜玫是被夏竹的电话吵醒的。

清晨的七点十五分，窗外白茫茫的一片，所有建筑物都被笼罩在浓雾中。

姜玫睡觉习惯性地将窗打开一条缝隙，她一伸手去拿手机，就感觉冷风吹在她的手臂上凉飕飕的。

姜玫走出卧室，按了接听键。刚接通，她就听到那头的夏竹一言不发地哭了起来。

哭了一阵，夏竹嗓音沙哑地开口：“许默有女朋友了。”

姜玫心脏下意识地停跳一拍，脸上闪过一丝疑惑。犹豫两秒，姜玫心口不一地替夏竹想了个借口：“可能只是……朋友。”

电话那端的夏竹带着哭腔反驳：“不是，他昨天带回家了。他还说，他要娶她。我亲耳听到的。”她哽咽了一声，“阿玫，许默就是一个浑蛋。”

姜玫突然不知道怎么回答夏竹，感情的事，外人如何插手？再加上姜玫跟夏竹的立场不同，她除了做一个倾听者，给不出任何实质性的意见。

从前是，现在依旧是。

夏竹见姜玫沉默着，等了一会儿，而后不声不响地挂了电话，一如她打来时那么突然。姜玫望着结束了通话的手机界面，发了一会儿愣。

或许，夏竹跟许默真的不合适？

原来门当户对的人也不见得能有情人终成眷属。

这时，一阵细碎的声音打断了姜玫的思绪。

“下午有事？”沈行慵懒的嗓音平静地响起，因为刚睡醒，他的声音还有点沙哑。

“我要去一趟离水镇。”

她答应了唐宇借他钱给镇长治病。

她自己勉强凑了两万块，又找罗娴借了八万块。

节目组在市里录制节目，就给像唐宇这样的临时工放了假。她既已凑了钱，便跟唐宇说好了，下午去离水镇，顺便把钱给唐宇。

沈行已经起来了，他拿着一根条纹领带，正往脖子上套，闻言动作一顿，抬眸打量了一眼倚靠在门口握着手机的姜玫。

沈行：“嗯？”

姜玫将手机收回口袋里，抱着胳膊歪着脑袋，若有所思地看着继续打领带的沈行。

从新省回来后，这人大多时候都穿正装，今天依旧这样。

只不过里面的黑衬衫换成了雾蓝色的衬衫，纽扣是水晶制的，在灯光下折射出冷光。

此刻的他，无一不透着精致、高贵。

寸头下那双深色眼眸宛如鹰隼，锋锐、深沉，下颌线条利落，他的五官似被雕琢过，立体且精美。

他正用白皙且匀称的手指慢条斯理地整理着领带。

他在军队里待了这么多年，他的动作中总是带着一股正气。

只有姜玫知道，私底下跟她相处的他有多不正经。

“真这么好看？”沈行突然凑近，似笑非笑地瞧着姜玫，问。

姜玫猛地对上一张放大的脸，下意识往后退，只可惜背后是一堵墙，让她无路可退。

沈行戏谑地挑了挑眉，单手撑在墙上，用手指轻抬起姜玫的下巴，缓缓地往前倾身。

他的动作温柔且轻佻，深邃的眼眸里漫上一片笑意。亲完后，他又贴近姜玫的耳朵，故意压低声音一字一句道：“姜玫，你心跳太快了。”

姜玫毫无威慑力地瞪了两眼沈行，一把推开沈行，扯出一抹假笑：“大早上的干什么！”

说完，姜玫急匆匆地离开。

沈行站在原地，注视着姜玫落荒而逃的背影，嘴角噙着一丝若有若无的笑。

早上八点，姜玫吃完早餐便窝进沙发里记台词。

这段时间那个古装剧的女二号角色已经定下来了，也无须她去试镜了。《捧杀》的热度居高不下，《生死时速》播出后，她的人气持续高涨。

出品方生怕姜玫改了主意，便着急忙慌地来了青市。罗娴陪着她在离水镇录了一天节目，就回了青市，就是为了签合同。现在合同签好了，她必须在进组之前把台词背熟了。

综艺节目的第二期于前天就剪辑好了上半集，如期在昨晚的十点档播出了。

这一次节目组安排的是恐怖冒险，设置了挑战鬼屋的环节。齐衡成了最胆小的那一个，一路上都是姜玫保护他。

这个反差让一众观众大呼过瘾。播出不过一晚，齐衡的表情包，各种“柔弱相公”和“霸道老婆”的互动视频，占据了大众的视线。

只是没人想到，姜玫的负面消息来得这么快。

九点，一个自诩内部人士的博主突然发了一条长文。在长文中，她严厉指控姜玫在剧组压榨小演员、碰瓷许薇的几宗罪。文章的结尾处，她提及姜玫的父亲正在坐牢。她说，姜玫这样的人，不配在演艺圈待着。她这样的人，成了公众人物，只会教坏小孩子。

此文一出，许多号称“爆料者”的网友，也纷纷发文指出姜玫曾经的一些不文明不道德的行为，要么配以聊天记录，要么配以监控视频。

不过聊天记录真伪难辨，监控视频模糊不清，所以并未掀起多大的波澜。

紧接着，“姜玫与某富豪神秘恋情”的词条横空出现，并且热度飞涨。这一个词条里，有营销号发了一张模糊不清的照片。

照片里，沈行正推着姜玫进副驾驶座。

沈行只露了一点背影，而姜玫的脸则完完全全地暴露在闪光灯下。

一时间，各种言论沸沸扬扬。

姜玫再一次成为众矢之的。

一些所谓的知情人开始“爆料”姜玫的故事。

另外一些人在网上对比那个背影是谁。

不到两个小时，姜玫的所有工作被迫全面暂停。罗娴忙于公关，分身乏术，却还是打电话来安抚她。

姜玫什么都做不了，她想关机，又怕漏接关键电话。

这时，周肆打了一个电话过来。

电话接通，周肆气急败坏地破口大骂：“姜玫，你迟早要害了他。我都不想给你收拾这烂摊子了。一次两次还不够，你现在就像个深渊。谁挨着你，谁倒霉。

“知道这次又是谁在抹黑你不？许家！许家是铁了心要你消失，为此不惜拉闻哥下水。你要真爱他，就立刻跟他断了。你俩本来就不是一路人，迟早要断。他要娶的人即便不是许薇，也绝对不是你。”

姜玫蹲坐在沙发上，任由周肆将冰冷的话语疯狂地砸向她，直到听到周肆说的那句“断了”，她才抬了抬眼皮，黑白分明的眼眸里显出几分淡淡的嘲弄。

“您怕是不清楚，沈老爷子一早就物色好了闻哥的未婚妻了。这姑娘我也认识，就是我的堂妹，她可是国外回来的高才生，还跟闻哥门当户对……”

中午十二点，姜玫听完周肆的教训，满脸疲倦地丢下手机躺在沙发上。

沈行上午八点就出门了，姜玫也不清楚他知不知道这件事，只觉得这场针对她的营销来得太突然，毫无征兆地就席卷了全网，确实像是有人故意在背后推波助澜。

经过了一上午的轰炸，姜玫这会儿已经没有精神去思索去探究了。

周肆直白地说出许家，不是没有道理的，他想让她知难而退。

在周肆眼里，她姜玫一直配不上沈行。这不是恶意中伤，是事实如此。若不是这一次沈行被她连累，周肆不会用这么简单粗暴的方式跟她挑明了这个事实。

明明屋里的空调温度已经调到了二十六摄氏度，可姜玫此刻还是浑身发冷。

面对这场来势汹汹、只针对她的恶意，姜玫跟几年前的她一样，除了沉默，竟然没有半点应对办法，心里一股绝望油然而生。

手机催命似的振动着，姜玫默默看了一下来电人，是沈行，姜玫犹豫两秒，按了挂断键。

手机再次振动。

姜玫闭了闭眼睛，极力压制住情绪，一脸平静地接通电话。

沈行声音低沉、语调平和地问：“在哪儿？”

姜玫咬了咬下嘴唇，声音很低：“公寓。”

沈行站在三十楼会议室的落地窗前，面无表情地俯视着底下如蝼蚁一般不停流动着的人群。

他的背后，一群人正战战兢兢地等待着他的回复。不过，沈行并未理会，他轻声问姜玫：“晚上想吃什么？”

姜玫愣了愣，道：“随便。”

“姜玫？”

“嗯？”

沈行眼中闪过烦躁，他压下嘴边的话，只不动声色地说：“等我回去。”

姜玫心脏骤停了两秒，指尖也不禁抖了抖。想到周肆说的话，姜玫猛地挂断了电话。

有些话，不能当真。

有些人，确实应该尽早断了。

下午两点，姜玫一个人坐上了去离水镇的班车。

姜玫把自己包得严严实实，她用大红色的围巾捂住下巴，戴着口罩，低调地窝在巴士的最后一排。

离水镇消息滞后，应该没几个人知道这件事。

路上，姜玫一直望着窗外。雨依然没停，有段泥泞路不太好走。班车摇摇晃晃地淌过水坑，又慢慢开往那个安静平和的小镇。

这一个小时里，姜玫的心情前所未有地平和。那些纠纷被她抛得远远的，只剩下眼前逐渐变得翠绿的景象。

班车抵达离水镇镇口，车上的人窸窸窣窣地拎着东西下了车。姜玫等人走得差不多了才慢慢地拎着手提包离开车厢。

刚下车，姜玫就看到了等在那棵百年老桂树下的唐宇。唐宇穿着一身洗得泛白的校服，脚下踩了一双白色板鞋，正朝她的方向张望着。

见她下了车，唐宇轻松地跳下一米高的台阶，大步朝姜玫走来。

距离姜玫一米时，唐宇停了下来。唐宇虽然才十七岁，但已经有一米八高了，站在姜玫面前似一株高瘦的翠竹。

见到姜玫，唐宇没有打招呼，而是主动接过姜玫手里的包，随后神色自然地从兜里取出一根棒棒糖递给姜玫。

“给我的？”姜玫诧异地看着这根棒棒糖。

唐宇轻轻点了点头，低声说道：“听班里的女生说，女孩子心情不好的时候吃颗糖会好受一点。”

“你把我当女孩子？可是我心情不好只爱喝酒。”

“哦。知道了。”

姜玫挑了挑眉，故意问：“你现在是不是觉得我是个坏女人？”

唐宇一早上就看到了姜玫的那些新闻，尤其是他所在的节目组临时工作群，有不少人在讨论这些事情。不过，他相信姜玫不是这样的人。

她跟他约好了今天来，她来了，没有骗他。

唐宇摇了摇头，神色坚定地回复姜玫：“没人规定会喝酒的女孩就不是个好女孩。”

见姜玫不为所动，唐宇又说：“人们总是嫉妒那些比自己优秀的人，一旦有机会将这个人拉下神坛，即便他们心里清楚你不是这样的人，可他们为了让自己心里舒服，也会给你安上各种罪名，以此来证明他们是正义的。”

姜玫有些意外，没想到一个十七岁的少年能有这样的见解。

“那你呢？你怎么想？”

“我是唯物主义。”

“什么意思？”

“我相信眼见为实。事实是，你是个值得信赖的好人。”

人言可畏的世界，总有人为你马不停蹄。

下午的时候，大家突然停止了讨论“姜玫的二三事”，因为那些发文爆料“故事”的博主都被发律师函了。

忙了一整个上午的罗娴放出了除“姜玫生父坐牢”的澄清视频证据，强势要求诽谤姜玫的人道歉，并且宣布将追究他们的民事责任。

下午六点，姜玫登录微博，发布了出事后的第一条微博。

微博内容只短短几个字：流言蜚语止于智者。

几分钟过去，她这一条微博的转发量也不过几百，仅有一小部分人就稍早之前抨击姜玫的行为道歉了。大部分的转发，是姜玫的粉丝贡献的，他们更多的是心疼姜玫。

姜玫不为所动。

这个世界总是这样。

有些人在完全不了解一个人或是一件事时，凭借片面之词，便可以不分青红皂白地对当事人进行攻击。事后发现自己错了，仅仅会若无其事地跟着人附和一句“心疼受害者”。

更多时候，造谣的内容转发量几十万，上百万，澄清的声明却无人关心。

姜玫只想笑。

离水镇海拔高，晚上温度低，吃完晚饭，唐宇领着姜玫在镇上散步，走着走着就到了西镇。

西镇还在开发中，连路灯都没有，这会儿路上黑漆漆的，只有唐宇手里的手电筒照亮了前方。

走着走着，姜玫从衣兜里掏出一张银行卡递给唐宇：“卡里有十万块钱，应该够手术费了，可能不够后续的康复治疗费用。到时候缺了再问我借。”

唐宇用力握紧手心的银行卡，垂着头盯着由鹅卵石铺成的路，稚嫩的脸庞在阴影中显出几分柔和。他抬起眼，干涩地开口：“谢谢。”

“我会还给你的。”唐宇说得真挚，眼里满是激动和感恩。

姜玫被唐宇灼热的眼神刺痛，下意识地避开了唐宇的目光，她伸手轻轻拍了拍唐宇的肩膀，道："我只是觉得人在困境中，能有人拉一把，一切就会好了。我也没出多少力，结果怎样，还得看你自己。"

唐宇默默地点了点头。他翻了半天，从裤兜里掏出一张字条塞在了姜玫的手里。

姜玫疑惑地打开字条，借着唐宇手里手电筒的光看了一眼。

这是唐宇早就写好的借条，上面有他的签名和手印。

十七岁的唐宇，笔触锋利，字里行间看不出半点稚嫩，反显洒脱和成熟。

姜玫挑了挑眉，有些意外，夸了一句："字写得不错，练过？"

"村头阿公教过我写毛笔字。从六岁到现在，我一直在练。"

唐宇身上有股劲儿，是经历过悲痛，在漫长的时间里磨砺出来的坚韧。

姜玫之前对唐宇的印象是沉默、内敛，知道他受过苦，历过磨难，她便不曾细问。如今，她对他的经历多了几分好奇。

两个人慢慢走到了小河边，冬日的河水不急，水声潺潺，河边有一条长石阶路，站在石阶处正好可以看到河中心漂着的河灯。

河灯外形是荷花模样，中间放了一盏灯，一片黑的河里仅有这么一盏灯。

姜玫停下脚步，随便找了块石阶准备坐下，不想她刚一动作，就被唐宇扯住了衣袖。

姜玫愣了一下，刚想问唐宇怎么了，就见唐宇从兜里掏出两张卫生纸，弯着腰小心翼翼地将卫生纸垫在石阶上。

唐宇侧开身子，往旁边退了一步，笨拙地解释："晚上石板凉，垫上纸会好点，也不会弄脏你的衣服。"

姜玫这才发现唐宇注意到了自己身上穿的是白色长款羽绒服，他竟如此细心。

姜玫顺着唐宇的心意坐下了，问："那你呢？"

唐宇将手电筒放在高处，弓着身子拍了拍石板，又从兜里掏出一个橘子和一把瓜子递给姜玫。

姜玫哭笑不得地接过来，惊奇地看着唐宇又掏出几根棒棒糖和几个果冻。唐宇把这些零食放在一侧堆成了一个小山，姜玫笑着问："你身上怎么这么多吃的？"

唐宇先坐了下来，把双手放在膝盖上。听姜玫这么问，他的耳朵爬上了一层红晕，他不太好意思地说："我看班里的女孩都爱吃这些，我下午就去小卖部买了点。"

姜玫偏过脑袋，勾了勾嘴角，磕了两颗瓜子。见唐宇朝她摊开手，姜玫下意识将手里的瓜子递给唐宇。

唐宇没接，只淡淡地说：“瓜子壳。”

姜玫一怔。

拗不过唐宇，姜玫还是把手里的瓜子壳放在了唐宇的手心里。

河风吹过来有些冷，姜玫伸手裹紧了围巾，看着旁边不怎么说话的唐宇，主动搭话：“你在学校也这么贴心？对每个女孩都这样？”

唐宇抬头看着眼睛里闪烁着好奇的姜玫，下一秒，摇了摇头道：“没。”

“我觉得你在学校肯定很受欢迎，是不是？”

“不知道。”

“有没有女孩跟你做朋友？”

“嗯。”

“多吗？”

“不知道。”

姜玫咬了一口瓜子，默默地“哦”了一声，又问：“你们班里的女孩漂亮吗？”

唐宇听到这个问题，下意识望了一眼姜玫。

姜玫没化妆，但五官仍旧精致漂亮。之前他觉得她像天上的仙女一样高不可攀，现在仙女就在他身边，他突然想，也不是所有仙女都是遥不可及的。

唐宇想到这儿摇了摇头，诚恳地说：“她们都没有你好看，你长得像电视里的仙女。”

姜玫咬瓜子的动作一顿：“可是我不是仙女。”

“在我心里，你是仙女。”

姜玫被很多人夸过好看，可这样的话由唐宇说出来，她察觉到心里有些异样。

少年是不会骗人的，感情直白而动人。

“你最想做的事是什么？”姜玫转移话题打破尴尬。

唐宇话不多，可姜玫问的，他基本上都会回答：“我最想做的，就是让陈叔的腿好起来。”

唐宇说着，脸上浮现出期待，眼里也有光闪过，声音也轻快很多：“医生说了，陈叔的腿伤不算严重，只要凑够了钱动手术，肯定能好。

“只要陈叔好了，我就可以专心地念书了。陈叔想让我考 P 大，我一定会努力，努力考上 P 大，这样，陈叔肯定会开心。”

少年笑了起来，笑了一会儿就收敛了笑。

“我爸妈没了以后，除了陈叔，其他人都提议送我去福利院。陈叔不顾家里亲戚反对将我收养了。他们都在背地里说陈叔傻，我一定要让陈叔为我而骄傲……”

夜色渐深，气温也越来越低，两人慢吞吞地往回走。

离镇长家还有一段距离，姜玫就瞧见了停在柿子树下的那辆熟悉的车。

车里的人慵懒地靠在车窗上，他见到姜玫两人，忽地打开了前照灯，一下子照亮了昏暗的路。

姜玫一眼望去刚好对上沈行漆黑幽深的眼眸，隔着几米远，姜玫还是清楚地看见了他眼底的轻松。

唐宇见状，一声不吭地走进院子，离开前神色复杂地打量了一眼沈行。

等唐宇的背影消失在门后，沈行神色晦暗地按了一下喇叭，示意姜玫上车。

姜玫握紧衣兜里的手，深呼吸了一下，才迈腿朝沈行走了过去。

她泰然自若地打开副驾驶的门坐了进去。昏暗的车厢里看不清沈行的脸，她只觉出他的下颌线条平白多出几分冷硬生疏。

姜玫抿了抿干涩的唇瓣，抬眸看着沈行：“你怎么到这儿了？”

沈行摇下车窗，不咸不淡地说：“除了你，还有谁能让我马不停蹄地赶过来？”

姜玫下意识地又看了一眼沈行，沈行这会儿还穿着上午穿的衣服，脸上挂着淡淡的疲倦，风尘仆仆的。

“我早上跟你说了我下午要来离水镇一趟，你晚饭吃了吗？”

沈行回答：“我连午饭都没吃。”

姜玫愣住了，她没有料到沈行连中午饭都没吃。见他有些不耐烦，姜玫压下心底的情绪，问：“要不先去吃饭？”

“嗯。”

两人下了车，姜玫主动绕过车头往沈行那边靠近，刚准备问沈行想吃什么，就被他拉进了怀里。

沈行猛地将人压在了车门上，扶住姜玫的后脑勺，强势地吻了下去。

吻完，沈行冰凉的手指自姜玫的头发中穿过，最后捏住了姜玫的下巴。

“为什么没有等我？”

感觉热气扑到耳朵里，姜玫下意识地避开沈行。

“姜玫，这么不信我？”

姜玫猛地抬头，沈行却已经松开姜玫，面无表情地掏出手机看了下时间。沈行压住心底的烦躁，瞥了一眼不作声的姜玫，轻声笑道：“你就是一白眼狼。”

他做好了一切打算，甚至想直接拿着手里收集的不齐全的证据向许家摊牌，可一回到家，她竟然没在家里。

她没等他回去。

她留下他一个人面对冰冷、没有人气的空房间。

姜玫并不十分熟悉离水镇，倒是听镇长偶尔提过一句，知道镇子东面有家本地人都觉得不错的农家乐饭馆。

姜玫没去吃过，也不太确定位置在哪儿。

因此她说要带沈行吃饭，实际上是两个人一路上慢慢找。

沈行也不急，任由姜玫领着他东奔西跑。

两个人走在昏暗的石子路上都没说话，有一小段路不太好走，只能过一个人，而且路灯坏了。姜玫默默地打开唐宇临进门前塞给她的手电筒，瞬间，小路被昏黄的光照亮了一块。

姜玫瞥了一眼身侧的沈行，扯了扯嘴角，说：“你先走。”

沈行抬了抬眼皮，觑了眼面无表情的姜玫，见她手里举着手电筒，摆出一副俨然要替他照明的姿态。

仿佛这离水镇，他是客，她为主。

沈行脑子里闪过姜玫同那小孩并排走的画面，忍不住皱起眉头。沉思了几秒，沈行冷冷地问：“那小孩是谁？”

“什么？”姜玫疑惑地对上沈行审视的目光，一时没有想清楚他问的是哪个小孩。

“刚跟你一起走的那小孩。”

沈行强调了一遍，姜玫这才明白他说的是唐宇。

姜玫抿了抿唇，心平气和地解释：“唐宇，镇长家领养的小孩。之前在这里录第一期节目，我被安排住在了镇长家里。”顿了顿，她的语气不自觉地低落了，神情也有些恍惚，“他和我挺像的。”

沈行眯了眯眼，心里滑过淡淡的烦躁。他换了个话题：“不是带我吃饭，您这么磨蹭下去是打算饿死我？”

姜玫正想说“好”，沈行就大步拉着姜玫的手往台阶上走。

路面窄，只能勉强站两个人，他们走起来不太方便。

走了几步，沈行突然弯腰轻松地将姜玫抱了起来。姜玫猝不及防，下意识搂住沈行的脖子。

沈行垂眸凝视着明显有些紧张的姜玫，眼里掠过不深不浅的笑意，薄唇轻启：“看路。”

“嗯？”

“手电筒不往地上照，我看得见吗？”

姜玫一脸尴尬，这才想起自己的双手还搂着沈行的脖子。

路上没什么人，姜玫小心翼翼地腾出一只手来举着手电筒替沈行照明。沈行倒是无所谓，脚步踩在地上很稳。

两人到农家乐时，饭馆还没打烊，老板正在收拾桌子。见两人进来，老板一时有些愣。

这一对宛如神仙眷侣，很是般配。就是吃个饭而已，用得着这样吗？

“老板，还有饭菜吗？”

姜玫拍了拍沈行的肩膀示意放她下来，沈行只淡淡地瞥了一眼姜玫也没说什么，慢慢将她放下了。

“有的、有的。”老板回过神来，连忙道，“那个，菜单在桌上，你们可以看看。”

店里油烟味重，桌椅上明显有些黏糊糊的。

沈行也注意到了，迟迟没坐。

姜玫默默抽出纸巾擦了擦凳子和桌面，擦完又垫了一层纸巾，等弄完，又取出两个一次性杯子倒了两杯热茶，淡淡地开口：“擦过了。”

说完，姜玫自顾自地坐了下来，她坐的位置没有擦拭，但她坐的时候也没有犹豫，倒显得沈行矫情了。

沈行蹙了蹙眉，表情不怎么愉快地坐在了姜玫铺的纸巾上。

明明店里挺宽敞，可沈行一坐下来，就显得地方逼仄了，长腿太长桌子太低，他只得委屈地侧坐着。

姜玫拿起菜单看了一眼，照顾着沈行，让他选。

哪知沈行只看了一眼菜单，就说着：“你请我吃饭还劳烦我点菜？”

姜玫无奈，按照沈行的口味，随便勾选了几个菜。

老板进了后厨后就没再出来，姜玫便站起来，把菜单放在了收银台。收银台后的服务员冲后厨喊了一声，报了几个菜名。老板应了，姜玫便坐了回去。

等待的过程中，沈行的手机铃声响起，沈行看到来电人的名字后脸色明显变了。看了一眼对面的姜玫，他推开凳子站了起来，拿起手机便往外走。

姜玫静静地坐在凳子上，目光时不时地落在外面接电话的那道身影身上。

沈行并未走远，姜玫隐约听见沈行说话的声音，他语气很冷，宛如这十二月的天气冷到刺骨。

老板忙碌地端着菜上来，菜刚炒出来还冒着热气，四五个菜上了桌，沈行还在打电话。

姜玫没动筷，也没催促沈行。

倒是忙着打烊的老板有些着急，委婉地提醒：“这菜得趁热吃，凉了就不好吃了。”

姜玫愣了一下，点头。

沈行像是有感应似的转过头，正好对上姜玫平静无波的目光。

对面的人还在说，沈行有些不耐烦了。见对方没有罢休的趋势，他移动修长且骨节分明的手指，挂断了电话。

随后，沈行弓着身进了门，神色自若地坐在了姜玫对面，不着痕迹地扫了一眼桌上摆满的饭菜，慢慢开口：“饿了自己先吃，不用等我。”

“嗯。”

沈行家教严，上了饭桌就基本上不会再说话，也听不见碗筷的碰撞声。

这一顿饭吃下来花了不到二十分钟，吃完饭沈行付了账，自然而然地接过姜玫手里的围巾替她围好了。

而后，他握住姜玫冰凉的手往外走。

回去的时候气氛倒还不错，两人走在路上，倒是有些岁月静好的感觉。

走到镇长家门口，姜玫下意识地看向旁边的沈行，张了张嘴想要问沈行今晚还回不回去，还没问出口沈行便开了口：“跟我一起回去。”

姜玫不由得疑惑起来。

沈行见状，只道：“北城出了点状况，我得回去处理。”

“嗯。”

“跟我一起走。”

姜玫不作声，显然是不打算跟沈行回去。

沈行也没催促，路灯将两人的身影拉得老长。晚上温度低，冷风突如其来，姜玫下意识地低下了脑袋。

地上铺着不规则的石板，石板明显有些年头了，上面长了一层青苔。

沈行来这里，姜玫是没有预料到的，也不太清楚他来的目的。

她隐约觉得是因为网上的那些事，可到现在为止他都没提一个字，姜玫一直看不透沈行，这一次更是不懂他。

僵持了一会儿，姜玫缓缓开口打破沉默：“我在青市还有工作。”

“你的经纪人跟我说你所有工作都停了，你剩下几天的时间都给我了。”

姜玫一震，指尖掐着掌心，心里逐渐起了波澜。

罗姐跟沈行有联系？

沈行似乎看穿了姜玫的疑惑，微垂眼皮，泰然自若地说：“这次是罗娴找我的。

“她替你跟我约法三章了，只要我保证你的前路一帆风顺，你的所有事情我都可以过问。

“但你是自由的，想接什么戏就接什么戏，想退就退，我不能干涉。”

姜玫心头大震，一时之间不知道说什么，脑子里下意识地权衡了一下利弊，一时心绪复杂。

这个约定对沈行并没有好处，反而是她占尽了便宜。

姜玫不禁想起周肆在电话里气急败坏地骂她迟早会害了他，所以……周肆是知道的，只是沈行不准周肆提，所以周肆才这么憋不住非要骂她几句。

许久，“你跟周肆呢？”姜玫艰难地问。

“什么？”

沈行等了许久姜玫的反应，等着等着就懒散地靠着车门。他眉眼冷淡，姜玫看不清他到底是何想法。

姜玫见沈行并不想谈，心口有些闷，连语气都急了两分：“你跟周肆怎么谈的？”

“想知道？”沈行吸了口气，神色慵懒，并没有受姜玫的影响。

直到姜玫眼眶红了，沈行才意识到姜玫认真了，姜玫还没当着他的面真的哭过，这是头一回。

姜玫哭的时候是没声音的，只有眼泪吧嗒吧嗒往下掉。她怕出声，嘴唇还咬得死死的，即便哭了也依旧倔着骄傲着，脊背挺得老直，生怕让人看低了。

沈行下意识抬手替姜玫抹眼泪，哪知道眼泪跟断了线似的越抹越多，连沈行也慌了，他没哄过哭了的姜玫。

眼见着姜玫哭得越来越厉害，沈行只得一把将人搂进怀里。感觉姜玫的泪水打湿了他的衣服，他不由得加重了力度。他将脑袋挨着姜玫，双手轻抚着姜玫的后背。

安慰了一会儿也没见姜玫停止哭泣，沈行叹了口气，简单地解释道：“周肆跟我什么关系？我俩打小一块长大的。就算我这次吃点亏，也亏不到哪儿去，他只是站在我这边，太为我抱不平，想让你吃点苦头。同样，你经纪人找到了我，也是想让你少吃点苦。”

姜玫的声音格外平静，平静到沈行都怀疑这姑娘流眼泪到底是不是他的错觉。

“行，我俩谁也没欠谁。”说完，她又补充了一句，“沈行，你瞧不起我。”

沈行一愣，垂着眼皮瞧着已然平静了的姜玫。她不再流眼泪了，可眼眶还红红的，脸上还浮现了淡淡的嘲讽。

“我可不敢瞧不起您这大明星。”沈行道。

“你要瞧得起我，就不会跟人做这样对你毫无用处的约定。”

沈行搭在姜玫腰间的手一顿。

姜玫始终都是倔强的，也一直都是骄傲的，只是生活所迫，她不得不将所有的骄傲全都藏起来，可她依旧是她。

在某些时候，自尊比生存更重要。

譬如此刻，一旦她接受了，她在沈行面前将永远抬不起头，他们二人也不会再对等。

所以，她不接受。

最后，姜玫还是跟沈行回了青市，沈行没撒谎，北城那边确实出了事。

回去的一路上，沈行的手机都快被打爆了，虽然沈行一个电话都没接，但他眉头皱得越来越深。

从高速公路下来进了市区，沈行没问姜玫一句话，直接开车回了公寓。

公寓门口，沈行将车缓缓靠在路旁停下，人却坐在驾驶座没动。

夜晚一片沉寂，天边被暗色笼罩，宛如嗜血的怪兽正张着大嘴，要吞噬天地万物。

车内昏暗的灯光打在头顶，洒下柔光，沈行生硬的轮廓都被映照得软了几分。来去离水镇这一趟花了沈行五个小时，其中有四个小时是在路上。

即便沈行只字不提，姜玫也明白他现在的处境有些艰难。

两人都没说话，过了会儿，沈行从从容容地伸手，从大衣口袋里掏出一张名片递给姜玫。

姜玫下意识地接过来，低头看了一眼。名片上的人姜玫没见过，可名字她熟悉，或者说，这个名字，很多人都知道。

“要真有事就给这人打电话，提我的名字就行。”

沈行这几天本来就忙碌，这一天的舟车劳顿，他脸上的疲倦完全掩饰不住，眼睛下方一片青色。

姜玫表情异样地捏紧了名片，问：“你不上去？”

沈行偏过头瞥了一眼姜玫，见她垂着脑袋盯着手里的名片看着，便拿起储物盒里的手机看了一眼时间，不早了。

沈行拒绝了：“我还得去机场，两点半飞北城。”

姜玫一僵，藏在手提包底下的手不自觉地捏紧了。

片刻后，沈行解开安全带，推开车门，长腿迈了下去。高大修长的身躯绕过车头转到副驾驶座，他打开了车门，动作自然地解开姜玫身上的安全带，温暖的手指握住姜玫的胳膊将她拉下了车。

砰的一声，车门关闭。

沈行高了姜玫一个头，站在她面前挡了她大半视线。沈行瞅着脖子上空荡荡的姜玫，取下自己的黑色围巾，亲手替她戴上。

姜玫只感觉一股热量从脖子处传来，一时间满鼻子都是沈行身上的味道。

冷冽、清新。

他英俊深沉的脸猛地凑近，光影交错下，姜玫一眼撞进那双幽深复杂的眼眸，眼眸似深山老林里的古井，波澜不惊却又让人难以移开视线。

这人明明是天上的谪仙，高不可攀，此刻却又似水中月，触手可及。

姜玫一时间看着他失了神。

沈行没注意姜玫的目光，大手一伸将人搂进了怀里，抱了不到五秒就松开了。

离开前，他轻轻地吻了一下姜玫的额头。

而后，沈行用大手轻轻揉了一下姜玫的后脑勺，眼眸暗了暗，嗓音沙哑地说：“许默处事稳重，嘴巴紧，你要想知道什么就问他，我跟他打了招呼。你之后无论是要回北城，还是继续待青市都随你。”

沈行顿了顿，手指在姜玫看不见的地方克制地弯曲两下，语气没什么波动地继续说：“我回了北城，难免诸多不便。你工作上的事找周肆，无论如何，他都会帮你。”

最后，他说：“不早了，上去吧。”

夜色下两道影子再度贴近，呈相拥状态。可两人都明白，这个拥抱并不会长久。

姜玫压制住心底呼之欲出的疑惑，挺直腰板，提着包在夜色里一步一步走近电梯。等电梯时，姜玫下意识地回头。

昏黄的路灯下沈行长身如玉，他双手插兜，表情淡淡地与她对视。

光线忽暗忽明，沈行一半在明，一半在暗，背后是看不清摸不着的黑夜。那道身影立在风中，如山，静止不动。

电梯到了，姜玫才收回视线，走进电梯里。电梯门很快关上了，隔绝了沈行望过来的幽深复杂的目光。

沈行见楼上的灯亮了起来，才打开车门上了车，窝在车里看了一会儿那扇紧闭的窗户，然后启动引擎离开巷子。

车子很快消失，只剩下昏暗的路灯还坚守着岗位，一如他来之前的模样。

凌晨两点半，飞机准时起飞，那灯火阑珊的城市随着高度的攀升逐渐化成了一个小点，最后完全消失在一片漆黑中。

“哥，许家知道了。”说完，沈深小心翼翼地看了一眼闭目养神的沈行，紧接着，他从包里取出一个黄色资料袋递给沈行。

沈行轻微皱了皱眉，用瘦削有力的手指接过袋子。他拆开袋子，取出里面的东西。

一大沓照片映入眼帘，照片里的男人身形臃肿，头发稀疏，那张圆饼脸上满是阴狠之色，他夹着包站在一片拆迁区前，衣冠楚楚地望着不远处。

沈行随便翻了几张，翻到一张聚餐的照片时，他的眸色转冷。

手指一点一点滑过上面的几个人，最后落到了一个年轻人身上。瞧了一会儿，沈行眯了眯眼：“许家倒是舍得。”

等了会儿，沈深试探地问：“许家既已经出手，您是不是……”

见沈行并无反应，沈深又说：“程三哥前两日还递了信来，暗示许家最近动作大，许代山所图不小。”

沈行抬了抬下巴，将手上的东西递给沈深，随后闭了眼进入浅眠状态。

如此，沈深也不再多说。

也只有在飞机上，沈行才能安安静静地休息会儿，下了飞机，等着他的是一场又一场的硬仗。

即便没有半点硝烟，可他稍不注意，这么多年的铺垫将全部功亏一篑。

沈行如今是走在刀刃上，容不得一点闪失，那些人恨不得用显微镜来抓住他的错处，好将他打入绝境。

年关将至，那些蠢蠢欲动的人也按捺不住，开始了谋划。

横亘在沈行面前的路更难走了。

早上七点，北城还灰蒙蒙的一片，路上行人寥寥无几。

沈深随同沈行出了机场坐上了回北城的车。

自下飞机，沈行的脸上便看不出半点疲倦，只有波澜不惊。沈深明白，沈行又成了那个刀枪不入、不动如山的沈家继承人。

他有着旁人惊羡不已的身份，可承担的也是旁人想都不敢想的重任。

沈家的身份既是荣耀的象征，又是甩不掉的累赘。

沈深自小跟在沈行旁边，见证了他是如何成长成如今的模样的。

沈行出生后，就由老爷子带在身边亲自教养。每日课业排得满满的，无论是训练，还是学业，他从未中断过一天。每一项，他都拿到了最优秀的成绩。即便是如今，他也不曾松懈，这份毅力不是寻常人能有的。

沈家的规矩严，沈老爷子对沈行更是严苛。

沈行唯有两次忤逆老爷子，一是在大学志愿上偷偷填了 A 大，跑到青市待了几年；二是他跑去新省，作为一名新兵驻守边疆。

若不是前段时间老爷子的身体突然大不如前，他三番五次催促沈行回北城，家里更是多番施压，恐怕沈行还会继续待在新省。

思及此，沈深觑了一眼冷峻的男人，道：“哥，沈深斗胆，这一次也不知多久才能结束，您跟姜小姐……”

沈深的话还没说完，沈行警告的眼神就到了。沈深一时心惊胆战，到了嘴边没说出口的话就这么咽了回去。

翌日一早，姜玫就收到了罗娴发来的短信。

她告诉姜玫，剩下的三期节目姜玫需要按时参加录制，并且下周姜玫就得进组了。她已经跟节目组和剧组两方都沟通协调好了，让她不必担心进了剧组后无法出来录制综艺节目。

姜玫犹豫两秒，拨通了罗娴的电话。

“收到短信了？下午你有个平面拍摄，我一会儿派助理带你过去，我跟摄影师早沟通好了，你直接去现场就行。齐衡还有两个广告要拍，我暂时走不开。”

罗娴再忙还是会将姜玫的工作安排得井井有条，令姜玫毫无后顾之忧，这些年来，姜玫一直高度信任罗娴。

只是，姜玫还是说：“你跟沈行的约定不作数。”

电话那端的罗娴一愣。

姜玫没有问“你跟沈行约定了什么？”，也没有问“你跟沈行的约定内容是什么？”，而是直接说“约定不作数”。

感觉姜玫的态度很坚决，罗娴一时间没想好怎么开口。

沉吟片刻，罗娴主动缓和气氛：“沈公子不仅答应了约定，还主动提出签署合同，甚至有好几个条款都是他主动提的。你要是不信，我把那份合同发给你。”

说完没一会儿，姜玫的手机便振动了一下，她的邮箱收到了一封新邮件。

姜玫缓缓点开邮箱，打开合同的电子版。

合同里的条款足足列了三十多条，每一个条款都是以姜玫为主。

姜玫一行一行地看过去，直到看到最后一行字时，她停住了。

“合同自生效日起，姜玫想要任何东西，沈行都无条件答应，婚姻除外。”

姜玫的心脏不受控制地缩了缩，她死死地盯着那几个字。明明每个字都认识，姜玫却觉得这些字组成的句子格外陌生。

她想要任何东西他都无条件答应……

婚姻除外……

怎么个除外法？

姜玫不想在剧组和节目组之间奔波，她让罗娴去协调，最终确定专心拍综艺节目，延期进组。

这段时间又发生了一些事情。

这部古装剧名为《锁玉》，女主角一早就定下了由影后苏意出演。不知什么原因，剧组开机后，苏意看上了姜玫将要出演的女二号的角色。

制作人和导演还有苏意的经纪人，经过一番讨论后，询问罗娴，可否让姜玫试演女主角。

姜玫之前大部分时间都在揣摩女二号的戏份儿，但女主角的戏份儿重，与女二号的戏份儿有部分交叉，又是成长型人物，她自然也揣摩了女主角的心理，还观摩了苏意出演的不少电影、电视剧，设想了一番两人演戏时，对方可能会怎样出演，而自己应该如何应对。

因此姜玫很快就飞去了剧组，准备试戏。

《锁玉》的导演正是之前江逢介绍的那位，见了姜玫态度很是和善。不过，试戏时，他选了张力很强的一段戏——是女主角与男主角决裂的片段。

因为双方已协商好，所以姜玫这次试戏，不仅全妆上阵，还更换上了整套戏服。

这一场戏，直接实景试拍。

金碧辉煌的大殿，公主穿着一身鎏金长袍，神色高傲地踩上了白玉台阶，最终坐在了那金碧辉煌的象征权力的位置上。

她不再是姜玫，而是翻云覆雨的公主沈玉，是史册上颠覆王朝，几废傀儡皇帝，自立为皇的女帝。

试戏结束，导演对姜玫很是满意，一个劲儿地夸她。

由此，女主角定下来由姜玫出演。

姜玫结束综艺节目的拍摄时，已临近除夕夜。

除夕夜那天，夏竹专门从北城飞到青市陪姜玫跨年。

夏竹爱热闹，晚上一落地青市，还不到八点，便拉着姜玫直奔青市的中心广场。

中心广场立了块高大壮观的石碑，石碑上嵌着一块时钟。每到元旦前夜和除夕夜，广场上人山人海、摩肩接踵，每个人脸上都洋溢着笑容，静静等待着来年的钟声响起，满怀期盼——新年红红火火，行大运。

两人在人山人海里被挤得进退两难，喧闹中姜玫听不见一句完整的话。

冬天的寒冷也被这水泄不通的人群挤走了，姜玫只感觉热量不断地从旁人身上传递过来。

中途姜玫与夏竹走散了，两人相互寻找间，头顶笨重的时钟缓缓走向零点。

许多人开始齐声倒数，并默契地闭上了眼睛，心里默念一些祝福词。

人头攒动的广场，姜玫一言不发地抬头仰望着时针嗒嗒走向十二点，而后，红唇微动，她许下了一个心愿。

愿他平安喜乐，万事胜意。

零点一过，便踏入了新年，所有人脸上一片喜气洋洋，开始三三两两地分流。

五光十色的彩灯搭在树枝间，闪烁着漂亮的光芒，随着人群分散开，姜玫与夏竹再次聚在一起。

时间不早了，姜玫便等着出租车准备回家。来广场跨年的人不少，打车的人也很多，市政府为了更好地服务市民，今晚的地铁更是延迟到凌晨两点才停运。饶是如此，姜玫的出租车排单也排到了一个半小时之后。

夏竹等了会儿，有些不耐烦了，拉着姜玫往人少的地方走。姜玫沉默少语，夏竹倒是高兴得很，连眉梢处都挂着愉悦，一路上在姜玫耳边叽叽喳喳说个不停。

渐渐地，她们远离了人群，夏竹偷偷地问："阿玫，刚刚你有没有许愿？"

姜玫垂在身侧的手指不动声色地蜷缩起来，表情依旧平静如水，黑白分明的眼眸清澈得一眼见底。在夏玫再三的催促下，姜玫想着自己在心里默念了三遍的祝愿，缓缓点头。

夏竹更好奇了，歪着脑袋抱着姜玫的胳膊继续问："许了什么愿望？"

姜玫没着急回应，反而转头问夏竹："你呢？"

夏竹眨了眨眼，神神秘秘地凑近姜玫，贴在姜玫的耳边，低声说："我许愿许默这辈子要么娶我，要么孤独终老。"

姜玫下意识往后退了一点，发现夏竹说这话时满目光彩。

发现了姜玫的视线，夏竹悻悻地摸了摸鼻子，掩盖住心虚，自我欺骗地想：若是不能嫁给喜欢的人，那她宁愿他不会喜欢上别人。

纵使自私了点，可谁在爱里没有一点私心呢？

她就自私得坦坦荡荡，怎么了？

姜玫也没揭穿她的小心思，只轻轻地“嗯”了声。

至于她许的愿，她只会永远埋在肚子里，不会与任何人分享。

即便是远在北城的沈行也不会知道。

他只需要平安无事便好。

剩下的，便交给天意好了。

沈行疲倦地坐在汽车后排托着腮望向车外。灯火通明的街道，到处挂着灯笼，新的一年到来了。

这些日子，他忙得日夜颠倒，终于在春节放假前收拾了一小部分烂摊子。

瞥了一眼时间，此时已经是凌晨一点半，沈行拢了拢身上的大衣，握着手机，几度按亮手机屏幕。

屏幕上是一个女人的身影，女人披着民族风披肩，穿了身大红色长裙，倚着军绿色越野车门眺望着远方。她的背后是一片辽阔无垠的沙漠，正值太阳下山之际，余晖落下，给世间万物镀了一层耀眼的金色。风拂过，掀起她的长发，墨镜下的红唇很是动人。

沈行垂下眼，修长的手指缓缓落在屏幕上方，快要落到女人白皙的面孔上时，一个刺耳的声音打断了沈行的动作。

“哥，出事了。老爷子突然发病，已经进了医院。”

沈行瞳孔一缩，凝视一眼屏幕才收回手机。他气势凌厉严肃，嗓音冷且沉：“去医院。”

一番风雨过后时间到了凌晨三点，沈行一言不发地立在病房门口，气势冷峻，没有半点表情。

徐敏见沈行的眼圈颜色更深了，想到他这半个月来忙得不可开交，不禁劝道：“闻儿，你回去休息休息，医院有我。”

沈行合了合眼皮，看了一眼旁边的沈深，淡淡地交代道：“送徐教授回去休息。”

“闻儿……”

见沈行平静的样子，徐敏的喉咙像是被一块石头堵住了似的，半点声音都发不出来，最后她叹了口气，提着包跟着沈深离开了。

凌晨的医院一片静默，走廊灯只留了几盏，偶尔有值班医生走过。

沈行神色凝重，后背抵在墙上，低头翻看姜玫的照片。

看到一半，沈行终于拨了一通电话。

电话铃声持续响了十五秒才被人接听，电话那端传来低声细语，还夹着浓厚的睡意："谁？"

听着话筒里熟悉的声音，沈行胸腔里积压许久的烦闷渐渐散去，一扫数日的疲惫，无端生出了一股奇异的感觉。

姜玫闭着眼睛随意将手机放在耳旁，任电话那头的人陷入沉默，睡意蒙眬中姜玫听到一个清冷、低沉的嗓音："姜玫，新年快乐。"

嗡的一声，姜玫猛地翻身开灯坐了起来。白炽灯下，她揉了揉眼睛，连着看了两次手机屏幕才确认不是做梦。

一时间，姜玫胸腔里迸发出酸涩，她不自觉地舔了舔干涩的唇瓣，清了清嗓子道："也祝你快乐。"

说话间，沈行打开微信朋友圈，刚好看到夏竹凌晨十二点发了一条朋友圈动态。

照片里，裹在嫩黄色轻薄羽绒服里的姜玫挤在人群里，戴着一顶黑色毛线帽，脖子上是他给她围上的那条围巾。她双手合十，虔诚地闭着眼对着不远处的石碑许愿。

周围的人群被他自然而然地忽略，他眼中只剩下她一个人。

她似明月，清雅高洁，神采动人。

沈行下意识地握了握手机，漆黑的眼眸光彩流转，他语调平缓地说："你今天去广场跨年了？"

"嗯？"

沈行的手指停在手机屏幕两秒，最后还是将那张照片下载保存了。

"今晚人很多。"姜玫回了一句。

这通电话两人聊得格外平和，基本上你问一句我就答一句。最后，沈行揉了揉眉心，见已经聊了半个小时，便催促了一声："你继续睡觉。"

"嗯。"

"姜玫。"

姜玫刚准备挂断电话，听到沈行叫自己，她的动作便停住了。

夜里安静，姜玫清晰地听到了自己不断加快的心跳声。

大约五秒后，沈行缓缓地说了一句："我挂了。"

姜玫愣怔片刻，回了句"好"。

挂断电话后不久，姜玫慢慢地又陷入梦里。

沈行挂了电话，又看了屏幕上的姜玫好一会儿。

那些隐忍、克制的爱，再一次被他藏进了内心深处，藏得深深的，让人窥探不了半分。

新春假期一结束，姜玫便赶往《锁玉》的拍摄地——横市。

从青市飞回北城，又从北城飞到青市，来回奔波的夏竹也与她一同前往。

姜玫想起自己拍《捧杀》时，夏竹跟着在剧组待了两天便找借口溜了，这一次过年也不知道怎么了，倒是乐意安分下来，忍着寒冷跟着剧组跑上跑下了。

进了剧组，姜玫就开始忙了。夏竹倒是整天待在她身边，充当她的助理，同江予聚在一块聊天。

江予年轻漂亮，性格单纯，语言生动有趣。每次聊着聊着，夏竹都禁不住拍腿大笑。

这小姑娘太可爱了。夏竹刚开始还有所收敛，后面就时不时地逗小姑娘，还旁敲侧击小姑娘跟江逢的事情。

这会儿，姜玫休息，江予过来给她递热水，就听到夏竹问："江可爱，江导跟你什么关系啊？"

江予眨了眨眼，乖巧地回了句："他是我哥哥。"

"哥哥？你们又没有血缘关系。江可爱，你知不知道江导多受欢迎？江导长得好看，气质又冷又酷，又非常有才华，家世也不错。"

"嗯，我知道啊。他以前念书的时候，就有很多人喜欢他，嘘寒问暖还送零食！不过大多数的零食最后都是进了我的肚子，我还帮很多姐姐转交情书给他呢。"

夏竹不由得有些郁闷。她磕了两把瓜子，嘴巴有点干，喝了一口水，不死心地问："那江导就没有喜欢的女孩？"

江予小脸一皱，似是有些难以启齿："我哥说他不喜欢。"

一旁补妆的姜玫抬眸看了看满脸郁闷的江予，想起江逢满脸不自然地问她能不能替他多照顾照顾江予，便勾了勾嘴角，忍不住叹气，看来这小姑娘，还不知道江导已经心有所属了。

不知不觉，姜玫已在横市拍了一个多月的戏了。最近这段时间，夏竹的家人三番五次打电话过来催促夏竹回北城。

刚好，横市这两天气温下降，明明都三月了，还飘起了细雪，一夜过后，屋檐上就覆盖了一层薄薄的白雪。

天冷路滑，偏偏下雪的戏份儿早已拍完了，这天气拍些室内的戏还行，不巧搭的景没姜玫的戏份儿。

这一个月的戏拍得很顺利，导演便大方地给姜玫放了几天假。

夏竹准备回北城了。临走前，夏竹还问姜玫要不要一起回北城。姜玫找了个借口拒绝了。

倒是罗娴听说姜玫要去青市，就订了机票，和姜玫一起去了青市。

到了青市，姜玫突然想吃火锅。当天下午姜玫去买菜，罗娴去谈合作，晚上两人则在一起吃起了火锅。

“你不是不吃辣吗，怎么还吃火锅？”

作为青市人，姜玫并不能吃辣。她神色平淡地垂下了眼皮，面色平静地道：“我有个朋友很喜欢吃火锅，每个月发工资那天，她都要拉我一起吃火锅。”

姜玫在专科学院念书时，有个较其他人来说，较为亲近的朋友。

女孩是山城人，她俩在同一家店做兼职。女孩家里偏心，家里有一个姐姐和一个弟弟，姐弟俩都在上学，唯独她这个老二十六岁就出来打工挣钱了。

姜玫比她大一岁，本该由她照顾女孩，可现实是，对方像个姐姐一样护着她，什么好的都留给她。

姜玫心情复杂地起身从冰箱里取了两瓶饮料，麻利地打开了瓶盖。随即，她将这一瓶饮料放到罗娴的手边，另外一瓶饮料留给了自己。

饮料瓶口还冒着冷气，姜玫也不觉得冷，仰着脖子就喝了两大口。喝完，姜玫握着筷子夹了两片牛肉，先沾了油碟才放进嘴里。

瞬间，姜玫下意识地皱了皱眉。这一刻辛辣刺激得舌头发麻，姜玫连忙又喝了两三口饮料来缓解这股味道。

见姜玫狼狈的样子，罗娴忍不住轻声骂道：“不能吃辣还吃，总给自己找罪受。我看你就是倔。人都说不撞南墙不回头，你是撞了南墙，也不见得回头。”

姜玫一声不吭地望着锅里翻滚的红汤，嘴里依旧似有熊熊烈火在不停地燃烧。

罗娴还在喋喋不休，姜玫握紧瓶子，慢吞吞地开口：“后来她死了。”

话一出，空气里弥漫着死一般的沉寂，罗娴一时没有反应过来，呆滞地望向姜玫。

过了好一会儿，姜玫拿起筷子，夹了两片煮好的土豆继续吃。

罗娴小心翼翼地瞄了两眼看不出半点情绪的姜玫，犹豫几秒，试探性地问了句：“你哪个朋友？之前怎么没听你提过？”

姜玫握紧了手里的筷子，抬起眼，看向对面有些不安的罗娴。

这些年过去，罗娴早已经不是当初的样子，处事也不像之前那般不成熟。

现在的罗娴知道分寸，也知道如何处理和艺人之间的关系，知道怎么权衡利弊。

可姜玫不一样，姜玫是她带的第一个艺人，她俩相互扶持，才能走到今天。

她知道姜玫不容易，一直很护着姜玫。实在是遇上难事，她也是站在姜玫这边。

“出了车祸。”姜玫低着头轻言细语地说。

“她那天发了工资，她爸妈来青市找她要钱。她不愿意，拿着钱跑了出去，结果迎面驶来了一辆车。她没能躲过去。出了事之后，医院打了好几通电话给她爸妈，结果她爸妈都没接，最后医院打给了我。”

姜玫小声呢喃，像是自说自话：“罗姐，她走的时候才十八岁。”

罗娴心尖一颤。

姜玫倒是无悲无喜，只一个劲儿地往火锅里加菜，直到火锅里都快塞满了才停下来。

那时她与沈行在一起，慢慢地，生活又回到了休学前的轨道，只是她不用再去学校了。她找了一份全职的工作，还用其他的兼职塞满了自己的生活。

沈行知道她又回去酒馆兼职唱歌，嫌丢人，让她别去了。但姜玫始终坚持，因为她是在那里认识了那个小姑娘。

姜玫盯着火锅，继续说：“我们两个能找到的工作，无外乎一些不需要技术含量的。只是，她比我更难。一个月累死累活，到手的工资也不过两三千。她连买件衣服都舍不得，每次发了工资却拿出两百块请我吃火锅。我之前挺爱吃火锅的，可那以后，我就不怎么吃了。”

姜玫很少主动提起自己的过往，这是她头一回在罗娴面前敞开心扉。

“罗姐，算起来我已经很幸运了。我知道很多人瞧不起我这样的人，我跟沈行在一块谁都会认为我高攀他，讽刺我想从他的身上捞好处。”

说到这里，姜玫的思绪不由得飘远了，一时间神情有些恍惚。

那张精致的面孔上浮现出淡淡的无奈，眼眸中噙着淡淡的讽刺，她扯了扯嘴角：“没有谁相信，我就是单纯地爱他。”

她顿了顿。

“二十岁出头的年纪总是爱强撑，即便动了情也要假装不在意，生怕服软了就会丢了自尊心。沈行这人除了爱面子、嘴毒了点，再没有别的不好。只是，我所求的太多。”

说到这里，姜玫脸上的苍白褪了不少，她舔了舔干涩的唇瓣，抬眸望着罗娴，语气克制却不掩祈求地说：“罗姐，你把那份合同撕了吧。我在他面前就剩这么点自尊了。

“他为我做得够多了。

“我从来没想过要从他身上得到些什么。我选择重新跟他在一起，也没想求个结果，就是觉得我俩的缘分还没尽。”

罗娴心里了然，她早该明白姜玫不会随便跟人推心置腹。

姜玫在她面前主动揭开伤疤，不过是不想让她保留那份合同，更不想让那份合同成为沈行的把柄。

想清楚后，罗娴忍不住叹了口气，有些心疼姜玫。

姜玫还笑着，只是神色认真。

“沈公子是心甘情愿的，你倒好，为了这事千方百计地跟我绕圈子。合同我一直带着，你要是不放心，就自己保管。”说着，罗娴从包里取出那份合同递给姜玫。

姜玫接过纸质版的合同看也不看，毫不犹豫地撕了。撕完了，她将碎得不能再碎的纸扔进了一旁的垃圾桶里，温和地说了声“谢谢”。

罗娴除了叹气，也没别的话说。

要说爱，她也没见姜玫对沈行有多热情，日常也不见她对沈行有多思念。

在横市拍戏的这一个多月，她都没见姜玫和沈行联络过。

罗娴想到这里，奇怪地打量了两眼将头发绾起来认真吃火锅的姜玫：“你能用两个词形容你跟沈公子的这段感情吗？”

姜玫不假思索地说出两个词：“镜花水月，虚无缥缈。”

罗娴嘴角抽了抽，斜了一眼姜玫，哼了两声：“我看你挺理智的，一点都不像谈了爱情就降智的女人，还知道给自己留条后路。”

姜玫：“……”

近几年过年的气氛越来越不如以前，很多人都感慨年味淡了。

可沈家一向重视传统节日，不过因为沈老爷子住院，大家伙儿这个年也没过好。现在老爷子身体好些了回了家，便赶紧把聚会安排上了。

沈家人还挺多，聚在一块足足有三桌。

沈行从年前到年后，一直忙得脚不沾地，这会儿好不容易能歇上一歇，因而，也被徐教授唤回了家里。

几个堂兄弟聚在一块支了两张麻将桌，沈行也被拉上桌打了一会儿。

玩了几圈，沈行就找了个借口离开了。屋里屋外都闹哄哄的，吵得沈行脑袋疼。沈行在客厅待不住，索性躲到了老爷子的书房里。

老爷子素来严厉，老爷子的书房，小辈自然不敢靠近。

沈行在书房右侧的黑色皮质沙发上睡了会儿，醒来已经过去了一个小时，楼下依旧闹腾腾的。

因为是家庭聚会，自然少不了小孩。徐敏见到小孩，明里暗里地提示沈行自己想要抱孙子了。沈行一开始还跟徐敏贫几句，不过这些话听得多了，他也就随便敷衍徐教授了。

晚饭提前到四点开席，吃完饭，几家人坐在一块看电视。大人们都在聊天，小朋友们换台换到了一个地方台。这个时间段正在直播春节晚会，不巧赶上许薇登台。

电视里，一袭红色长裙的许薇款款步入舞台中央，优雅地献唱。

不知道是谁起头说了句："闻儿，你听这小薇唱得不错吧？"

这话一出，坐着的一排人全都把视线投向了沈行。沈行皮笑肉不笑地扯了扯嘴角，操着一口流利的北城话回了句："婶儿，我就一俗人，哪儿能听得懂这阳春白雪？不过，您要是真想知道这唱歌水平，侄儿倒是乐意给您打个电话，问问专家，让专家们给您评评她唱得好不好。"

"你这孩子，上下嘴皮一碰，这话那是一套又一套的。"

"三嫂，您可别跟闻儿争论，多半是争不过的。也不知道闻儿以后有媳妇了，这嘴还贫不贫。"坐在徐敏对面的中年女人摸了摸怀里的小女孩，笑着打趣道。

沈行懒散地笑了笑，弯腰从果盘里拿了一个苹果递给说话人怀里的小女孩。小女孩不过四五岁，怯生生地伸手接了苹果，而后将脸埋进女人的怀里，只露出眼睛偷偷地看沈行。

沈行见小女孩对他感兴趣，索性接过小女孩抱在了腿上，一边揉着小女孩的头，一边道："四婶，您放心，要我真有了媳妇，疼她都来不及，哪儿还敢跟她磨嘴皮子？"

"闻儿都二十八岁了，是该找个媳妇管着了。闻儿这心里可有个合适的人选？"

沈行抱着孩子的手一顿，他垂眸看了两眼怀里的小女孩。

小女孩费力地咬着手里的苹果，这会儿注意到沈行的视线，不由得又开始偷看沈行。看了一会儿，她拽了拽沈行的衣袖，奶声奶气地说："二哥长得真好看。"

这话一出，周围的大人们全都乐和地笑起来，一时室内充满了快活的气息。

热闹过后，沈行趁着夜色拎着车钥匙直接往外走。

凌晨四点，北城飞往青市的航班准时降落在青市机场。

凌晨五点，沈行出现在青市的公寓门口。

姜玫满脸震惊地开门，愣在门口的她痴痴地望着风尘仆仆的沈行。

沈行用高大修长的身躯堵在门口，挡住了姜玫的视线。冷光从他背后倾泻下来，为他镀了一层银色，他似月光般清冷。

他身上的黑色大衣有些褶皱，那张英俊立体的脸上挂着淡淡的疲倦，下巴处还冒出些胡茬儿。

姜玫握紧门把手，总算回过神来，侧开身子示意沈行进屋。

沈行步履匆匆地走进屋，反手砰的一声合上门，同时一把将姜玫拉进怀中。

姜玫猝不及防，整个人撞进沈行的胸膛，一下子被沈行周身的冷意包围。她只穿了薄薄的睡衣，忍不住打了个冷战。

抱了一会儿，沈行抬起姜玫的下巴。

一吻毕，沈行搂紧怀里的人，嗓音低哑地道："我有点困，陪我睡会儿。"

姜玫抬头看了看沈行眼皮底下的青色，默默地点了点头。

感受着自己被沈行紧紧抱着，听着头顶传来沈行匀称的呼吸声，姜玫躺在沈行怀里，清楚地感受着他的心跳和体温。

他隔着千山万水朝她赶了过来。

姜玫心里似有毛虫爬过，麻麻的，又辣辣的。

她没做梦，抱着她的人真真切切是沈行。

姜玫迷迷糊糊地睡了过去，醒来已是早上九点。

她旁边空无一人。

姜玫猛地坐了起来，睁开眼打量了一圈卧室，只见床尾处放着一件男款大衣。

看到衣服，姜玫抬手揉了揉凌乱的头发，莫名地松了口气。

姜玫掀开被子下了床，刚出卧室就听到了些许动静，她顺着声音走到厨房。厨房里的沈行正烧着开水，准备煮汤圆。

姜玫呆愣住了，她抬腿走进厨房，瞥了一眼刚入锅的汤圆，开口道："昨天只买了汤圆，你要不要吃饺子？我出去买。"

北方饺子，南方汤圆，姜玫就没见过沈行吃汤圆。

"不用，我吃汤圆。"说完，沈行从裤兜里取了个红包递给姜玫，"新的一年了，发个红包能从你嘴里讨个吉利话不？"

姜玫好多年没收到过红包了，沈行这么一给，直接让她蒙了。落到手里的红包鼓鼓的，里面肯定装了不少钱。

"太多了。"姜玫一时间只想到这句话。

沈行毫不在意，只说红包给了就不能退，然后又逼着姜玫讲几句吉利话。

姜玫脑子里突然一片空白，根本想不起来有什么吉利话，只好临了凑了两句："新年快乐，祝您万事如意，平安喜乐。"

沈行一听，挑眉问："就这么两句就想打发人？"

"祝您步步高升、身体健康、早生贵子、儿孙满堂……"

"敢情您这祝福是狗咬皮影子，没一点人味呢。"

沈行咬牙切齿。

“早生贵子、儿孙满堂，照你这意思，是让我生？我竟不知我还有这本事呢。要我不叫停，您下句话是不是想祝我福如东海，寿比南山了？”

沈行一抬眼，白了一眼词穷的姜玫，半点不留情面地揭穿姜玫。

姜玫下意识地怔了两秒，没忍心告诉沈行，那些词语还真的已经到了她嘴边。

当然，姜玫没傻到把这话说出来。

锅里的汤圆浮了起来不停地翻滚，姜玫被沈行呛得没脾气，只好转开脑袋转移话题：“汤圆熟了。”

饭桌上，姜玫坐在沈行对面，小口小口地吃着碗里的黑芝麻汤圆。

沈行吃得快，几口就吃完了。姜玫吃四个汤圆吃了快半个小时，吃一口又停一会儿，吃一口又停一会儿。

沈行蹙眉，问：“汤圆不好吃？”

姜玫咬了一口汤圆，里面的黑芝麻流了出来，甜得腻人，她摇了摇头道：“太甜了。”

“不早说。”

“你都煮了……我总不能说我不喜欢吧？”

“那你买来干吗？供着？”

这是她过年前买的，她买来就是图个吉利，也没想吃啊。

好不容易吃完最后一口，姜玫感觉齁到了，有点恶心，赶紧跑到洗手间干呕了几下。

沈行见状眉头皱了又皱，敢情让她吃个汤圆像是故意为难她似的。

从洗手间出来后，沈行在厨房洗碗，姜玫窝在沙发上看电视剧，看了一会儿，姜玫想起刚刚收的那个红包。

趁着沈行没在，姜玫偷偷拆开看了两眼。

里面装了九千九百九十九元，还有一条心形项链。

姜玫拿起项链端详了一会儿，才注意到吊坠背后刻着她的名字拼音首字母缩写，这条项链怕是沈行专门定制的。

春天就要来了——真好，吃了汤圆还有红包拿。

这会儿春寒料峭，风大得很，再说姜玫也不爱出门，于是窝在沙发上完全不动弹。

沈行自然是随姜玫，她不出去，他也就跟着在家待着。

姜玫想了想，选了个电影，打算让沈行陪她一起看。

然而，她选了半天都没选到想看的影片，最后她困了，被沈行抱在怀里，补了一下午的觉。

沈行这几个月都没睡过好觉，这一下倒是睡足了。

两人醒来，窗外已经是灰蒙蒙的一片，电话信息一大堆，全是找沈行的。

姜玫知道他来陪她的这几个小时都是挤出来的，也没有留他，当天就送他回了北城。

临走前沈行给她订了机票，想让她一起去北城，姜玫想了想还是拒绝了。她去了北城，他也不得空，反而可能会给他添麻烦。

再说她的假期就那么几天，她过两天就要飞去横市继续拍戏了。

很快，《锁玉》拍摄进程过半，整个剧组即将转战北城，拍剩下的戏份儿。一批工作人员已经先行出发。姜玫跟沈行分开不到两周时间，就跟着剧组剩下的人一起去了北城。

刚到北城，姜玫就收到了沈行的短信：“江水人家那套房空着，你住那儿。”

姜玫晚上还有夜戏，收工时已近凌晨。姜玫拎着箱子赶回了江水人家，按了密码，门一开，屋内的陈设一一落进姜玫眼里。

这里的摆设还是姜玫离开时的样子，没有半点变化。

她的鞋子还在原来的位置。

沈行没在，姜玫倒是松了口气。她轻车熟路地上了楼洗了个澡，然后换上睡袍，下楼坐在沙发上揣摩剧本。

快凌晨两点，突然响起门铃声，姜玫放下手里的剧本踩着拖鞋缓缓走向门口。

开门的前一刻，姜玫下意识地看了一眼猫眼。

她一眼就看见了站在门口的沈行，他的身后站着沈深。

打开门，视线在两人身上徘徊了一下，她才移开身子让出空间让两人进屋。

沈行表现如常，反而是沈深的表情跟见鬼似的，很是疑惑，过了一会儿，他才喊了声“姜小姐”。

姜玫回了一个恰到好处的微笑，她看懂了沈深眼底的复杂情绪，无非是觉得她此刻不该出现在这套公寓里，更不应该反客为主。

“什么时候回来的？”沈行随手脱掉身上的外套，同姜玫寒暄。

姜玫眨了眨眼，反问：“你不是知道？连我什么时候到北城的都清楚，还不知道我什么时候回这儿的？”

沈行解领带的动作一顿，姜玫这话表面上听着没什么，可字字句句都在控诉沈行监控了她的行踪。

“你回北城这事我可没到处打听，要怪就怪夏竹嘴太大。”

“夏竹？”

姜玫回想了一会儿，才想起来前天晚上夏竹打听她在干吗，她便回了一两句自己即将回北城拍摄《锁玉》旧宫的剧情。

敢情她的行踪是夏竹泄露的。

见姜玫没话可说，沈行瞅了姜玫两眼，扯了扯嘴角，道：“别以小人之心度君子之腹。”

“谁让你那么准猜到我回来了？就算是夏竹不小心暴露了，你不也知道了吗？”

沈行皱了皱眉，瞥了一眼无理声音高的女人，忍不住回呛了句：“青市回北城就那几班航班，我还用猜？”

姜玫：“……”

回北城的第三天，下午四点半姜玫就收工了。

拿到手机，姜玫看到不久前夏竹给自己发来的短信，说要她陪着一起去 P 大找灵感。不仅如此，夏竹还打来了许多电话。姜玫自然没法拒绝夏竹，只好从拍摄地赶往 P 大。

到了 P 大，姜玫才明白夏竹根本不是来找灵感的，她只是找个借口来见许默。

作为 P 大的经济学教授，许默平时的课，上座率很高，许多旁系的学生会来听他的课。只要是他的课，教室的前后门都挤满了人。

看着教室里外人挤人的情景，姜玫抬了抬眼皮，看着一旁边情绪激动的夏竹道：“这么挤，你确定还要进去？”

“放心，我早让人占了位，我俩挤进去就是了。”说着，夏竹拉着把自己遮得严严实实的姜玫挤进人群，进了阶梯教室。

坐在第三排的两个小男生见到夏竹便急忙站了起来，单纯的脸上满是笑，声音里透着稚气：“学姐，这个位置还好吧？我俩可是一下课就跑过来占座位了。”

夏竹满脸堆笑，从包里掏出两个红包递给两个小男生，神色激动地推着姜玫坐了下来。

“谢谢学弟啦，这红包就当是学姐请你们喝奶茶的。”

“那行，学姐以后有什么事尽管在微信上叫我们，我们还有课就先走了。许教授的课很生动有趣，学姐一定会有所收获的。”男孩说着，犹豫了几秒，还是把红包塞进了衣兜。

夏竹道：“行行行，快去吧，别耽误你们上课。”

旁边几个没占到座的女生有些愤愤不平地瞪了夏竹两眼，埋怨道：“凭什么她们可以占座啊？许教授说了，他的课不欢迎不喜欢经济学的人来，但总有些人非要来浪费资源。”

姜玫用口罩和鸭舌帽把自己的脸遮得严严实实的，穿着厚重的羽绒服，还把羽绒服自带的帽子支棱了起来，整个人非常低调。

反而是夏竹穿了一身咖啡色大衣，手上提着最新款的奢侈品包，脖子上还戴着一串珍珠项链。这身打扮怎么看都不像学生，也难怪旁边的人会这么说。

离上课铃响还有四五分钟，此刻教室里闹哄哄的一片。姜玫好多年没进教室上过课了，虽然这次是陪夏竹，但她心里对知识还挺敬畏的。

尤其是，这可是双一流的学府P大，学习风气自然是不错的。

教室里闹哄哄的，可那些学生手里要么抱着课本，要么抱着笔记本电脑，仔细听，他们是在讨论题目，都是好学生。

姜玫在这教室里待着，感觉十分不自在。

夏竹优哉游哉地掏出镜子补口红，补完还不忘问姜玫：“我的妆没花吧？”

姜玫：“……”

几分钟后，上课铃声响起，教室里瞬间安静下来，学子们全都聚精会神地挺直腰杆，等待着教授的到来。

“许默挺能的啊。”夏竹挑眉扫了一圈教室，附在姜玫耳边吐槽道。

姜玫疑惑地瞥了一眼夏竹：“那不挺好的？而且你还喜欢。”

夏竹尴尬地摸了摸鼻子，似乎不在意地补充：“我这不是替天行道吗？”

正说着，许默从门口走了进来。他身形修长挺拔，气质温润如玉，手里拿着一本书，鼻梁上架着一副金丝边眼镜。

从进门到讲台的那段路，他走得从容不迫，步履轻缓。站上讲台后，他慢条斯理地拿起桌上的粉笔转身在黑板上写了“寡头垄断市场”几个字。

许默写的是瘦金体，字迹瘦且有力，锋芒毕露。

写完后，许默抬眸扫了几眼教室里的人，视线似是无意识地扫过夏竹和姜玫两人。刚才还一脸嚣张的夏竹这会儿心虚地弯下了腰，转头觑了一眼姜玫，小声嘀咕：“许默肯定看到我俩了。”

姜玫瞅着夏竹的装扮，她这样被人注意到不是很正常？

“这堂课我们讲寡头垄断市场，同学们可以先试着结合具体案例理解，十分钟后我请同学作答。”

许默声音平和，似三四月的风，温润疏离。

教室里学生开始认真讨论，唯独姜玫夏竹二人无所事事。姜玫不大好意思，还掏出手机上网查了一下黑板上那几个字是什么意思。夏竹跟个没事人似的掏出手机，拍了几张讲台上的许默后，还开始自拍。

姜玫瞥了一眼不停修图的夏竹，眉头皱紧了，问道："你来这儿不是听课的？"

夏竹头都不抬，兴趣泛泛地反驳："我又不是经济学院的，干吗听课？再说了，许默讲课无趣又难听，谁爱听谁听。"

哪知这时同学们的讨论声戛然而止，夏竹这句话也清晰地传进了许默的耳朵里。

在场的学生全都一股脑地盯着夏竹，脸上带着被"侵犯"的怒气。

夏竹不由得头皮发麻，她还能再倒霉点吗？

许默不着痕迹地看了一眼趴在桌上蒙住脑袋的夏竹，抬手扶了扶鼻梁上的眼镜，金丝边眼镜下那双深棕色的眸子折射出一道微弱的光。

"麻烦那位穿咖啡色大衣的同学起来，回答一下你对寡头垄断市场的理解。"

众目睽睽下，夏竹再怎么想骂人也还是乖乖站了起来，抬眸看黑板时，视线刚好与许默的对上，两个人的目光在空气中接触不到五秒，许默就避开了。

夏竹眯了眯眼，心里冷笑，咳嗽两声，不紧不慢地开口："顾名思义，寡头垄断市场是一种市场模式，介于完全垄断和垄断竞争之间。某种产品的大部分市场由几家大型企业控制。比如R国的家电大多由几家大型上市公司垄断，市场占比达百分之七十……"

夏竹答得自信，脸上写满了"我全会，你别想为难我"。

等她说完，许默面无表情地让她坐下。

他既没评论她说的是对的，也没说是错的。

一堂课结束，姜玫感觉自己迷迷糊糊的，根本没怎么听懂。下课铃声响起，姜玫收到了沈行的短信。

沈行：P大门口等你。

姜玫一愣，刚想问他怎么知道她在P大，就听旁边的夏竹说了句："闻哥刚才问我你是不是跟我在一块，我跟他说了我俩在P大听课。"

夏竹又问："是不是闻哥给你发消息了？"

姜玫了然，淡淡地回复："他在校门口。"

夏竹急忙推着姜玫往校门口走，走了一会儿，突然问："要不让闻哥进校园来接你？这出校门得走半个小时呢。"

姜玫沉默不语。

“哎，你倒是说句话，行不行啊？算了算了，我还是自个儿跟他说吧。”

夏竹掏出手机给沈行发了条短信，发完又等了会儿，看到沈行回了个“嗯”后，便拉着姜玫坐在路边的长椅上等。

“你跟闻哥最近怎么样了？”等待有点无聊，夏竹歪着脑袋问了句。

姜玫兴致不高，答案也中规中矩：“就那样。”

“闻哥最近挺忙的，我听我爸说他是在忙新项目，其他人催得紧，想要他尽快出成绩，偏偏许家的人还在使绊子。还有许薇，她明里暗里催了好几回闻哥，就差没押着他去民政局了。

“真不知道许叔怎么想的，沈家对许家，不仅有恩还有义，可他倒好，竟倒打一耙。沈爷爷的身体越来越差，沈家几个叔伯也想趁着这时候分家。沈家家大业大，这要分家也不是一朝一夕的事。估计闻哥够呛的。”

夏竹打开话匣子，就噼里啪啦仿佛倒豆子一般。

说到这儿，她话锋一转，问：“对了，闻哥有没有跟你提过沈爷爷还有个小女儿？就是他的亲姑姑。”

姜玫垂下眼皮，手指摩挲了一会儿手腕上挎着的包，摇头道：“没有。”

“小姑可受沈爷爷宠爱了，沈爷爷对她，那是含在嘴里怕化了，捧在手里怕掉了。偏偏小姑二十岁那年爱上了一个男明星，沈爷爷气得不行，极力反对。不想，沈小姑即便跟家里决裂，也要嫁过去。不仅如此，她还改了姓。我跟你说这个，就是想告诉你，沈小姑就是跟你一个剧组的苏意。”

姜玫愣住了，脑子里一下子浮出苏意的面容。难怪她一直觉得苏意面熟，原来是因为沈行，她的眉眼与沈行有几分相似。

作为前辈，苏意在剧组一直很照顾姜玫，常常为姜玫指点迷津。

姜玫对她印象很好，前不久她俩还加了微信。

姜玫抿了抿唇，神色复杂地看了看一侧满脸感慨的夏竹。她明知道不会得到自己想要的答案，但还是问了：“你觉得当初苏前辈放弃沈家人的身份，是做对了，还是做错了？”

夏竹脸上一片迷茫，她叹了口气，语气有些惆怅：“不太好说。我说句不好听的话，我见多了门不当、户不对的人在一起后，棱角没多久就被生活磨平了，后悔了。

“反正如果我是小姑，我是不会跟沈家决裂，还改姓的。当然，小姑现在也挺幸福的，她不后悔就好。”

夏竹这辈子除了在许默身上吃了亏，再没其他烦心事，做起事来随意任性，这会儿能说出这话，姜玫一点都不意外。

沈行的车停在姜玫面前时，吸引了不少学生，不少追逐八卦的同学立刻拿出手机想拍下这一幕。姜玫急忙上车挡住脸，示意沈行快点离开。

夏竹识趣，没打扰两人，自个儿往教学楼的方向走了。

沈行瞧着遮得只露了双眼睛的姜玫，发出一声冷笑：“你这打扮挺别致的，都能团成一团当球踢了。”

姜玫：“……”

她穿得厚，撑得圆滚滚的，沈行这是讽刺她胖得像皮球。

“跑 P 大听课？”

“夏竹拉来的。”

“她见许默，你呢？还真打算找个小学弟约约会？”

姜玫一脸蒙。

沈行见姜玫不吭声，便拿起边上的手机解了锁扔进姜玫怀里。

屏幕上，赫然是一条半个小时前夏竹发的朋友圈，配文是“P 大的小弟弟好看又可爱，带朋友来找个帅哥约会去”。

姜玫：“……”

“长得好看的是挺多的。”姜玫想了想，诚恳地说。

“你这意思是还真看上了？哪个学院的？要不我这会儿亲自开车送你过去，跟人约会完了再接你回去？

“姜玫，这北城里还真没几个人能比得上我。你见了我，还能看得起那些个歪瓜裂枣？”

姜玫猛地瞪大眼睛，沈行这是在自夸？

·第六章　我们是“我们”了

明明是春天了，可三月底的北城连着下了好几场雪。

姜玫向来不喜欢雪，拍戏的时候，她感觉自己的手脚都被冻成了猪蹄。

《锁玉》全是实景拍摄，刚好，少年时期的沈玉，过得并不好。比如这一场戏，演的就是少年沈玉被捉弄的情节。

雪簌簌地落下，姜玫穿着单薄的里衣躺在雪地里。为了找好角度，为了画面的整体美感，她不得不反复走位躺下。好几个小时过去了，导演总算喊了一声“过”。

被搀扶起来时，姜玫感觉自己已经被冻得没有知觉了。

江予和化妆师很快迎了上来，江予替姜玫裹上厚厚的棉服又给她盖了一床被子，还不停地拿热毛巾擦拭姜玫的脸和手。化妆师则给她整理妆发，以准备下一场戏。

然而，姜玫并未坚持到下一场戏，很快发着高烧昏倒了，被送进了医院。

姜玫醒过来，入目的便是刺目的白，鼻间充斥着消毒水的味道。她感觉身上黏糊糊的，便撑着身子，艰难地坐了起来。

她想看一下时间，找了一下发现手机不在身边。

透过窗户姜玫看见天空已被黑暗吞噬，病房内一片沉寂，满目惨白，偶尔可以听到门外的走廊上传来一两道细碎的脚步声，不过脚步声很轻。

还没完全退烧，姜玫坐了会儿便感觉头晕，眼皮重得只想合上，喉咙也干涩得难受，咽口水都觉得疼。

“哎，听说这病房里住的是姜玫？我刚刚偷瞄了一眼，她本人长得太好看了。好想找她要签名，她演的电影也好好看。”

“她被送进医院的时候，我刚好看到了。听说她的手和腿都被冻得青紫，是拍戏冻的。我感觉她好敬业。”

“是是是，我也觉得她好好看。不过我在网上一搜索，她怎么那么多负面新闻，不会是被人陷害了吧？”

“谁知道呢，反正我挺喜欢她的，长得漂亮，演技也好。”

“……”

听着外面传来的细碎的讨论声，姜玫一开始有点愣怔，最后回归平静。

姜玫始终记得当初带她入行的导演说过一句话：“身为演员，你只管演戏，剩下的就不是你该操心的事。”

她吃的是这碗饭，拿的是这份工资，敬业不过是分内之事。

吱呀一声，病房门被人从外面打开，江予提着保温壶一脸惊喜地走了进来。

“姜玫姐，你终于醒了。之前真是吓死我了。”

江予一双眼睛又大又黑，还水灵灵的，眼睛里的情绪简单纯粹，每次对上她的视线，姜玫都会感慨江逢将她保护得很好。

“姜玫姐，我给你带了点鸡汤，你趁热喝。”

说着，江予凑上前伸手碰了碰姜玫的额头。

这个动作让姜玫愣了一下，才往后退，避开江予的触碰。

等反应过来，姜玫才发现江予有些尴尬。姜玫抿了抿唇，视线落在旁边的粉色保温壶上，解释道：“抱歉，我不习惯别人离我太近。”

“没事没事，是我太着急了。我就是想看看姜玫姐烧退了没。额头还有点烫，姜玫姐，你喝点鸡汤就继续休息吧。”

江予急急忙忙地退开两步，边说边拧开保温壶盖倒了一碗鸡汤。鸡汤呈淡黄色，上面浮了一层清亮的油，色香味俱全，看着很有食欲。

“这鸡汤是我让家里阿姨现熬的，阿姨手艺很好，姜玫姐，你尝尝。”

江予热情地捧着鸡汤递给姜玫。

姜玫一声不吭地瞄了一眼鸡汤，在江予期待的目光下接过汤碗。碗有点烫，姜玫吹了吹，慢慢喝了一口。

鸡汤下肚，姜玫感觉自己的胃瞬间暖暖的。

“很好喝，谢谢。”

“不用谢！姜玫姐喜欢就好。对了，姜玫姐，你的手机我给你收着了，现在还给你。”江予从包里掏出手机递给姜玫。

姜玫说了声“谢谢”，拿过手机按了一下屏幕，将手机解了锁，一下子看到好几个未接电话。

有两个电话是罗娴打的，还有一个未接电话来自夏竹，剩下的都是沈行打过来的。

江予又嘱咐了姜玫几句，不过姜玫都没听进去。

等江予告辞离开，姜玫的手指停在未接来电上面，最后拨通了沈行的电话。

响了两声，电话那端响起沈行低哑、清冷的声音：“在哪儿？”

“医院。”

“嗯？”

“拍戏出了点状况。”

“地址发我。”

姜玫舔了舔干涩的唇瓣，用手指抠了两下手机盖，嘴上说了句“没事”。

刚说完，就听到电话那头响起了一个拍桌怒骂声：“沈行，你别以为你姓沈，就可以为所欲为！这儿还不是你一个人说了算。要算，也得问问你这些叔叔伯伯的意见。老爷子退得早，早就不清楚现在的时局了。

“而你，你回北城也才半年多，现在就想卸磨杀驴？我们许家可不是好欺负的，这些年你迟迟不肯答应沈许联姻，怕是早就想对我们许家下手了。现在，你是想公开撕破脸了？”

姜玫隔着电话，都感受到了沈行那边的紧张气氛，一时屏住了呼吸。

电话那端静默了将近十秒。

沈行表情散漫地坐在许代山对面的椅子上，双腿一搭，跷了个二郎腿。他眼皮一掀，似笑非笑地看着气急败坏的许代山。

“许叔就爱开玩笑。我就一小辈，哪能跟您作对？这卸磨杀驴的事我可不敢做，我们家老爷子天天骂我是混账东西，时不时地还教训我两下，我要有那能耐，还能被老爷子指着骂蠢呢？

“再说了，我们都是遵纪守法的小市民，倒是听说许叔你身居高位久了，做事也不知道什么叫分寸了。”

许代山眯起了一双浑浊的眼睛，抹了一把脸，不动声色地推开椅子站了起来，居高临下地打量着沈行，岔开话题：“既然闻儿还有事忙，那许叔今儿就不耽误你了。说起来，有人刚给我推荐了一部电影，叫什么《捧杀》来着。那里面的女主角我看着挺眼熟，闻儿有空也去电影院瞧瞧，看看认识不。”

沈行垂眼掩盖住陡生的冷意，只语调散漫地道：“许叔推荐的电影我一定看，那小辈也不耽误许叔了，您慢走。”

许代山哼了两声，背着手离开会议室。

人一走，会议室内恢复沉默，可空气里还残留着刚才针锋相对的气氛。

沈行用舌尖抵了抵后槽牙，将翻过去的手机翻过来。通话还在继续，沈行抬了抬眼，手指按了挂断键。

听着通话被无声无息地挂断，姜玫低着脑袋，神色恍惚地盯着手机。

许代山，许薇在演艺圈坚实的靠山。

沈行与许代山的谈话姜玫听得一清二楚，许代山话里话外的警告她也没落下。虽然沈行看似没落下风，但姜玫明白，许家必不会让沈行做事情顺利。

许代山最后的那番话不过是敲山震虎，警告的是沈行，可针对的是她姜玫。

这时，病房门被人推开，姜玫抬头看了过去。

江逢提着一袋水果走了进来，他的脸拉得老长，说话也很不客气："听说你在片场冻晕了。"

"可能没吃饭再加上低血糖，一下子就没扛住晕了。江导是来找江予的？她刚出去。"

姜玫说话间，江逢走到了病床边。他将手里的水果扔在了一旁，拉过椅子坐下。他穿着一件奇奇怪怪的外套，整个人像是被套住了，瘦削，似纸片人。

"哦，那你最近拍戏还顺利吗？"江逢扶了两下眼镜，客套道。

"挺顺利的，谢谢江导。"

姜玫望着江逢认真道谢，要不是江逢和《锁玉》导演的关系，她在《锁玉》剧组不会如此顺利。在有负面新闻的情况下，《锁玉》剧组还愿意与她协商，让她拍完综艺节目再进组。

如果说《天赋》的导演是带她入行的人，那么江逢便是那个让她重新站起来的人。

安意这个角色让她面对工作重新有了选择的机会，不至于再如以前那般被动，也解了她的燃眉之急。

江逢"哦"了一声，他当然明白姜玫的未尽之语，说："我这人脾气怪，不太喜欢功利心太强的演员。你虽然演技还可以，但你身上很多东西我并不喜欢。"

顿了顿，他继续说："刘导的剧基本上都能保证品质，《锁玉》能顺利上星，就算只能网播，你后面也能有更大的选择余地。另外，我已经送《捧杀》去电影周了，获奖的可能性很大，你做好准备。"

姜玫迟疑，红肿的手指缓缓蜷缩："你怎么……"

"我的电影到目前为止还没有没获奖的。"

姜玫被江逢的话噎住，沉默不语许久。见江逢不时地往门口看，再看他明显不想应酬自己，明显挂念着江予，她开口道："江予可能在忙，要不您出去找她，让她早点回去休息？"

江逢也没拒绝，直接推开椅子站了起来，说了句"我去看看"就离开了病房。

他背影慌乱，脚步急促，显然早就想出去找人了。

姜玫忍不住眨了眨眼，原来常常骂得女明星狗血淋头的江逢不是不懂温柔，而是温柔只给了意中人。

“姜玫。”

迷迷糊糊中，姜玫听到沈行的呼唤声。感受到额头被温暖的手掌覆盖，姜玫下意识睁开眼，沈行的脸近在咫尺。

见她醒过来，沈行松了口气，手掌摸了摸姜玫的脸颊，嗓音低沉性感，说道：“回家。”

说完，沈行掀开被子，脱掉自己身上的厚外套裹在姜玫身上，随后弯腰抱起姜玫大步往外走。

如此行径，惹来不少人的视线，沈行见姜玫有意往他怀里靠，知道她怕被人认出来，便将外套拉上来一些罩住她的脸，到了车库上了车，他才将外套扯开。

“你怎么来了？你不是……”

姜玫还没说完，一个急切的吻就堵住了姜玫的话……

夜晚的北城一如既往地热闹繁华，霓虹灯将整座城市点缀得五彩缤纷，俨然如白昼。

他们被堵在二环路，姜玫强撑着脑袋，望着一侧查看手机消息的沈行。

脑子里浮现出刚刚听到的那通电话内容，姜玫默不作声地舔了舔唇瓣，面带疑惑地问：“沈行，你累不累？”

沈行正在给周肆回消息，手指落在发送键上，消息还没发送就被姜玫的问话打断。

沈行没立刻回复姜玫，眼见那条消息发送出去了，才抬眸将视线落在姜玫身上。

姜玫整个人窝在座椅里，乌黑的鬈发铺在肩头，她披着他的大衣，因为生了病，整个人瘦小又苍白。

沈行收了手机，大手伸过去碰了碰姜玫的额头，自顾自地说了句：“你还在发烧。”

意思是她脑子还不清楚，说什么话都不作数。

“我很清楚我在说什么。你明明知道我听到了那通电话。”姜玫闭了闭眼，戳破最后的那层纸，直截了当地否认沈行说的那句话。

沈行面不改色，无所谓地问：“所以？”

“我们到此为止吧。”姜玫的睫毛颤了颤，她握紧手心，尽可能平静地说出自己想了一晚上的决定。

“姜玫，我是哪儿亏待您了？还是您觉得我俩什么时候开始、什么时候结束，都得您一个人决定？”

沈行哼了一声。

“为了一通电话就跟我闹脾气？”

车厢里的气氛一下子凝固了，见姜玫不作声了，沈行脸色阴沉，又哼了两声。见前面的车往前走了，他脸绷得很紧，喉结上下滚了滚。他没再看姜玫，发动车子跟上前面的车。

结果，车刚启动，路又堵住了。前面的车一个急刹，引起后面的车全部都急停，一时之间，不少车主出声咒骂。

姜玫被这一下急停，晃得头晕眼花，胸口一阵闷，很快，一阵恶心袭来，嘴里反酸，胃里更是翻江倒海。

姜玫的脸色越来越难看，她在伸手去扯车里的垃圾袋时，没忍住噗一声吐了。这一下，全吐在了姜玫腿上搭的那件大衣上。

这是沈行的衣服。

沈行听见声音下意识地回头，看着前面的路一时半会儿通不了，他皱了皱眉，解开安全带推车下门，大步流星地走到另一侧打开副驾驶座的门，一把拿起那件大衣扔进了不远处的垃圾桶里。

姜玫弯着腰任由沈行扯走她腿上的衣服，头发落下来挡住她大半张脸，沈行看不清她的表情，只听到她偶尔发出一两声压抑的咳嗽声。

副驾驶座的门被打开，冷风嗖嗖地吹在身上，姜玫现在身上还穿着拍戏时的那身戏服，单薄得很。不过沈行扔掉大衣这么会儿工夫，她就冷得发起抖来，胃更是难受得还在反酸。

沈行回到副驾驶座门边，单手撑在车门上，神色复杂地望着车里的人。看了一会儿，他从后座拿了一瓶矿泉水拧开递给姜玫。

姜玫一声不吭地接过矿泉水喝了两口，缓了差不多五分钟才感觉自己好了一点。而后，姜玫坐直身子，抬头望向挡在车门口的沈行。

沈行只穿了一件黑色高领毛衣，他挺拔的身形，被夜色勾勒得修长、清冷。

他背光而立，姜玫看不清沈行的脸，只觉得此刻的他阴沉、冷峻，甚至带着淡淡的烦躁。

姜玫知道自己刚刚说的话惹到他了。

“好点了吗？”

“嗯。”

砰的一声，沈行一把关了车门，绕过车头重新回到驾驶座。

又等了许久，道路终于疏通了。这一晚，两人都没说话，就这么沉默着回到了江水人家。

两人一前一后进了公寓，一进屋，沈行直接上楼进了书房。姜玫本来是想坐一会儿看剧本，可看了没两页就睡着了。

自从那晚以后，沈行好几天没回江水人家。沈行不回，姜玫也不问，两人就这么陷入冷战。

冷战第四天，姜玫收到一条号码100开头的短信。

100***96**：想沈行活着，趁早离开他。

姜玫没理会，继续工作。不想，接下来的几天，她又收到了这个号码发来的信息。

100***96**：姜小姐，别不识抬举，我已经警告你好几次了。

100***96**：沈行现在做的事你可能不清楚，希望他出意外的人可不止一个。

100***96**：听说姜小姐有个坐牢的父亲，如果没记错应该今年能出狱了，姜小姐难道不想跟你父亲团聚？

看到最后这条短信，姜玫心乱了，她握着手机，拨通了沈行的电话。

电话只响了两声便被挂断了，姜玫内心的不安开始扩散。

颤抖的手指重新按了拨出键，这次响了足足有十秒才被接通，电话那端的沈行语气平静地问：“有事？”

姜玫听到沈行的声音，暗自松了口气，紧绷的情绪也缓和下来：“没什么事。”

“嗯，挂了，我这儿有点事。”

“沈行……”

姜玫急忙叫住沈行，沈行捕捉到姜玫的紧张，不着痕迹地眯了眯眼，嗓音低沉地道：“什么？”

姜玫咬着唇瓣，感觉手脚一阵发软。想了许久，最后，她只说：“注意安全。”

姜玫的声音很不自然，甚至夹着颤音，明显是受到了刺激。

沈行自然听出来她应该是遇到了什么事，刚想出声安抚两句，就听姜玫生硬地说：“沈行，我已经搬出了江水人家，我俩迟早有这么一天，早一天晚一天都一样。”

她并未搬出江水人家，但她已经决定了，等她下了戏回去就搬走。

“我想要一个家，你给不了。我俩太像了，都是把面子当饭吃的人，不可能为了对方低头。我不想和你一直这样。你的那些朋友，甚至包括你，都没有想过我们会有一个结果。当初你母亲突然抵达青市，你直接就把我塞进衣柜里，我那时候就在想，我到底算什么。”

她吸了吸鼻子。

“你肯定不知道被关在一个封闭的衣柜里是什么感觉。后来，去到新省，我亲眼看见了你是如何守护那片土地的，我理解你的责任和理想，也清楚你救了我两次，我不该有怨怼。可是，我怎么能没有怨怼？

“以前我觉得，即便我们门不当、户不对，可在感情上我始终与你是平等的。可现在我才明白，我以为的平等不过是一个笑话。

“我们还是算了吧，不合适。”

姜玫的每一句话都是那么合情合理，甚至为了分开，她还把陈年旧事都翻了出来。

明知道沈行最介意的是什么，可姜玫还是说出了口，她是铁了心地想要跟他断干净。

此时，青市。

沈行面无表情地站在一条破旧的街道上，他的面前是一栋年久失修的老楼，沈行垂下眼，随后抬头，将视线落在不远处的风铃上。

那是姜玫之前住的房子，这边正在施工，唯独剩下那栋楼没拆。

沉默良久，沈行平淡地问：“说完了？”

姜玫一愣，随即回道：“嗯，我要上戏了。”

“姜玫，想要分手，等我回北城了再提。”沈行没等姜玫回应就挂了电话。

姜玫望着已经结束通话的手机界面，久久没有动静。

日子好像一如既往地平淡，姜玫从江水人家搬出来以后就跟长在了剧组般，跟着工作人员一起吃盒饭，睡简陋的单间。

她每天拍十几个小时的戏，累到没力气去想沈行。

甚至慢慢地，姜玫好像忘了有这么一个人。

一个月后，姜玫接到了周肆的电话。

“闻哥出车祸了。”

姜玫接到电话时，刚结束一场戏。

这一场戏非常重要，前面的一场戏是，二皇子预谋造反，被公主沈玉揭穿，随后二皇子被幽禁在了大牢，二皇子的母亲被废掉了贵妃之位打进冷宫。

这一场戏，姜玫饰演的公主沈玉，于深夜探望贵妃，喝令宫女强押着贵妃跪下，而后，她慢慢地说出了当年贵妃是如何毒害了皇后……

这一场戏，姜玫一气呵成，一镜到底。导演喊"过"之后，她还久久地沉浸在刚才的状态中。一听到沈行出车祸的消息，姜玫的心猛地停跳几拍，全身冰凉僵硬。

她的耳朵里一阵嗡嗡响，整个人陷入慌乱中。

周肆气急败坏的声音不停地回荡在耳边，姜玫硬是一个字都说不出来。

"姜玫，你到底听没听到？

"闻哥今儿在回北城的路上出车祸了。

"人已经送进了中心医院，现在还生死未卜……"

姜玫只觉得全身发冷，冷到牙齿打战。

"不可能，他不可能出车祸。

"你肯定是骗我的，我不相信，不相信……不可能，一定不可能……他不会的……不会的……"

姜玫声音沙哑，费了很大劲儿才说出这两句话。

周肆冷笑："不相信？那你看看照片。"

嘀嘀两声，手机振动两下，姜玫下意识地打开微信。

两张照片猝不及防地进入视野，照片里，沈行浑身是伤地被送去抢救……

姜玫死死地握住手机，紧咬着唇瓣不让它发出半点声音。

下一刻，姜玫像个疯子一样穿着戏服跑出剧组，不顾导演的呼喊，不管其他人探寻的目光直奔外面。

在出冷宫的大门时，姜玫没注意门槛，砰的一声摔了出去。疼痛当即蔓延全身，姜玫憋了很久的眼泪突然夺眶而出，热泪滑过脸颊掉进脖子里，不一会儿，便变得冰冷刺骨。

不会的，沈行不会出车祸的。

怎么可能呢？

周肆一定是骗她的。

姜玫忍着痛艰难地爬了起来，一瘸一拐地往外跑。

有许多人上前来阻拦她，她一点都不在意。她总算摆脱了那些人，到了外面。街上人来人往，车来车往。她开始不停地拦过往的车辆，也不管看过来的视线有多么诧异，只一个劲儿地伸手拦车。

有人认出了姜玫，其他人也知道了，他们纷纷掏出手机拍摄。

姜玫视而不见，终于拦下了一辆出租车，她手忙脚乱地拉开车门，手脚并用地爬了上去，忍着痛祈求："师傅，北城中心医院，求您快点。"

她的声音哽咽。

"师傅，求您快点，我男朋友出车祸了。我……我怕见不到他了……"

"姑娘您别急，我立马赶过去。中心医院啊，您男朋友是不是在东四出的车祸？新闻都报道了，听说……"

时间仿佛凝滞了，每一分、每一秒被拆分，被无限拉长。

姜玫整个人蜷缩在车后座，身上的戏服凌乱不堪，膝盖因为那一摔，受了伤。可她仿佛感觉不到痛，只能尝到自己的眼泪，是咸的。

见这姑娘上车后，就只顾着哭，司机大叔也闭了嘴，专心往中心医院开。

窗外是热火朝天、人声鼎沸的欢乐场，临近夏日，北城的夜晚到处都是人，热闹得很。

明明快五月了，气温也已回暖，甚至有一秒入夏的迹象，姜玫却觉得此刻很冷，冷到她没有知觉。

她抬起头，目光呆滞地盯着挂在车里的那个红色的平安结。

等绿灯的时间，司机扭过头看了一眼姜玫，没忍心，拆下了那串平安符，将它扔给姜玫。

"这平安结是我前年求来的，送您了。"

姜玫捏紧了这个平安结，用白皙的手指仔仔细细摩挲了几下，那血色全无的脸上多了一丝极其浅淡的笑容："师傅，谢谢您。"

"唉，我就看您一姑娘可怜巴巴的。"

姜玫张了张嘴，忽略司机的那句话，嗓音沙哑地道："师傅，还有多久能到？"

"姑娘，您别急，拐个弯准到了。这吉人自有天相，您男朋友准没事。但我看您这样子倒是有些骇人，您进了医院别忘了找医生瞧一下。"

姜玫充耳不闻，只平淡地说了句"谢谢"。

四十分钟的车程对于姜玫而言仿佛过了几个年头，沈行浑身是伤被医生护士环绕的画面历历在目，似穷凶极恶的怪兽，不停地折磨着她，撕扯她摇摇欲坠的心。

出租车停在医院门口，姜玫付了钱，却手脚发软，推了足足三次才打开车门。她脚刚落在地上，大半个身子还没从车里出来，膝盖处便传来撕心裂肺的疼痛。

似一根根又尖又细的针不断扎进骨头里，疼得姜玫不自觉地嘶了一声。

"姑娘，您没事吧？您可千万记得去瞧一下医生，我看您伤得可不轻。"司机连忙下了车，将她搀扶住了。

姜玫缓了两分钟推开了司机，谢绝了司机要扶她进医院的好意，她忍着痛，一瘸一拐地走进医院。

因为身上华丽的戏服，姜玫从下车的那刻起就感受到了不少人的目光，姜玫一概不理会，只往里面走。

还没走到咨询台，她就收到了周肆发来的短信，她手指发颤地点开短信。

周肆：ICU（重症加强护理病房），B 栋十八层。病危通知书已经下了三次。

姜玫心脏一缩，那一秒像是被什么大锤锤打了一样，令她一时疼痛难忍，呼吸也被堵住了，好似溺了水。

“生死未卜？”

姜玫的声音似断了弦的二胡吹出来的，嘶哑、难听且没有半点生气。

生老病死，没有谁能阻止也没有谁能逃脱。

可姜玫只想沈行活着。

即便以后他俩不复相见，她也愿意。

姜玫到 ICU 门口看到的就是这样一幕画面：十几个人站在走廊里，每个人脸上都带着急躁、担忧，其中最引人注目的一个白发苍苍、穿着黑衣长裤的老头。

他拄着拐杖神色严肃地斥责正在哭泣的女人：“哭哭啼啼的像什么样？闻儿打小什么事没遇到过，这回不过是出了点意外，别自个儿吓自个儿。”

训斥完，他又吩咐道：“小深，你去查，务必查清楚了。”

说完老爷子布满皱纹的脸上闪过一丝担忧，随后掩饰住了，眼见徐敏快哭晕了，沈老爷子叹了口气吩咐：“妍妍，带你妈回去休息，这儿有爷爷和小肆。”

“爸，闻儿生死未卜，我这当母亲的怎么能回去？再说，您年纪大了，不该让您老操心。”

不过，徐敏到底还是被沈妍扶着离开了。

姜玫没敢出去，只能躲在暗处目不转睛地望着那间紧闭的手术室，听着老爷子的拐杖在地板上碰撞的声音。

凌晨两点，走廊终于恢复了平静。

姜玫蹲在楼梯角落，偷偷探出头看了一眼。

这会儿，偌大的走廊上只剩下周肆一个人，周肆神色疲倦地靠着墙壁，整个人阴郁而颓废。

姜玫撑着身体站起来，一步一步走出昏暗的楼梯间。

细碎的脚步声在这空荡荡的走廊里格外清晰。

周肆下意识转过身，目光触及姜玫时他的表情一滞。

“你……”

周肆的视线在姜玫身上打量了一阵，姜玫现在这副狼狈不堪的样子，让周肆准备好的讽刺一下子没了用武之地。

“医生……医生怎么说？”姜玫没理会周肆的视线，费了好大的劲儿才问出这一句。

周肆皱眉，烦躁地揉了揉头发，难得没刺激姜玫：“手术成功了，已经脱离生命危险，不过人还在重症监护室没醒。”

姜玫紧绷的神经突然松懈了，咚的一声，姜玫整个人跪倒在了地上。

周肆眼皮一跳，神色复杂地望着趴在地上哭得泣不成声的姜玫，不知为何，忽然有些不是滋味。

走廊里只剩下姜玫压抑、克制的哭声，声音悲怆、凄凉，一直不停，最后姜玫哭得断断续续打起了嗝。

周肆被姜玫弄得心烦意乱，又不好去安抚她。这会儿，听到姜玫的打嗝声，他忍不了了，一把扯住姜玫的胳膊，将人提了起来，不耐烦地说：“人还好好的，你哭什么？

“现在这么伤心表演给谁看呢？姜玫，我早说了你是个祸害，你不信，现在知道了？

“知道他出车祸前的那一刻，他干吗了吗？他握着手机翻出了你的电话号码，想要给你打电话，结果这通电话没能打出去……

“等他好了，你离他远点成不？”

周肆每说一句，姜玫的心就沉一分。

到最后，姜玫已经没有流泪了，她整个人不住地颤抖，让人看了只觉得触目惊心。

周肆到底还是心软，最后还是让姜玫进病房去看一眼沈行。

在护士的指导下，姜玫洗了手，消了毒，穿上隔离服慢慢走进ICU。

病房里，沈行毫无生气地躺在病床上，即便平日他总是一副慵懒散漫、吊儿郎当的样子，偶尔翻一两个白眼，时不时地拉着个脸，可那时的沈行是醒着的，是能够损她一两句的。

现在他就在不远处安安静静地躺着，那张英俊的脸上没有半点血色，身上到处都是仪器，连呼吸都要靠氧气罩。

姜玫还是第一次看见这么脆弱的沈行。

迈着沉重的步伐，姜玫一步一步走近病床上的人。

带着三十几个日夜的想念，隔着千万重思绪，姜玫迟缓地走向沈行，这一次她走得格外认真，格外虔诚。

姜玫哭得太多，眼睛火辣辣的，身上无处不痛，最后所有的疼痛全都聚集在了心脏处。

她僵硬地坐在病床边的椅子上，整个人呆滞地盯着沈行，看了很久，沈行一直没有醒。这会儿的沈行格外地安静，仿佛瓷娃娃，漂亮却易碎。被重重仪器包围的他依旧是高贵的，依旧是高不可攀的。

姜玫的视线一一扫过沈行身上可见的伤口，最后落在他唯一没有受伤的手指上。手指修长、骨节分明，指甲剪得整整齐齐的。

盯了一阵，姜玫神情恍惚地笑了笑。她慢慢弯腰凑近沈行的左手，嘴唇轻轻贴上手背，只短短地贴了几秒。

贴完，姜玫细嫩白皙的手指一点一点覆上沈行的指尖，从指尖覆盖到骨节，最后她握住了沈行的食指和中指。

温热的手包住沈行冰凉的手指，姜玫艰难地扯出一丝笑，鼻子却骤然一酸，眼眶又红了，她哽咽道："沈行，对不起。

"对不起，对不起，对不起……我不知道……我不知道你会给我打电话……

"我们怎么就成这样了呢？我明明一直告诫自己离你远点的，可是我就是忍不住，我忍不住想要靠近你。

"没遇到你之前，我一直活在最底层，我一次又一次地怨恨上天为什么让我活得那么狼狈，凭什么别人随随便便就可以拿走我馋了好久好久的礼物？

"我从很小就明白，这世界上没有免费的午餐，也没有无缘无故的善意，我走到哪儿都被人鄙视嘲笑……你肯定不知道，第一次遇见你是巧合，第二次、第三次的相遇，都是我计划好的。

"我羡慕你的意气风发、随心所欲，也羡慕那群可以随意接近你的人，可是我没想到我的出现让你……"

姜玫整个人透着绝望，明明身高有一米七二，可坐在病床旁边的她显得格外消瘦、娇小。

时间一分一秒地流逝，一个小时很快过去，护士连着催促了好几次。

无论姜玫说了多少话，病床上的人依旧安安稳稳地睡着，毫无动静。

姜玫踉踉跄跄地站了起来，又握了两下沈行的手指。离开前姜玫弯腰附在沈行的耳边，一字一句地道："沈行，我爱你。"

凌晨两点三十六分。

几分钟前，周肆强行将姜玫往外带，一脸慌乱地按电梯准备送她离开，可还是晚了。

徐敏一行人先到了十八层，且看到了站在周肆身后的姜玫。

徐敏目光冰冷，恍若一盆冷水将姜玫从头淋到脚。

"徐姨，老爷子不是让您休息吗？怎么这会儿就过来了？"周肆急忙出声问候道。

徐敏看看周肆，又看看周肆背后的姜玫。她猛然欣慰地笑了一下，道："我心里不大踏实，眼皮老是跳个不停，这不又回来瞧瞧。"

"您放心，闻哥没事，过两天就能醒了。"

徐敏表情松了两分，只道："辛苦小肆了，你们兄弟情深，我这当母亲的实在有些自愧不如。"

"没事儿，那啥，徐姨，我有点事下去一趟。"

下行的电梯刚好抵达了十八层，周肆使了个眼色给姜玫示意她先进去，姜玫还没来得及往电梯里移就被徐敏叫住了。

…………

走廊尽头空荡荡的，这一处的灯泡出了些问题，灯光昏暗得很，令人看不太清脚下。

姜玫垂着眼皮尽可能自然地挺直背，只是搭在胸前的手指暴露了她此刻的真实情绪。

一如几年前，姜玫也是在难堪的情况下跟这位光彩照人的徐教授面对面地坐着谈话。

时隔这么久，对面的女人一如从前那般优雅、从容、淡定，那张显不出年纪的脸上始终挂着疏离得体的笑。

沉默越久，姜玫的底气便越薄弱，仅剩不多的自尊心在支撑着她没有做出拔腿就跑的举动。

那些落了灰的记忆，也在这刻慢慢变得鲜活起来。

姜玫才明白，那些被她塞进记忆最深处的话，她从来没有忘。

"姜小姐是吧？我们家闻儿这段时间谢谢您的照顾了，只是他生性顽劣，跟您确实不大合适。

“他就不是个专心致志的人，从小就浑，找上门来的姑娘是一个接一个。可要问他到底喜欢谁，还真说不出来。姜小姐您何必呢？

“姜小姐，您随便问谁，了解闻儿的都知道，他这孩子心底有杆秤，他就不大喜欢也不乐意给自个儿添堵。我也明白你俩年少轻狂，情难自禁。只是人的一生就这么长，你可别随随便便就浪费在一个不合适的人身上。

“女孩子还是自尊自爱好。”

徐母即便心里对姜玫百般瞧不上，可她说的字字句句，都是在说自家孩子的不是。

她越是这样贬低沈行，越是让姜玫难堪。

那时，是她来北城后的第一个月。徐敏亲自打电话约她见面。那时她刚进剧组，还没跟夏竹认识，也不大会演戏，天天被导演骂。

她刚来北城，没一个熟人，那段时间沈行还没去新省，他还在因为她演戏的事情跟她闹，时不时地招惹她一下。

她也心高气傲，也跟他闹，跟他倔，不肯低头。

姜玫现在都记得徐敏约她出去的那天是烈日高照的晴天，她们约在了静谧的午后，地点在一家高档餐厅。

她到了却被拦在外面，若不是徐敏找人跟服务员说了，她可能进都进不去。

徐敏点了一大桌菜，每一道菜都价格高昂，一顿饭下来，姜玫也没敢吃几口，徐敏也不劝，只笼统地说了几句话。

徐敏什么都没做，姜玫还是觉得自己受到了百般羞辱。

只一个小时不到，姜玫就深刻地体会到了什么是“天壤之别”，也明白什么叫“不可妄想”。

“姜小姐跟几年前比更漂亮了，戏也不错，也难怪现在到处都能看见您的消息。”

徐敏将手里颜色低调的包随意地放在走廊的长椅上，然后扯了扯衣服上的褶皱，自然而然地坐了下来。即便是深夜的此时，她依旧将自己收拾得妥妥帖帖的。

她穿着一件深色长款及膝的大衣，里面则是一件领口绣着红梅的深黑色旗袍。

她头发一丝不苟地盘在后脑勺，由一根白玉簪子固定住。一对祖母绿的吊坠耳环，和搭在膝盖上的左手上戴着的成色上好的祖母绿戒指相呼应，相得益彰。

坐在普通的塑料座椅上，徐敏依旧优雅端庄。

“姜小姐也坐，我就是想随随便便跟你聊几句，你别拘着。”

姜玫僵硬地望了一眼徐敏，顺从地坐在了徐敏对面，两人隔着两米宽的走廊，姜玫却恨不得自己离对方几千里远。

徐敏除了最开始看到姜玫的那一刻有短暂的诧异，很快就恢复了平静，神态除了优雅，还是优雅。

周肆直接被徐敏支开了，这里只余不远处 ICU 门口守着的保镖们。

没人打扰她们，也没人能解救姜玫。

姜玫握紧了手指，努力维持平静："徐教授，您请说。"

"既然这样，我也就不跟您绕圈子了。姜小姐还记得三年前我跟您说的那些话吗？"

"记得。"

"记得便好。前不久我还陪笙笙去看了姜小姐演的电影，电影不错。我瞧着您跟那男演员也挺搭的。笙笙还说您跟男演员是情侣呢。"

姜玫闭了闭眼睛，呼吸有些急促，声音尽可能地平和："公司安排的。"

她能感受到，这话一出，徐敏的视线就往自己身上扫过。

姜玫狼狈不堪，可依旧挺直了背脊，也没落下风。徐敏缓缓移开眼，脸上不显分毫，只是道："这其中的真真假假，我们这些观众也不大明白。只觉得姜小姐还年轻，这路还长，日后必然大有作为。"

说到一半，徐敏的视线落到了姜玫的腿上，见姜玫左腿肿得不成样，徐敏轻微地皱了皱眉："姜小姐去看医生了吗？"

"没什么事。"姜玫毫不在意地摇头。

徐敏可不敢放任姜玫如此，她去叫了一个值班医生。等医生给姜玫处理完伤口，她还准备派人送姜玫回去。只是，离开前，她提醒姜玫："以后别找闻儿了，你俩不合适。"

姜玫站在电梯口，笑着朝徐敏点了点头，承诺道："徐教授放心，我跟他已经过去了。"

说完，姜玫没让徐敏的人送，一个人踉踉跄跄地走进电梯，手指按了一楼的楼层键，她盯着电梯显示屏上的数字不断变化，最后停在了"1"。

等在医院门口的周肆这会儿见到姜玫失魂落魄地走出来，降下车窗朝那道单薄的身影喊了一句。

"上车，我送你回去。"

姜玫没有拒绝。

一路上车里异常安静，姜玫一言不发地坐在副驾驶座上，偏着脑袋，静静地盯着窗外不停变换的景色。

车子停在斑马线后面，周肆余光落在姜玫身上，见她整个人精气神都不一样了，不由得叹了口气，忍不住开口：“我说您何必呢？当初我千劝万劝不听，这回好了，还被徐姨撞了个正着。”

他可不管姜玫应不应声，兀自喋喋不休。

“别说你，就我刚刚都忍不住心虚。你是不知道，徐姨向来说一不二，打小闻哥就被徐姨拘束着，闻哥有一点风吹草动她保管知道。徐姨这人看着温温和和的，可是说的话可不客气，你要不细心听，还真听不出她在警告你。

“现在知道她厉害了？她是不是让你不要再见闻哥了？我猜她肯定提周笙了，这姑娘现在可是徐姨眼里的亲儿媳妇，早前除夕她们还一起吃团圆饭，感情好得很。

“你以后就好好工作。我作为你的老板，不会亏待你。”

周肆不知道是看姜玫可怜，还是因为被徐敏撞个正着，害她被谈话的事让他愧疚，这会儿说的都是掏心窝子的话。

若是之前，姜玫还能心平气和地说句“谢谢”，可现在她筋疲力尽，连说话的力气都没有了，更别提回应周肆了。

周肆也没跟现在的姜玫计较。

又走了一段路，周肆问：“你住哪儿？”

姜玫收回望向窗外的目光，强迫自己坐直身子：“剧组。”

周肆一听，挑了挑眉：“没住江水人家了？”

“搬出去了。”

“搬出去了？也好，这样就跟闻儿彻底没关系了，也省得他醒了之后，你难堪。”

姜玫没吭声，眼神晦暗不明，她似乎有些冷，肩膀抖了好几下。

周肆开得不快不慢，到剧组时，已经凌晨五点了。他这一天忙忙碌碌的，精神状态也不大好。

天还没亮，车停在剧组外也没人注意。周肆开了车灯，转过头扫了一眼昏昏欲睡的姜玫，提醒她：“到了。”

姜玫猛地睁开眼，眼睛里布满血丝，她神色恍惚地点头。

“他要是醒了，我给你发条短信。别的就算了。”

周肆开了车窗，睨了一眼解安全带的姜玫。

“你要是觉得难受，就待会儿再进去。”

他看不清姜玫的脸，只隐约觉得她脸色苍白，情绪低落。

“担心闻哥？”

“没。”说完，姜玫又朝周肆说了句“谢谢”，推开车门下了车。

车灯下，姜玫的背影单薄，往前走的步伐缓慢，但她没有停留。

周肆目光深沉，似叹似感慨：“可惜，缘分没到哪。”

姜玫那天不顾一切地跑出拍摄场地，导演当即就发了一通大火。

后面罗娴出面将导演安抚了下来，因为第二天姜玫就回来了，认错态度也很好，昨天她跑出去也没惹出什么大新闻，导演也没再说什么，只是连着一个星期没有搭理姜玫。

反倒是罗娴跟姜玫置起了气。

这天，姜玫结束了一天的工作，进化妆间卸妆。坐在不远处的沙发上的罗娴懒洋洋地玩手机，姜玫任由化妆师给她卸妆。

“罗姐，一会儿我们一起出去吃个饭？”

罗娴头也不抬，自顾自地用手指点开手机里推送的微博消息，没看到什么有价值的新闻，便退出了微博。

放下手机，罗娴冷冷地瞥了一眼被化妆师摆弄的人，道：“没空，我约了人。”

姜玫知道罗娴心底还有气，这话多半是气话。化妆师卸完妆就出去了，姜玫脱掉戏服随便换了身常服，主动跟罗娴服软：“罗姐，我错了。您别跟我生气了。”

罗娴斜了一眼姜玫，表情里满是怀疑，语调冷飕飕的：“哟，你还错了呢。我怎么就没瞧出来你错了？那天跟个傻子一样跑出去，大清早的再灰溜溜地逃回来，你哪儿错了？我是怎么说的？你能不能别这么倔？是不是……”

“他那天出车祸了。”姜玫冷不防地开口。

罗娴的脸上滑过一丝惊愕，她立时闭了嘴，皱眉看着姜玫。

姜玫看着像是不在意了，可这几天带着拼命的劲头，没日没夜地琢磨戏、背台词，只差把自己活成沈玉了……

罗娴先前还以为她是为了弥补一声不吭跑出去的事，敢情这是想通过忙碌不停地麻痹自己。

就这么短短几天，不仅戏是一条过，人也越发接近戏里的形象，剧组哪个不夸她敬业？连导演最近都不再给她脸色看了。

罗娴虽然气她，但没忽视这些，心里的气也早就消了，就这姑娘没点眼力见儿，以为她还在气头上，迟迟不敢跟她搭话。

罗娴想，她今儿能主动跟自己说话，估摸着也是费了好大的勇气。

姜玫这人看着理智聪明，一旦钻起牛角尖来，就够让人吃一壶的。

罗娴心软，终究没再为难姜玫，只随意地问道：“人怎么样了？”

“不知道。”姜玫收着下巴，摇了摇头。

罗娴轻哼，瞪了一眼姜玫：“看来人应该没什么事。那天晚上，回来的那副模样，吓得我都不敢认。得亏没其他人看见，不然剧组里肯定又有传言了。”她停了一下，才问，“所以，你跟他……分了？”

虽然是问，但她早已经从姜玫这几天的反应里得到了答案。

姜玫抬了抬眼，欲言又止。

“好了，我懂了。你俩闹掰了。你别不开心了。分了就分了。”

眼见姜玫的脸色越来越难看，罗娴果断转移话题：“不是说请吃饭吗？走，赶紧走。”

说完，罗娴就将姜玫往外推，没给她一点思考的时间。

罗娴选了一家湘菜馆，点了一大桌子菜，用她的话说就是，吃点家乡菜就当回了一次家，过滤掉那些不开心和难堪。

姜玫其实不大喜欢吃湘菜，也不太能吃辣，反而是沈行爱吃，在青市那两年他总带她出去吃剁椒鱼头、红烧肉之类的各种湘菜。

罗娴点的也是这些特色菜，不过考虑到姜玫的口味，只点了微辣。

吃到一半姜玫收到了一条短信，是一个陌生号码发过来的。

只短短三个字：他醒了。

姜玫看到那三个字，手里的筷子啪的一声掉在了桌上，不用猜，姜玫都知道发短信的人是周肆。

沈行醒了。

姜玫也不清楚她现在是什么心情，只知道闷在心里这么多天的郁气突然散开了，瞬间天朗气清了。

姜玫的视线粘在短信上不肯移开，生怕自己少看了一个字或者看错了。

心脏像是触了电，酥麻一片。

瞧着瞧着，姜玫的眼眶猛地酸涩肿胀，不知道是不是被碗里的辣椒熏的，她有点想哭。

她没白等。

罗娴吃得很欢快，作为一个江南人，这个辣度对她来说较为适中，而且她喜欢这种重口味的菜。

“他醒了。”

过了一阵，姜玫捧着手机，没头没脑地说，她的声音上扬，嘴角也不自觉地上扬，眉梢处也尽显快乐。

“谁？”罗娴下意识地问，问完才恍然大悟。

哦，是他啊，这大难不死必有后福。

罗娴停了筷子，扯了张纸巾擦了擦手，看着对面的姜玫一副要把手机看穿的架势，不由得问："醒了不去瞅瞅？"

姜玫嘴角的弧度顿时收了起来，她将手机收起来，继续吃饭，也没再提沈行的事，摆明了是想划清界限。

这副态度让罗娴忍不住高看了姜玫几分，她赞叹道："不错啊。你要早这样，也不至于落得之前那样了。算了算了，这都过去了，不提了。"

"往后的日子你就好好工作，争取早点把债务还清了，然后存钱买房，多赚点，买个别墅。到时候，想要什么样的男朋友没有？"

姜玫："……"

医院。

沈行一睁眼，就瞧见一大群人守在病床边，一个个脸上表情沉重，仿佛是来奔丧的。

沈行只看了一眼，就止不住地头疼。

"闻儿，哪儿不舒服？你吓死妈了，开个车也真是的，怎么就不知道看路，你知不知道你差点没命？要不是……"见沈行醒了，徐敏最先出声，之前她还偷偷抹了两把泪。

眼见徐敏说着说着就停不下来了，沈行急忙出声打断："徐教授，我这不是生龙活虎的吗？您可别哭，再这么哭下去，我回去不得被家法伺候了？我这才醒过来，你整这么一出是想让我再睡一次？"

"没大没小。你知不知道你晕了多久？你要再昏迷下去，我这心脏都得……"徐敏说着说着又哭了，显然是担忧得不行。

沈行无奈地又哄了一阵，让人赶紧送徐敏回去休息。

老爷子见沈行醒过来也松了口气，拄着拐杖站在床边交代了几句话便没久留。

等人走得都差不多了，沈行才瞥了一眼床边站着的周肆，皱眉问道："她没来？"

"来是来过，不过……"

"你的语文是体育老师教的？来了就是来了，没来就是没来，几个字的事，你非要给我整得这么麻烦！"

周肆一噎，愤愤不平地瞪了一眼醒来就呛人的沈行，幽怨地开口："来了又走了。"

"什么时候？"

周肆仔细想了想才发现已经过了挺久："你出车祸那天。"

沈行脸色骤然一沉，这一动怒，立刻就有点昏头涨脑。

"敢情我在医院躺这么久，她就来医院确认了一下我死没死？"

沈行是好不容易出了 ICU，这会儿躺在普通病房里，整个人都很虚弱。说完这句话，他喘了一下，深吸了一口气，一下子被自己给臭到了。

沈行的脾气更不好了："怎么连个给我洗澡的人都没有？"

周肆一听，得了，他这不是在无理取闹才怪。先前他那种情况，怎么给他洗澡？不过，周肆不能这么说，只说："我这就去给你找个护工。"

"我清清白白的，你随随便便找个人就可以了？"

周肆无语："我找个有证的，行吗？"

"你亲自来。"

周肆皱眉，一脸怀疑地望着沈行，见沈行面无表情地冷笑。

他一下子有点㞞，但是让他给这人洗澡？他脑子有病才答应。

周肆果断拒绝，不满地骂了句："就你会安排。我让人来之前，先给你过目，你点头了才让对方过来成吧？"

沈行不为所动，冷冰冰地瞥了一眼周肆，薄唇一掀，道："找不到就你来。"

"哼，我对你可没兴趣。您还是留给姜玫看吧。"说完，周肆手忙脚乱地掏出手机，不管不顾地拨了一个电话给姜玫。

电话嘟嘟响了几声被姜玫接起。

"周老板有事？"

姜玫的声音过于客气，倒让周肆不怎么好开口。周肆转过头瞧了瞧沈行，见他躺在病床上一言不发地望着这边，神情看似懒散，可细看好像在说"她不过来，你给我洗"。

周肆心一横，没皮没脸地开口："你这会儿有事吗？"

"没什么事。"

"那行，你来医院一趟，我找你有点事。"

姜玫听到"医院"两个字，心脏下意识地紧了紧。她不自觉地舔了舔唇，忐忑地问："怎么了？"

周肆只说："再不来，有人就快死了。"

姜玫心脏猛地一缩，听到这句话，整个人如陷入冰窖。

怎么会？

不是说……

"医生刚才下了病危通知书，说他活不了多长时间了。你……"

“我马上来。”

没等周肆说完话，姜玫手忙脚乱地挂断电话，衣服都没换，提着包跑了出去。

收了手机，周肆踌躇了一下，没敢隐瞒：“那天我送姜玫回去，刚好被徐姨瞧见了。”

后面发生的事自然不用周肆再说，沈行都能猜到，也明白姜玫如今跟他划清界限，压根儿不是因为徐教授那几句话。

姜玫早前就跟他提想要分手，这回徐教授找她谈话，不过是给了她一个和他正经八百分开的理由。

她不过是想堵死沈行的路，她不想让自己再陷下去，也不许沈行再跨越那条线。

沈行敢赌，他要是主动去找她了，姜玫一定敢跟他急，指不定会说出什么让他难受的话。

想到这儿，沈行脸色阴沉，啐了一口，骂了句：“她就是白眼狼，没心没肺。”

周肆没敢火上浇油，回忆起姜玫那天的惨状，难得替姜玫说了句好话，又说：“你俩就不是一路人，我看出来，她是真的想跟你断了，你以后还是别去招惹她了。”

见沈行没吱声，他又说：“周笙不是挺好的？你昏迷这些天，她可是天天陪着徐姨来医院探望，只差亲自照顾你了。照我看，这姑娘是真的对你上心，多好，娶的媳妇又爱你又崇拜你。”

沈行半垂着眼，语调散漫地道：“看你这么热心肠，不如先替妍妍找个合适的对象？”

周肆表情一滞，整个人肉眼可见地蔫了，他假作没听见，找了把椅子随意拉开，往上一坐，跟个雕塑似的，不吭声。

沈行瞧他那样子，轻哼道：“也就这点出息。”

周肆假笑两声，一点也不在意沈行的冷嘲热讽，冷哼道：“你以为妍妍是好商量的人？她要倔起来，九头牛都拉不回来。给她找对象？你还不如先埋了我。”

说着说着，周肆先生气了。

“再说，没我同意，谁敢娶她，我跟谁急！”

沈行倒是没再刺激周肆，不过心里确认了一件事——周肆这浑蛋对妍妍，并不是没那个心。

姜玫赶到医院看见的却是躺在床上用平板电脑看剧的沈行。病房门打开，姜玫站在门口，眼神直勾勾地盯着沈行。

平板电脑里，姜玫饰演的角色正在念台词："就这样吧。真的，我太累了。"

沈行听到动静下意识抬头，抬头便见僵在原地、面色惨白的姜玫正看着他。沈行眼皮一跳，看着她故作平静地问："还知道来？我还以为你要等我死了给我奔丧——"

话还没说完，姜玫惨淡一笑，出声打断他："沈行，到此为止吧。请你和你身边的人以后不要再找我。"

沈行脸一冷，笑骂道："姜玫，你再说一句试试？"

姜玫捂住脸，深深吸了一口气，一字一句地重复："沈行，我们到此为止。"

说到这儿，她情绪突然不受控制，后背抵在门板上，崩溃大哭："我好累，沈行，我好累。求你，求你放过我好不好？

"还是说，你非要我死才能放过我？"

沈行被姜玫突如其来的崩溃吓到，沉默了好长一段时间才挥手道："你走。趁我还没反悔，有多远走多远。"

姜玫得到答案，朝他看了一眼，掉头落荒而逃。

又过了一个半月。

《锁玉》正式杀青，就要告别工作了五个多月的剧组，姜玫心里有些不舍。

随后，姜玫一个人回了新租的公寓。接下来，她足足睡了两天，将这半个月来缺的觉给补齐了。

她醒来后，拿过手机一开机，就收到了一大堆未接来电。姜玫习惯性地将未接来电的界面翻到底，翻完也没有看见那串熟悉的电话号码。

姜玫顿时有些怅然若失，她揉了把头发，整理好心情，给罗娴打了个电话。

电话接通，那头的罗娴毫不顾忌地当着全公司人的面，叉着腰骂姜玫这个没良心的，说了一大堆。

等罗娴气消得差不多了，姜玫才出声哄道："我这不是好好的吗？那天回来我不是跟你说了我得补觉？"

罗娴一听，皱眉道："你这两天都在睡？没出门也没干什么不该干的？你没去那什么摩托车比赛？"

姜玫这才意识到摩托车越野赛即将开始，每回临赛前都有人专门联系她，她翻了翻手机，没发现关于摩托车越野赛的消息，思考了一下，想起自己换了手机。

不过，她要是想去，应该还能报上名，不过她得先找个场地练习。

姜玫想了想，试探性地问："我现在想去可以吗？"

罗娴一听，这刚压下的火气又冲了上来。她抓着手机警告道：“我劝你珍惜现在的生活，珍惜现在的一切。”

说完，罗娴赶紧转移话题：“晚上是《锁玉》的杀青宴，投资商、导演都在，你今儿必须得来，刘导可亲自点了你的名。”

姜玫睡了太久，脑子不大清醒，没跟罗娴讨价还价，直接答应了。

不想，她起来没多久，发现自己生理期到了。

不过她既然已经答应了罗娴会参加杀青宴，到底不好不去。

杀青宴在北城饭店举行，北城饭店处于市中心，紧临商业街，里面设施一应俱全，菜系完备，是北城数一数二的大饭店。

剧组里喊得出名的演员和工作人员来了一百多号人，安排了将近十桌，作为主演的姜玫被安排在了主桌。人还没来齐，她便没坐下，而是在一旁的等候区坐了下来。

很快，重要的人物一一到齐，几个主要演员也上桌了。姜玫粗略地扫了一眼，重要的人物，姜玫只认识导演和制片人，其余一个都不认识。

姜玫选了个最不起眼的位置坐下，在导演和制片人点菜时，她偷瞄了下菜单，正好瞧到上面的价格。

姜玫禁不住咂舌，这个剧组真的财大气粗。

很快，这一桌的菜上齐了。姜玫发现其他演员脸上都挂着笑，显然对于本次聚餐的菜式很是满意。

当然也有例外。

就是姜玫旁边坐的苏意，她此时俨然一副兴致泛泛的样子。偶尔有一两个人跟她搭话，她也只回了对方一个眼神，别的一句话都没说。

姜玫也不是爱说话的人，这会儿也只顾着拿筷子夹菜吃。

至于苏意是沈行亲姑姑的事，早被她忘在了脑后。

吃了两口，苏意突然问姜玫：“我不太想吃了，你要跟我一起离开吗？”

不知道她是不是客套，姜玫思索了下，摇头拒绝了。

苏意也没勉强姜玫，自顾自地推开椅子就准备走了，大家见了也只笑着跟她说再见。

又坐了一个小时，剧组的人来来去去地敬酒。姜玫自然也免不了，这会儿，胃里就不大舒服起来。见没人注意自己，姜玫提着包去了洗手间。

洗手间里，姜玫趴在盥洗台上休息。因为要参加杀青宴，免不了要喝酒，姜玫也就没吃止痛药，这会儿她疼得脸煞白，连说话的力气都没有。

她额头冷汗直冒，手脚冰凉，胃里更是翻江倒海。

十分钟后，姜玫强撑着走出洗手间。为了保证私密性，他们杀青宴的包厢位置很靠里，这会儿，姜玫绕了半天都没找到出去的路。

姜玫被折磨得耐性耗光，忍着痛给罗娴发了一条短信，表示自己身体不舒服，先走了。

六月初的北城，夜晚风还挺大，这会儿不过晚上九点多一点，街上正是热闹的时候。

姜玫为了缓解疼痛，戴着口罩蹲在路边拦车，拦了有半个小时了，也不见有车停。她从疼痛中勉强挤出一点理智，想起来这一条街不让停车。

那些藏在深处的叫嚣突然被低落的情绪给翻出来，姜玫也不知道为什么，猛然发现这世界看山不是山、看水不是水了，夜幕低沉，将大地笼罩，似贪吃蛇一般试图吞噬所有光亮。

那星星点点的灯火，不过是苟延残喘罢了。

这一刻肚子里传来的绞痛，比那天她奔去见医院出车祸的沈行时摔的那一跤还要疼。

突然，姜玫想起在青市时，她也是难受，不过那时，她是躺着的，身边还有人。

他抱着她，小心翼翼地替她揉肚子，边揉边问："真这么疼？"

姜玫皱着眉头，一声不吭地掐了两把那人的手臂。

那人嘟囔了两句，掀开被子下了床。被窝一空，冷空气袭来，又是一阵疼。她以为那人不乐意了，不会回来了。

哪知几分钟后，那人端着红糖水，捧着热水袋进来了。热水袋被塞进了被窝里，他耐性十足地哄着她喝红糖水。

再后来，那人带着她去看了老中医。她连着喝了好几个月的中药，再来例假，她便不那么痛了。

没想到隔了几年，她再一次尝到了痛得想打滚的滋味。

恍惚间，她打了个电话让人来北城饭店门口接她。打完她就挂了，也不知道接电话的人是什么反应。

后街某酒馆。

舞池中间许多年轻人在摇曳的灯火下不停摇摆，音乐声震耳欲聋。

二楼某私密性很高的包厢，厚重隔音的门隔绝了外面的喧嚣。

包厢里一片安静，只有搓麻将的声音此起彼伏，小小的包厢里，摆了两张麻将桌，四周的沙发长椅上都坐了几个人。

周肆不着痕迹地瞧了两眼坐在他右侧的沈行——沈行刚出院，身体还没好全，这会儿坐在这里还有些病容，时不时地咳嗽两声。

沈行只穿了一件衬衫，头发又剃成了寸头，他身侧还摆着一张轮椅——那是给他坐的。

这场车祸要不是沈行身体素质好，怕是熬不过来了。

这场聚会，是周肆怕沈行在医院躺了一个多月难受，软磨硬泡地央了他来参加，并且亲自去把人接过来的。

沈行来是来了，但心并不在这里。

接了个电话的沈行，将自己挪进轮椅里，视线漫不经心地掠过被周肆刚安排过来照顾他的、听说是专业护工的小姑娘，问了她一句："你会开车吗？"

被问的人叫梁玉，她摇头道："刚拿了驾照，但是没开过车，但我可以给你叫代驾。"

沈行若有所思地抬了抬眼皮，指了指轮椅："那行，你推我出去。"

在沈行无声的催促下，梁玉快步走近沈行，乖巧懂事地推着沈行离开。

到了地下停车场，沈行让服务员将他扶上了车后座，服务员将轮椅收进后备厢便离开了。

梁玉坐立不安地坐在副驾驶座，久久没等到代驾过来。她僵硬地回头看着在后座闭目养神的沈行，有些不安。

沈行缓缓睁眼，似笑非笑地说："打电话问问代驾到哪儿了。"

梁玉顿时松了口气，她生怕沈行等急了会让她开车。

好在代驾五分钟后就到了。

很快，他们抵达了北城饭店。

沈行似乎睡着了，安静地靠在后座上一动不动，脸色苍白，更显得他的黑眼圈有些重。

梁玉小声地提醒道："沈先生，北城饭店到了。"

几分钟后，沈行才慢慢睁开眼。他眼里一片清明，压根儿看不出刚刚睡着了。

醒来后沈行第一时间摇下车窗，往外扫了一圈，最后他的视线落在了长椅下蹲着的身影上。抿了抿嘴唇，沈行用修长的手指指了指不远处的身影，向梁玉道："你去把她弄过来，报酬少不了你的。"

梁玉一愣："好的，沈先生。"

沈行坐在车里，看着梁玉跑过去，又瞧着梁玉扶着那道身影步履维艰地朝这边走。

姜玫是被人推醒的，她抬头就对上了一双圆圆的眼睛。

小姑娘指着另一边的车，说：“沈先生让我带您过去。”

熟悉的车，还有“沈先生”三个字，姜玫一下子就知道了，来人是沈行。

她疼得都快晕了，这会儿肚子依旧绞痛着，凭她自己，是哪儿都去不成了。所以姜玫没矫情，扶着小姑娘的手臂站了起来，但腿有点发软，不禁半个身体倚着对方。

一路上，梁玉怎么看姜玫怎么熟悉，好奇地问：“我觉得你好眼熟，我是不是在哪儿见过你啊？”

姜玫听到她的话没回答，转移话题：“你跟那位沈先生很熟？”

“没，今天是第一面。”梁玉顿了一下，又说，“沈先生人很好。”

姜玫没力气再听下去，也没再问，短短几分钟的路程硬是走了十分钟。

到了车前，梁玉把后座车门打开。她看姜玫和沈行之间的气氛不太对，便道：“我去给你买杯热奶茶。”说完，她赶紧走开了。

沈行也不看姜玫，直到听到姜玫闷哼了声，才面无表情地开口：“上车。”

姜玫不动。

沈行也不催，就那么坐着，一个眼神都没落在姜玫身上。

估摸着两人应该聊开了的梁玉提着奶茶回来，见他们还僵持着，连忙将奶茶塞进了姜玫手里，大胆地劝道：“姐姐，你上车啊。”

“谢谢。”

姜玫握着温热的奶茶道完谢，抬眸隔着玻璃车窗与沈行四目相对，这一眼，姜玫从沈行那里看到了轻嘲。

他好似在说“这会儿装什么矜持”。

踌躇片刻，姜玫舔了舔干涩的嘴唇，终究是打开了后座的车门上了车。

姜玫刚坐上去，就听沈行说了一句：“去北城中心医院。”

“沈先生腿疼了吗？”坐上副驾驶座，系好安全带的梁玉关切地问道。

姜玫下意识地低头望向沈行被裤子遮盖住的双腿，还没瞧出个所以然来，沈行就拿了块毛毯盖在了腿上。他脸上毫无波澜，她窥探不出任何异样。

这会儿路有些堵起来了，他们到达医院时，已经是两个小时后了。

车停在门诊楼下，沈行不动，视线掠过身侧的姜玫，见她鬓角的头发丝都是湿的，他不紧不慢地理了理膝盖上的毛毯，平淡地说：“下去。”

副驾驶座上的梁玉一听，乖巧地解开安全带准备下车，手刚碰到车门还没来得及推开，就听见车内传来另一个开门声。

梁玉下意识回头，只瞧见姜玫一声不吭地下了车。

姜玫下车后，缓了一会儿，弯腰拾起车里的包和脱了的高跟鞋。她啪的一声将高跟鞋扔在地上，直接扶着车门穿上高跟鞋。

随后，姜玫神色复杂地望着车里纹丝不动的沈行。

从她进车到下车，沈行一直维持着同一个姿势，只是脸色不大好看，还时不时咳嗽两声，看着不太好。

“沈先生，要帮你拿轮椅吗？”梁玉见两人僵持，下意识地问。

轮椅？

姜玫瞳孔一缩，搭在车门上的手指瞬间蜷缩，黑白分明的眸子紧锁在沈行的双腿上，心里有些不是滋味。她嗫嚅道：“你的腿……”

还没说完，对方骤然抬眼望过来。姜玫对上那双漆黑深邃的眼，一下子噤声。

沈行见姜玫窘迫地避开视线，没什么情绪地嗤笑一声，随之掀开盖在膝盖上的毛毯，动了动腿。

姜玫见状多看了两眼，沈行也任由姜玫打量。

车里换了熏香，姜玫闻不惯这个味道，上车后便觉得呛鼻，还受不住咳嗽了。这会儿，有风吹过来，车里的熏香扑向姜玫。沈行听见姜玫压抑的咳嗽声，默默降下另一侧的车窗。

等咳嗽声停止，沈行面无表情地说：“梁玉，回去了。”

梁玉重新系好安全带，准备给代驾导航。

姜玫见状，不着痕迹地退开两步，识趣地将车门关上了。而后，姜玫弯腰同沈行语气疏离地说了句“谢谢”。

沈行淡淡地瞥了一眼姜玫，不知道想到了什么，也不管车里还有两个外人，直接提醒：“下回记得别打给我。”

姜玫一僵，突然意识到，她昏昏沉沉时，以为自己打给罗娴的电话竟然打到了沈行那儿。

这下她倒是不奇怪沈行为什么会突然出现了。

沈行没听到回应，放在膝盖上的手动了动。他抬眸望了一眼愣在原地的姜玫，心里掠过一丝意味不明的情绪。他说：“以后别出现在我面前。”

姜玫这才意识到沈行这是在跟她划清界限，虽然这正是她所希望的，但是这会儿姜玫的喉咙竟然有些哽咽。

她强行压住心底翻滚的情绪，笑着回：“抱歉，打扰了。”

沈行感觉心脏似被针刺了一下，不算疼，却让他措手不及。

气氛再度僵住，这时，车停在这里时间有点久了，导致后面的车主鸣笛示意了。

梁玉有些急，又等了一会儿，听到又响了两下鸣笛声，便小心翼翼地问：“沈先生，还走不走？”

“回江水人家。”

很快，车子扬长而去，留下一地尾气。

姜玫站在原地，目光呆滞地望着车子远去，久久不动。

这是，一起回江水人家吗？

现在已入了夏，北城一下子就热了起来。

《锁玉》的片酬到了公司的账上，公司清算了姜玫的债务，还余下了部分薪酬发到了姜玫的银行卡上。

姜玫总算还了罗娴的八万块钱，她还剩了些，日子总算不用紧巴巴的了。

《锁玉》的先导片也在最近由《锁玉》官方微博发布，先导片发布后，热度飞快飙升到热搜前排，网友们纷纷不仅评论想看，还将短短两分三十秒的先导片剪辑出了花。

一时间，人们对《锁玉》的期待值一下子拔高了。作为主演的姜玫，身价自然也水涨船高。

六月上半旬，海城电影节开幕，姜玫飞到海城开始参加各种各样的活动。

一个深夜，刚从聚会里回来的夏竹给姜玫发了条短信：闻哥好像要订婚了。

姜玫看到那条短信失眠了一晚上，第二天照样六点起床赶工作。

只要不去刻意打听，她压根儿探听不到任何关于沈行的消息。接下来，她便屏蔽掉了关于沈行的任何信息。

很快，电影节到了举办颁奖典礼这一环节。

江逢猜得不错，《捧杀》票房大卖，即便中间出了点状况，可口碑依旧很好。

电影被提名了最佳华语电影奖，江逢拿了最佳导演奖，跟姜玫有关的奖项是最佳女主角提名。

时隔五年，姜玫在二十六岁这年再次站上了领奖台，拿到了最佳女主角的那尊金像小人。

领奖台上，主持人笑着问姜玫拿了奖有什么感想。

姜玫穿着一身黑色抹胸礼服，站在领奖台上，妆容精致，笑容完美，俨然一副人生赢家的模样。

只有她自己明白，事实并非如此。

听到主持人的问题，姜玫满脸笑意地扫了一圈台下的人，最后视线定格在了坐在前排的周肆身上。周肆穿着剪裁得体的高定西服，双腿交叠，漫不经心地与她隔空对视。

对视不到两秒，周肆便先一步避开，随后歪着脑袋同旁边的梁黎小声说了几句话。

不知道周肆说了什么，梁黎抬头满眼惊讶地盯着姜玫，脸上写满了“不可置信”四个字。

这一幕被镜头捕捉到，实时转播到姜玫身后的大屏幕上。

姜玫的视线多停留了几秒，才发现周肆旁边坐的不是沈妍，而是一个眼生却漂亮的姑娘。

“姜老师？”主持人小声地提醒，示意她沉默得有点久了。

姜玫面不改色地说出了罗娴一早给她准备的致谢词：“很感谢江导给了我安意这个角色，也感谢《捧杀》这部电影每个工作人员的付出……”

颁奖典礼还在进行中，姜玫从领奖台下来就进了后台化妆间补妆。

如今的姜玫已经有了自己单独的化妆间，化妆师在她脸上细细地补完妆就出去了，她又坐了会儿。这时，周肆领着一个小姑娘走了进来。

周肆将手里那束包得精致的百合花放在了姜玫的化妆台上，吊儿郎当地说：“恭喜你如愿以偿了。”

姜玫不动声色地瞥了一眼那束含苞待放的百合，疏离地回了句“谢谢”。

周肆也不在意姜玫的态度，将怀里的姑娘往前推了一把，客气地道：“梁黎挺喜欢你演的电影，能给她签个名吗？”

姜玫这才把目光移到梁黎身上，见梁黎满脸尴尬的样子，也不觉得意外，只一声不吭地拿过稍早《捧杀》剧组拿过来要她签的明信片，随手签了一张递给梁黎。

梁黎窘迫地红了耳朵，不好意思地接过姜玫递过来的明信片，没好意思说她压根儿没看过那部被同学、室友推荐了好几次的电影。

她只是好奇，沈行的前任女友到底有多好看。

事实证明，姜玫本人比杂志里的精修图还好看。

梁黎真诚地夸道：“姜小姐长得真好看。”

姜玫只回了个淡笑。

这时工作人员过来了，姜玫跟着工作人员一起离开。

从头到尾，她都没有多看那束百合花一眼。

梁黎双手抱住周肆的胳膊，柔柔地说了句：“姜小姐好像不太喜欢百合花。”

周肆舔了舔嘴唇，轻哼道：“她哪里是不喜欢百合花？她就是不打算跟我们这群人再扯上任何关系了。

“今儿就是那位来，也不见得能有好脸色瞧。

“她看不惯我可不是一两天了，习惯就好。你不是喜欢她？我怎么瞧着不像？”

梁黎垂下了眼皮，讨巧地回道：“刚刚挺喜欢的，现在不喜欢了。”

周肆哼哼两声，没多说什么，吊儿郎当地道：“人也看了，名也签了，那还戳在这儿干吗？回去呗。”

颁奖典礼结束，姜玫再回化妆间时里面已经空荡荡的了，唯独那束百合花安安静静地躺在桌上，姜玫捡起花递给了江予。

江予接过花闻了两下，皱眉道：“我最不喜欢的就是百合花了。对了姜玫姐，周总旁边那人，我好像认识。”

“嗯？”

“她是我们学校音乐学院的，在学校里挺高调的。她的学妹正好是我高中同学，我们同学聚会上，我高中同学提过她。还说，她的姐姐长得比她漂亮，是医学系的高才生呢。最近交了个男朋友，条件非常不错，她男朋友好像姓沈……”

“姓沈”两个字一出来，姜玫心脏猛地一缩。梁黎、梁玉。她的脑海里下意识地浮现出中心医院的那一幕，回想起沈行对梁玉说“回江水人家”。

姜玫闭了闭眼，压下心底的情绪：“予予，你跟罗姐说一声我有点累，一会儿的闭幕酒会我就不参加了。”

江予一愣：“可是……算了算了，姜玫姐，你回去休息吧，罗姐那里，我去跟她说。”

外面到处都是各大明星的粉丝，姜玫乔装打扮了一番混进人群里，走了很远，才拦了一辆出租车。上了车，她报了地址就闭上了眼假寐。

不想，她真的睡着了，甚至被噩梦惊醒，醒过来满头大汗。

这个时间的海城，街上并不冷清，只是，姜玫订的酒店并不在举办颁奖典礼的场馆附近。但也不算远，也许是见她上车就睡，司机绕路了。

这会儿，出租车停在一处有一百二十秒红灯的十字路口。

跳秒的声音一下一下应和着姜玫急促的心跳声。

司机见她醒了，伸手打开了广播电台。

很快，车厢内响起了婉转的戏曲。这戏曲姜玫耳熟能详，也能哼两句。慢慢地，红灯转绿灯，司机跟着电台哼了两句。姜玫的心跳也渐渐平稳，不多时，出租车到达了目的地。

姜玫扫码付款，这时，她接到了青市打过来的电话。

“您好，请问您是姜玫女士吗？”

姜玫握着手机淡淡地“嗯”了声。

“姜女士，您好，您父亲姜志国下周即将刑满出狱，还需要麻烦您来一趟青市三号监狱办一些手续。”

姜玫拿过手机，看了下来电的电话号码，问：“你们是从哪里知道我的手机号码的？”

“是这样的，您父亲这几年一直有访客，对方在我们这里留了手机号码。本次我们也是先通知对方的，不过对方以自己不是亲属为由拒绝了，而后他给了我们您的电话号码。请问姜女士，您什么时间能过来办手续呢？此外，您的父亲身体不太好，还有一些医嘱……”

姜玫一脸错愕，忽然想起姜志国已经坐了十年牢。

她都已经记不清姜志国的模样了。

至于自己对他的感情，恨吗？她自然是恨的，可是这漫长的十年早已经磨平了大多数的情感，听到他要出狱的消息，姜玫一时有些惆怅。

“您好，姜女士，您在听吗？”

姜玫道：“好的，我会去给他办理手续的。”

最后，姜玫道了谢挂断了电话。

第三天，将海城的工作收尾完毕，姜玫回了青市把出狱手续办好了。不过在狱警问她是否要见姜志国一面时，她拒绝了。很快，她回了北城。

她在北城还有许多的工作行程。

高考结束，唐宇如愿以偿地带着陈镇长来到了北城。本来，借到钱后唐宇就想让陈镇长来北城就医，只是陈镇长极力拒绝。后来，唐宇说服了陈镇长去了青市。医生保证陈镇长的腿在高考结束后再就医也无妨，唐宇这才专心投入到学习中。

只是，镇上的事务又耽误了些时间，直到现在他们才出发来北城。到达的那天，姜玫正好有空，她亲自开了辆车去火车站接人。

停车场和火车站出站口离得远，要过两个天桥，走地下通道。

姜玫怕唐宇找不到地方，便乔装了一下，去火车站出站口附近等着。

把自己的位置用微信发给唐宇之后，姜玫便在角落的台阶上蹲了下来。

也不知道今天是什么日子，经过火车站出口的情侣特别多，男孩笑得很傻，女生抱着花笑得很甜。

看了一阵，姜玫收回视线，然后撕开一盒薄荷含片，将含片丢进嘴里。

唐宇带着陈镇长从火车站里挤出来找到姜玫时，看到的就是这样一幅画面——

女人戴着鸭舌帽，侧着脸，只露出一个漂亮的下巴。

她低头时，脖子上戴着的子弹壳项链掉了出来，子弹壳在阳光下反射出金色的光芒。

女人漫不经心地抬了抬头，隐约可见墨镜底下淡漠的神情。

过了一会儿，女人将掉出来的项链藏了回去，那身宽大不修身的深红色棉麻裙衬得她格外瘦弱。

姜玫像是有感应似的，下意识转过头瞧了过来。

两人隔着人海对视，眼里都装了“久别重逢”的熟悉感以及藏匿在眼眸深处的笑意。

姜玫握着车钥匙缓缓站了起来，朝唐宇挥了挥手后指了下不远处的通道口，示意他们在那边会合。

一路上，姜玫跟之前比倒是多了几分热情，俨然是个很好的“东道主”。在路过某些地标景点时，姜玫会放慢车速，让同车的唐宇和镇长能看一看。

堵车了，姜玫貌似无意地瞥了一眼后座的唐宇，轻声关切地问：“成绩是不是要出来了？”

“六月二十五日。”

姜玫点了点头，转了个弯，开往北城中心医院。

“你有信心吗？”

唐宇望着驾驶座上的姜玫，姜玫上了车就把鸭舌帽摘了，耳朵上那串红色扇形的夸张红玛瑙银耳坠在又长又密的深黑色鬈发间若隐若现，十分引人注目，此刻唐宇的目光也忍不住被那串耳环吸引。

“有信心。”

不到两个小时，几人就到了北城中心医院。

唐宇半个月前就预订了专家号，这会儿只需要排队拿号就可以了。

拿了号，唐宇陪着镇长办理手续。姜玫不大喜欢闻医院的味道，一个人走出来坐在院子里的长椅上透气。

沈行就是在这时候出现的。

他的身后跟着沈深，两人一起从住院部大门走出来。

这一个月，沈行每隔一段时间就要来医院复查，今天他就是来复查的。

两人出了住院部大门之后，沈深去地下车库取车，沈行则是往医院大门口走，边走边跟人打电话。

沈行打着电话，路过一片绿化带，正好瞧见孤零零地坐在长椅上抱着胳膊出神的姜玫。

电话那端的人还在报告工作，沈行一句话都听不下去了，过了会儿，沈行说了声“抱歉，有事”，就结束了通话。

直到脚步声逼近，姜玫才注意到有人。她一抬头，就看到了沈行，下一秒她下意识望向沈行那双被西装裤包裹的大腿。

大腿修长有力，没有半点问题，走起路来跟往常一样。

姜玫不知不觉松了口气。

“怎么在这儿？”

沈行神色复杂地打量着许久不见的姜玫，明明与她只隔了一个月没见，却像是分开了好久。

他们之间经历得那些事好像久远得像是发生在上辈子，这会儿撞见了，不知道是理智占了上风，还是情感占了上风，沈行一时间心里五味杂陈。

姜玫不动声色地垂下眼皮，没跟沈行绕圈子，实话实说：“唐宇带着陈镇长来北城治腿，我上午去火车站接了人。”

“哪个医师？要不要我帮忙？”沈行客套地问。

两人言语间满是生疏，没了当初的无所顾忌。

姜玫摇头，笑着拒绝：“唐宇来北城前就约好了医生，不用特意照顾。”

话说到这里，他们再也没什么可聊的。

沈行站了一阵，又说：“听说你拿了奖，恭喜。”

姜玫抬头对上沈行深邃的目光，他的眼神很坦然，姜玫明白沈行这声祝福是认真的。

“不是什么重要的事，不过，谢谢你的祝福。”

说完姜玫见沈行握在手里的手机不停地闪烁着，显然他有事要忙。

姜玫神色如常。

沈行倒是不急，他不紧不慢地解了衬衣领口的两颗纽扣，直接坐在了姜玫身边。

一坐下，姜玫就闻到了沈行身上若有若无的雪松木的味道。

坐了几分钟，沈行的长臂一伸，懒散地搭在了姜玫后面的椅背上，这姿势倒像是沈行从后面将姜玫抱在了怀里。

姜玫不大自在，下意识地挪远了一些。

沈行对此没什么反应，只垂着眼拿着手机翻找了半天。忽然，他似笑非笑地问：“分手了连朋友都做不成了？”

姜玫不作声。沈行用手指点了两下手机屏幕，又道：“删人好友删得挺快。”

他也就这么说一句，既没像往常一样阴阳怪气地指桑骂槐，也没让姜玫重新添加好友。

就像不熟的人遇到了，轻描淡写地聊几句“今天天气怎么样”。

不多时，沈深开着车出现，很快将车停在了不远处。沈行缓缓起身，从上车到离开不过短短两分钟。

离开前，沈行摇下车窗，又望了一眼坐在长椅上纹丝不动的姜玫，没说一句话，只吩咐沈深开车。

姜玫想，她和沈行这辈子彻底没交集了。

从今往后，这个世界只剩下沈行、姜玫，不会再有沈行和姜玫。

六月二十二日，姜玫买了一张回青市的飞机票。

早上八点，姜玫就拎着行李箱离开了。

走之前，姜玫给罗娴发了一条短信，拜托罗娴帮她跟公司谈一谈，她想休息一段时间。短信发送成功的第四个小时，飞机抵达青市，刚下飞机的姜玫收到了罗娴的回信。

罗娴：周总已经同意让你休息一段时间。具体你能休息多长时间，还要等我们核对一下你现有的工作行程才能决定。

罗娴：希望你再回来时别任性了，最后祝你快乐。

姜玫看完短信，弯了弯嘴角。她出了机场，坐上出租车，直接报了三号监狱的地址。

三号监狱的门岗外墙斑驳，看着很旧，生了锈的铁门两边写着几个大字——改过自新，从头再来。

铁门的正上方挂了一块铁牌，上面写着“三号监狱”。

人生是否可以重来，姜玫不太清楚，她只觉得今天的太阳格外大。

烈日当头，阳光穿过细密的树叶洒在地上，树影斑驳。

没多久，里面走出一个沧桑、单薄的身影，那人踩着一双绿色的解放鞋，穿着一身淡蓝色的工装，还有人给他递了两个塑料袋。

那张脸上已经有了皱纹，被推平的短发看着也是斑驳的。

姜玫看着他走出来，神色复杂地喊了声：“爸。”

姜志国一眼就看到了站在前面树荫底下的姜玫，他有些局促，也有些期盼。在听到姜玫喊的那声“爸”后，他的鼻子一酸，眼眶红了，这个将近六十岁的男人，一时哭得不能自已。

他已经十多年没有听到姜玫叫他一声“爸”了。

这些年，他并非信息闭塞，但也只是最近几年，他才知道姜玫到底过得怎样。

他压根儿就没有想过，他出狱的这一天，姜玫会来接他。

姜玫听着姜志国压抑的哭声也有些不滋味，她怀着复杂的心情一步又一步地靠近姜志国。最终，在距离姜志国约莫一米时，姜玫停下来，从包里掏出纸巾递给她这个已经缺席了十年的父亲。

姜志国也不是一开始就是坏的，那时候姜志国在一所民办中学当老师，每天下班后会骑着单车带姜玫去巷子深处吃碗热腾腾的粉，会陪姜玫写作业。那时候的他是个尽职尽责的父亲、丈夫，疼爱女儿，也体贴妻子。

只是后来，学校办不下去了，姜志国成了无业游民，一直找不到新的工作，他就变了。他开始酗酒，被人骗去做投资，结果败光了家里的积蓄，最后甚至开始家暴。

姜母受不了自己爱的人变成了这副模样，抛下姜玫去了。

办完了姜母的丧事后姜志国把自己关在房里，他后悔啊。可是没多久，他去骗、去借，最终把自己送进了监狱。

那时，十几岁的姜玫想过去探视的，只是每一次都被姜志国拒绝了。

她对姜志国有怨，也有恨，姜志国不想她探视，她就再也不去了。

后来姜玫去北城拍戏，《天赋》火遍大江南北，而她也有了点钱，就请了个代理律师时不时地去探望姜志国。

每次律师探监完毕，都说姜志国没有什么想要的，也没什么话要交代。

她最难的时候，亦是如此。

渐渐地，姜玫也就不再对姜志国抱有期望了。

姜玫终究心软了，她伸手将哭着哭着就蹲在地上的姜志国拉起来：“爸，我们回家。”

姜志国一脸愧疚、后悔，捂着脸抹掉泪，问：“玫玫，我们还有家吗？”

想起那栋已经被拆了的楼房，姜玫咽下上涌的酸涩，轻声细语地安慰：“只要我和你在，就有。”

姜志国强忍着难受不停地点头，最后说：“玫玫，你妈没了。”

不提姜母，姜玫还好受些。她愣了好一会儿，才说：“等回了家，我们再一起去看她。”

姜志国毕竟十年没接触社会，很多事都需要姜玫一点点地教。

姜玫将姜志国带回了之前在网上就租好的一套七八十平方米的房子，让姜志国换上了她网购的衣服。第二天，收拾齐整的姜志国在姜玫的带领下去给姜母扫了墓。

姜志国在墓地待了一整天，姜玫也陪着，他一句话不说，只是看着墓碑上姜母的照片。

直到天黑看不见路了，姜志国才跟姜玫说要回去。回去的路上姜志国突然跟姜玫说了不少他跟姜母的往事。

这些事情，有许多姜玫小时候听过，有些她不知道。

她只是不知道，原来过去的点滴细节，姜志国全都记得。她还以为姜志国早就忘了。

“玫玫，我这辈子也没别的愿望了，就想看着你嫁人。你妈不在了，我总得替她做点什么。

“我们父女俩分开了这么久，以后我们好好过。

“以前，我对不住你，更对不住你妈。后悔也晚了，只希望我还有弥补的机会。”

姜玫没作声，心里却生出了一丝期待。

接下来的日子，姜玫陪着姜志国在青市转了好几圈。

如今的姜志国滴酒不沾，去小区楼下溜达看到有老头在打麻将他也躲得远远的，一切都在往好的方向改变。

姜玫没想到，意外来得这么突然。

一个月后，在姜玫三番五次的劝阻下，姜志国坚持一个人出门重新办理户口。他也是想重新开始，想顺便重新拍一张身份证照片。不想，回来的路上姜志国遭遇车祸，肇事司机逃逸。

姜玫赶到医院后直接被带到了停尸房。姜玫一眼就看到了姜志国的手里紧紧握着一袋米花糕。

那是姜玫十岁之前，姜志国每天下班回家都会给姜玫带的零嘴。

姜玫直接崩溃了，整个人发了疯地号叫。

她好不容易重新有了家，有了期待，现在全没有了。

再也不会有这么一天，姜志国西装革履地在婚礼现场握着她的手，满脸笑容地将她托付给新郎了。

很快，女演员的父亲惨遭车祸，女演员当场崩溃的新闻占据了各大门户网站的头条。

人们同情姜玫，纷纷谴责肇事司机。

更是有许多关于车祸的各种科普知识、律师讲解，占据了实时热门。

沈行看到这个消息时正在陪周家人吃饭。点开网站推送的新闻，得知事情真是如此后，沈行大为失态，更是失礼地没向各位长辈告罪就匆忙离去。

在去往机场的路上，沈行订了最快一班飞往青市的航班机票。

他很难想象千里外的姜玫该如何去面对这一切，他只知道他要是不赶过去，他这辈子都会后悔。

下午三点，沈行抵达青市。他落地后，很快换上了一身黑西装。

此时，姜志国已经被运到了殡仪馆，姜玫在陪运途中晕倒了三次。最后姜玫被医院的工作人员送到了殡仪馆的休息室的小床上。

她一醒来就看见了沈行。

沈行站在架子床边目不转睛地望着她，姜玫的眼睛哭得开始发炎，嗓子也哑了，见到沈行她一句话都说不出来了。

见状，沈行解开了西装外套的纽扣，大手一伸扶起了想要起来的姜玫。

他说："你父亲的后事我已经交给沈深去办了，逃逸的肇事司机，我也找人去调查了……"

沈行每说一句，姜玫的心就沉一分，她不是在做梦，而是梦醒了。

呵呵。

她忽然笑了，笑得很平静。

姜玫的反应让沈行害怕，他有种错觉——姜玫是不是快承受不住了。

一旦那根弦断了，她是不是也快疯了。

沈行下意识地将姜玫抱进怀里，抱得紧紧的，试图用自己的体温去温暖姜玫冰冷的心。

姜玫感受到沈行的拥抱，压抑不住地笑，笑得停不下来。她盯着天花板看，看了好久，费力地挤出一句："他答应我要看我结婚的。"

沈行一僵，垂着眼看着怀里的姜玫。

怀里的人面色惨白，嘴角勾起，依然在笑。

"算了，走了也好。这样他就不用每天都觉得愧对于我，也不用努力地适应外面的生活了，更不用看我的脸色做事了。"

姜玫语气轻松，可眼泪却沿着她的眼角滑了下来，她的手紧握着沈行的胳膊，指甲深深地往下陷。

沈行没有动，只紧紧地拥抱住她。

姜志国出殡日定在了三日后，沈行不想这么快，姜玫却很坚持。

那一天，夏竹、罗娴都到了。

沈行陪在姜玫旁边，以家属身份对来吊唁的人们进行答谢。姜玫似是不知道她们的到来般，也仿佛不知道沈行的作为般，只静静地守在姜志国身边。

出殡当天，立碑结束后，姜玫下跪，沈行也陪着姜玫跪了下来。

在场的其余人脸色大变，全都震惊地望着沈行。

沈行这一跪，意义非凡啊。

连姜玫都愣住了，她惊魂不定地看着跪在她身边的沈行。许久，她心情复杂地问："你跪什么？"

沈行抬眸望着墓碑上姜志国的照片，似乎与上面的人对视。过了一会儿，沈行轻声问："姜玫，要不要嫁给我？"

姜玫一脸震惊："你说什么？"

"你愿不愿意嫁给我？"

姜玫张了张嘴，随后摇头，拒绝了："不愿意。"

沈行笑了笑，似乎早就料到了她的答案，他抬手揉了揉姜玫的脑袋，又说："那能不能答应我一件事？"

沈行向她求婚这件事，压制住了她内心的伤悲。而沈行突然提出这个要求，姜玫一时有些疑惑。只是，她对上沈行的视线后，发现他望着她的目光，里面盛满了担忧、后怕还有许多姜玫说不清的情绪。

姜玫不忍细看，避开沈行的目光，尽量平静地道："你先说。"

"好好活着，可以吗？"

姜玫眼泪猛地滚了下来。

原来如此。

他是怕她不想活了吗？

姜玫用力地握紧拳头，指甲陷进了掌心，她哭着点头，说："好，我答应你。"

第三天，沈行不得不回北城了。一大早，姜玫就陪着沈行去了机场。

登机前，沈行将姜玫抱在怀里，把下巴搁在姜玫的肩膀上，他不让姜玫发现自己已然红了眼眶，却控制不住声音嘶哑。他说："姜玫，往前走，别回头。"

回头就是满地心碎、满目疮痍，不值得。

姜玫僵硬地任由沈行抱着。感受到了脖子上滑落的冰凉水渍，姜玫下意识地抬头。

沈行哭了。

姜玫忍不住伸手回抱住沈行，刚想说话就听到沈行声音里带着笑，说："不嫁给我，还能嫁给谁？”

他明明还在哭，却说这种话。

姜玫一时无言。

“前往北城的旅客请注意：您乘坐的CA1364次航班现在开始登机。请带好您的随身物品，出示登机牌，由三号闸口登机。祝您旅途愉快。”

广播声响起，回过神的姜玫推开沈行，催促道：“登机了，你走吧。”

沈行没动，目光深沉地落在姜玫脸上，最后问：“还回北城吗？”

“回。”

人来人往的机场，姜玫一抬头，就撞进那双蓄满温柔、笑意的眼眸。

一眼万年，爱覆水难收。

姜玫想，他既是因，也是果，是她一生的圆满。

只是，他不属于她。

当天上午九点半，许薇突然在微博发布隐退申明。

姜玫看到微博新闻推送时，正坐在A大外面的酒馆跟老板叙旧。

多年不见，老板的面容还是那样，没有半点变化，只是眼里多了几分释然。

“现在在哪儿谋生？”老板亲自调了一杯酒搁在姜玫面前，跟个老朋友一样关心地问道。

姜玫端起那杯调得漂亮的酒抿了一口，语气随意地说：“在剧组讨生活。”

老板笑得开心，道：“那电影里还真是你，我还怕认错了人。我媳妇很喜欢你演的电影，她要知道你来了恐怕会很高兴。”

姜玫眨了眨眼，好奇地问：“老板结婚了？”

老板幸福地笑了笑，回：“不仅结婚了，还有了两个女儿。我现在每天除了上班就是回家带孩子。以前，我一直以为我根本不会有结婚的一天，遇到那个人之后，我才明白只是时机不对。”

姜玫不知道怎么回话，这时舞台方向传来音乐，姜玫转过头望过去。舞台上坐着个二十几岁的少年，他抱着吉他弹唱《浪子回头》。

这一首歌发音难，少年唱得并不标准，配上音乐、气氛就显得很有悲伤的氛围了。

老板见状，试探地问：“还能唱吗？不如唱一首。”

姜玫摇头，拒绝道：“好多歌词都忘了，我那时候唱的都是老歌，你现在的客人恐怕不会喜欢。”

老板没说话，过了一会儿，他起身往舞台走。不知道他说了什么，少年停止演唱，老板拿着话筒看向坐在窗边孤零零的姜玫。

“来都来了，过来唱一首。”

说完，他对着酒馆此刻为数不多的几个客人讲：“朋友们，我有一个好久不见的朋友好不容易回来了，要不你们赏个脸听她唱首歌？”

酒馆里的客人们纷纷看向姜玫，鼓掌欢迎。

感受到大家的热情，姜玫也没再矫情，推开椅子往舞台走。

找少年借了吉他，姜玫神色淡淡地坐上高脚椅，垂着脑袋调试了一下弦，随后她就着立麦问：“你们想听什么？”

姜玫的声音慵懒、散漫，又夹着两分清冷，很是好听。

大家给足了姜玫面子，都扯着嗓子喊“都可以”。

姜玫笑了笑，随口说：“那我唱一首《处处吻》。”

一片喝彩声过后，窗帘拉起来，灯光暗了，大家便打开手机灯光做应援。

姜玫调整好话筒，手指按上吉他，神色慵懒地开口。

你小心，一吻便颠倒众生，一吻便救一个人，给你拯救的体温，总会再捐给某人……

回到租住的家，姜玫收到了由北城法院传递过来的传票，上面写了诉讼时间和地点，交代了传票理由——

许薇以个人名义起诉了姜玫恶意中伤诽谤她的名誉。

不多时，姜玫又收到了一条消息：许薇就是那个肇事逃逸的司机。

看到这条短信内容，姜玫浑身发抖，勉强留着最后一丝理智，订了去北城的机票。

晚上八点十五分，姜玫抵达北城。

机场，沈行神色淡淡地站在国内到达站接待处，人山人海里，姜玫只见他眉眼温和，满目星河。

姜玫一声不吭地提着行李箱站在原地不动，沈行见状招了招手示意她过来。

两人被来来往往的人群包围，姜玫眼睁睁地看着沈行挤在其中一步一步朝她靠近。

那一刻，姜玫的心脏猛地跳动，她竟如八年前初遇沈行那般紧张，还有些胆怯。

沈行越走越近，她蓦然对上沈行漆黑幽深的眼眸。原来，这般仪态万方、霁月光风的人动情时是这副模样。

上了车之后，沈深体贴地放了一首舒缓的音乐。

沈行与姜玫两人坐在后排，却并未交谈。

车子开进二环，姜玫调整了一下僵硬的坐姿，偏过头客套地问："查清楚了？"

沈行知道姜玫这话指的是什么，眯了眯眼，声音低沉地说："许薇承认了，已经被警察带走了。"

说到这里，沈行转过头瞥了一眼姜玫，见她面色平静，才接着说："对方律师要求和解，你想提什么要求都可以，她都答应。"

姜玫冷笑，摇下车窗，指着外面灯火通明的高楼大厦问："是不是挺繁华的？"

沈行一愣，还是配合道："是挺繁华。"

姜玫猛地笑了，却问得直接："那她凭什么犯了罪，还想用金钱买原谅，好继续享受这多姿多彩的生活？"

车厢里沉默一小会儿，沈行抬手松了松领口的领带，问："你想怎么样？"

"我不接受和解，我要她接受法律的惩罚，我要她在后悔中度日。"

沉默片刻，沈行轻声笑了笑道："那就让她接受法律的惩罚，为她的过错忏悔吧。"

姜玫顿了一下，垂着眼皮，久久无言。

再次回到江水人家，姜玫只觉得似大梦一场，如梦初醒。

鞋架上属于她的那双粉色女士拖鞋依旧规规矩矩地摆放在原处，她却站在门口迟迟不敢进。

沈行弯腰换好鞋，也不催促，就那么等着姜玫。

直到电话铃声急促地响起，沈行才不徐不疾地道："记得换鞋进来。"

说完，他拿着手机边往楼上走边接起电话，没多久那道身影便消失在了二楼。

良久，姜玫脱掉脚上的高跟鞋，换上了那双粉色拖鞋。

几个月没来，这里的一切都如从前那般，摆设也没变过，姜玫却觉得陌生。

沈行接完电话看到的就是这样一幕，姜玫像个初次来的客人，规规矩矩地坐在沙发上，等待着主人的招待。

沈行视线微垂，轮廓分明的脸上滑过短暂的僵硬，转瞬间恢复正常。他面色平静地下楼。

姜玫听到轻微的脚步声下意识转身，一回头就看见已换了身深蓝色丝质睡衣的沈行，他慵懒散漫地走来，表情倒是柔和，姜玫一时不知道沈行心情到底如何。

"想喝什么？"沈行走到一半，转而走向另一边，打开柜门，问她。

姜玫的视线落在沈行身后的柜子里，看了几眼，发现里面摆满了酒，那些酒一看就是珍藏很久的，在市面上买不到的。

姜玫随便指了一瓶。

沈行顺着姜玫手指的方向不慌不忙地将那瓶酒取出，又拿工具打开塞子，抬起眼瞧了一眼趴在沙发背上的女人，缓缓出声："过来。"

姜玫这次没忸怩，翻身坐了起来，一步一步走近吧台桌，自然而然地坐在椅子上，接过沈行递过来的杯子，仰头，一口气将酒喝完。

沈行："……"

这是喝酒还是牛饮水？

"还可以要一杯吗？这酒挺不错的。"姜玫撑着下巴问，乖巧地盯着沈行。

一时间，沈行看见她的眼里都是自己。

沈行顿时失神，等反应过来，姜玫已经拿过沈行手里的瓶子，直接对着瓶口喝了起来。

到现在沈行才猛然醒过神来，她不是在喝酒，她是在发泄情绪。

姜玫擅长掩饰，他很少看到她失控，认识她的这么些年，她很少在他面前哭，也很少在他面前表露自己的情绪。

这是为数不多的时候。

当天晚上姜玫醉得不轻。

沈行低声叹息，最后绕过长桌走近姜玫，拿走姜玫怀里抱着的空瓶，小心翼翼地抱起姜玫往楼上走。

他体贴地将人放在床上，刚准备起身，就被姜玫抱住了。

姜玫忽然睁开眼，问他："沈行，我们还能往前走吗？"

她问的是我们。

不是指她，也不是指他，而是他们两个人。

沈行单腿僵硬地跪在床上与姜玫对视，姜玫这会儿看着很是清醒，那双黑白分明的眼睛定定地望着他，眼底闪烁着细碎的光芒。

"可以。"沈行回。

姜玫咧嘴一笑，紧接着闭上眼。

沈行无奈，低头亲了一下姜玫的额头。

深夜，沈行睡意全无地站在落地窗前，任自己陷入回忆中。

原来，她是他这么些年来浓墨重彩的一笔。

很快法院通知开庭了，姜玫穿了一身黑色衣裙站在原告的位置。

一审判决结束，姜玫站在原地冷漠地看着许薇被带走。

许薇经过姜玫时，突然出声。

“姜玫，你这辈子都不配得到幸福，你爱的人也会不得好死。

“你只配像蛆一样活着。”

很快，许薇被强制闭了嘴，消失在铁栏杆之后。姜玫由罗娴护着离开，之后，罗娴跟她说起了她请假的事情。因为许薇这件事，周肆给她放了个长假。

三天后，姜玫毅然决定去往青田。

晚上十点半，沈行在火车开车前半个小时抵达北城西站。

车站人山人海，沈行来来去去找了四次都没有找到人。火车即将出发，沈行准备转身离去，刚走两步就听到背后传来一个熟悉的声音：“沈行，我在这儿。”

沈行猛地转身。

不远处穿着一条鲜艳的碎花裙的姜玫，手上满是水渍，满脸惊喜地望着他。

沈行喉咙发紧，他大步上前，一把将人搂进怀里，那一刻的他满怀欢喜。

姜玫窝在沈行的怀里，听着沈行如擂鼓般的心跳声，突然一阵心安。

这喧闹的车站，好像与她彻底隔开了。

抱了一会儿，沈行松开怀里的人，盯了她几秒，神色不明地问：“你打算一走了之？”

姜玫心虚地抬头，对上那张英俊深沉的脸，摇头解释：“我想去走走。”

“期限？”

“不知道。”

沈行嗤笑，他就知道这女人没心没肺。

姜玫还是离开了。站在检票口等待检票时，姜玫犹豫过那么一两秒，她回头想要确认一下，却见沈行依旧站在原地。

此刻，他孑然一身，满目落寞。

见她回头，他也只说：“想去就去，别害怕。”

顿了顿，他又说：“我在北城等你。”

姜玫鼻子猛然一酸，眼眶不自觉地红了。害怕自己再犹豫，她检完票，提着行李箱头也不回地往前走。

沈行一个人站在原地，望着那道鲜艳的身影一点一点消失不见。

秋高气爽，沈行陪徐敏去寺里拜佛，进去前，沈行收到了一张照片。

照片里姜玫披着红色大披肩，一脸虔诚地跪在挂满彩带的雪山脚下，她的身后是荒芜却又神圣的雪山，风卷起披肩，披肩飘起漂亮的弧度。

她宛如月亮，高高在上，却又通透世俗。

沈行把这张照片小心翼翼地保存下来，设置成了屏保。

随后，他点开他们的微信对话框，聊天记录还停留在三天前。

她说了两句话。

“沈行，我祝你平安喜乐、万事胜意。

“我希望你幸福快乐。”

这座寺庙香火鼎盛，朝拜者如云。徐敏进了正殿，恭敬地取了把香点燃，随后跪在蒲团上对着佛像祈福。

沈行只站在门口候着，他视线一转，瞧了两眼那双手合十、盘膝而坐的僧人。

恍惚间，沈行突然想到一个词：“佛度众生。”

佛要是真能度众生，那他想问佛，可不可以度一下姜玫？他无他愿，只愿姜玫喜乐无忧。

这一年秋末，江南一带发生大洪水。

沈行放下手中的所有事，组建了专业的救援队伍，到了现场参与抢救。

中途遇上了冲垮路段，沈行和他带的庞大的物资车队被堵在了路上。眼见着时间一分一秒过去，沈行带着能带上的物资，将人员分散成几个小队，划着皮划艇毅然决然地继续前进了。

现实的情况比想象中的要残酷，幸而天灾无情人有情。

沈行抵达时，大雨还在没休止地下，他穿了身迷彩服，披着雨衣与热血沸腾的少年兵们一起投入到救灾中。

第三天，沈行救了一个八岁左右的女孩。获救后，小女孩睁着一双湿漉漉的眼睛小心翼翼地望着他，小手试探性地抓着他的上衣。

沈行这两天没日没夜地投入到搜救中，却在看到小女孩那双眼睛时，走了一秒的神。

这是一双渴望活着的眼睛，像极了在尘世里苦苦挣扎却从未想过放弃的姜玫。

沈行下意识抱紧怀里的女孩，温和地安抚道：“叔叔在，别怕。”

小女孩在沈行的安抚下慢慢放松了身体，湿漉漉的眼睛盯着沈行，她小声地说：“谢谢叔叔。”

沈行心脏处猛地一缩，最后他在将女孩交给医疗人员时，才回了一句“不用谢”。

第八天，洪水终于消退，很快人们开始热火朝天地重建家园，各地援助的物资也一波波地送过来。

沈行无声退场。

车子出了灾区，时断时续的手机信号便恢复了，手机一时间响个不停。

沈行粗略地看了几眼，全都是关心他的。

翻到最后，沈行看到了姜玫的消息。

她给他发了一张照片。

照片上是一条笔直的公路，公路边有一块地碑，上面写着“玉城”两个字。

沈行反复将照片放大缩小，最后扯了扯嘴角，没回北城，订了一张去玉城的飞机票。

彼时，玉城宋柔的客栈里。

姜玫惬意地躺在宋柔搭的吊床上，吹着小风，对面的宋柔正在往桌上放新省的特产零食，放了满满一大桌。

无花果、叶城核桃、玉城噶尔石榴……一应俱全。

最后，宋柔把自己酿的葡萄酒放在最中央。

她倒了两杯酒，一边递给姜玫一杯，一边问：“我看你过得还好。”

姜玫懒洋洋地睁开眼，下午太阳不算大，可刺眼。

喝了一口酒，姜玫笑了笑，夸了句：“酒酿得更好了。”

“好就多喝点。”

“给你败光了，你还打不打算继续营业了？”

“那你放心，店倒闭了我去打工养你。”

姜玫眨了眨眼，瞥了一眼坐在石桌旁边托着下巴饶有兴致地给她剥核桃的女人，打趣道：“任劳任怨的贤妻良母？”

“也可能是见色起意？”宋柔沉吟了一下，说。

两个女人突然在阳光底下放肆地笑出声。

姜玫躺在吊床里，眯着眼睛望了一眼头顶的天空。

一片蓝，蓝得漂亮。

晚上八点，玉城这个时间离天黑还早，宋柔不知道从哪儿找来辆二手摩托车，非要姜玫载她。

还说哪部电视剧的男主角就是这么载着女主角奔向远方的。

姜玫无语，没打破宋柔的幻想，没告诉她电视剧里这样的场景在拍摄的时候，男主角可能载着女主角就在原地没动呢。

不过，宋柔既然想兜风，姜玫还是同意了。

宋柔换了身特别漂亮的碎花裙，戴了顶棕色草帽，说这可是剧里女主角的打扮，她这会儿就是女主角了，而姜玫则是“男主角”。

姜玫除了翻了个白眼，没有对此做任何评价。她穿着简单的宽松T恤衫和黑色阔腿裤，换了双小白鞋，载着宋柔绕着古城往外走。

出了城，入目皆是荒凉的戈壁滩，只有中间一条黑色的柏油路笔直地通向远方。摩托车载着她们在这辽阔无垠的戈壁滩里穿行，风吹起姜玫的长发。

坐在车后座的宋柔一脸满足地闭着眼，感受风温柔地拂过脸颊以及姜玫发尾的清香。

骑到一半链条松了。

姜玫踩下刹车简单粗暴地翻下车，单腿跪在地上，面不改色地调整链条。

宋柔见状急忙掏出手机给她拍了两张照片，嘴里夸道：“男朋友不错啊。”

姜玫不理她，低着头继续修理摩托车，修理完又检查了其他地方，最后举着一双黑黑的手站了起来。

宋柔很有眼力儿见地递了几张纸给姜玫。姜玫也没客气，接过卫生纸擦了几下手指，没什么情绪地说了句：“快没油了。”

“啊？我不是让师傅加满了吗？”

姜玫平淡地瞥了一眼宋柔，将用过的卫生纸塞在了裤兜里，回道：“哦，只剩三分之一了。”

宋柔：“……”

晚上十点半，火红的夕阳缓缓地落下帷幕，不远处的地平线上只剩一道浅浅的红晕。

荒芜的戈壁滩上一辆摩托车缓缓开往玉城市区，她们回到客栈时，已经晚上十二点了。

宋柔经营这家客栈已经不太在意是否营利了，不过是想有个寄托。晚上她要出去兜风，直接在黑板上写了自助入住须知便出发了。

姜玫住的房间还是之前那间，把摩托车停在院子里，她就上了二楼。她在昏暗的走廊里慢悠悠地朝房间走，手里捏着门卡不慌不忙地开门。

进了房间，姜玫弯腰准备换鞋，手刚碰到拖鞋，就被拉了过去。

熟悉的气息扑面而来，姜玫垂眸看了一眼腰间那双结实有力的大手，眼里闪过一丝惊讶。

她刚想说话，下巴就被对方抬了起来，紧接着，她什么话都说不出来了。那人风尘仆仆，朝她肆无忌惮地诉说着他此刻的心情。

一吻毕，沈行弓着身子，将脑袋贴在姜玫的脖子上，平息了很久才哑着嗓子道："什么时候过来的？"

"过来两天了。"

姜玫感受到沈行的情绪波动，回抱住沈行，低着头亲了两下沈行的头顶，安抚道："你呢，怎么过来了？"

"你说呢？"

没等姜玫回应，沈行弯下腰，一把抱起姜玫往沙发走。

将姜玫放在沙发上坐着，沈行神色晦暗地跪在姜玫身前，视线紧锁住姜玫精致漂亮的脖子上戴着的那条子弹项链。

夜色下，子弹壳泛着金色光芒。

忽然，沈行笑了笑，说了一句："我输了。"

姜玫脊背一僵，复杂地回望沈行。

沈行翻身倒在了姜玫身边，难掩疲倦之色。他闭着眼抱着姜玫，语气轻柔："有点累，我睡会儿。"

没多久，姜玫就听到了他的呼吸声变得均匀了。

他睡着了。

姜玫仰头，入目便是沈行坚毅的下巴。

想起他说的那句"我输了"，姜玫舔了舔干涩的唇，抬手轻轻抚平了沈行的眉头，回了句："我也没赢。"

他们都输了。

可是，她输得心甘情愿。

她想过，如果没有沈行，她将如何度过这漫长的岁月。

后来她明白，她这辈子，即便沈行娶了妻子，身边有了孩子，组建了个和谐美满的家庭，她也不见得会忘记沈行。

这样的人，她一生只会遇见一次，仅一次便要她用一辈子的时间去忘记。

接下来的日子，宋柔当了甩手掌柜，将客栈的事都交给了姜玫，自个儿天天往外跑。

沈行也这样。

姜玫隐约猜到他俩在做什么，却不知道他们具体在做什么。

这一天的早上六点，姜玫被沈行强行从被窝里拉了出来。

迷迷糊糊间，姜玫看见沈行拿了套本地民族特色的裙子，这条裙子以红色为主色调，上面绣着许多漂亮的图案，他还给她拿了不少头饰供她选择。

姜玫眨了眨眼，疑惑地问："有活动？"

本地人擅长跳舞，也经常会举办各种活动，姜玫下意识地觉得沈行想带她去过节。

沈行面不改色地点头，替姜玫穿上裙子。沈行做每件事都很认真，此时亦是如此。

姜玫忍住疑惑，任由沈行替她穿戴。

穿好以后，沈行一言不发地抱着姜玫上了车，他们的车后面，还紧跟着一个车队。

宋柔亦在其中，他们一路飞驰，抵达一个草原时才停下。

草原上搭了好几顶蒙古包，不少本地人围着篝火跳舞。

一下车，姜玫就被拉进去跟着一起跳舞。

晚上十点，天黑了下来，姜玫眼睁睁地看着沈行单膝跪在她面前，问："姜玫，愿不愿意嫁给我？"

身后响起热烈的掌声，宋柔笑着打趣："啧啧啧，沈队，你也太损了，都到婚礼现场了才求婚。"

原来，姜玫身上穿的是婚纱。

沈行在这片他守护了六年的土地上，向他爱的人求了婚。

难怪他说他输了。

火光下，姜玫低眉看向沈行，他单膝跪在地上，等待她的回应。

那一眼，她见他满身温柔，眉眼间满是爱意。

"我愿意。"

声音落下，姜玫见他眸中似有泪光闪烁，紧接着，她被他抱在怀里，耳畔传来他低声的呢喃："我们是我们了。"

·番外一　唯独忘了爱她

时间转瞬即逝，转眼便到了冬天。

北城的冬天向来冷，今年尤盛。

这会儿，大雪铺天盖地，一眼望去，白茫茫一片。

姜玫坐在副驾驶座上，路过风花街道，正好瞧见北城门前的队伍排得老长。

人群里，一个两个都穿着厚厚的棉袄，裹着围巾，戴着帽子来抵挡寒冷的北风。

可这北风抵挡不住人们对这座城市的热情，也挡不住坚守岗位的站岗军人。

“进去瞧过？”沈行顺着姜玫的视线看过去，瞧着那长长的队伍随口问道。

沈行的声音拉回姜玫的思绪，闻言，她摇头：“没。”

她虽然来了北城这么些年，但旧宫城她只因为拍戏，从侧门进去过部分的宫殿，倒是一次也没从正门走进去过。一是没那时间，二是没那精力。

再说，历史沉重，不适合她这轻浮的人，她不太配。

沈行一听，诧异地瞥了一眼旁边垂着眼皮兴致不大高的姜玫，打趣道：“这觉悟不怎么高啊。”

“改明儿我有空了，带你进去瞧瞧？保管你会惊呼老祖宗真有智慧。”

姜玫点头，淡淡地“嗯”了一声。

车里空调开得足，广播里正播放着实时新闻，主持人说话字正腔圆，说的都是些跟她不太相关的事。

姜玫听得犯困。

沈行倒是挺感兴趣，他自个儿开车都爱听广播，遇到有兴趣的事还会跟她主动分享。

偶尔兴致来了，他还会时不时地跟她指一下哪条道、哪条巷里发生过什么特别的事，又讲了不少老北城里的老故事。

姜玫越听头越沉，强撑的眼皮也撑不住合上了。

车子开到江水人家，倒进车库，沈行转过头瞥了一眼旁边的姜玫，这才发现她已经睡着了。

每年自十一月伊始，各大平台就开始招商，各种商务活动更是纷至沓来。因为《锁玉》一路看涨，到姜玫手里的剧本也多如过江之鲫。

周肆自是不肯再放姜玫休息，催促罗娴，让她把姜玫带回来工作。

因此，姜玫忙得不可开交，还选了一个仙侠背景的剧本。这是一部大女主角戏，女主角一路成长，不仅文戏吃重，还有不少打戏。

于是，她这两个月，一方面要跑活动，另一方面还要武术指导老师跟着她跑，保证她每天的基本功课不能落下。前天武术指导老师感冒了，姜玫才获得了休息两天的机会。

沈行是知道姜玫这段时间的忙碌的，也没着急叫她，慢悠悠地降下车窗，单手撑在车窗上，懒洋洋地掏出手机瞟了一眼时间。

还早。

如今，局势差不多已定，跟他僵持了大半年的徐教授前两天不知道怎么回事，突然松了口，还让他有时间带姜玫回家过年。

这离过年可还有大半个月时间，他还没想好怎么跟姜玫说。

姜玫也从来不问。

回北城领证那天，她也只在签字前问一句：“沈行，你想清楚了吗？”

拿了结婚证，她就马不停蹄地开始各地飞。

沈行知道姜玫想要长一点的假期，想跟她父亲好好相处。只是事与愿违，她父亲也就跟她待了短短两个月的时间。

即便他俩领证了，关于姜志国，她也没提过一个字，沈行也不清楚她究竟是释怀了，还是压根儿就没走出来。

前段时间，许薇想要见他。律师给他打了个电话，正巧她听到了，她也不闹，就那么看着他。

直到他说了句“不见”，姜玫才移开视线。

沈行心里有些不是滋味，他俩看着走近了一大步，可总有些事还横亘在他们之间。

他也会飞去她工作的城市见她，她就放下工作陪他，她中途有无数次机会问他那些事。

他想，只要她问，他就一定回答。

可她依旧闭口不谈那些事情，连不小心看到徐敏发给他的那些措辞难听的消息，她也能面不改色地将手机递给他，平静地跟他道歉："抱歉，我不小心看到了。"

不知道是哪天，他喝了点酒，借着酒意问她："你怎么不提跟我回去见他们？"

姜玫愣了一下，笑着替他解开西装外套，不紧不慢地回："我嫁的是你，又不是沈家。再说，你爸妈还没同意吧？"

得，真给她猜准了。

别说没同意，徐敏知道后，气得要跟他断绝母子关系，连他自个儿都差点没能进家门。

老爷子更是连他的面都不见。

哪知，他们现在倒是这么轻易松口了。

见姜玫睡得深沉，沈行故意捏住姜玫的鼻子让她出不了气。

姜玫被吵醒了，一脸的不高兴。

沈行装作事情不是他做的，问她："刚才还高高兴兴的，怎么这会儿还跟我甩脸子了？"

姜玫昏昏沉沉地闭了闭眼，再睁眼时，眼底的迷糊已经完完全全消失。

两人安安静静地在车里坐了会儿，感觉困意差不多没了，姜玫出声问道："你是不是有话要跟我说？"

沈行挑眉，吊儿郎当道："嗯，是有话要说。"

"什么话？"

"我突然发现，你这会儿还挺慈眉善目的。"

姜玫不想理他，下了车就往楼上走。沈行紧随其后，不过步伐是不紧不慢的。

到了电梯里，电梯门关上，沈行的手就搭上了姜玫的肩膀。他搂着姜玫下了电梯，开门进屋，反手将门关上。

"姜玫。"

沈行的声音突然变得严肃且正经，眼神幽深，没有半点调侃的意味。

姜玫愣怔片刻。

在姜玫的注视下，沈行松开姜玫的肩膀，往后退了两步。过了几秒，沈行突然站直，双手笔直地贴着裤缝。

随后，沈行挺直腰板，敬了一个标准的军礼，铿锵有力地道："我，沈行，从今以后誓死保护姜玫。

“一日为妻，终生守护，不抛弃、不放弃。

“有违此誓，家法处置。”

过了好几秒，房间还回荡着沈行的声音，姜玫被吓得一时有些恍惚。

不知不觉，姜玫的眼眶湿润了，眼泪控制不住地往下掉，胸口好像被什么堵住了一般难受。

她曾经以为她这辈子只配爱而不得，孤独终老，可现在她不仅实现了愿望，还有了一个陪她共白头的人。

哭着哭着，姜玫身体下滑，滑坐在地板上出声痛哭起来。

“哭什么？我可没有欺负媳妇儿的习惯啊。”沈行哭笑不得，边调侃姜玫，边蹲在地上替姜玫擦眼泪。

眼泪越擦越多，姜玫也哭得更大声了。

从前姜玫哭总是压抑地咬着唇瓣，不让自己哭出声，可这会儿是敞开了哭，把心里的那些委屈全都给哭了出来。

哭声由小变大，最后姜玫断断续续地打起了嗝。

沈行没有劝，她需要痛痛快快地哭一场，哭完才能舒服。

姜玫哭了足足半个小时，最后扑在沈行的怀里，死死地抱住沈行的脖子，白皙细嫩的手指一遍又一遍地捋着他的头发，每一下都很克制。

“沈行，谢谢你。”

“谢谢”两个字不足以表达她的感情，可除了这两个字任何话都显得苍白无力。

“真想谢我？”沈行弯腰将她轻而易举地抱了起来，边走边问。

姜玫轻轻地点头：“嗯。”

“那就成。”

“你想要我做什么都可以。”姜玫咬了咬唇，向他承诺。

沈行脚步停了一下，垂着眼瞥了一眼不大好意思的姜玫，痞里痞气地回了句：“得嘞，你这话我倒是爱听。只是你这话当真的？”

“嗯。”

“得，那你叫声老公听听。”

姜玫下意识移开视线，假装没听见。

她有点叫不住口。

太肉麻了。

“这就是你说的做什么都乐意？”沈行挑了挑眉，将人顺手放在了沙发上，随后单腿跪在了姜玫面前，用带茧的手指慢悠悠地挑起姜玫细嫩的下巴，似笑非笑地问。

“沈行，你别耍流氓行不行？”姜玫被沈行堵得无处可逃，愤愤不平地反驳。

“这就是耍流氓了？那我让你……”

“老公。”

沈行猛地一震，不可置信地盯着姜玫那张通红的小脸。

真叫了？

叫了？

“没听清，再叫一回？”

“滚。”

“别闹，再叫一回，叫了我就放你走，不叫今晚咱俩都别睡了。”

在沈行的威逼利诱下，姜玫还是又叫了一次，刚开始很别扭，叫到最后，她心里涌起一股怪异的感觉。

这两个字好像无形中给了她巨大的安全感，她身后有人了，不再是她一个人。

凌晨三点，窗外一片漆黑，姜玫被噩梦惊醒，她下意识地伸手摸了一把旁边的位置。

空的。

姜玫猛地坐起身打开了灯，卧室恢复光亮，旁边的位置也确实没人。

坐了几分钟，姜玫头脑昏沉地掀开被子下床，刚走到走廊，就瞧见对面的书房亮着灯。

姜玫不由自主地迈开腿走向书房，刚到门口就听到了沈行疲倦的嗓音：“我这不想着呢。就徐教授那性子，我带你嫂子回去，她嘴上还不得念叨几句？

“能怎么办？我扛着呗。你要真的心疼你哥，就替你哥在妈面前通通气，别到时候让你嫂子为难。

“我不心疼她，指着谁心疼她？你还是单身，你懂个屁。”

“行了，我也不跟你继续扯。你这回要是帮了你哥，下回你哥也在老爷子面前多替你说几句。

“沈妍，你哥我这么些年就求你这一件事，你可别给我搞砸了。”

“我都栽她手里了，还能怎么折腾？得亏你哥如愿以偿娶了她，要不然，你哥我这辈子只能是孤家寡人了。

姜玫站在门口，沈行的那些话一字不漏地进了她的耳朵，尤其是最后一句话，直接令姜玫蒙了。

她一直觉得她和沈行付出的爱是不对等的，甚至很多时候怀疑沈行并不爱她。

可现在看来，沈行承受的压力远比她承受的多得多。

他身上背负着整个沈家，最后却跟她有了这一段不被人看好的婚姻。

这样的沈行，让她如何拒绝，如何不爱呢？

“你怎么在这儿？”

书房门打开，光线从门口倾泻而出，冷光打在沈行身上为他镀了一层银色。

此刻，他站在门口，手搭在门沿上，垂着眼，满目疑惑地看着她。

他的影子落在地上与她的影子重合，像极了相拥的恋人。

姜玫低着脑袋缩了缩脚尖，不太自然地回：“我睡不着。”

“又做噩梦了？”

“嗯。”

沈行关了书房门，一把将人搂在怀里，大手小心翼翼地拍了拍姜玫的后背，感觉姜玫情绪稳定了，才问：“梦到什么了？”

“你出事了，躺在病床上不动了。”

姜玫突然有些后怕，转过身抱住沈行的腰，脸贴在他的胸膛，直到听到平稳有力的心跳声才低声呢喃：“沈行，别丢下我。”

“废话，丢了你，我上哪儿找个一模一样的媳妇儿？”

“我想喝酒。”

寂静无声的夜，姜玫坐在高脚椅上，双手撑在桌上，懒洋洋地看着沈行从柜子里挑了一瓶酒，又选了两个高脚杯才朝她一步一步走近。

每走一步，沈行的轮廓就清晰一分，姜玫忽然发现他的头发又剪短了，下巴处的胡茬儿青了，眼睛底下的黑眼圈也加深了。

姜玫不禁想，他从小接受家里人的栽培，一路走到今天，会不会累？

于是，姜玫慢吞吞地问了出来：“沈行，你累不累啊？”

沈行开酒瓶的动作一顿，他瞥了一眼满眼都是他的姜玫，不着痕迹地眯了眯眼：“什么累不累？”

“你从小就必须优秀，必须做到最好，必须按照家里的规划走。”姜玫停了一下，“累不累？”

沈行不徐不疾地倒了一小杯酒递给姜玫，又给自己倒了一杯，而后，他将酒瓶放在一旁，直接端起杯子仰着脖子一口喝完。

沈行抬手随意擦了擦嘴角，拉开椅子坐下，与姜玫面对面对视着，道：“不累。每个人都有每个人的使命和责任。我不是第一个，也不是最后一个。或许有时候会累，但是我没有资格放弃。

“姜玫，我之前的责任和使命是守卫边疆和沈家，现在是守护你和沈家。”

第二天，姜玫特意约了罗娴去一家咖啡馆喝咖啡。

之前一直忙碌，两个人很少能悠闲地坐在一块聊天。

两人漫无边际地聊着，突然，罗娴放下手里的咖啡，指腹摩挲几下咖啡杯杯柄，抬眼看向坐在对面一脸平静的姜玫，轻声问道：“你想好了，真不演戏了？”

这家咖啡馆私密性很好，这个时间并没有多少客人，两人选的卡座被掩映在花丛后面。

姜玫没着急回复，一声不吭地又喝了两口咖啡。

她不大爱喝咖啡，总觉得咖啡苦味太重了，跟她小时候喝的中药一样，又苦又涩。

咽下口中的咖啡，姜玫不紧不慢地放下杯子，白皙的手指落在桌沿，她下意识地摸了两下，触感冰冷而滑腻。

随后，姜玫摇头，道：“我从来没有说过我喜欢演戏。当初意外地进入这个行业，成为一名演员是因为我需要钱去还债。演戏对我而言，始终只是一份工作。”

“有点可惜，你知道的，你现在是冉冉升起的一颗星星。”

“罗姐，你觉得沈行怎么样？”姜玫突然转移话题，问道。

罗娴是知道他俩领了证的，当时她的反应跟见了鬼似的，压根儿不敢相信。

可想起姜玫父亲去世那几日，沈行一个人忙里忙外，以及葬礼时的那一跪，罗娴又觉得挺好的，挺为姜玫高兴的。

罗娴感慨：“沈公子是真厉害，我是打心眼里佩服。”

姜玫不由得想起来那天晚上在书房门口听到的那几句话。

“沈妍，你哥我这么些年就求你这一件事，你别给我搞砸了。

“我都栽她手里了，还能怎么折腾？”

果然，沈行从来不打无准备的仗。

他早就想好了后路，他决定的事，只能赢，不会输。

所以，现在，他赢得彻底。

想到这儿，姜玫忍不住给沈行发了条微信，问他：“沈行，你是不是早就算好了一切？”

那端的人迟迟没回，一直处于“正在输入中”。

姜玫足足等了五分钟才收到他的回信。

只短短一句话。

沈行：媳妇儿，名正言顺地娶你挺不容易。

姜玫有些鼻酸，她握着手机仔仔细细看了四五遍，一个字一个字地拼凑起来又瞅了几遍。

她没看错。

他说的是“媳妇儿，名正言顺地娶你挺不容易”。

沈行这人，怎么能这么不正经呢？

他什么都不跟她说，就做好了一切准备。

罗娴见姜玫情绪不大对，暗自叹了口气，只问了一遍：“你是暂时不演戏了，还是以后都不演了？”

“以后都不演了。”

“那成，我过两天就跟老板谈。不演戏了也挺好，加油。”

“我打算去读个本科，再去考研，多学点东西。”姜玫撑着手臂，边说边看着咖啡馆墙壁上的钟表。

看着时针指到十二的时候，姜玫突然开口：“罗姐，我先预祝你新年快乐了。”

罗娴挑眉，顺着姜玫的视线看过去，正好是中午 12：00。

“姜玫，也祝你新年快乐。”

罗娴临时接了个电话，对方催得急，她只能先告辞了。离开前，罗娴多问了一句：“你是为了沈公子才决定隐退的吧？”

姜玫坐在卡座上，神色平淡地抬头看着罗娴，直到罗娴转身了才回道：“罗姐，爱从来不是单向的，是需要双向付出的。

“我总得为他做点什么。”

姜玫说的后半句似自言自语，又好像在回复罗娴。

罗娴离开后，姜玫没着急走，一个人静坐在明亮干净的落地窗边，静静地喝完了那一整杯咖啡。

之后，姜玫起身穿上那件黑色长款羽绒服，拿起大红色的围巾裹在脖子上，又将深棕色的毛线帽戴好，把自己遮得严严实实了，才拿起包，从容地推开玻璃门。

走出咖啡馆，姜玫站在路口等自己打的车过来。

路口人来人往，大多数人脚步匆忙，很少有人有闲情逸致。

她等了差不多半个小时，打的车没来，倒是一辆低调奢华的车停在了她面前。

姜玫下意识退开两步。

后座的车门突然被打开，里面的人伸出半个身子，朝她伸手：“上车。”

姜玫目光落在那修长的手指上，看了两眼后，掏出口袋里的手，缓缓握住沈行的手指，顺着他的手弯腰钻进了后座。

刚上车，姜玫就感觉脸上被一股暖流扫过，暖暖的。

姜玫穿得厚，行动不太方便，沈行边替她解围巾，边调侃："这是穿了多少？人都快裹得看不见了，就剩了一双眼睛露在外面，跟那缩在壳里的乌龟挺像。"

姜玫在沈行的帮助下艰难地扯下围巾，又拉开了身上的拉链，脱掉了外面的羽绒服。羽绒服臃肿，脱下来没地儿放，她只能抱在怀里。

帽子掉下来一半，她就接到了网约车司机的电话，对方问她在哪儿。她连连抱歉，又支付了违约金，挂断了电话。

姜玫抱着羽绒服就跟抱了个小孩似的，她顶着半掉的帽子，模样傻兮兮的。

沈行忍不住笑了两声，抬手揉了揉姜玫的头发，笑着打趣："我媳妇儿怎么这么可爱？"

把手机收起来的姜玫："……"

"你别动，我给你拍张照片。就你这样，可招人爱了。"

沈行吊儿郎当地掏出手机，点开相机，眼里蓄满笑，咔咔拍了好几张照片。

照片里，姜玫还真是那个姿势没动。

拍完照片，沈行选了两张好看的拿到姜玫面前让她瞅瞅，跟她炫耀道："怎么样，我这拍照技术还成吧？"

"这照片的人儿多漂亮，就你这眉眼弯弯、鼻尖微红的样儿多讨喜。你看你像不像过年时贴的那年画？"

姜玫无言以对。

在沈行的催促下，姜玫顺着沈行指的地方看了一眼照片。照片里，她穿着白色高领毛衣、抱着羽绒服静静地望着沈行，几根头发丝落在脸上显得慵懒随意。

那双眼睛，有神有光，且十分专注。

姜玫知道，那是她看沈行时才有的眼神。

姜玫出神的工夫，沈行就把那两张照片发到了朋友圈。

配文：我媳妇儿这是要长成天仙啊。

他发出去几分钟，底下一排点赞，评论也跳个不停。

周肆：哥，能别这么秀恩爱吗？

许默：嗯，挺漂亮。

夏竹：闻哥……见鬼了啊！阿玫简直了！这表情和眼神也太可爱了吧！

沈妍：哥，你脑子没坏吧？

…………

沈行正准备收了手机，一条短信突然跳了进来。

徐教授：长得是挺周正，比周家那姑娘还漂亮。饭快好了，你俩记得回来吃团圆饭。

沈行眯了眯眼，回了一个“好”。

收了电话，沈行偏过头看了一眼靠在他肩膀上不吭声的人，语调不由得缓了几分：“今晚回家里吃饭，成不成？”

“嗯。”姜玫知道有这么一天，此刻听到也没有很意外。

她抱住沈行的胳膊，时不时地玩一下他的纽扣。

玩了一会儿，姜玫仰着脑袋盯着沈行的下巴，小声问：“沈行，你是不是有话跟我说？”

沈行垂了垂眼，深邃的视线停在姜玫的脸上，见她这会儿不依不饶，瞬间明白她是要他亲口说出那些没跟她说的事。

以退为进这招，她倒是用对了。

沈行嗤笑了一声，反问：“不是你想知道？”

“你也可以不说。”

“得，那我不说了。”

“沈行！”姜玫恼怒地喊了一声，喊完才发现沈行眼里满是笑意。

哦，她上当了。

眼见姜玫快发火了，沈行才假意咳了两声，懒懒地问：“你真想知道？”

“嗯。”

“车祸……”

沈行刚说出“车祸”两个字，就感觉姜玫握着他的那双手力度紧了几分，那双泛着光的眼里也开始流露出紧张。

沈行不着痕迹地将人搂在怀里安抚了一会儿，见姜玫情绪稳定了才继续开口：“那时，我考虑过跟你的缘分可能就到那儿了。

“可得知你父亲出事的那一刻，我猛然意识到我跟你之间没完。既然还没结束，那就继续，不过，这回我得掌握主导权。

“老爷子年纪越大，处事也越温和，说服他，并不算太难。而且老爷子最关心的是沈家能不能安稳地发展下去，既然我有能力做到，那我娶的人是谁，就没有多大关系了。

“至于徐教授那儿，她嘴上不乐意，可也知道我要做的事她拦不住。我已经找了沈妍做说客，她会想通的。

“要说最难的，是你。”

姜玫听到这里，不解地望着沈行。

沈行叹气，解释道：“你要是不点头，我做了这么多，有什么用？

“还好，如愿以偿了。”

他真的……如愿以偿了吗？

姜玫神色复杂地抿了抿唇，手轻轻落在沈行的大腿上，想了片刻，纠结道：“沈行……你很爱我吗？”

“非你不可。”

“什么时候的事呢？”姜玫眼里装满了质疑。

“记不清了，很久了，久到我已经忘了。”

“我也是，很久了。”

“那谁说的早不爱我了？”

“……”

“前阵子我许了两个愿，一是愿你喜乐无忧，二是望我如愿以偿。”

气氛冷凝的书房，沈老爷子神色复杂地打量着面前挺直腰杆、跪得规规矩矩的沈行。

见沈行面色平静，没有流露出半点不满，沈老爷子拄着拐杖缓缓站了起来，绕过檀木制的书桌一步一步走到沈行跟前，双手拄着拐杖敲了敲地板，问：“知道错哪儿了？”

“没错。”沈行不卑不亢地回。

书房里陷入短暂的沉默，祖孙俩继续无声对峙着，谁也没服软。

良久，沈老爷子拿起书桌上的戒尺，不慌不忙地递给沈行，沈行双手接过戒尺，不动声色地眯了眯眼。

沈家家规严，一旦做了出格的事，老爷子都会按家法处置，因此他拿戒尺训人是常事。

沈妍和沈行小时候没少被戒尺打，戒尺上面刻满了沈家家规，每回两兄妹挨打都得完完整整地背一遍。

算起来，沈行已经十多年没有被戒尺打过了。

从他进书房看到书桌上摆放的那几根戒尺开始，沈行便明白自己今天逃不过。

他也没打算逃。

沈行出神的工夫，沈老爷子就拿起了另一根戒尺。

啪的一声在这寂静无声的书房响起，声音格外大，还有回音。

“沈家家规是什么？”沈老爷子喝问。

“谨言慎行，戒骄戒躁。兄弟阋墙，外御其侮。沈家子女，内为天之骄子，外为国之栋梁……”

啪啪啪——

沈行笔直地跪在冰冷的地板上，面不改色地背着家规。

“知道错了？”

“没。”

砰的一声，戒尺断成了两半，掉在了地上。

沈老爷子拄着拐杖喘了两口气，目光浑浊地望了一眼不吭一声的沈行。

沈老爷子既无奈又骄傲，他换了根新戒尺：“遇事不决，不守家规，行事鲁莽，心智不成熟，你还敢跟我说你没错？

“用一些不入流的手段，也是我沈家的做派？真当我不知道你这心里是怎么想的？

“我教你行事小心谨慎，做人留一线，还教你有责任、有担当，这些你都做到了吗？

沈老爷子的话一句一句地砸在了沈行的头上，沈行始终保持着平静，仿佛那戒尺没打在自己的背上。

“你错了吗？”沈老爷子又问。

“错了。”

“错哪儿了？”

“我唯独忘了爱她。”

沈行的声音坚定、平和，那张刚毅的脸上多了两分松动，放在膝盖上的手也渐渐握起了拳头。

沈行回忆起这些年经历的事，与姜玫这么多年的纠缠，闭了闭眼，说：“您教我要有责任、有担当，可这么些年，我对不住的也只有她一个。

“我守过边疆，护过人民，对沈家也尽心尽力。可我爱的那个人从来没有被这个世界善待过。

“您要是怪，就怪我，跟她没什么关系。她活得不容易，您别去怪她。

“她已经是我的妻子，您的孙媳妇儿了。我这辈子总得为自己活一次，您说是不是？”

沈老爷子停住了动作，他今儿这一出，不过是为了试探沈行的决心有多大。如今打也打了，罚也罚了，他也没准备再为难沈行。

再说，姜玫既已经进了沈家的门，他便没有赶人出去的道理。

“既然领回家了，就好好对她。”

沈行暗自松了口气。

老爷子这关过了，剩下的就不足为惧了。

沈行垂着眼说了声：“我替她谢谢您。”

“得了得了，甭跟我在这儿装，我还不知道你这小子想的什么？行了，给我滚出去。”

沈老爷子骂骂咧咧地摆了摆手，示意沈行出去。沈行也没多留，撑着膝盖站了起来，弯腰捡起地上断了的戒尺，规规矩矩地将戒尺放回原处之后才离开书房。

走动时不小心扯到了伤口，沈行不自觉地皱了皱眉。

后花园的茶室里，沈妍动作优雅地煮着茶，茶叶在开水中不停沸腾，滚了一圈又一圈。

煮了一轮，沈妍倒了第一杯茶，又重新加了水，几分钟之后，才端起紫砂杯倒了七分满递给姜玫。

“你尝尝味道如何。”

姜玫默默地接过沈妍递过来的茶杯，吹了两下，抿了一小口茶。

茶香四溢，茶入口时有点苦，后面才开始回甜。

姜玫不懂品茶，只道：“挺好。”

“其实我哥挺懂茶的。”

“他……好像没怎么喝过茶。”姜玫没见过沈行喝茶，一直以为他不爱喝茶。

沈妍眨了眨眼，道：“那可能是我记错了，我哥应该不爱喝茶。”

姜玫跟沈妍只见过两三回，算不上熟，如今两人坐在一起也聊不到一块儿。

可从她进门开始，沈妍便表现得很亲近，甚至在沈行上楼后还跟徐敏道：“妈，我跟嫂子还有话说，先把人拉走了啊。”

说完，不等徐敏反应，沈妍直接拉着人往外走。

姜玫被拉走时正好看到徐敏脸上一晃而过的复杂表情。

“感觉叫嫂子有点别扭，我能不能叫你姜玫？”

沈妍的话将姜玫拉回了现实，姜玫点头：“随你。”说完，她又问，“你哥没事吧？”

“我哥？他可能有点事。”

“嗯？”

“你就别管了，反正他能处理好。对了，你都嫁给我哥了，我俩能不能加个微信？”

姜玫这回没拒绝，沈妍的微信头像是一座雪山，跟她人挺像，都挺冷。

刚加上好友，沈妍便发了好几条消息给她。姜玫下意识点开两人的对话框。

沈妍发来的是十几张照片，照片上的人是她。

有青市酒馆里唱歌的，也有再片场拍戏的，还有她在北城街头走的照片……

姜玫一一看完，心底的疑惑越来越重。

“你哪儿来的照片？”姜玫看完，关掉手机问。

“我拍的啊。”沈妍神色散漫地趴在桌上，有一下没一下地玩着手机，玩了一会儿继续开口，“你不会以为你跟我哥的事，我不知道吧？”

沈妍笑了笑，又道：“我哥大三寒假回家的那段时间一直看手机，有次我坐在他边上不小心看到了。那时我就知道你了。

“后来，我偷偷溜去青市看我哥，正好撞见你俩抱在一起。

“他去新省的前一晚上还问我， 他这样的人是不是不配拥有爱情。我哥是一个多骄傲的人啊，可那时的他特别患得患失。那时候我就明白，我哥这辈子算是完了。他要么栽你身上爬不起来，要么就一直待在新省不回来了。

“最开始在新省驻扎的两年，我哥一个电话都没给家里打过，可你出事后，他马不停蹄地赶了回来。”

沈妍说到这儿停顿了几秒，见姜玫一脸蒙，沈妍恍然大悟。

原来，她哥没说啊。

“你在玉城发生的事我也知道，是因为我哥，你才会遭遇那件事。不过，我哥那回也差点没抢救回来。你们俩算是打平了。”

沈妍每说一句，姜玫的心情就复杂一分，最后姜玫张了张嘴，说：“他没说过这些。”

“唉，我哥这人就是好面子。你去找他吧，他房间在二楼最左边。我去跟徐教授聊几句。”

沈家很大，姜玫找了两圈才找到沈妍说的那间房。房门紧闭着，姜玫站在门口犹豫了好几分钟才敲门。

听到里面的人说了声“进来”，姜玫才推门进去。

刚打开门她就闻到了一股碘酒的味道。

姜玫猛地一惊，只见沈行赤裸着上半身，正拿着棉签反手替自己擦药，姜玫这才注意到沈行后背上触目惊心的伤痕。

姜玫紧蹙眉头，目不转睛地盯着沈行的后背，脚底生了根似的挪不了半分。

“怎么了？”

沈行半天没听到动静，抬眼望了望，见姜玫傻愣愣地站在原地还以为她害怕，不动声色地避了避，嘴里开着玩笑：“傻了？”

“你背上……是被打的吗？”姜玫死死咬住唇瓣，半晌才问道。

“过来帮我擦药。”

姜玫手脚发凉地走近沈行，每走一步，她就僵硬一分，到最后，她的脸上已经没了表情。

走到沈行身边，姜玫便弯腰一言不发地拿过沈行手里的药，重新取了根棉签，手指颤抖地蘸了药水替沈行擦药。

擦药的时候，姜玫格外安静，一直咬着嘴唇，小心翼翼地替沈行清理伤口。

一片沉默里，沈行望着站在他面前的姜玫安慰道：“就看着吓人，你别担心。”

“别动。”

“好好好，我不动，你也别哭，成不成？”

“要不要去医院？”

“去什么医院？又没什么大事，擦点药就可以了。吃了饭我们就回去，今晚不住这儿，一会儿饭桌上，要是老爷子没出声你也别讲话，别害怕。”

“嗯。”

“姜玫？”

姜玫手一顿，垂眸担忧地看着沈行。沈行叹了口气，一把将人抱在怀里，又说了一遍：“我没事，别瞎想。”

沈行说得没错，沈老爷子并没有为难姜玫。两人离开前，沈老爷子还给了她一个红包，交代了一句：“既然进了沈家的门，那就是沈家人了，以后两个人好好过。”

沈老爷子算是口头上承认了姜玫。

姜玫笑着应下，也在沈行的示意下将红包收进了兜里。

“人从爱欲生忧，从忧生怖。”

“使人愚蔽者，爱与欲也。”

可是她想，爱是救赎，是希望，是千回百转后的又一春。

·番外二　大梦一场

深夜的酒馆，换了摇滚乐，扑朔迷离的灯光到处晃动，人们随着音乐舞动身体。

不起眼的角落里，姜玫神色淡淡地抱着手里的吉他调弦，声音太吵，弦音很快被淹没。

姜玫也没管，径自调着音。

“玫玫，一会儿该你上场了。”一个长相可爱清秀的女孩弯腰凑到姜玫耳边大声说。

这是姜玫新认识的朋友，陈卓。

陈卓是山城女孩，热情似火、简单纯粹，比姜玫还小一岁。

她是两个月前开始在酒馆做兼职的。

“下班了我请你去吃火锅吧？我刚发了工资。”陈卓伸手碰了碰姜玫的肩膀。

姜玫正准备回答，舞池里骤然安静下来，客人纷纷回到了自己的位置，刚才还拥挤的地方突然变得空荡荡的。

年轻帅气的老板朝角落的姜玫招了招手，示意到她上台了。

姜玫提起吉他，离开前揉了把陈卓的短发，简短地回道：“好。”

“行！那我等你。”

酒馆这会儿的灯光全暗，只余舞台上的一束暧昧的蓝光。这光打在姜玫的头顶，映照得她整个人模糊不清，却又格外好看。

底下不由自主地响起了一阵掌声，紧接着，断断续续的讨论声传了出来。

“这就是那个姜玫？长得好漂亮。”

“废话，当然是她。听说想追她的男生能排满整条街。”

“不过，这女的特冷漠，至今还没人追上。”

“还有这事？这年头能在这地方工作的能是什么好姑娘，别是被骗了吧？”

…………

姜玫默不作声地抬了抬眼，薄凉的目光扫过刚刚说话的那桌人。

刚还讨论得热烈的人，立时闭了嘴。

几秒后，姜玫收回目光，低下头，开始拨动琴弦。

姜玫的视线往下滑过，扫了一遍便清楚哪些是新客人，哪些人是熟面孔，视线落到最左侧时，姜玫晃了一下神。

最左侧的卡座上坐了一个特别的人。

那人慵懒地窝在卡座里，弓着背，长臂随意地搭在桌上，正垂着眼皮一脸平淡地玩着手里的银色外壳打火机。

他时不时地摁一下打火机，让猩红的火苗猛地蹿出来又突然消失。

他只坐在那儿便吸引了不少人的目光，至少他附近几桌的姑娘看着很想去搭讪，只不过没人敢动。

姜玫不着痕迹地收回视线，嘴角的弧度下拉了几分，随后很快恢复正常。

两个小时后，姜玫的工作结束了。另外一支乐队上台了，舞池再次热闹起来。

姜玫神色淡然地拎着吉他往后台走，才走了一段路，就被一个满脸通红的腼腆男孩拦住了路。

对方一脸窘迫，不停地搓着手掌，过了好一会儿才问：“那个……姜玫，可以要个联系方式吗？”

姜玫掀了掀眼皮，皱眉，拒绝：“不可以。”

“啊？”男生似乎没反应过来，错愕地望着姜玫，见姜玫不耐烦的样子，男生有些手足无措。

他转过头望了好几眼不远处，似乎想要放弃。

姜玫余光顺着男生的目光看了过去，那桌坐着的七八个人，全都一脸看戏似的望着这边。

姜玫的视线落到刚刚还在角落，这会儿却挤在那七八个人中的沈行身上。

沈行这会儿半耷着眼皮，端着杯子，手指有一下没一下地沿着杯沿摩挲着。似乎对姜玫的目光有感应，他懒洋洋地抬了眼看了过来。

他的目光散漫、懒怠，透着几分漫不经心。

哦，他们是一起的啊。

“要不你再考虑考虑？别让我丢了面子行不？我那群兄弟都等着看我笑话呢。你要是不乐意，我要到电话号码了绝对不打扰你。”

旁边的男生见姜玫看了过去，以为她也注意到了那群人在看戏，想着能让她动一下恻隐之心，又可怜巴巴地说了几句。

姜玫慢吞吞地收回视线，看着面前的男生，扯了扯嘴角："所以呢，关我什么事？"

姜玫冷淡地绕开男生走进后台，留下目瞪口呆的人和骤然响起的铺天盖地的笑声。

"太冷淡了。"

"行哥，你去试试？我倒不信了，你还会无功而返。"

沈行扫了一眼对方，薄唇轻启："滚。"

晚上十一点，姜玫吃完火锅跟陈卓道别，一个人走在空荡荡的街道。

走了没几步，姜玫猛然看到了那道修长挺拔的身影。

昏暗的路灯下，那道身影被拉得格外长。

姜玫愣在原地，眼里闪过一丝诧异。

这人怎么会出现在这儿？

没等姜玫想明白，对方已经看到她，嗓音低沉地喊了声："过来。"

姜玫默不作声地抿了抿唇，脚步不由自主地加快，没走几步就到了男人跟前。

男人冷冷地打量了两眼姜玫，没什么情绪地问："吃个火锅要这么久？"

"嗯，吃得有点多。"

沈行摸了摸姜玫的肚子，似笑非笑地道："哟，这肚子圆滚滚的，还真饱了。难怪你能吃这么长时间。"

姜玫没出声，面色平静地盯着沈行那张摆着臭脾气的脸，几秒后，开口道："我没让你等。"

"得，是我自个儿爱来这儿路灯底下喂蚊子成不？"

沈行眯了眯眼，姜玫清楚地感知到沈行在冒火。

他火气还不小。

"我累了。"姜玫嗓子有些哑，说话时难掩疲倦，可这态度俨然是没打算哄沈行，甚至连一句关切的问话都没有。

回去的路上，沈行腿长走得很快，姜玫试图追了一会儿，没追多久就赶不上了。

姜玫索性放缓了速度。

直到走进巷子口她才看到沈行的背影，他站在那儿没动。巷子很黑，一眼看过去像是个能吞人的黑洞。

"腿长是当摆设的？"

"……"

“哑巴了？”

“没。”姜玫闷闷地回了句。

她可不愿惹发火边缘的沈行，也不知道他今晚怎么回事，居然还能跑出来。

今天不是休息日呀。

难道他是翻墙出来的？

“大门。我是正大光明走出来的。请假了。”沈行冷冷地扫了一眼姜玫，说破她眼底的疑惑。

姜玫：“……”

经过这一插曲，沈行的火气散了不少，也没再跟姜玫过不去，只问：“你是不是巴不得我不出校门？”

“啊？没。”

刚说完姜玫就收到了一个“我看起来很蠢？”的眼神，紧接着，沈行一把搂住姜玫，贴在姜玫的脖子处咬了两口，听到姜玫的抽气声才松嘴。

眼见着姜玫眼底浮了一层不满，沈行才高兴。他吊儿郎当地说了句：“疼了？活该。”

“……”

他跟小孩一样。

无赖。

姜玫默默地想。

剩下那段路是沈行拉着姜玫的手走完的，周围寂静无声，两人时不时的谈话声异常清晰。

“那男生找你要电话号码，你给了？”

姜玫肩膀一僵，下意识望向沈行，沈行这会儿神色淡淡的，眼睛里满是坦荡。

他这人，一向不要脸。

明明就在那儿目睹了全过程，还故意问她一遍。

“你不是都看到了？”

“隔那么远，我怎么听得清你俩说了什么？万一趁我没看见，你俩就暗度陈仓，你说我该怎么办？”

“沈行，你有病是不是？”姜玫面无表情地骂了句，骂完扯了扯嘴皮，“你要是信不过，我们随时可以分手。”

“得，就跟你开个玩笑，至于吗？走走走，回家去。”

早上八点，姜玫被一道刺耳的电话铃声吵醒，她困得不行，直接扯了被子将自己遮得严严实实，试图隔绝那吵闹的铃声。

没多久，旁边的人窸窸窣窣地坐了起来，拿起床头柜上的手机按了接听键。

沈行的嗓音低沉、沙哑，透着一两分被人打扰后的不耐烦："说。"

"闻哥，我大老远从北城到青市来，你总得尽点地主之谊吧。这回我可不是来添乱的，我是奉徐姨的命令特意来看顾看顾你。"

"甭跟我扯这些，没事挂了。"

"哎——有事、有事。你别不信啊，我真过来了。就下午六点的飞机，到时间了你记得来接我。我给你带了不少礼物，你保管喜欢……"

"得，就你会搞事。到了再说。"

断断续续的谈话声传来，沈行说的是北城话，跟电话那端的人聊得很随意，言语间没平日那般疏离。

姜玫睡眠很浅，这会儿被吵得也没了睡意，迷迷糊糊睁了眼。

"醒了？"沈行挂断电话，转过头瞥了一眼从床铺里探出半个脑袋的姜玫，漫不经心地问。

"今天晚上有个聚会，陪我一起去？"

"晚上上班，没空。"

"不能请假？"沈行坐在床边皱了皱眉，不怎么满意地问。

"不能，我……"

"还在发脾气呢？"沈行打断她的话，声音格外温柔。

姜玫骤然清醒，随后起床换好衣服，背对着沈行说了句："我上午还有工作。"

"我送你？"沈行后背抵在床头，双手撑着后脑勺，视线落在那道单薄的背影身上，随口一问。

"不用了，我走路过去。"

"你在跟我闹脾气？"

姜玫后背一僵，缓了几秒，面色平静地道："没。"

沈行闻言若有所思地眯眼，倒是没再问，而是从衣柜里找了件墨绿色短袖套在身上。姜玫早就快步出了门离开了。

下午六点半，青市机场。

沈行慵懒地坐在驾驶座，神色不耐烦地摇下车窗吹风，时不时地瞥一眼手机。

手机里空荡荡的，没有一条信息，甚至连个未接电话都没有。

沈行烦躁地抓了把头发，满脸不耐烦地看向朝他招手的周肆，扯了扯薄唇道："你没长腿？给我招手想让我去抱你过来？"

拿着大包小包，还有一个行李箱的周肆：“……”

“你是搬家还是逃命？”沈行瞅了一眼周肆脚边的那堆东西，哼了一声，问。

“哥，这堆玩意可都是徐姨让我给你带的。得了得了，你这是哪儿来的气撒我身上？这就是你的待客之道？”

沈行一动不动，俨然没打算帮忙：“五分钟，收拾完走人。”

路上，周肆小心翼翼觑了两眼脸色臭得不行的人，一脸好奇地问：“谁惹你了？这脸臭得我都没眼看了。”

“啧啧啧，能惹到你，可不容易啊。难不成是哪个姑娘？”

“你来这儿有事？”沈行转了个方向，上了高速公路，不咸不淡地瞥了眼周肆。

周肆这会儿悠闲地瘫在副驾驶座上，握着手机不停地跟人发消息。

几个头像来回切换着聊，他倒是不嫌折腾。

周肆发完还有工夫跟沈行搭话：“我电话里不是跟你说得挺清楚了嘛。奉徐姨的命来瞅瞅你，顺便去见个网友。

“哎，哥，青市最好玩的地方在哪儿？你找几个人，我们晚上一起聚聚啊。”

沈行正准备骂两句，手机突然振动起来。瞥了一眼来电人，见是姜玫，沈行挑了挑眉，心底的那股浊气散了不少。

手机响了十几秒，沈行才不慌不忙地按了接听键。

电话那端的人生硬地说：“我晚上有事，不回去了。”

沈行的脸骤然黑了下来，喉结滚了滚，他一掀薄唇，问：“什么事？”

“不方便说。”

“呵，挂了。”

电话挂断，姜玫握紧手机半天没回过神。

沈行好像又生气了。

好一会儿，姜玫才回过神，试图说服自己沈行生气跟她没什么关系，提醒自己不要对沈行太过用心。

“玫玫，你上回说的那块手表还要不要？我找朋友问了问，好像已经到店里了，不过……价格都抵得上你半年的工资了。你是打算送人吗？”

陈卓趴在桌上，一脸好奇地问，见七八月的天姜玫还穿着长袖长裤，不由得皱眉道：“天这么热，你怎么穿这么多？热不热？”

说着，陈卓就伸手掀起了姜玫的衣袖，掀到一半，那些痕迹就暴露了出来，陈卓吓了一跳，姜玫连忙伸手将袖子放了下去。

"玫玫……你的手怎么了？摔的？"

"没。"

"那……"

"你刚才说的手表能不能让你那朋友给我留着，我一会儿就去拿。"

姜玫明显不愿多说手臂的事。

陈卓没有男朋友，自然不知道这痕迹的由来。她很是心疼地看了看姜玫，翻出自己用了很久的翻盖手机，翻出了一个电话号码发给姜玫。

"我朋友的电话。我之前跟她说了这事，不过你得快点过去，她留不了多久的。"

"好，谢谢。"

"跟我说什么谢谢啊？我还得谢谢玫玫请假陪我去医院呢。"

·番外三　怪想亲你

除夕夜那天晚上，北城格外热闹，街道上到处挂着红灯笼、彩灯，将这座城市点缀得五彩斑斓。

这是姜玫在北城度过的第八年。

不同的是，她身边有了一个陪她过节的人。

吃了年夜饭，周肆几人又约在了185酒馆，名义上是庆祝沈行和姜玫新婚。

来的人不多，全是沈行亲近的朋友。

许默、周肆都在，还有一个是之前与姜玫有一面之缘的程远。

他们这群人聚在一起要么是打麻将、打桌球，要么是玩手机游戏；如果是白天约在户外，那还有可能一起运动。

沈行今晚兴致不大高，到了地方，见麻将桌都支上了，他直接把姜玫推上了麻将桌，然后吊儿郎当地坐她的边上，懒懒散散地招呼："今儿我就不打了，她玩。"

周肆洗着麻将牌，笑嘻嘻地打量了一眼垂着眼没出声的姜玫，说话没了当初的轻浮，只调侃道："哥，你也不怕我们几个欺负嫂子。"

姜玫下意识抬头，直接对上周肆的目光，姜玫看到了他脸上淡淡的尴尬和不自在。

显然，这声"嫂子"，他叫得也不怎么情愿。

周肆很快便移开了视线，继续搓着麻将。

沈行则装作没听见，单手搭在姜玫背后的椅背上，直接跷起二郎腿，饶有兴致地盯着姜玫的侧脸。

姜玫的皮肤白皙光滑，几乎看不见毛孔。

今日的她穿着随意，这会儿在室内，有暖气，她将长款深黑羽绒服脱了挂起来，酒红色的毛衣衬得她气色极好。

浓密的黑鬈发被她扎了起来，侧颜利落干爽。

沈行抬手有一下没一下地揪着姜玫的一小撮垂落下来的头发玩。

相比沈行的没个正形，姜玫坐得格外端正。

姜玫打得很认真，一点都没想过要耍小心思，倒是周肆时不时地给旁边的许默使眼色，动作过大，让姜玫发现了。

不过，程远、许默两人都不显山不露水，周肆使了眼色，姜玫也没瞧出到底他们都达成了什么协议。

输了两回的姜玫才恍然醒悟，他们这打的哪儿是牌？他们分明在比心算和谋略。

她就是一普通人，哪里是他们的对手？

这会儿第三轮玩到一半了，姜玫也不好撂挑子不干，只尽力地计算着。刚打了一张牌出去，一直没吭声的沈行突然说了句："打了几圈了？"

"哥，这马上四圈了。"

周肆立马回答，他今晚是赢得最多的，一时有些扬扬自得。

沈行若有所思地瞅了一眼周肆，嗤笑了一声，没什么情绪地道："得，下圈我来。"

姜玫立刻松了口气。

她可不想跟他们玩这些，玩不过。

沈行俯身凑在了姜玫身边，伸手握住了姜玫的手指，漫不经心地绕过面前的牌，最终选了一张牌。

"打这张。"

沈行的手温热，落在她的手指上，带来一阵酥麻的触电感。

这一下，其他桌打麻将的、唱歌的全都转过了脑袋，盯着秀恩爱的两人。

周肆最先开口："哥，能别扎心吗？在座的都是单身的，这打牌就打牌，怎么还谈情说爱了？再说了，哥，观牌不语真君子，你这不是破坏规矩吗？"

姜玫默默地看了一眼沈行，示意他等下自己来。

"不帮她，由着你们欺负她？也好意思，几个大男人跟姑娘打麻将还玩名堂，要脸吗？"

他们三人："……"

程远握拳咳嗽两声掩饰尴尬，也知道这事做得有点不地道，主动同姜玫道了歉："那个弟妹，实在不好意思，这事怪我。"

他说："平日都是老二赢，我们几个也就想让老二输一次，真不是故意针对你，弟妹别放心上。"

姜玫将嘴角扯出恰到好处的弧度，装作不知道的模样，巧妙地回了句：“我技不如人，也就凑个热闹，估摸着你们玩得也不太尽兴，还是让他来吧。”

说着，姜玫推开椅子给沈行让位。

沈行抬着眼皮扫了两眼面色平静的姜玫，没瞧出什么不对劲儿。

“你来，我去上个厕所。”

姜玫凑在沈行耳边小声说道，说完她不着痕迹地扯了扯沈行的衣袖。

沈行挑了挑眉，起身坐在了姜玫原本坐的位子上，瞥了一眼还站着的姜玫，提醒一句：“记住门牌号，别迷路了。”

姜玫小声“嗯”了一下，提着包走出了包间。

洗手间里，打开水龙头，姜玫搓了搓手，又挤了点洗手液在掌心，搓完冲洗后，又伸手在烘干机下烘干。

姜玫没急着出去，反而懒散地偏过脑袋望着镜子里的自己。

她的神情有些恍惚，眉眼间带着些许不自在。

她得一点一点地适应，一点一点地学习进入这个新的世界该如何生活。

姜玫也不清楚这样做是对还是错，只是有些迷茫，这样的日子是不是得一直持续下去。

如果她不能适应呢？

“哎，阿玫，你怎么在这儿？”

罗娴诧异的声音打断了姜玫的思绪，姜玫眨眼，转过头对上罗娴关切的目光。

“有个聚会。你呢？”姜玫看到罗娴的那一刻，心里冒出一股说不清道不明的情绪。

就好像……恍若隔世一般。

明明两人半个月前还聊着，不过是她去了沈家一趟，一直忙着适应，罗娴则忙着帮她谈跟公司解约的事情，没有见面罢了，怎么就陌生了起来？

再说，等春假结束，她就得进组去拍先前接的仙侠剧了。

罗娴提着包走近盥洗台，打开水龙头，一边洗手一边回：“齐衡接了个新戏，今天制片人和导演说要聊一聊，聊到这会儿呢。倒是你，最近怎么样？我怎么看你不大开心。”

听罗娴说前半句时，姜玫脸上的表情还没什么变化，听到罗娴说的后半句，姜玫眼里闪过一丝慌乱，多了一两分迷茫。

“是不是有人欺负你了？”

“没。”姜玫下意识摇头。

罗娴多厉害的一个人？见姜玫回答得心不在焉，她便知道有隐情：“出了什么事吗？不顺利？”

姜玫摇头，忽然道：“罗姐，人这辈子究竟什么才是最重要的？”

“最重要的？我这人比较俗，有钱花、家人健康就是最重要的。当然，要是能嫁给自己爱的人，那也算是一桩幸事。”

“很多人都这么想。”姜玫简单地评论一句，说完又自言自语了一句，“嫁给自己最爱的人也是一件幸事。”

好像是这样的。

“你还有什么顾虑？”罗娴抬了抬手腕，瞥了一眼时间，见还有空闲，又问道。

先前姜玫说要退隐时，可是很坚决的。

“我只是有点迷茫，好像并没有想象中那么高兴。”

“阿玫，我话不中听，但也希望你听听。既然选择了跟沈行一起往下走，有什么事，有什么疑惑，最好是亲口跟他谈谈，不要自己一个人想东想西。不然你俩即便在一起了，也走不长。”

姜玫不作声了。

“我还有点忙，就先不跟你说了啊，你要是有事，随时打电话给我。加油啊，姜玫，多愁善感可不适合你。”

姜玫淡淡地“嗯”了声，目送罗娴离开。

姜玫神色淡淡地靠在墙壁上，半垂着眼，她不否认罗娴说得有道理，只是敞开心扉这件事，真的太难。

突然响起的手机铃声打断了姜玫的思绪，她不慌不忙地掏出手机，瞥了一眼来电人，用指腹轻轻按了接通键。

电话那端传来一阵细碎的刺啦声，紧跟着，一个慵懒低沉的嗓音传了过来：“你在哪儿呢？掉厕所了？”

姜玫低头踢了两下地板，握着手机慢慢回道：“遇到个熟人，说了几句话。”

包间里，沈行歪坐在椅子上，长臂轻搭在椅背上，骨节修长的手指有一下没一下地摩挲着挂在一侧衣架上的羽绒服。他“嗯”了声，问：“说完了？”

“没。”

“记得回来。”沈行交代完就直接挂了电话。

姜玫盯着只有不到一分钟的通话记录，将手机揣进兜里，又从包里掏出一支口红，对着镜子补了个妆。

收拾好自己，姜玫走出洗手间，刚过转角，一眼就看见了走廊昏暗处站着的那道身影。

一时，姜玫愣了。接着，她抬腿朝沈行走了过去。

两人距离不到一米时，姜玫停下脚步。

那张英俊深沉的脸仿佛被暗色罩上了一层面具，模糊不清却又让人精准地察觉到他此刻的心情不怎么好。

沈行漫不经心地垂着眼皮，视线落在姜玫身上。不知道想到了什么，他低低地笑了声。

笑声低且愉悦，笑起来的沈行轮廓没之前那么生硬，柔和了不少。

姜玫很少见沈行笑。

他笑起来很好看，狭长的眼弯着，嘴角也会不由自主地上扬，整个人多了几分亲切，少了几分疏离。

深邃的眸子里装满了细碎的星光，让人心甘情愿地沉溺于他的温柔中。

正如此刻，他低头柔和地望着她，眸色深沉处满是她的身影，仿佛天地间只有她。

姜玫不自觉地舔了舔干涩的唇，刚想避开沈行灼热、装着戏谑的目光，就被沈行一把拉进了怀里。

姜玫目之所及全是沈行。

她的心脏不受控制地加速跳动。

沈行掀开身上的大衣将人包裹在了怀里。

一时间，姜玫的鼻腔里满是沈行的气息。

这气息清冽且强势，霸道且温柔。

沈行似笑非笑地瞥了一眼怀里愣怔的人儿，弓着身子贴近姜玫的脸，漫不经心地开口："我还以为你找不着路了。"

姜玫整个人被沈行裹住，耳畔是他有力的心跳声。

"姜玫。"

"嗯？"

"我现在，怪想亲你。"

姜玫诧异地仰头，两人对视了一阵，沈行嘴角噙了一抹戏谑，趁着姜玫不注意，俯下身子轻咬住姜玫的耳垂。

被咬的人全身僵硬，足足缓了半分钟才反应过来。而罪魁祸首满脸笑意，好似在说"不服咬回来？"。

只可惜，姜玫还没来得及有什么反应，就被一只大手扣住后脑勺。

一吻毕，姜玫满脸憋红，站得很久，腿还有些麻了。

姜玫皱了皱眉，幽怨地瞪了两眼沈行。

沈行任由姜玫瞪，等姜玫气撒得差不多了，才吊儿郎当地开口：“生气了？得，要不你亲回来？”

姜玫：“……”

沈行两人回到包间时，夏竹和沈妍也已经到了，此刻正跟其他人说着什么。

见到突然出现的两个人，周肆挑眉，笑嘻嘻地打趣：“哟，哥，我刚还以为你急匆匆地出去是忙着过二人世界呢。”

说着，视线在两人身上转了一圈，他又想说什么，却被夏竹抢去了话头。

“周肆哥，玩就玩，别磨磨叽叽了。”边说，夏竹边给姜玫使了个眼色。

果然，周肆的注意力立马转移了，兴致勃勃地招呼沈行两个人往沙发上坐，开始详细说游戏规则：“这大过年的，大家好不容易聚在一块，总不能就这么各回各家，各找各妈。

“我们就来玩个俗套却刺激的真心话大冒险。先说清楚，不能耍赖啊。别到时候给我说不玩了。这要是输了，就必须得愿赌服输。”

几个人也没拒绝，于是游戏开始了。

姜玫同沈行坐在一块，两人旁边坐的是夏竹，对面是沈妍和周肆，夏竹旁边是许默，程远一个人坐一方。

第一把周肆当了国王，他用力将桌上的转盘转了一圈，最终指针停下来指向了夏竹。

“夏夏，别说你周肆哥不护你，说说你是选真心话，还是大冒险？”

夏竹翻了个白眼，也没有想到自己运气这么差。

想了片刻，夏竹选了真心话。

见夏竹选的真心话，周肆若有所思地瞥了一眼不动声色的许默，饶有兴致地问：“夏夏，在国外待了这么些年，遇到过心动的人吗？”

许默下意识地看了一眼面色平静的夏竹，只见夏竹努了努嘴，淡淡地开口：“应该说是遇到了不少，都挺有好感的。可惜了，不合适。不然，我早结婚了。”

在场余下的几人都沉默了几秒，尤其是许默，他眸色暗了又暗，放在膝盖上的那只手也不由自主地握紧。

这个插曲很快就过去了，谁也没再提。

又玩了几圈，沈妍几人都被选中过，就姜玫和沈行没有。

大家直呼没意思，周肆却喊着要玩最后一把，这会儿，指针突然转到了沈行和姜玫之间，这样一来，也分不清是谁被选中了。

气氛一时有些凝滞，周肆想着不如重来一次算了。沈行垂下了眼皮，面色平静地道：“大冒险。”

“大冒险！那真是太好了！哥，你现在出去，站在走廊里对来往的人骂一句傻子，成不？”

周肆话音刚落，就被沈行的眼神给吓到，急忙换了个主意：“要不……你当着大家的面给嫂子唱一首《征服》？”

在座的几个人都为周肆的勇气而点赞。

众人本以为沈行会拒绝，没想到沈行慢条斯理地解开领口处的纽扣，随后当着众人的面走到点歌台，点了一首《野孩子》。

不是周肆要求他唱的《征服》。

这首歌，姜玫在青市的酒馆兼职时，曾经当着他的面唱过几回。

歌词里的那几句“明知爱这种男孩子，也许只能如此，但我会成为你最牵挂的一个女子，朝朝暮暮让你猜想如何驯服我”，是当时他跟她最真实的写照。

她那时候就想，沈行与她之间到底是她驯服了他，还是他驯服了她。

可惜，当时的她并没有答案。

如今听到沈行唱这首歌，姜玫一时有些恍惚。

他们隔着几个岁月，隔着千山万水，隔着陈年爱怨，终于走到了一起。

如今，答案好像也不是那么重要了。

她只清楚一点，这辈子她跟沈行算是圆满了。

也许以前经历的种种，都只是为了这一天的圆满。

她这么一想，曾经吃的苦、受的磨难，现在也不值一提了。

毕竟，这世界上不存在事事圆满，也不可能处处完美。

纵然有遗憾，可这人生也因为这遗憾才更加圆满。

她跟沈行，在经过无数次错过后，终究在时光尽头相遇了。

大家伙玩到下半夜才散场，这会儿都累了，因此回去时，都由酒馆工作人员找了个代驾开车。

一路上，姜玫面色疲倦地靠着椅背，懒懒地打开车窗，任由刺骨的冷风钻进车厢扫过脸颊，等手没知觉了才缓缓合上窗户。

一侧坐着的沈行一直没吱声，倒是在她关上窗户后，见姜玫将脸贴在车窗上发呆，才问了句：“困了？”

姜玫缓缓回头，转身对上沈行那漆黑幽深的眼眸，沉默片刻，摇了摇头道：“还好。”

“打牌输了不开心？”

“没。”

游戏结束，姜玫被夏竹强行拉着打扑克牌。她不太会打牌，运气倒是不错，一直赢。后来瞧着夏竹心情不大好的样子，她还故意输给了夏竹。

车子开进江水人家刚好凌晨三点，代驾离开后，姜玫也准备下车，手还没碰上车门就被沈行拦住了。

姜玫下意识地回头，就看着沈行从衣兜里掏出一个东西，在她面前晃了晃。

晃了好几下，姜玫才看清那是红包。

“姜玫，新年快乐。”

姜玫在沈行的催促下诧异地接过红包。

接了红包，姜玫不太好意思地瞥了一眼神色淡淡的沈行，解释道：“我身上没现金，给不了你红包了。”

“打开看看。”沈行只是让她打开红包。

姜玫“哦”了一声，低着头捏了一下沈行给的红包，当着沈行的面慢慢打开，手指伸进去取出里面的东西。

里面除了一张照片，还有一条用红线穿成的手链，手链上吊着一枚勋章，上面的花纹精致漂亮，格外耀眼，在夜色下闪烁着光芒。

那是属于沈行的荣耀。

姜玫用指腹一点一点摩挲着这枚勋章，一股暖流渐渐涌上心头。

“这不是……”

“你跟它一样，都是我的荣光。它与你同在。”

沈行嗓音低沉而性感，说出的每一个字都异常缠绵、坚定。

姜玫突然想到一个词——意气风发。

他这样的人，生来就是让人敬仰、让人羡慕的。

姜玫压下心底的情绪，将手链紧握了一会儿后才戴在了手上，又将照片小心翼翼地收进红包，揣进了口袋。

做完这一切，姜玫在沈行的注视下眨了眨眼，笑了起来。

“沈行，新年快乐。

“祝你平安、快乐、幸福，还有……永怀理想，不负少年时。最后，祝你和我可以年年有今日，岁岁有今朝。”

沈行神色复杂地盯着面前的人，见她这会儿开心得紧，也跟着勾了勾唇，回应：“好。”

·番外四　你身后有我

年后沈行越来越忙，几乎见不着人影。

因为仙侠剧组原先定的男主角闹出了丑闻需要重新找男主角，姜玫只得推迟进组。突然闲下来，姜玫一下子有些不习惯。

闲了没几天，她收到了唐宇的短信，唐宇约她吃饭。

姜玫闲着没事便答应了。她打车去了目的地，才发现是一家湘菜馆。

估摸着是想着自己是青市人，所以唐宇才会请她吃家乡菜。

他年纪不大，倒是贴心。

唐宇早就到了，见姜玫从出租车里下来，立刻主动走上来接过姜玫手里的东西，带着她往店里走。

半年没见，唐宇成熟不少，人也白净了许多。

两人走进店里，服务员热情地招呼他们坐在左手边靠窗的位置。点菜时，唐宇把菜单推给了姜玫，只说："你想吃什么都可以，我身上的钱带够了。"

姜玫怔了片刻，倒是没拒绝，仔细扫了圈菜单，在服务生的等待中，简单地勾了几个比较便宜却有特色的菜。

接着，姜玫把菜单递给唐宇，问："两个人吃得不多，两菜一汤你觉得怎么样？"

唐宇接过菜单看了看姜玫勾选的几个菜，视线扫过价格时顿了两秒，握着菜单的手指不自觉地紧了紧。

过了一会儿，唐宇拿起笔，勾了一道红烧肉和酸菜鱼，又点了一扎热牛奶。

姜玫撑着下巴，一脸无奈："就我们两个人吃，吃不完浪费。"

"吃不完可以打包。"

话说到这儿，姜玫也不好说什么。服务员离开没多久，唐宇拿起旁边的黑色双肩包，拉开拉链从里面掏出一个黑色的塑料袋递给姜玫。

他边递边说："这里有十万块，你一会儿点点，看数目对不对得上。"

姜玫最先注意到的不是钱，而是唐宇冻得通红的手，手背已经皲裂，几根手指都长了冻疮。

注意到姜玫的视线，唐宇便不着痕迹地扯了扯衣袖遮住了手背。

姜玫没急着接，而是问道："你哪儿来的钱？"

她这才发现这二月底还在过冬天的北城，他只穿了件单薄的外套，里面搭的是一件短袖。

这哪是这个时候的打扮？

"你冬天就这么过的？"

见姜玫不接，唐宇直接把钱放在了姜玫手边，轻描淡写地解释："我寒假回了青市，青市没这么冷。再说北城过完三月就春天了，昨天我不小心把棉服弄脏了，洗了，这会儿还没干。"

他又看了一眼桌上的黑色塑料袋，又道："我上学期跟室友合作了一个专利，赚了九万，剩下的一万是我打工赚的。你别担心，没有多累。"

见姜玫好似不信，唐宇脸上显出了几分焦急："我的学费全免了，也申请了补助，上学期我的成绩不错，已经申报了奖学金，我没逞强。"

姜玫默默地叹息，而后当着唐宇的面把钱收进了包里。

唐宇松了口气，也放松下来。

中途，姜玫借口去洗手间想去结账，到了收银台才发现唐宇早结了，姜玫也只能作罢。

吃完饭，唐宇态度自然地让服务员拿了打包盒，把没吃完的菜一点一点地打包了。收拾好打包盒，他还不忘将桌上的垃圾收拾干净。

姜玫还怕他不习惯，融入不了这座城市，现在看来，他不仅适应了，还适应得不错。

走出湘菜馆，姜玫转过身看向身后的唐宇，问："今天还有课吗？"

"没有。"

"那陪我去逛逛？"

"好。"

"听说你是青市的高考状元？"

"理科状元。"

姜玫笑了笑，赞叹道："很棒。"

唐宇的耳朵上爬上一层红晕，他小声地说："谢谢。"

姜玫没听清，只觉得唐宇看她时眼神格外认真。

眼前的唐宇比当初的自己更勇敢、更优秀，也更真诚，他的前途一定会一片光明。

想到这儿，姜玫停下脚步，注意到唐宇冷得脸都白了。她取下脖子上的棕色围巾，递给唐宇。唐宇拒绝，姜玫直接把围巾围在了唐宇的脖子上。

唐宇一下子呆住了。

直到面前的人退开了两步，他才一脸窘迫地说："谢谢。"

"你穿得太少了，外面很冷。"说是让唐宇陪她逛街，最终，姜玫带着他走了进一家男装店。

姜玫给他选了两件厚厚的羽绒服，一件穿在了他的身上，一件让他带回去换洗。

唐宇没法拒绝，只偷偷记住了那两件羽绒服的价格。

他会还的，一定会。

之后，姜玫打了辆出租车送唐宇回学校。

P 大门口。

姜玫将手里提的袋子递给唐宇，又留意了一下唐宇拎着的打包盒，见他护得好好的，便随口问了一句："这菜都冷了有地方热吗？"

"可以让食堂阿姨帮忙热一下。"说完，唐宇扯了两下背包肩带，看了看 P 大校门口的保安亭，从口袋里取出校园卡，问，"要不要进去看看？里面挺大的。"

刚开学，来往的学生很多，有好几个同学注意到了他们，还有两个女生掏出手机像是要拍照。

姜玫见状皱了皱眉，拒绝道："不了，我还有事。"不等唐宇回复，她拍了拍唐宇的肩膀，鼓励他，"好好学习，未来一片光明。"

"会的。"

等姜玫回到江水人家，沈行已经回到了家，正坐在沙发上看报纸。

听到开门声，沈行丢下手里的报纸转过头，一言不发地瞧着弯身换鞋的人。

盯了几眼，沈行随口问："出去了？"

屋里暖气足，姜玫边走边脱掉身上的大衣，将大衣挂在臂弯朝沈行走了过去。走到一半，她将大衣随手扔在了另一侧的沙发上。

直到走近了，姜玫才注意到沈行身上穿着家居服，应该回来挺久了。

"出去转了会儿，你今天怎么回来得这么早？"

话音刚落，姜玫就被沈行抱了过去。

“遇到了一群傻子。”沈行抱着姜玫，突然骂了一句。

姜玫蒙了，沈行很少这么直白地骂人，这还是她第一回听到。

他还不是骂一个人，而是一群人。

眼见沈行面色沉郁，姜玫抬手安抚地碰了碰沈行的脸，手掌从额头往下滑到了下巴，见他没什么反应，姜玫好奇道：“怎么了？

“现在还有人能惹你生气，挺不容易的。”姜玫不怕死地说。

沈行冷冷地瞅了一眼姜玫，哼了两声，烦躁地道：“就是一群傻子。”

隐约想起沈行最近在忙新项目，来来回回跑了好几趟，不知是不是今天又吃了闭门羹。

瞧着沈行心情不佳，姜玫弯腰亲了两下沈行，嗓音软了下来：“跟他们生气不值得，你猜我今天干吗去了。”

见她这会儿努力地逗他开心，沈行胸腔处的闷气散了不少。于是，他配合地问：“你干什么去了？”

“我去P大转了圈。你说我去报个班，好好学习怎么样？”

沈行挑眉，修长的手指缓缓穿过姜玫的头发丝：“想学什么？”

“不知道，我还在考虑，都想学学。”

姜玫会决定息影隐退是沈行没想到的，周肆跟他说过这件事。他一直放在心上，却没来得及跟她好好聊聊。

也许现在正是好好聊聊的时机。

沈行轻声唤道：“姜玫。”

“怎么了？”沈行突如其来的认真让姜玫怔了两秒。

沈行双手扶住姜玫的肩膀，神情严肃地问道：“你放弃了演戏，会不会后悔？”

姜玫一愣：“不后悔啊。”

“你不是很爱演戏吗？”沈行眉头皱得更深了，连冒出的话也开始烫嘴了。

反观姜玫一脸平静，她摇头道：“我不像你有信仰、有理想。于我，演戏只是谋生的手段，只是一份工作，它不是首要的，也不是必要的。”

姜玫说到这儿，忽然明白了为什么江逢对她的态度始终很矛盾。

江逢喜欢的是对表演足够热爱且始终坚持的演员，而她不是，她有灵气，却浪费了自己的天赋，所以他矛盾。

除了沈行，她好像没有对什么如此坚持了。

当然，沈行曾经于她而言，也只是巧合。只是，如果没有那么多的巧合，恐怕他们早已相忘于江湖了。

毕竟，她这一辈子，一直在为活着而奔波。

她经历的事、遇到的人、走过的路都没有告诉她她应该有自己的信仰，也没有人告诉她如何去拥有所谓的理想。

她只是羡慕沈行，羡慕他是有理想、有信仰的人。

姜玫想到这里，神色恍惚地开口："沈行，不是每个人都能在这个世界闪闪发光的，也不是每个人都能万众瞩目。

"这世界上有许许多多的人，拼尽全力也只能做到不拖累其他人。"

沈行半天没出声。

他突然意识到，姜玫从来没有变过，她一直活得清醒，认真却又异常辛苦。

即便跟他在一起了，她也不见得能快乐多少。

不过，至少有那么一瞬间，沈行相信她在他身边是快乐的。

这就足够了。

总比她一个人躲在那暗无天日的世界里好。

如果他无法把她拉出来，那他在她旁边陪着她也是好的。

沈行伸出一只手抱紧姜玫，另一只手轻轻拍着姜玫的肩膀，嗓音低沉沙哑："你说得对，不过我有个小小的意见。"

他说。

"你身后有我，你不用害怕我会消失。"

·番外五　棱角与温柔

情人节，北城又下了场大雪。

上午十点十五分，下课铃声响起，讲台上的人宣布下课，教室里随即响起一阵收拾东西的声音，坐在最角落的姜玫倒是纹丝不动。

等人走得差不多了，姜玫才不慌不忙地将书扔进包里，随后戴上围巾和帽子，拎着包走出教室。

她刚走出教室，就看到天空飘起了雪花。雪花缓缓落下来掉在树枝上，很快便融成了水珠，吧嗒一下砸进了土里。

姜玫停了脚步，凝视着来来往往的学生。

她如今也是他们中的一员，不过她并非正式学生，而是旁听生。

这一年，姜玫拍完了那部至今还在剪辑的仙侠剧之后，便专心地投入了学习中。

她未取得毕业证书，无法自考。此外沈行大力反对她回青市的那所学校继续学业，相反他给她请来了老师，做一对一教学，等她打牢了基础，又鼓励她去电影学院旁听。

如今，她的生活踏实又充实。

电话铃声响起。

姜玫翻出手机，见是沈行，嘴角不自觉地弯了弯，边走边按了接通键。

“下课了？我在东门等你。你知道是哪边吗？”后半句带着调侃，他好似在嘲笑姜玫分不清东西南北。

姜玫缓了缓脚步，不由得想起第一回来北城的事。

那时，沈行直接从北城西把她带走，拉她去见识见识北城。最后，一群人在某个胡同巷子里支起了麻将桌。

玩到一半，沈行让她出去买瓶矿泉水，她买完绕了半天都没找到路。

实在没办法了，她才给沈行打电话。

沈行那时候忙着打麻将，只跟她说："往北一直走，走到尽头了，再往东走十几米就绕回来了。"

姜玫听得迷迷糊糊的，硬是分不清哪儿是北，哪儿是南，她只知道上下左右。

绕了差不多半个小时，姜玫越走越远，于是又给沈行打了第三通电话。那头的沈行嘁了声，骂了句"傻子"。

接着他就挂了电话，留下姜玫呆愣地站在原地。

那天晚上，沈行找到姜玫时，她正一个人孤零零蹲在马路边，身边放着半瓶喝过的矿泉水。

意识到有人来了，姜玫抬起头，望过去，发现来人是沈行，她痴痴地盯着他，好一阵才开口："我找不到。"

"分不清东西南北？"沈行单手插兜，吊儿郎当地站在姜玫面前，垂着眼表情随意地瞧着面前的人。

"你要告诉我往左还是往右，我就知道怎么走了。"

"学过地理吗？"

"老师也没教过在路上怎么分辨东西南北啊。要是太阳还在，我肯定能分清哪边是东。"

沈行直接被姜玫气笑了，拉着姜玫教了她一晚上怎么辨别东西南北。可惜，姜玫方向感极差，至今都搞不清楚。

她找路都是去找固有的地标建筑做参照物，而不是去分辨东西南北。

想到这儿，姜玫舔了舔唇，语气有些虚："哪边是东门？"

"原地等着。"

电话挂断，姜玫走出教学楼，迎面走进风雪中，雪花扑在脸上，凉飕飕的。

她走了没多久，一辆低调奢华的车便停在了身边。姜玫下意识转头，正好对上沈行深幽的眼。

沈行眼里噙着淡淡的嘲讽。

姜玫愣了一下，慢吞吞地打开车门坐进了副驾驶座。

她刚上车，就听沈行啧了一声："路痴。这里就这么点地儿，你还找不着。"

姜玫难得没反驳，垂着脑袋，不动声色地系安全带。

沈行也不爱唱独角戏，索性开车出了学校。

刚到校门口，沈行便开口说了句："这是学校正门。"

"哦，知道了。"

沈行见姜玫情绪不高，转过头瞧了她几眼，见她满脸疲倦，皱眉关切地问道：“课上得不好？”

“没。”

“一会儿去吃烤肉？吃完去看个电影，看完回家睡觉。”

姜玫缓缓睁开眼，嘴皮子动了动：“不直接回去吗？”

“不过情人节了？你不想过？”

这种日子，沈行向来不怎么在意，知道今天情人节，还是因为沈深的提醒。他推了下午的活打算走个流程，没承想，旁边这位压根儿没想过。

沈行握着方向盘叹气，转了个弯绕进高速公路，又拨了个电话出去。手机接了蓝牙，沈行没戴蓝牙耳机，所以电话就在车载音响里响起。

“哥，有事吗？”

“你那高尔夫球场开业了？”

“还没呢，不过就这两天了。怎么了哥，你也打算入股？”

“得，准备着，我这就过来。”

电话那端的人一听停了半秒，随后爽快地答应：“好嘞，哥，你要来随时可以啊。正好体验体验这边新开发的项目。不过，哥，你这日子倒是挑得不错。要不，我再叫上周肆几个一起来热闹热闹？”

“随你。”

沈行没说几句就挂了电话，偏头瞥了一眼姜玫，交代道：“一哥们刚弄了个娱乐项目，听说那边设施齐全，我们过去玩玩吗？”

姜玫兴致不怎么高，但还是点了点头。

剩下的路程，谁也没说话，姜玫感觉自己的眼皮跳个不停，索性闭着眼睛睡起了觉，不一会儿就陷入梦中。

梦里，姜玫一个人走在沙漠里，无边无际的黄沙，炙热的太阳，她头昏眼花、口干舌燥。最后，她走不下去了，倒在了地上。

饥饿、干渴，还有无尽的绝望让她的心理防线全部崩塌。

她感觉身上的水分在一点一点地被榨干，体能在慢慢地流失，好痛苦。

画面一转，姜玫人又在北城了，她站在一道长长的走廊上，走廊深处，沈行背靠着墙，一个人站在那儿。沈行的身影落寞又落拓，看着不像是二十八岁，反而像三十多岁，穿着和外貌都显得有些邋遢。

突然，他咳嗽了一阵，僵硬地蹲在了地上，这一蹲，动作格外艰难，姜玫这才注意到沈行的腿有问题。

姜玫刚想开口喊他，就被一阵细碎的脚步声打断，只见周肆越过她，着急忙慌地跑过去扶住沈行的肩膀，边扶边劝：“哥，你别这样。”

“你跟姜玫不合适，你这样，她也看不见。

“你身体越来越不好了，你再这么拖下去，迟早得落下病根。”

周肆一直在说，而梦里的沈行佝偻着腰，不停地咳嗽，咳到腰都直不起来了才喘着粗气，缓慢地说：“送我回去。”

姜玫眼睁睁地看着沈行被周肆扶着离开。

她试图叫住他，可惜，他似乎并没有听到。

姜玫突然难受起来，眼泪不由自主地掉下来。

姜玫是哭醒的，醒过来发现自己满头大汗，泪水不仅打湿了脸颊，还浸润了脖子。

缓了好久，姜玫才发现自己还在车里，她心有余悸地转头，看到沈行的那一刻，心里的那根弦突然松懈。

她旁边坐着的不是别人，是沈行。

不是梦里那个病态的沈行，是健康的，没有任何毛病的沈行。

她只是做了一场梦，一场无厘头的噩梦。

“又做噩梦了？”

沈行听到动静，转头看了一眼姜玫，一下子吓了一跳，赶紧找了个位置临时停车。满脸泪痕的姜玫魂不守舍地抓着安全带不放，显然是被吓得不轻。

沈行眉头一皱，抽了两张纸巾抬手替姜玫擦了擦额头上的冷汗，边擦边问：“上回医生跟你怎么说的？”

姜玫失眠很严重，在沈行的劝说下，最近一直在看心理医生，上周五还做了个短暂的疗程。医生的反馈挺好，沈行还以为她好了，没想到今天又做噩梦了。

“没什么事。”姜玫接过沈行手里的纸巾紧紧地攥在手里，尽量平静地说。

那些可怕的噩梦全都被她压在了看不见的地方，她不想让沈行知道这些，更不想……看见那样的沈行。

沈行还想问，但姜玫劝他赶紧再出发，不要让人等久了。

沈行无奈只好启动车子，不多时，他们到了目的地。刚把车停下，一个电话进来，沈行掏出手机推开车门出去打电话。

姜玫在车里坐了一会儿，才推开车门下车。

刚下车她就见门口走出了一个男人，男人穿着一身深灰休闲套装，身高一米八几，人长得白净，眼睛大大的，看起来很像电视剧里的奶油小生。

见到姜玫，男人加快步伐走了过来，热情地伸手：“嫂子是吧？幸会幸会，我是陈阔，跟沈哥是小学同学，我们从小在一块长大。之前我一直在国外，最近刚回国，今天可算见到传说中的嫂子了。不得不说，嫂子是真漂亮，沈哥有福。”

姜玫礼貌地同陈阔握了握手，扫了一圈才发现这边有很大一片草坪，草坪边安了护栏网，虽然这会儿四周都是光秃秃的树枝，但环境看着确实不错。

“嫂子，这边过两天才开业，现在是试营业阶段。我这儿还有温泉、雪场……你要是喜欢，今儿都可以玩。”

陈阔介绍得认真仔细，没有半点敷衍。姜玫本来不怎么感兴趣，被他说得都心动起来。

聊了差不多十分钟，沈行挂断电话懒洋洋地走了过来，单手搭在姜玫肩膀上，自然而然地抬眼问了句：“人呢？”

“都在里面等着呢。”

“得，去瞧瞧。”

沈行边说边拥着姜玫往里走，走到一半，低声交代姜玫：“你不舒服，可别喝酒。”

姜玫猛地抬头，正好对上沈行望过来的视线。

两人无声对视两秒后，姜玫答：“好。”

进了里面姜玫才发现，来的人不少，除了熟悉的那几个，还多了一个姑娘。这人窝在周肆身边，见到姜玫进来，视线一直落在她身上。

不仅如此，她时而皱眉，时而露出不解，甚至对她有敌意。

而后，小姑娘喊了沈行一声闻哥，姜玫猛然恍然大悟。这难道就是周肆的堂妹，叫周笙？

沈行见到周笙，有一些意外，不过瞬间就恢复了平静。

他面不改色地拉着姜玫坐在另一侧的沙发上了，才开口打趣：“哟，笙笙也来了。二叔平日不是不让你跟周肆玩，现在不怕你哥带坏你了？”

闷头打游戏的周肆一听，立马丢下手机，愤愤不平地反驳：“我说闻哥，你要看不惯我就算了，这拐着弯骂我是什么道理？这不是笙笙硬要跟我来，我才破一回例嘛。要我二叔知道了，他不得扒了我的皮才怪。”

周肆话一出，在场的几个人全笑了出来，倒是坐在对面的沈妍面无表情地垂着眼玩手机，没半点反应。

气氛一下子热闹起来，一个两个都开始数落周肆。

“活该被二叔罚，就你这德行，周家的脸都快被你丢尽了。周奶奶提起你这祸害，可是恨不得把你赶出周家。”

“你们还记得小时候有一回，这人拿一串鞭炮往窗户里扔，结果挨了打的事吗？”

“当然知道，说起这事，我倒是想起了……”

聊着聊着，这群人就开始叙起旧来，兴致一来，就开始敬酒。

姜玫也免不了端起酒杯，只是刚抬起手，就被沈行按住了。

“我刚说的话不听？”

经沈行这一说，姜玫便放下了杯子，没再碰。

所幸没人注意到这一幕，大家全都兴致勃勃地谈着往事，周笙也加入了话题，姜玫这会儿倒成了外人。

又坐了会儿，感觉有些闷，姜玫便一个人溜了出去。

再回来时，她遇到了周笙。

周笙撇了撇嘴，背着双手靠在墙上，仔仔细细打量了一圈姜玫，随后不情不愿地说：“是挺漂亮的。不过，也就比我好看一点点。”

姜玫愣了半秒，这才明白小姑娘是拿她跟自己做比较。

“闻哥就是因为你长得好看才娶你吗？早知道，我就去整容了。”

姜玫之前还做好了面对情敌的准备，如今看来，好像并不需要。

眼前的小姑娘不过是想从她身上找到一些平衡罢了，或者说，她对沈行的感情压根儿不是爱，而是崇拜。

“听妍妍姐说，你跟闻哥谈了很多年了？”

“算吧。”

“什么叫算吧？”

“就是很多年的意思。”姜玫抬了抬眼皮，回道。

“你很爱闻哥吗？”

姜玫怔了片刻，好像没人这么问过她，一直以来大家都默认她跟沈行在一块，是因为爱以外的其他东西。

从没人问她，到底是因为什么才跟沈行在一起的，即便是现在，也有人怀疑她的用心。

姜玫仔仔细细地看了一眼周笙。

周笙的脸上只有疑惑，除了疑惑，她找不到半点嘲讽和轻蔑。

周笙是真的在疑惑这个问题，而不是讽刺她。

“爱。”

这下轮到周笙沉默了。

“哦，那算了。我周笙也不是没有人追，既然你爱闻哥，那就祝你们百年好合。不过，这并不代表我喜欢你。”

姜玫也回了一句：“我也没想你喜欢。”

这段短暂的对话很快结束。

回去的路上，是姜玫开的车。

副驾驶座上，沈行降下车窗，冷风灌进来，吹得他清醒了不少。

等进了城，被堵在路上了，沈行才问：“下午梦到什么了？”

“没什么。”

“得，不说算了。”

一直到江水人家，沈行都没再开口。

晚上十点半，姜玫接到了宋柔的电话。

“姜漂亮，什么时候再来新省玩？”

姜玫一下子想起了下午做的那个梦，那个梦真实得可怕，还很荒诞。

“再说吧。你呢，还好吗？”姜玫转移话题。

“我？挺好的，这会儿新省冷得很，我整天窝在客栈里睡觉，倒也有客人，不过客人也没地方去，只能一起打牌。”

宋柔语速很快，又问姜玫：“你在北城怎么样啊？有没有想我？我俩都快两年没见面了。算起来，时间过得还真快，转眼又过去了一年。”

“我也挺好的。你要是没事，可以来北城玩。”

宋柔爽快地答应：“好啊，我还没去过北城呢。到时候可得麻烦你招待我了。”

姜玫低低地“嗯”了声。

两人又说了几句有的没的。

她挂断电话后，沈行已经洗完澡了，这会儿穿了件雾蓝色的睡袍坐在床边刷着新闻。

姜玫抿了抿唇，主动走到沈行身边，拿起吹风机替他吹头发。

沈行头发短，她吹了差不多五分钟便干了。她把吹风机收起，就被沈行抱在了怀里。

沈行大手扶住姜玫的肩膀，强迫她的脸面对他。看清她眼底的情绪，沈行的喉结滚了滚，他挤出一句：“姜玫，你当我是傻子？”

“没。”

“我眼瞎？看不出你有事没事？”

沈行这一问，姜玫突然闭了嘴。

这一夜格外漫长，姜玫迟迟没有睡意，翻了四五次身，等翻第六次时，她被沈行一把搂进了怀里。

姜玫嗅着他的气息，浮躁的心慢慢地安定下来。

不知道是不是因为夜深了，姜玫不知不觉间将藏着的话都吐了出来：“沈行，你有没有想过……如果我们没有在一起呢？我们会怎样？”

头顶上方的呼吸声重了两分，没多久，一个嘶哑的声音传了过来：“想过。”

“我们会怎么样？”

“要是没在一起，我估摸着是会终身不娶了。倒也不是没有合适的人，谁都可以是沈太太，可我不想她们做沈太太。”

沈行说到这里，伸手搂紧怀里的人，继续说：“姜玫，缘分这事谁也说不清。我做过最坏的打算，也做过最好的打算。”

沈行亲了亲她的头顶。

“你应该学着相信一切总有定数，你付出了，就总不会一直被辜负。”

姜玫没吭声，只主动抱紧了沈行，整个人贴在了他的怀里寻找安全感。

她还是没有告诉他，她好像看到了他们的另一个结局。

那个结局并不好，甚至是残酷的。

可是现在，她也分不清哪个是现实，哪个是梦境。

或许，现在的才是梦，梦里的才是赤裸裸的现实。

真真假假，假假真真，也许不用非得分得那么清楚。

她只知道万籁俱寂的星空下，她见到了他有棱有角、如山似塔的一面，也见到了他眉眼里深藏的温柔。

她知道他爱她。

·番外六　喜雨

2021 年秋，北城大剧院。

话剧《喜雨》演出结束，姜玫身着墨绿旗袍，顶着一头凌乱的发髻，双手贴在腹部，朝台下深情地鞠躬。

台下观众还沉迷在剧情里，不少人看着姜玫捂嘴掉眼泪。

沉寂数十秒后，台下掌声雷动。

姜玫扫视一圈台下，瞥见第一排身着正装、双腿交叠而坐的男人，嘴角不自觉地扬起来。

男人察觉到姜玫的视线，朝她递了个安抚的眼神，无声说了几个字——

“恭喜，演出很成功。”

那一瞬，姜玫内心涌动的不安和恐惧全都被抚平，只剩平静。

她站在聚光灯下，仰起头，眼睛湿润。

《喜雨》是她自编自导的第一部话剧，也是她阔别演艺事业六年后的第一次尝试。

在决定将《喜雨》搬上舞台后，她有一段时间几乎整日整夜地待在书房修改剧本，总算磨出了一版令大家都满意的剧本。很快，姜玫开始训练台词、舞蹈动作和姿态。

为了让台词更标准，她磨着沈行陪她一个字一个字地练、说、背，磨到后来，沈行都能全文背诵《喜雨》了。

演出的前一天晚上，姜玫失眠了，翻来覆去地睡不着。

沈行担忧她心理再出问题，翻身抱住她，手掌贴住她的脊背，柔声宽慰：“别担心，一切有我。”

姜玫抬头望他一眼，勉强挤出笑脸，摇头道：“我没事。”

沈行沉默半刻，抬起手背轻轻碰了一下她的额头，试探性地问："实在担心，我陪你演一次。"

姜玫惊讶极了。

她拿起床头柜的剧本，手指贴在剧本的边缘，话里有些迟疑："你确定？"

沈行一把拿过她手里的剧本，搁在一旁，肯定地点头："确定。"

姜玫发出一声短暂的叹息，伸手搂住沈行的脖颈儿，亲亲地吻了他一下，低声呢喃："沈行，谢谢。"

说完，姜玫松开手，披上外套拿起剧本走出卧室。

沈行紧随其后。

练习室里，姜玫站在书桌前，目光隐忍而又沉痛地望着沈行，嘴里喃喃自语："你说你喜欢红玫瑰，我为你种了满院子；你说你喜欢远行，我陪你从春走到冬，从秋走到夏；你说你喜欢雪山，我陪你长途跋涉，日夜颠倒。可是现在，你说你喜欢上了另一个女人。

"你抛弃我，喜欢上了一个年轻、漂亮、可爱的女大学生。

"你忘了吗？我也曾有过。有过年轻的灵魂，有过漂亮的面孔，有过充满活力的身躯。"

姜玫难堪地跌坐在地板上，用手捂住胸口，眼神绝望地看着沈行。

沈行下意识地起身想要去抱姜玫。

沈行刚做出动作，姜玫便清咳一声，示意他别忘了剧本。

他这才反应过来，跟着她的节奏念台词。

"抱歉，我爱自由胜过爱你。嘉音，请原谅我的自私。"

"不，你不是自私，你是恶毒！"

"嘉音，你尝试过站在水中看月吗？月亮落在湖面，破碎零乱，波光闪闪，永不停歇。你是一成不变的月亮，而我，终究随水流逝。"

"爱呢，爱是永恒的吗？"

"不是。从来没有永恒的爱，只有短暂的心动与频繁的冲动。"

"盛清安，我恨你。"

"……"

剧本里，盛清安是招摇撞骗的小人，嘉音是为爱痴狂的傻子，在这场虚无缥缈的爱里，她成了被盛清安丢失在角落的标本。

沈行对盛清安印象极差，每次陪姜玫排练，都跟姜玫吐槽盛清安这样的男人太差劲儿，还说他被创造出来就是为了警醒女性不要过度沉迷于爱情。

这一次亦是如此。

姜玫哭笑不得，丢下剧本走到他面前，顺势窝在他的怀里，打趣地问：“那你呢？”

沈行将下巴贴在姜玫肩膀上，轻轻吻了吻姜玫，感叹：“我也不是什么好东西。”

姜玫笑道：“骂自己也这么厉害？”

沈行补充：“不过，你不必担心我会抛弃你。”

“嗯？”

“爱你已是本能。”

“我也是。”

“你可以永远相信我。这世界上，没人比我更爱你。”

沈行是个行大于言的人，平日他很少说甜言蜜语，甚至觉得这些话很矫情。除非情况特殊，否则他基本不可能说出这样的话。

而姜玫跟沈行一样，如今听他这么说，除了震惊，还有感激。

前半生颠沛流离的日子已然远去，如今只剩圆满。

《喜雨》演出大获好评，媒体采访邀约不断。

姜玫犹豫了几天，接受了一家口碑不错的杂志的面谈采访。

主持人跟姜玫以前合作过，这次再合作，也算是有缘。

走进摄影棚，姜玫看着熟悉的设备，一时间有些恍惚。

六年前，作为演员的她经常与这些机器打交道，如今再看，熟悉又陌生，像是见到多年未见的老友，既惊喜又害怕。

以致采访前期，姜玫总是不能自然地面对镜头。

主持人看她不太适应，主动找话题缓解她的尴尬。

主持人：“这么久没拍戏不太习惯镜头了吧？当初放弃演戏，现在会觉得遗憾吗？”

姜玫：“没有。我只是找到了更为重要的事。”

主持人：“好多观众关心您的婚后生活，您能跟我们分享一下吗？”

姜玫：“结婚后日子过得很平静，也很幸福。沈先生人很好，给了我很多自由。他很了解我，很多事很多话无须我提，他都会替我考虑。”

主持人：“最近有什么计划吗？”

姜玫：“前不久我在新省的好友给我打了通电话，说她酿的葡萄酒可以喝了。月底应该会飞一趟玉城，跟她见一面。”

主持人：“听说《喜雨》是您亲自打造的剧本，您为什么会写这样一个故事？是想影射什么吗？”

姜玫：“我之前看到了一个问题，对方问，现在的人都是怎么表达遗憾的。于是，我就想写这么一个故事，一个表达遗憾的故事。盛清安爱自由，需要源源不断的激情；嘉音则相反，她想要确定的爱、平淡安稳的生活。这样相差甚远的两人相爱，结局一定是面目全非。可能是我肤浅吧，我对撕破脸、揭穿真相后的歇斯底里、互相指责的画面很感兴趣。”

主持人：“能具体说说吗？”

姜玫：“可能个人成长的经历有关……嗯……我是个比较怪的人，对那些腐朽的、破败的、令人窒息的东西，总是好奇，并且想展示给别人看。”

也许，人们见过了最绝望、最难堪的事后，才会对自己所拥有的为数不多的幸运、快乐充满感激。

主持人：“真相总是赤裸裸的，对吗？”

姜玫点了点头。

主持人：“说完了《喜雨》，大众对您的个人生活挺感兴趣。冒昧地问一句，结婚这么多年，跟沈先生有过意见不合吗？”

姜玫想了想，摇头道：“没有。我跟他很多想法都是一致的。就算有，他也会顺着我。”

主持人：“你们最近一次接吻是什么时候？”

姜玫：“早上。”

主持人：“有什么遗憾吗？”

姜玫：“遗憾很多。最大的遗憾是没能陪我父亲走完最后一程。”

主持人：“最想对沈先生说什么？”

姜玫：“平安喜乐。”

主持人：“对关注您的粉丝有什么寄语吗？”

姜玫：“好好生活，不要过度消耗自己。”

…………

主持人：“今天的采访到此结束，感谢您的配合。希望还有合作的机会。”

姜玫起身道谢。

采访结束，姜玫走出摄影棚抬头就见沈行倚靠在车门上，他拿着一束鲜艳夺目的红玫瑰，温柔地看着她。

姜玫勾了勾嘴角，脚步轻快地迎向他。

车上，姜玫抱着玫瑰花，偏头问他：“等多久了？”

“半个小时。”

“去吃什么？”

“日料。”

“吃不饱。”

“泡菜国料理？”

“不习惯。”

“我自己做？”

“也行。”

沈行因红灯而停下车，这会儿，他侧头瞥了一眼眉开眼笑的女人，发出一声轻叹：“套路。”

姜玫眨眼：“嗯？”

沈行轻笑：“下次想吃我做的饭直接说，嗯？”

姜玫努努嘴，转移话题：“刚刚主持人问了我一个问题。”

“问了什么？”

“她问我，怎样才算爱一个人。你觉得呢？”

“如果没有你，我的生活将毫无意义。”

< 全文完 >